KB068028

파인애플 스트리트

Pine apple Street

제니 잭슨 장편소설

파인애플 스트리트

이영아 옮김

토리에게 바친다.

밀레니얼 세대는 미국 역사상 최대 규모로 이루어질 세대 간 자산 이동의
수혜자가 될 것이다. 금융계 사람들은 이를 '부의 대이동'이라고 부른다.
향후 10년간 수십조 달러가 세대 간에 이동할 것으로 예상된다.

조이 비어리, 〈뉴욕 타임스〉

나는 브루클린에 살고 있다.
내가 원해서.

트루먼 커포티

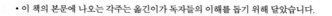

• 이 책의 본문에 나오는 각주는 옮긴이가 독자들의 이해를 돕기 위해 달았습니다.

커티스 맥코이는 커피를 들고 창가 테이블로 갔다. 10시 회의까지
는 아직 시간이 남았다. 4월의 물기 머금은 햇살이 느껴지는 토요일,
조 커피는 붐비고 브루클린 하이츠는 활기가 넘쳤다. 힉스 스트리트
에서 러닝 타이츠 차림으로 유모차를 미는 여자들, 파인애플 스트리
트에서 개를 산책시키다가 벤치에 모여든 사람들, 축구 시합, 수영 수
업, 제인의 회전목마*에서 열리는 생일 파티로 다급하게 몰려가는 가
족들.

옆 테이블에서는 한 어머니와 두 성인 딸이 앉아 파란색과 흰색의
종이컵에 담긴 음료를 마시며 같은 전화기를 들여다보고 있었다.

"와, 이 남자 괜찮네! 프로필 보니까 달리기를 좋아하고, 김치를 직
접 만들어 먹고, '자본주의를 해체하고' 있대."

---

* 1922년 오하이오 주 이도라 파크에 지어진 회전목마로, 공원이 폐장된 1984년에 브루클린으로 옮겨져
수리를 거친 후 2011년 브루클린 브릿지 파크에서 다시 일반에 공개되었다.

커티스는 듣지 않으려 애썼지만 어쩔 수가 없었다.

"달리 언니, 이 남자 나이가 내 두 배야. 안 돼. 이 앱이 어떻게 돌아가는지 알기는 하는 거야?"

달리라는 이름이 왠지 귀에 익었지만, 누군지는 기억나지 않았다. 브루클린 하이츠는 좁은 동네이니, 라슨에서 샌드위치를 주문하는 줄에서 봤거나 클라크 스트리트의 피트니스 클럽에서 마주친 적이 있는 사람이리라.

"괜찮아, 괜찮다니까, 들어봐. '시스젠더* 남성 비건이 지구를 함께 관리할 동료 집사를 구합니다. 얼굴이 있는 건 절대 먹지 맙시다. 부자들 빼고'."

"비건이랑 무슨 데이트를 하니? 그 사람들이 신고 다니는 신발 좀 봐!" 어머니가 끼어들었다.

"전화기 이리 줘! 흠, 여기 위피가 정말 안 좋네."

"엄마, '와이파이'예요."

커티스는 위험을 무릅쓰고 테이블을 슬쩍 훔쳐보았다. 세 여자는 하얀 테니스복을 입고 있었다. 어머니는 금발에 금귀걸이를 하고 손가락에는 휘황찬란한 반지들을 끼고 있었고, 두 딸은 모두 흑갈색 머리인데, 한 명은 빼빼 마른 몸에 생머리를 어깨까지 길렀고, 좀 더 부드러운 몸매의 다른 한 명은 웨이브 진 머리를 느슨하게 틀어 올렸다. 커티스는 다시 고개를 숙이고 파삭파삭한 양귀비씨 스콘을 한입 베어 물었다.

"'나와 함께 가부장제를 박살 낼 공산주의자 엄마를 찾고 있음. 일부일처제를 반대하는 양성애자. 연락 줘, 춤추러 가자!' 나 뇌졸중에 걸렸나?"

---

* cisgender. 태어날 때의 성별과 성 정체성이 일치하는 사람.

중년 여성이 중얼거렸다.

"무슨 소린지 하나도 못 알아먹겠어."

커티스는 키득거리고 싶은 걸 꾹 참았다.

"엄마, 전화기 줘요."

웨이브 머리의 딸이 아이폰을 낚아채어 핸드백 안으로 던져 넣었다.

커티스는 그녀가 아는 사람이라는 사실을 깨닫고 움찔 놀랐다. 조지애나 스톡턴. 10년 전 헨리 스트리트에 있는 고등학교를 같이 다녔다. 그는 인사를 할까 고민했지만, 그랬다가는 세 모녀의 대화를 처음부터 엿듣고 있었다고 스스로 고하는 꼴이 된다.

"나 때는 훨씬 더 간단했는데 말이야."

조지애나의 어머니가 혀를 쯧쯧 찼다.

"사교계 데뷔 파티에서 에스코트해준 남자, 아니면 오빠의 프린스턴대 룸메이트랑 데이트하면 그만이었어."

"맞아요, 엄마. 하지만 우리 세대는 대단한 속물 엘리트주의자들이 아니라서요."

조지애나는 그렇게 말하고는 눈알을 굴렸다.

커티스는 혼자 피식 웃었다. 남의 일 같지 않았다. 마서스 비니어드에서 서로 인접한 부동산을 소유하고 있다는 이유만으로 어머니 친구의 딸과 결혼하지는 않을 거라고 어머니를 열심히 설득하는 자신의 모습이 머릿속에 그려졌다. 커티스가 곁눈질로 조지애나를 힐끔거리는데, 그녀가 갑자기 의자에서 벌떡 일어났다.

"어떡해! 리나 BMW에 카르티에 팔찌를 두고 내렸어. 걔 조만간 사우샘프턴에 있는 할머니 댁에 간댔는데!"

조지애나는 핸드백을 어깨에 휙 둘러메고 바닥에 있는 테니스 라켓을 집어 들고는 어머니와 언니에게 얼른 입을 맞춘 뒤 야단스럽게 커티스를 지나 문으로 향했다. 그녀가 지나갈 때 테니스 라켓이 커티스

의 테이블을 쾅 하고 치는 바람에 커피가 철렁철렁 튀어 양귀비씨 스
콘을 흠뻑 적셨고, 뒤에 남은 커티스는 얼굴을 찌푸렸다.

1
사샤

사샤의 집에 있는 방 하나는 다른 차원으로 통하는 입구였고, 그 차원은 1997년이었다. 이 방에서 사샤는 파란 플라스틱 껍질에 싸여 있는 달걀 모양의 아이맥 컴퓨터, 딱딱한 종이로 만들어진 리프트 티켓이 지퍼에 잔뜩 매달려 있는 스키 재킷, 무더기로 쌓여 있는 쭈글쭈글한 비행기 탑승권, 그리고 서랍 안쪽에 숨겨진 가느다란 담배 파이프와 낡은 노란색 라이터를 발견했다. 사샤가 남편에게 시누이의 고등학교 시절 잡동사니들을 상자에 넣어 치워버리고 싶다고 말할 때마다 남편은 눈알을 굴리며 기다리라고 했다.

"시간이 되면 알아서 챙겨 가겠지."

하지만 사샤는 미심쩍었고, 잃어버린 아이에게 바치는 사당처럼 방 하나를 꼭꼭 닫아둔 채 사는 기분이 묘했다.

이런 집에 산다는 것이 얼마나 거짓말 같은 행운인지 감사한 마음이 드는 날도 있었다. 브루클린의 이 4층짜리 라임스톤 건물은 사샤가 예전에 살았던 방 한 칸짜리 아파트가 열 채는 들어올 수 있을 만큼 거대하고 격식 있는 호화 저택이었다. 하지만 타임캡슐 속에 갇힌 듯 나쁜 기분이 들 때도 있었다. 남편이 자랐고 한 번도 떠나지 않은 이 집에는 그의 추억과 어린 시절 이야기가 깃들어 있었지만, 주로 그의 가족이 남기고 간 쓰레기로 가득 차 있었다.

사샤는 코드와 함께 그 집에 들어가 산 지 3주가 지났을 때 코드의 가족을 저녁 식사에 초대했다. '버섯 타르트랑 염소젖 치즈 샐러드를 만들어드릴게요'라고 이메일에 적었다. 아침 내내 파이 반죽을 밀고, 어린 상추에 뿌릴 석류 씨를 사려고 몬터규 스트리트의 고급 상점까지 걸어서 다녀오기까지 했다. 다이닝 룸에 진공청소기를 돌리고, 책장에 앉은 먼지를 털고, 냉장고에 상세르* 한 병을 넣어두었다. 집에 도착한 남편 식구들은 엘엘빈 캔버스 백을 세 개 들고 있었다.

"아, 뭐 하러 이런 것까지 가져오셨어요!"

사샤는 당황해서 큰 소리로 말했다.

시어머니는 벽장문을 열어 샤넬 부클레 재킷을 걸며 쾌활하게 말했다.

"사샤, 신혼여행이 어땠는지 얼른 듣고 싶구나."

그녀는 가방들을 부엌으로 가져가더니 부르고뉴 화이트 와인 한 병, 꽃꽂이가 되어 있는 낮은 화병 두 개, 백합 문양이 수놓인 식탁보, 테두리가 물결 모양이고 뚜껑이 달린 윌리엄스 소노마** 오븐용 접시를 꺼냈다. 그것들을 조리대에 한 줄로 쭉 세워놓은 다음, 40년 동안 사용한 자기 부엌에 있는 여자답게 찬장을 열어 와인 잔을 꺼냈다.

"제가 버섯 타르트를 만들어놨어요."

---

* 프랑스 루아르 지방에서 생산되는 화이트 와인.
** 미국의 고급 주방용품·가정용품 소매업체 브랜드.

사샤는 말을 꺼내보긴 했지만, 코스트코 무료 시식 코너에서 따뜻한 가공 치즈 조각을 팔려고 애쓰는 여자가 된 듯한 기분이었다.

"아, 나도 이메일 봤어, 얘. 그래서 프랑스풍 식사로 하려나 보다 싶었지. 10분 남았을 때 알려주렴, 코코뱅*을 오븐에 넣어야 하니까. 프로방스산 엔다이브도 있어, 많이 가져왔단다. 그러니까 샐러드는 네가 따로 안 만들어도 돼. 촛대는 저기 서랍에 있어. 자, 이제 네가 테이블을 어떻게 꾸며놨는지 한번 보자. 또 뭐가 필요할지."

코드는 의리 있게 타르트와 샐러드를 먹었지만, 엔다이브를 간절하게 쳐다보는 그의 눈빛을 알아챈 사샤는 엷은 미소로 말을 대신했다. '그 망할 풀떼기를 먹고 싶으면 먹어. 그 대신, 오늘 밤엔 소파에서 자야 할 거야.'

그들 모두 새로운 환경에서 지내고 있었고, 익숙해지는 데 얼마간의 시간이 필요하리라는 걸 사샤도 알았다. 코드의 부모인 칩과 틸다는 집이 둘이 살기엔 너무 크고, 차고에서 너무 먼데다 재활용품을 직접 길가에 내놓기가 힘들다고 몇 년째 불평 중이었다. 두 블록 떨어진 아파트 건물 - 브루클린 하이츠 극장을 다섯 채의 호화 아파트로 개조한 - 의 투자자였던 그들은 그 복층 아파트에 직접 들어가 살기로 하고 1주일에 걸쳐 이사를 했다. 300달러에 가정부 남편의 손을 빌리고, 그들의 오래된 렉서스만을 이용해서. 40여 년을 살았던 집을 급하게 처분한 것처럼 보였지만, 옷가지 외에 그들이 새집으로 가져간 것이 뭔지 사샤는 도통 이해할 수 없었다. 네 개의 기둥이 있는 킹사이즈의 침대마저 침실에 그대로 남겨져 있었고, 사샤는 그 침대에서 자는 기분이 마냥 좋지만은 않았다.

---

* 닭고기와 야채를 와인으로 조린 프랑스 전통 요리.

스톡턴 부부는 사샤와 코드에게 그 빈집에 들어가 원하는 만큼 살라고 했다. 언젠가 집을 팔면 그 돈을 코드와 그의 두 여형제에게 나눠 줄 예정이었다. 쓸데없는 상속세를 피하기 위해 몇몇 조치가 이루어졌지만, 사샤는 그와 관련된 서류작업을 못 본 체했다. 스톡턴 부부가 그녀와 아들의 결혼을 허락하긴 했지만, 사샤에게 소득신고를 공부시키느니 차라리 틸다의 브리지 파트너와 스리섬을 할 때 사샤에게 들키는 쪽을 선택하리라는 사실을 사샤는 뼛속 깊이 알고 있었다.

저녁 식사를 마친 후 사샤와 코드가 식탁을 치우는 사이 코드의 부모는 술을 마시러 응접실로 갔다. 그들은 응접실 한쪽 구석의 바 카트에 여러 병 있는 오래 묵은 코냑을 금테 유리잔에 따라 마시기를 즐겼다. 집 안의 다른 모든 물건이 그렇듯 그 술잔들도 유서 깊은 골동품이었다. 응접실은 기다란 파란색 벨벳 커튼과 피아노 한 대, 소파 하나로 꾸며져 있었다. 한때 주지사의 대저택에 있었던 소파에는 새 갈고리 발톱 모양의 발이 달려 있었다. 사샤는 실수로 그 소파에 앉았다가 다리 안쪽에 심한 발진이 일어, 칼라민 로션을 바르고 잠자리에 들어야 했다. 현관에는 샹들리에가 있고, 다이닝 룸에는 그 종소리가 어찌나 큰지 처음 들었을 때 사샤가 살짝 비명까지 질렀던 대형 괘종시계가 있었다. 그리고 서재에는 무섭도록 시커먼 바다에 떠 있는 한 척의 배를 그린 거대한 그림이 있었다. 집 전체에 막연히 항해하는 분위기가 풍겼는데, 글로스터도 아니고 낸터킷 섬도 아닌 브루클린이라 우스웠고, 칩과 틸다는 확실히 여름마다 바다로 나가긴 했지만 대부분은 선원이 딸린 요트를 전세 냈다. 유리 제품들에는 타륜이 아로새겨져 있고, 식탁용 매트에는 요트가 유화로 그려져 있고, 욕실에는 항해도가 액자에 끼워져 있고, 심지어 비치 타월에도 다양한 매듭을 묶는 방법이 그려져 있었다. 가끔 사샤는 저녁에 집 안을 어슬렁거리다가 자기도 모르게 오래된 액자와 촛대를 손으로 훑으며 '해치를 꼭 막아!', '갑판을 닦아!' 하고 속삭이고는 혼자 웃음을 터뜨리곤 했다.

사샤와 코드는 접시를 부엌으로 옮긴 뒤 코드의 부모가 있는 응접실로 향했다. 코드가 작은 잔에 한 잔씩 따라준 코냑은 찐득하니 약 같은 맛이 났고, 사샤는 콧구멍 속의 미세한 털들이 의식될 정도로 이상한 느낌이 들었지만, 분위기를 망치지 않으려고 잠자코 마셨다.

"집은 마음에 드니?"

틸다는 다리를 꼬며 물었다. 저녁 식사 자리에 맞추어 단장하고 온 그녀는 알록달록한 블라우스와 펜슬 스커트*를 입고, 속이 다 비칠 정도로 얇은 스타킹에 굽이 거의 8센티미터나 되는 하이힐을 신고 있었다.

스톡턴 부부는 둘 다 제법 키가 컸으므로 하이힐을 신으면 시어머니가 사샤 위로 우뚝 솟았는데, 이게 기 싸움이 아니라고 한다면 새빨간 거짓말이었다.

사샤는 빙긋 웃으며 대답했다.

"마음에 들어요. 이렇게 아름답고 넓은 집을 갖게 되다니 정말 운이 좋은 것 같아요."

코드가 입을 열었다.

"그런데 엄마, 조금 바꿨으면 하는 데가 여기저기 있어요."

"그러렴, 얘야. 이젠 너희 집이잖니."

칩이 맞장구쳤다.

"그렇지. 우리는 오렌지 스트리트에 확실히 자리 잡았으니까."

사샤가 불쑥 끼어들었다.

"고맙습니다. 침실 벽장이 좀 좁은 것 같아서요, 안쪽의 그 붙박이장을 들어내면……."

---

* 길고 폭이 좁은 치마.

"오, 그건 안 되지, 얘."

틸다가 사샤의 말을 끊었다.

"그걸 들어내면 어떡하니. 온갖 잡동사니를 거기다 넣어두면 얼마나 좋은데. 철 지난 신발하며, 모자하며, 가장자리가 뭉개지면 안 되는 것들 전부 다. 그걸 없애면 너희만 손해야."

사샤는 고개를 끄덕였다.

"아, 네, 맞아요. 그렇겠네요."

코드가 다시 말을 꺼냈다.

"그럼 여기 응접실 가구는요? 편한 소파로 바꾸고, 벨벳 커튼 대신에 훨씬 더 가벼운 걸 달면 좋겠는데."

"저 커튼은 이 방에 맞춰서 주문 제작한 거야. 커튼을 떼고 나면 충격받을걸. 창문이 워낙 커서 거기에 맞는 걸 찾기가 엄청 어렵거든."

틸다가 애석해하며 고개를 젓자 샹들리에 불빛에 금발이 반짝였다.

"좀 더 살면서 이 집을 제대로 알고 난 후에 가장 편안하게 지낼 수 있는 방법을 찾으면 어떠니? 너희가 정말 여기서 마음 편히 지냈으면 좋겠어."

그녀는 사샤의 다리를 단호하게 톡톡 친 다음 남편에게 고개를 끄덕이며 휘청휘청 문으로 향했다.

"음, 우리는 이제 가야겠어. 저녁 잘 먹었다. 르크루제*는 두고 갈 테니까 식기세척기에 넣고 돌려. 그래도 아무 문제 없단다. 손으로 씻을 필요 없어. 다음에 또 저녁 먹으러 오면 그때 가져가마. 아니면 너희가 우리 집으로 가져와도 좋고. 그리고 꽃병은 너희가 가지렴. 식탁이 좀 휑하더구나."

틸다는 연보랏빛이 살짝 감도는 분홍색과 아이보리색이 어우러진

---

* 에나멜 무쇠 주물을 전문적으로 제작하는 프랑스의 주방용품 브랜드.

재킷을 입고 핸드백을 팔에 걸친 채 남편을 문밖으로 데려나가 계단을 내려갔다. 그리고 새 가구를 들여놓은, 항해풍과는 전혀 거리가 먼 그들의 아파트로 향했다.

코드와 어떻게 만났느냐고 사람들이 물을 때마다 사샤는 '아, 내가 그이 심리치료사였어요'라고 답하곤 했다. (농담이다. 와스프WASP*들은 심리치료를 받으러 다니지 않는다.) 매치와 틴더**의 세계에서 그들의 연애는 스퀘어 댄스보다 더 고리타분해 보였다. 사샤는 바 타박 Bar Tabac의 카운터에 앉아 와인을 마시고 있었다. 전화기가 죽어버리는 바람에 누군가가 버려두고 간 〈뉴욕 타임스〉의 십자말풀이를 풀었다. 한 번도 완성해본 적 없는 그 퍼즐을 거의 채운 뒤 답을 맞춰보고 있을 때, 마침 술을 주문하러 온 코드가 십자말풀이까지 잘하는 미인을 보고는 감탄하여 수다를 떨기 시작했다.

1주일 후 그들은 다시 만나서 칵테일을 마셨다. 사샤가 실은 가장 쉬운 월요일판 십자말풀이조차 완전히 풀지 못했다는 사실을 안 후로 코드가 즐겨 말했듯이 '그들의 관계 자체가 거짓말에 바탕을 두고' 있었지만, 어쨌든 그들의 연애는 거의 완벽했다.

뭐, 가슴속 응어리와 독립심과 음주량과 성욕을 적정량 가진 한 쌍의 현실적인 실용주의자에게는 완벽한 연애였다. 첫해는 뉴욕의 여느 30대 커플과 다를 바 없이 보냈다. 생일 파티에서 바의 구석에 처박혀 열심히 귓속말을 주고받고, 라면에 달걀을 얹어주는 식당을 힘겹게

---

* White Anglo-Saxon Protestant. 앵글로색슨계 백인 신교도. 미국 사회에서 가장 영향력 있는 계층으로 여겨진다.
** 둘 다 온라인 데이팅 앱이다.

예약하고, 보데가*에서 산 스낵을 영화관에 몰래 가지고 들어가고, 한 껏 꾸미고 사람들을 만나 브런치를 먹는 순간에도 그저 소파에 누워 아래층 델리에서 산 베이컨 샌드위치를 먹고 〈선데이 타임스〉를 읽으며 함께 편안히 보낼 수 있는 일요일을 남몰래 기다렸다. 물론 다투기도 했다. 코드가 사샤를 캠핑에 데려갔는데 텐트에 물이 샜고, 밤에 혼자 소변보러 가는 걸 무서워하는 사샤를 코드가 놀려대자 사샤는 그에게 욕하며 두 번 다시 메인 주에 발을 들여놓지 않겠다고 선언했다. 사샤의 가장 친한 친구인 바라가 갤러리 전시회의 첫날 밤에 그들을 초대했을 때 코드는 일 때문에 약속을 어겨놓고는 자기가 얼마나 큰 죄를 저질렀는지 이해하지 못했다. 코드가 유행성 결막염에 걸려 광견병에 반쯤 걸린 토끼 같은 꼴로 돌아다녀야 했을 때 사샤는 그가 골을 낼 때까지 놀려댔다. 하지만 전반적으로 그들의 연애는 동화 같았다.

사샤는 코드가 부자라는 사실을 알아채는 데 한참이나 걸렸다. 그의 이름을 알고도 그렇게 오래 걸린 건 민망한 일이었다. 그의 아파트는 그런대로 좋았지만 평범했다. 그의 차는 털털거리는 고물 차였다. 그의 옷차림은 큰 개성 없이 무난했으며, 그는 자기 물건을 광적으로 관리했다. 가죽이 갈라질 때까지 지갑을 쓰고, 고등학교 때 할머니에게 선물 받은 벨트를 매고, 수갑으로 손목에 채운 서류 가방에 넣고 다녀야 하는, 아니면 빵 조각보다 더 두툼한 케이스와 액정 보호 필름으로 감싸야 하는 핵무기 발사 버튼인 양 아이폰을 다루었다. 「더 울프 오브 월스트리트The Wolf of Wall Street」를 너무 많이 본 탓인지 사샤는 뉴욕의 부자들은 전부 다 머리를 뒤로 빗어 넘기고 클럽에서 보틀 서비스를 이용하는 줄 알았다. 그런데 보아하니, 스웨터를 팔꿈치에 구

---

* bodega. 주인이 직접 운영하는 작은 규모의 편의점.

멍이 날 때까지 입고 어머니와의 관계가 비정상적일 정도로 가까운 것 같았다.

코드는 가족에게 집착하다시피 했다. 매일 아버지와 함께 일하고, 같은 동네에 사는 두 여형제와 자주 만나 저녁을 먹었다. 세 남매는 사샤로서는 이해가 안 될 정도로 자주 통화를 했다. 또 코드는 부모님을 위해 사샤가 상상도 못할 일들을 했다. 아버지와 함께 이발을 하러 가고, 새 셔츠를 살 때마다 한 장 더 사서 아버지에게 선물하고, 애스터 플레이스에서 자기 어머니가 좋아하는 프랑스산 와인을 고르고, 사샤가 차마 눈 뜨고 못 볼 방식으로 어머니의 발을 마사지해주었다. 누가 자기 어머니의 발을 마사지해준단 말인가? 사샤는 그 광경을 볼 때마다 「펄프 픽션」에서 존 트라볼타가 그것을 오럴섹스에 비유하는 장면이 떠올라서 눈에 경련이 일 정도로 심란해졌다.

사샤도 자신의 부모님을 사랑했지만, 서로의 삶이 그렇게 끈끈하게 얽혀 있지는 않았다. 부모님은 그녀의 그래픽 디자이너 일에 가벼운 관심을 가졌고, 사샤와 일요일마다 통화하고 그 사이에 문자도 조금씩 보냈다. 가끔 사샤는 집에 갔다가 깜짝 놀라기도 했다. 부모님이 그녀에게는 말 한마디 없이 차를 바꾸었고, 한번은 부엌과 거실 사이의 벽이 사라져 있기도 했다.

시누이들은 사샤에게 잘해주었다. 생일에 문자메시지를 보내주고, 그녀 가족의 안부를 꼭 묻고, 휴가 때 그들과 함께 테니스를 칠 수 있도록 라켓과 테니스복을 빌려주었다. 하지만 사샤는 그들이 그녀가 주변에 없는 것을 더 좋아한다는 느낌이 여전히 들었다. 그녀가 코드의 누나인 달리에게 어떤 이야기를 하는 도중에 코드가 들어오면 달리는 그녀의 이야기를 더 이상 듣지 않고 코드에게 이것저것 묻기 시작했다. 코드의 여동생인 조지애나는 겉으로는 누구에게나 말을 걸고 있는 것처럼 보여도, 실은 자신의 형제자매에게서 시선을 떼지 않았다. 이 가족은 하나였다. 사샤가 절대로 뚫고 들어갈 수 없을 것 같은 폐쇄회로였다.

스톡턴 가는 부동산 중개업을 했다. 그래서 처음엔 그들의 집이 지저분하게 어질러져 있는 것이 더욱 이상하게 느껴졌다. 〈아키텍처럴 다이제스트〉에 나오는 여유롭고 꿈같은 풍경 속에 살아야 하는 것 아닌가? 하지만 그들은 아파트를 한 채씩 팔기보다는 대규모로 투자하는 데 주력했다. 코드의 할아버지인 에드워드 코딩턴 스톡턴은 그리 많지 않은 유산을 물려받은 뒤, 1970년대에 뉴욕이 파산 위기에 처했을 때 그 돈으로 어퍼이스트사이드의 부동산을 사들였다. 제곱피트당 45달러였다. 이제 그 부동산의 가치는 제곱피트당 1,200달러에 달했고, 스톡턴 가는 엄청난 부자가 되었다. 그의 아들이자 코드의 아버지인 칩은 덤보를 쭉 따라가다 브루클린 하이츠로 이어지는 브루클린의 해안 거리를 사들였다. 2016년에 여호와의 증인이 브루클린 하이츠의 부동산을 처분하기로 하자, 전 스탠디시 암스 호텔과 함께 유명한 워치타워 건물을 매수하려는 투자자들의 경쟁에 스톡턴 가도 뛰어들었다. 에드워드 코딩턴은 세상을 떠났지만, 이제 코드가 뉴욕 부동산계에서 스톡턴 가 3세대로서 아버지와 함께 일하고 있었다.

역설적이게도 스톡턴 가족은 브루클린 하이츠에 있는 과일 이름의 거리들, 그러니까 해안 거리 너머의 절벽 위에 자리한 세 개의 작은 블록인 파인애플 스트리트, 오렌지 스트리트, 크랜베리 스트리트에 살기로 결정했다. 낡은 건축물을 고급 콘도로 개조하는 데 투자하는 사람들이, 기념건축물보존위원회가 큰 변경을 전면 금지한 구역에 집을 마련한 것이다. 각양각색으로 지어진 이 동네의 집들에는 '1820' 혹은

'1824'라고 적힌 작은 문패가 걸려 있었다. 물막이 판자로 만들어진 조그마한 흰색 집들도 있었다. 연철 대문 뒤에는 잎이 무성한 정원들이 숨어 있었다. 예전에 마구간과 마차 차고로 쓰였던 건물들도 있었다. 편의점마저도 담쟁이로 덮인 돌담 때문에 영국의 어느 촌락에 있는 가게처럼 보였다. 사샤는 힉스 스트리트와 미도 스트리트가 만나는 모퉁이에 있는 집이 특히 마음에 들었다. 예전에 약국이었던 그 집의 입구에는 타일로 만든 '약'이라는 글자가 붙어 있었다.

혈통으로 따지면 코드의 어머니 쪽이 훨씬 더 우세할지도 몰랐다. 틸다 스톡턴(결혼 전 성은 '무어')의 집안은 대대로 정계 인사를 배출해냈다. 그녀의 아버지와 오빠 모두 뉴욕 주지사를 지냈으며, 〈보그〉와 〈배너티 페어〉에 실린 가족 소개 기사에 그녀도 등장했다. 틸다는 스물한 살에 칩 스톡턴과 결혼했고, 직장다운 직장에서 정시 근무를 해본 적은 한 번도 없었지만 잘나가는 이벤트 컨설턴트로 이름을 날렸다. 주로 하는 일은 사교계의 부자 친구들을 그녀가 총애하는 파티플래너와 연결해주는 것이었다. 틸다 스톡턴에게 비전과 테마, 화려한 식탁, 드레스 코드 없는 저녁은 미완의 시간에 불과했다. 이 생각만 하면 사샤는 모노그램이 찍힌 칵테일 냅킨 무더기 밑으로 숨고만 싶었다.

사샤는 결혼 후 몇 달 동안 파인애플 스트리트의 새집에 적응하려 애썼다. 남편의 식구들이라는 고대 문명을 연구하는 고고학자가 되기로 마음먹었다. 하지만 그녀가 발견한 것은 투탕카멘의 무덤이 아니라 달리가 6학년 때 만들었다는 기형 버섯을 닮은 재떨이였다. 사해문서가 아니라 코드가 초등학교 때 솔방울의 종류에 관해 쓴 과학 에세이였다. 병마용이 아니라 애틀랜틱 애비뉴의 한 치과에서 받아온 공짜 칫솔이 한가득 들어 있는 서랍이었다.

네 개의 침실 중에 달리의 방이 최악이었지만, 정말 비었다고 할 만한 방은 하나도 없었다. 코드가 예전에 쓴 방은 그가 대학에 진학했을 때 치워졌지만, 나뭇가지 모양의 은도금 촛대, 중국풍의 대형 화병 한 세트, 액자에 넣은 그림 수십 점, 수년 동안 가족이 수집했지만 걸어놓을 곳을 찾지 못한 예술품들이 아직 남아 있었다. 조지애나의 방에는 테니스 대회 트로피와 함께 대학 교재와 사진 앨범이 한 선반을 통째로 차지하고 있었다. 사샤와 코드가 쓰는 큰방은 옷가지와 액세서리는 비워졌지만, 전 주인들의 장식물과 가구가 여전히 자리를 차지하고 있었다. 아마도 국회의원이나 교통부 장관이 썼을 마호가니 침대 머리가 벽을 쿵쿵 쳐대는 와중에 오르가슴을 느끼기는 극도로 힘들었다.

사샤는 자신의 텅 빈 여행 가방들을 이미 꽉 찬 벽장 속으로 쑤셔 넣으며, 샤워커튼 정도는 바꿔도 괜찮지 않을까 고민하다가 몇 달을 더 기다려보기로 했다.

칩과 틸다는 오렌지 스트리트의 새 아파트에서 집들이를 하겠다며, 그들의 자녀와 배우자들에게 일찍 와달라고 부탁했다. 그들의 친구 대부분은 주말을 시골 별장에서 보냈고 그중 몇몇은 목요일 밤에 떠나기도 했기 때문에 집들이 시간을 수요일 저녁으로 잡았다. 칩과 틸다가 도시에서 사교 생활을 즐길 수 있는 기간은 월요일부터 수요일까지뿐이었다. 그 후에는 친구들이 저 멀리 롱아일랜드나 리치필드 카운티까지 뿔뿔이 흩어졌다.

"나 뭐 입지?"

사샤가 옷장 앞에 서서 코드에게 물었다. 그의 가족이 모이는 자리에 어떻게 입고 나가야 할지 도통 알 수가 없었다. 다들 무드 보드* 같은 걸 참고하기라도 하는 모양이었지만, 사샤의 예측은 매번 빗나갔다.

"입고 싶은 대로 입어."

코드는 별 도움이 되지 않는 대답을 했다.

"그럼 청바지 입어도 돼?"

"음, 청바지는 좀 그렇지."

그가 얼굴을 찌푸리자 사샤는 짜증스럽게 물었다.

"알았어, 그럼 드레스 입어야 해?"

"아니, 엄마가 정한 테마가 '위로, 앞으로 나아가자'잖아."

"무슨 뜻인지 모르겠어."

"난 그냥 일할 때처럼 입을 거야. 대부분 그렇게 입고 올걸."

코드는 정장에 넥타이를 매고 출근했다. 수술복이나 소방복만큼이나 사샤의 삶과는 동떨어진 옷차림이었다. 난감해진 사샤는 안전한 선택으로 진한 감색 바지에 예쁜 흰색 셔츠를 넣어 입고, 대학 졸업 선물로 어머니에게 받은 작은 다이아몬드 귀걸이를 했다. 립스틱을 바른 다음, 벽난로 위에 걸린 오래된 거울을 들여다보고 그녀는 빙긋 웃었다. 조지 클루니와 함께 저녁을 먹으러 유엔 본부를 나서는 아말 클루니처럼 세련된 느낌이었다. 이거야말로 위로, 앞으로 나아가는 거지.

그들이 아파트에 도착했을 때 코드의 여형제들은 이미 와 있었다. 조지애나는 보헤미아풍으로 멋지게 꾸미고 왔다. 기다란 갈색 머리를 뒤로 늘어뜨리고, 발목까지 내려오는 하늘하늘한 원피스를 입고, 코 여기저기에는 주근깨가 찍혀 있었다. 달리는 〈보그 이탈리아〉에 실렸던 게 확실한 벨티드 점프슈트를 입고 있었다. 달리 곁에 바짝 붙어 서 있는 그녀의 남편 맬컴을 보고 사샤는 안도의 한숨을 쉬었다. 일찌감치 맬컴을 낯선 세계에서의 동지, 결혼을 통해 맺어진 형제로 점찍었

---

* 디자이너들이 색깔이나 질감의 조합을 보기 위해 샘플을 올려놓고 보는 판.

고, 상황이 정말 묘해졌을 때 그들끼리 중얼거리는 암호까지 있었다. NMF. '내 가족이 아니다not my family.' 와스프만의 기이한 의례를 목격한 외부자처럼 느껴질 때마다 이 말은 그들에게 위안이 되어주었다. 예를 들어 7월이 되면 스톡턴 부부는 전문 사진사를 고용해 크리스마스카드용 가족사진을 찍자고 고집을 부렸다. 가족 모두 파랗고 흰 옷을 차려입고서, 의자에 앉은 칩과 틸다 주변에 반원으로 늘어서야 했다. 그들이 한 시간 가까이 쨍쨍 내리쬐는 햇볕을 받으며 사진사의 지시를 받는 동안 가정부 베르타는 부산하게 이리저리 다니며 그릴을 설치하고, 정원관리사들은 눈이 마주치지 않도록 조심하며 나무와 화초에 물을 주었다. 사샤는 마치 롬니 가의 일원이 된 듯한 기분이었고 이 모든 일이 그저 당황스러웠지만, 적어도 짜증 섞인 시선을 맬컴과 주고받을 수 있었다. 두 사람은 완전히 낯선 땅에 들어왔다는 점에서 공감대를 형성한 외국인 교환학생과도 같았다.

베르타는 하루 종일 집들이 준비를 했고, 다이닝 룸 식탁에는 얼음 위에 얹은 새우, 바삭바삭하고 동그란 멜바* 위에 얹은 로스트비프, 토스트 포인트** 위에 얹은 훈제 연어, 한입에 먹을 수 있는 작은 크랩 케이크***가 한가득 차려져 있었다. 화이트 와인도 준비되어 있었다. 손님들이 도착하자마자 마실 수 있도록 입구 근처에서 베르타가 와인 잔을 쟁반에 얹어 들고 있을 계획이었다. 레드 와인이 금지된 가장 큰 이유는 분명 새 카펫 때문이었지만, 레드 와인을 마시면 이가 보기 흉하게 착색되기 때문이기도 했다. 틸다는 치아에 대한 집착이 심했다.

손님들이 도착하기 시작했고, 그중에는 사샤가 결혼식에서 본 사람도 많았다. 스톡턴 부부가 결혼식에 어찌나 많은 친구를 초대했는

---

* 복숭아 등 과일 반쪽에 아이스크림을 넣고 라즈베리 소스를 얹은 디저트.
** 빵의 껍질 부분을 잘라내고 삼각형으로 구운 것.
*** 부드러운 게살에 빵가루를 묻혀 튀겨내어 소스, 샐러드와 함께 내온다.

지, 사샤는 피로연 내내 악수를 하고 이름을 외우느라 힘들었다. 그녀의 친척들에게 붙잡혀 댄스 플로어로 끌려 나가 「베이비 갓 백Baby Got Back」에 맞춰 몸을 흔들 때만 유일하게 쉴 수 있었다. 참으로 고상한 결혼식이었다.

코드는 모든 손님을 알았고 곧 서재로 끌려가 어느 대머리 신사에게 자기 아버지의 시계 컬렉션을 구경시켜주었다. 구하기 힘든 군용 시계도 있고, 유서 깊은 파텍도 있고, 문자판이 무광택이거나 도금된 롤렉스도 있었는데, 모두 코드의 할아버지가 물려준 시계였다. 아주 귀한 것들이라 여러 경매 회사에서 사겠다는 제안이 들어왔지만 칩은 거절했다. 정작 그것들에 손을 대지도, 심지어는 눈길조차 주지 않았지만 코드의 말에 따르면 칩은 집에 항상 돈이 있다는 사실 자체를 좋아한다고 했다. 그래서 매트리스 밑에 돈뭉치를 숨겨두기도 했다. (사샤는 잡동사니를 버리기 싫어하는 가족 습성이 더 큰 이유일 거라고 내심 생각했다.)

조지애나는 소파에서 자신의 대모와 귓속말을 주고받고 있고, 달리와 맬컴은 몬터규 스트리트의 라켓 클럽 회원들에게 아이폰에 저장된 아이들 사진을 보여주고 있었다. 멋스럽게 흐트러진 차림을 즐기는 조지애나는 재킷을 어깨에 아무렇게나 걸쳤고 팔목에는 짝을 맞추지 않은 비즈 팔찌가 겹겹이 채워져 있었다. 반면 깔끔하고 호사스러운 분위기의 달리는 어깨까지 닿는 갈색 머리에 화장은 거의 하지 않았고, 작은 금시계 외에 액세서리는 결혼반지가 유일했다. 사샤는 대화에 낄까 말까 망설이며 구석에 어색하니 서 있었다. 투구 모양의 금발을 한 여자가 곧장 다가와 환하게 미소 짓자 사샤는 마음이 놓였다.

"안녕하세요, 샤르도네 한 잔 더 부탁해요, 수고해요."

여자는 그렇게 말하고는 손자국이 번들번들한 유리잔을 사샤에게 건넸다.

"오, 저는 사샤예요."

그녀는 손을 가슴에 얹으며 웃었다.

"고마워요, 사샤."

여자는 쾌활하게 답했다.

"아, 네."

사샤는 정신을 차리고 부엌으로 가서 냉장고에 들어 있는 와인 병으로 잔을 채운 다음 다이닝 룸으로 다시 가져갔다. 여자는 고맙다고 속삭이며 와인 잔을 받아들고는, 남편이 로스트비프를 먹고 있는 테이블로 돌아갔다. 사샤는 코드를 찾으러 거실로 가는 길에 나비넥타이를 맨 통통한 남자에게 붙잡혔다. 그는 지저분한 접시를 사샤에게 건네며 살짝 고개를 끄덕이더니 대화를 이어나갔다. 당황한 사샤는 접시를 부엌으로 가져가 조리대에 내려놓았다. 이런 일을 네 번 더 겪은 사샤는 마침내 코드를 찾아 그의 옆에 꼭 들러붙은 채 와인 잔을 껴안듯이 들고서, 집으로 돌아갈 시간만 기다렸다. 그녀에게서 비명문가 출신의 냄새라도 풍기는 걸까? 하루 종일 힘들게 프라이팬으로 튀김 요리를 한 사람처럼 그녀의 머리카락에서 공립학교 냄새가 풀풀 나기라도 하는 걸까? 사샤는 이리저리 둘러보며 주변의 여자들을 관찰했다. 그들은 값비싼 푸들이었고, 그녀는 긴장해서 부들부들 떠는 기니피그였다.

드디어 손님들이 떠나고, 칩은 '저널'에서 오려둔 기사를 주겠다며 코드를 서재로 데려갔다. (칩과 틸다는 기사 링크를 보내주지 않고 아직도 잡지 기사를 오렸다.)

"재밌었어?"

달리가 반짝이는 머리카락을 귀 뒤로 넘기며 물었다.

"네, 정말 좋았어요."

사샤가 애써 답하자 달리는 비꼬듯이 말했다.

"알지도 못하는 노인네들이랑 저녁을 보내는 게 퍽이나 좋았겠다."

"한 가지 좀 이상한 게 있었어요."

사샤가 고백했다.

"사람들이 계속 저한테 다 먹은 접시를 주더라고요. 아니, 기분 나빴던 건 아닌데, 형님한테도 그랬어요?"

"아!"

달리는 웃었다.

"너무 웃긴다! 그러고 보니 올케가 베르타랑 똑같이 입고 있잖아! 올케가 출장 요리 업체에서 나온 사람인 줄 알았나 봐. 못살아! 맬컴!"

그녀는 남편을 불러 얘기해주었다.

모두가 웃었고, 사샤도 재미있어한다는 걸 확인하려는 듯 코드가 와서는 그녀의 어깨를 어루만졌다. 사샤는 장단을 맞춰주었지만 속으로 다짐했다. 앞으로 무슨 일이 있어도 스톡턴 가의 가족 파티에 흰색 블라우스를 입고 가지 않으리라.

2
조지애나

조지애나에게 고민이 한 가지 있었으니, 그녀 뜻대로 되지 않는 뺨이었다. 예전부터 툭하면 얼굴이 붉어지긴 했지만, 최근에는 피부 전체를 감정으로 감싼 공상과학소설 속 인물이라도 된 기분이었다. 얼굴에 열이 오르고, 목이 살짝 따끔거리다가, 그만 홍당무가 되어버리는 것이다.

그동안은 귀엽게 봐줄 만했지만, 진짜 직업이 생긴 지금은 업무에 방해가 되었다. 거기다, 어마어마하고 엉뚱하고 유치하고 굴욕스러운 짝사랑에 빠졌기 때문에 문제는 더 심각했다. 브래디라는 그 남자를 회의에서 쳐다보지도 못했다. 대화를 한 적도 거의 없었다. 그녀보다 연상인 30대 초반의 브래디는 작은 몸집에 벌건 얼굴로 바닥만 뚫어져라 노려보고 있는 사람은 안중에도 없을 프로젝트 매니저였다. 하지만 그와 복도에서 마주치거나 같은 회의실에 있을 때마다, 혹은 복사기 앞에서 우연히 만날 때마다 조지애나는 일식 감상용의 이상한 종이 안경이라도 찾는 양 눈을 돌려버렸다.

그들은 비영리 단체에서 일했고, 가정집 분위기가 여전히 남아 있는 컬럼비아 플레이스의 낡은 저택을 사무실로 사용했다. 조지애나의 자리로 가려면 안내 데스크 직원인 드니스가 묵직한 마호가니 책상 뒤에 앉아 있는 아름다운 로비를 지나, 나선형 계단을 오르고, 회의실과 카페테리아로 번갈아 사용하는 광대한 방을 지난 다음, 보조금 신청 부서가 책상 네 개를 놓고 일하는 널찍한 침실을 지나, 원래 하녀나 유모가 썼을 법한 좁은 공간으로 들어가야 했다. 발 디딜 틈도 없이 좁았지만 놀라울 정도로 매력적이었다. 조지애나가 일하는 조그만 2인용 사무실에는 이스트 강 건너 프로미네이드*가 서쪽으로 내다보이는 큼직한 창문이 하나 달려 있었다. 저택 여기저기에 흩어져 있는 욕실에는 그들이 활동하는 다양한 지역의 지도가 붙어 있고, 프린터 위에는 토너 충전 설명서와 함께 하프 레슨을 받는 공작부인을 그린 도금된 초상화가 걸려 있었다.

저택의 주인은 제약 회사의 재산을 물려받은 단체 설립자였다. 그는 젊은 시절 전 세계를 여행하다가 개발도상국들의 빈약한 의료 실태를 목격하고, 현지 조직에 지속 가능한 의료 시스템을 구축하는 방법을 가르칠 비영리 단체를 만들었다. 단체는 주로 게이츠 재단이나 세계은행 같은 곳에서 받은 보조금으로 운영되었고, 부유한 민간 기부자도 몇몇 있었다. 홍보부 소속인 조지애나는 그러한 기부자들의 비위를 맞춰주고, 해외 사업 관련 사진을 웹사이트에 올리고, 뉴스레터에 실을 프로젝트 관련 기사를 편집하고, 소셜 미디어 계정을 관리하는 일을 맡았다. 그녀가 소셜 미디어에 특별히 관심이 많은 건 아니었지만, 20대인 그녀가 그럴 거라고 모두 지레짐작한 결과였다. 인스타그램 팔로워가 1,800명이라고 무심코 말한 것이 이 일자리를 얻는

---

* 브루클린 브리지 파크의 산책로.

데 도움이 되었다. (다들 그 정도의 팔로워는 갖고 있지 않나? 개인 정보를 삭제하고 파티에 모인 예쁜 친구들 사진을 가끔 올리기만 하면 되는데 말이다.)

하지만 바로 이것이 조지애나와 브래디의 가장 큰 차이점이었다. 그녀는 단체의 성공을 팬처럼 열망하며 뉴스레터를 작성하는 낮은 지위의 보조 직원이었고, 브래디는 활동의 중심에 있었다. 그는 아프가니스탄과 우간다에 다녀왔고, 조지애나는 그가 찍힌 사진들을 세세히 들여다보았다. 임시 병원에서 의사들과 대화하는 모습, 백신에 관한 정보가 적힌 현수막 앞에서 귀여운 아이들과 축구공을 차는 모습, 피임약 보급 계획을 검토하며 인도 의사의 눈을 깊숙이 들여다보는 모습. 그는 연극의 주연배우였고, 그녀는 무대를 색칠하며 그의 눈에 띄기를 간절히 바라면서도 정말로 그렇게 될까 두려워하고 있었다. 분명 두 뺨이 불타오를 테니까.

금요일, 조지애나는 계단 밑의 우편함 앞에 서서 편지 봉투를 도착지에 따라 국내우편과 국제우편으로 나누어 각기 다른 통에 담고 있었다. 그렇게 분류하면서 주소가 제대로 적혀 있는지 다시 한 번 확인했다. 주소를 일일이 적어 넣지 않고도 대량 발송할 수 있도록 연락처를 업데이트했지만, 아직은 시스템이 완벽하지 않았다. 봉투 하나를 두고 고민에 빠져 있던 그녀는 갑자기 들려오는 목소리에 화들짝 놀랐다.

"괜찮아요?"

브래디였다. 그는 조지애나 옆으로 몸을 기울여 그의 이름이 적혀 있는 함에서 우편물을 꺼냈다.

"네, 그냥 이 주소가 맞나 싶어서요."

조지애나는 편지를 내밀어 그에게 보여주었다. 둘이 워낙 가까이서 있어서 그녀가 살짝 얼굴을 들이밀기만 해도 키스를 할 수 있을 정도였다. '미쳤나 봐, 내가 왜 이 사람한테 기습 키스를 해?' 순간 그녀의 뇌가 미워졌다.

"괜찮은 것 같은데. 뭐가 문제예요?"

브래디가 묻자 조지애나는 당황하며 답했다.

"그런데 국내우편이에요, 국제우편이에요? 나라가 안 적혀 있어서요."

"아랍에미리트연합국."

브래디는 주소의 마지막 줄을 가리키며 천천히 읽었다. 봉투가 떨리고 있나? 조지애나는 봉투가 떨리는 것처럼 느껴졌다.

"맞아요, 하지만 그 밑에 나라 이름이 들어가야 하지 않나요?"

"아랍에미리트연합국이 나라예요."

"아, 그게……."

조지애나는 말끝을 흐렸다.

"아라비아 반도에서 사우디아라비아랑 오만 옆에 있죠."

"네."

정말이지 그런 나라는 태어나서 한 번도 들어본 적이 없었다.

"두바이가 거기 도시예요."

"그렇군요, 거기 팜 아일랜드는 우주에서도 보인다잖아요."

조지애나는 고개를 힘차게 끄덕였다. 두바이는 그녀도 알았다.

"쇼핑몰이랑 스포츠카들도요."

"그래요. 하지만 우리가 의료 서비스를 제공하려는 곳은 거기가 아니죠."

"네, 그럼요, 아니죠, 아니죠."

조지애나는 맞장구를 쳤다. 더 한심한 바보처럼 보였으려나? 알 수 없었다.

"어쨌든 그건 그냥 보내도 되겠네요."

브래디는 미소 짓고는 – 아니, 웃음소리가 났었나? – 살짝 고개를 끄덕인 후 우편물을 들고 가버렸다.

조지애나는 봉투를 국제우편함에 던져 넣고는 뺨을 만져보았다. 불타는 듯 뜨거웠다.

그날 밤 윌리엄스버그에서 열린 생일 파티에 다녀온 조지애나는 토요일 아침 깨어나 숙취에 시달렸다. 어찌나 심한지 이가 다 얼얼한 느낌이었다. 그녀가 리나에게 해골 이모티콘을 여러 개 보내자 리나는 자기 집으로 오라는 답장을 보냈다. 크리스틴은 이미 가 있었고, 그들은 리나네 거실에 펼쳐진 접이식 소파에 드러누워 숙취를 풀었다. 웨스트빌 덤보 식당에 치즈 토스트 샌드위치와 프렌치프라이, 그리고 어니언 링도 함께 주문했다. 그들 모두 어니언 링을 썩 좋아하지 않았지만, 곧 죽을 것 같으니 몇 개쯤은 먹어볼까 하는 생각이 든 것이다. 그들은 브라보 채널에서 부잣집 여자들이 싸우는 광경을 구경했고, 3시에 리나의 남자친구가 오더니 보드카에 푹 전 불량배들처럼 뻗어 있는 셋을 보고 웃었다.

조지애나는 외출을 좋아했지만 리나, 크리스틴과 함께 보내는 숙취의 날이야말로 최고였다. 가끔은 영화관에 갔다가 잠들어버리는 바람에 영화를 통째로 놓쳐버리고, 가끔은 땀을 내서 숙취를 없애려고 바레barre* 클래스를 찾아갔다가 욕설을 뱉고 끙끙 앓으며 강사에게서 눈총을 받고, 또 가끔은 체념하고 클라크 스트리트에 있는 작은 식당에 가서 '해장술 마셔야지, 해장술' 하며 블러디 메리 칵테일을 주문했다가 또 취해서는 집으로 돌아가 낮잠을 잤다.

고등학교 동창인 조지애나, 리나, 크리스틴은 어른이 되면 큰 아파

---

* 발레 바를 이용하여 발레, 요가, 필라테스에서 파생된 동작들을 음악에 맞춰 신나게 움직이는 전신 운동.

트에서 다 같이 살기로 약속했다. 결국 룸메이트는 되지 못했지만 같은 동네에 살았고, 세 개의 아파트를 아지트 삼아 만나는 편이 훨씬 더 좋았다. 리나는 어느 부유한 헤지펀드 매니저 밑에서 일했는데, 리나를 애지중지하는 그는 그녀가 일을 그만두지 않는다는 조건 아래 흔쾌히 과도한 임금을 지급하고 있었다. 비행기 표나 저녁 식사를 예약하는 것이 미술사 학위를 딴 리나가 꿈꾸었던 일은 아니지만, 크리스티스*에서 제안받았던 액수의 세 배를 벌고 있으니 떠날 이유가 없었다. 펀드 매니저는 자신의 마일리지 포인트를 정기적으로 리나의 계정으로 옮겨주었고, 이런 식이라면 앞으로 그녀가 일반석을 탈 일은 없을 터였다. 꿈을 포기한 대가치고는 썩 괜찮았다. 크리스틴은 기술 분야의 스타트업에서 일했고 마음에 드는 구석이라곤 별로 없는 직장이었지만, 구내식당에서 아침과 점심을 해결하고 도시락 통에 샐러드와 구운 연어를 가득 채워 퇴근 후 집으로 가져갈 수 있으니 따로 장을 볼 필요가 없었다. 세 친구는 1주일에 닷새를 만나 저녁 외출을 했기 때문에 크리스틴은 항상 플라스틱 용기를 술집마다 가져갔고, 나머지 두 명은 플랫부시 애비뉴의 샬린스 바 한복판에서 다섯 코스짜리 식사를 차리려는 괴짜처럼 보인다며 크리스틴을 사정없이 놀려댔다.

다 함께 어니언 링을 들고 소파에 누워 있을 때 조지애나는 우편함 앞에서 브래디를 만나 벌어졌던 민망한 상황을 이야기했다. 그들은 조지애나가 달갑게 느껴지지 않을 정도로 자주 그녀의 짝사랑에 관해 수다를 떨었고, 이번 일은 아무 재미도 없는 시시한 사건이지만 그래도 망상이 아닌 현실이니 친구들에게 알려줘야 할 것 같았다.

"야, 아무리 그래도 아랍에미리트연합국이 나라라는 걸 어떻게 모를 수가 있어?"

---

* 1766년에 설립된 영국의 경매 회사.

리나가 일어나 앉아 절망한 표정으로 조지애나를 보며 물었다.

"그야, 난 국경선을 공부한 사람이 아니니까! 내 전공은 러시아 문학이잖아!"

조지애나가 항변했다.

"참 안됐다, 얘."

크리스틴은 조지애나를 거들었다.

"그래도 그 사람이 너한테 말을 걸긴 했잖아? 어쨌든 널 도와주려고 했으니까 긍정적인 신호야."

크리스틴은 응원해주려 애썼지만, 조지애나가 모든 걸 알려주지는 않았으니 그들이 상황을 제대로 파악하지 못할 만했다. 남은 오후 시간 동안 그들은 브래디 앞에서 떨어진 위신을 어떻게 다시 세울지 의논하면서, 따분한 것에서부터 터무니없는 것까지 온갖 대화 전략을 짰다.

"아랍에미리트연합국의 빈곤선이 하루 22달러라는 거 알아?"

"거기는 매사냥을 그렇게 많이 한대."

"에미리트 항공 일등석의 무료 잠옷이 제일 좋다는 게 사실이야?"

이런 일에서 그녀의 친구들은 아무런 도움도 되지 않았지만, 다 함께 음모를 꾸미며 브래디의 이름을 많이 부르니 기분은 좋았다.

확실하진 않지만 어쩐지 그 일 이후로 브래디와 더 자주 마주치게 되는 것 같았다. 커피 카트 줄에서 그녀 뒤에 서 있던 그가 살짝 손을 흔든다거나, 자료실로 가는 길에 뒤편 복도를 지나다가 회의실에서 나오는 그와 마주친다거나. 그는 보통 1층에서 일하는 다른 두 프로젝트 매니저와 함께 점심을 먹었는데, 조지애나는 그들이 프리미어 리그나 누군가의 자가 양조 계획에 대해 이야기하는 걸 엿들은 적이 있었다. 사무실 사람들 대부분은 자기 자리에서 식사를 하지 않고, 집에서 가져온 도시락 혹은 밖에서 사 온 샐러드나 샌드위치를 2층 계단

꼭대기에 있는 큼직한 테이블에서 먹었다. 조지애나는 누구와 점심을 먹을까 고민해본 적이 없었다. 전날 남은 볶음밥이나 피자 한 조각을 먹으면서 전화기나 잡지를 보기도 하고, 우연히 테이블에 같이 앉은 사람과 잡담을 나누기도 했다. 어느 날 오후 브래디와 그의 1층 친구가 그녀의 맞은편에 앉았을 때 그녀는 샐러드를 먹으며 전화기로 ESPN 기사를 읽고 있었다. 고개를 끄덕여 그들과 인사를 나눈 후 그녀는 기사를 계속 밑으로 내렸다. 글자가 전혀 눈에 들어오지 않았지만 바빠 보이려 필사적으로 애썼다.

"이번 주말에 뭐 해?"

브래디는 샌드위치 포장을 풀고 탄산수 캔을 따면서 물었다.

"필리에 가서 처가 식구 보려고. 넌?"

"대학 친구 몇 명이 여기로 온다니까 토요일 저녁에 롱아일랜드 바에나 가보려고."

브래디는 그렇게 답한 뒤 샌드위치를 한입 베어 물었다. 조지애나가 그를 올려다보자 그녀와 눈이 마주친 그가 빙긋 웃었다. 그녀에게 한 말이었을까? 그녀가 찾아와주기를 바라는 건가? 그럴 리가 없었다. 착각이었다. 그는 평범하게 주말 계획을 얘기했고, 그녀는 어쩌다보니 그 자리에 있었고, 그가 그녀에게 미소를 지은 건 정신병자나 심각한 인간 혐오증 환자가 아니기 때문이었다.

조지애나는 종이 냅킨으로 입가를 톡톡 두드려 닦고 샐러드 뚜껑을 닫으며 '저 먼저 일어날게요'라고 중얼거린 뒤 그녀의 자리로 돌아갔다. 계속 앉아서 먹는 척하고 있을 수가 없었다. 브래디가 가까이 있기만 해도 에스프레소를 아홉 잔은 마신 것처럼 손이 떨렸다.

리나와 크리스틴은 답을 주지 못했다. 그는 그저 대화를 하고 있던 걸까, 아니면 조지애나가 와주기를 바라는 걸까? 어느 쪽이든 조지애나는 하이츠에 살고 애틀랜틱 애비뉴의 롱아일랜드 바에 가끔 가니까, 어쩌다 그곳에서 그를 만나게 된다 해도 이상할 건 없었다. 그래서 그녀는 정성껏 차려입고, 머리를 평소보다 10분 더 말리고, 발가락은 아프지만 청바지와 아주 잘 어울리는 부츠를 신었다. 리나와 크리스틴, 그리고 그들의 친구 미셸과 함께 조지애나는 그 바로 향했다. 8시에 도착해 테킬라 소다를 주문했는데, 그들이 잔을 다 비울 때까지도 브래디는 나타나지 않았다. 크리스틴과 미셸은 가고 싶은 파티가 있다며 떠났지만, 리나는 남아 있기로 했다. 조지애나와 리나는 한 잔 더 마시며, 지구상에서 가장 따분한 남자와 약혼한 리나의 언니, 스쿼시 코치와 눈이 맞아 달아났던 그들의 고등학교 선생님, 그리고 조지애나의 어머니에 대한 험담을 늘어놓았다. 조지애나의 어머니는 부작용이 있을 거라며 치아 미백을 거부하더니 이제는 더 심한 착색을 막겠다고 집에서 빨대로 레드 와인을 마셨는데, 그 결과 두 배 빠른 속도로 두 배 많은 양을 마셨으니 건강에 해롭기는 마찬가지였다. 자정까지도 브래디가 나타나지 않자 그들은 바에서 나가 길모퉁이에서 포옹하며 작별 인사를 나누었다. 혼자 아파트로 돌아간 조지애나는 공들였던 화장을 물수건으로 닦아낸 뒤, 낡은 농구 티셔츠를 입고 침대에 털썩 드러누웠다. 외롭고 한심한 기분이었지만, 도시 전역에 그녀와 같은 처지의 여자들이 있다는 것도 알았다. 토요일 저녁에 무슨 일인가 일어나기를 기다리며, 현실로 돌아가기 전 홀로 좋은 때를 기다리며 커피숍에서 음료를 홀짝이거나 신문을 읽거나 전화기 화면을 하염없이 올리는 여자들.

아침에 조지애나는 몬터규 스트리트의 라켓 클럽 카지노에서 테니스복 차림으로 어머니를 만났다. 그들은 한 시간 동안 쳤고, 조지애나는 라켓을 한 번 휘두를 때마다 좌절감에 휩싸였다. 네 살 때부터 레슨을 받은 조지애나는 강타를 날리는 강력한 적수였지만, 어머니는 마치 백보드 같았다. 칠순이 가까운 나이에도 발놀림이 워낙 노련해서 바쁘게 뛰어다닐 필요가 없었다. 샷은 강하지 않았지만 무슨 공격이든 다 받아치는데다 폼도 완벽해서, 조지애나는 공을 쫓아다니며 코트 구석구석을 누비고 다녀야 했다. 항상 그래왔고 지금도 그렇듯 테니스는 어머니와 가장 명확히 소통을 할 수 있는 수단이었다. 틸다는 대화를 하기 힘든 상대였다. 까다로운 대화를 질색하는 세대답게, 갈등의 소지가 있거나 불쾌한 기미가 조금이라도 엿보이면 바로 대화를 끊어버렸다. 10대 시절 조지애나는 그 점이 정말 짜증스러웠고 어머니와 진정으로 가까워지려 용기를 낼 때마다 벽에 부딪혔다. 하지만 테니스가 그들을 구원해주었다. 말로 못할 때는 테니스를 쳤다. 어머니는 그녀를 응원하면서 최고의 샷을 칭찬하고 전략을 조언해주고 조지애나의 민첩함에 감탄했다. 자신이 어머니에게 정말 사랑받고 있는 건가 미심쩍었던 몇 년 동안 조지애나는 적어도 테니스 실력만큼은 어머니에게 인정받고 있다는 걸 알았다.

어느 평행 세계에서 모녀는 테니스를 친 후 브런치를 먹으며 수다를 떨고, 조지애나는 롱아일랜드 바에서 겪은 굴욕을 고백했을지도 모른다. 브래디에 관해 모든 걸 어머니에게 털어놓았을지도 모른다. 다른 프로젝트 매니저들이 그를 우러러본다고, 정말로 가끔은 그녀를 쳐다보는 그의 시선이 느껴진다고, 짝사랑이 어찌나 심한지 툭하면 그의 꿈을 꾸는데 깨어나서는 그와 함께했다는 사실에 설레면서도 그저 꿈일 뿐이었다는 사실에 비참해진다고 말이다. 하지만 현실의 조지애나는 라켓을 케이스에 집어넣고 지퍼로 잠근 뒤 어머니를 따라 카지노의 커다란 회전문을 지나고 헨리 스트리트를 따라 부모님의 새 아파트로 갔다. 어머니는 베르타가 만들어놓은 점심 식사를 아끼는 꽃무늬 도자기 그릇에 담고 거기에 어울리는 냅킨을 깔아 식탁을 차렸다. 그들은 신문을 보며 식사를 했고, 가끔 재미있는 기사를 소리 내어 읽을 때 빼고는 아무 말도 하지 않았다.

새집에 있는 부모님을 보니 기분이 묘했다. 아기 때부터 파인애플 스트리트에서 살았던 조지애나에게는 가구들, 나무 난간에 남은 흔적, 화강암 조리대에 진 얼룩 하나하나가 그녀 가족의 본질처럼 느껴졌다. 마치 그 장소 자체가 그들의 DNA로 스며들고, 그들도 그곳에 스며든 것처럼. 외풍 드는 오래된 라임스톤 저택에서 살며 골동품들과 함께 삐걱거리며 늙어가야 할 부모님이 반들반들한 대리석 아일랜드 식탁 주변을 어슬렁거리는 모습을 보고 있노라면, 닌텐도 스위치로 게임을 하는 벤저민 프랭클린을 보는 듯한 기분이 들기도 했다.

새집에 있는 부모님보다 훨씬 더 묘하게 느껴지는 것도 있었다. 코드의 아내가 그들의 유년 시절 집에 산다는 사실이 그랬다. 처음엔 사샤를 순순히 받아들였지만, 두 가지 사건 때문에 시누이와 올케 간의 따스하고 편안한 관계는 물 건너가고 말았다. 첫 번째 사건은 코드의 결혼식 한 달 전에 일어났다. 코드가 눈이 퉁퉁 부은 꼴로 술에 취해 달리의 집에 나타났다. 사샤가 혼전합의서에 서명하지 않겠다며 코드의 아파트를 떠난 후로 돌아오지 않는다는 것이었다. 1주일 후쯤 사샤가 다시 나타났다. 코드가 그 일을 다시는 입 밖에 꺼내지 않았기 때문에 조지애나도 달리도 자세한 속사정은 몰랐다. 두 번째 사건은 결혼식 날 밤에 일어났다. 조지애나와 달리는 스톤 스트리트의 술집에서 열린 뒤풀이에서 젊은 하객들과 어울렸다. 그런데 사샤의 사촌 샘이 밤새도록 코카인을 코로 빨아대더니 추태를 부리기 시작했다. 바 끝에서 조지애나를 붙들고 장황하게 떠들어대다가 그녀의 가족이 얼마나 부자냐고 직설적으로 물었다.

"네?"

조지애나는 질문을 잘못 들었나 싶어 웃으며 답했다.

"댁의 오빠 코드는 당장 일 집어치워도 먹고사는 데 아무 지장 없잖아요. 맥들이 하는 얘기를 들어봐도 그렇고 그 많은 클럽도 그렇고. 사샤가 부자랑 결혼하는 모양인데, 얘가 뉴욕으로 오더니 변했더라고요. 봐요, 부잣집 도련님에다 공화당 지지자인 남자를 낚았잖아요."

"오빠는 자타공인 중도파예요."

조지애나는 샘이 방금 한 말을 그 한마디로 전부 무마할 수 있을 것처럼 방어적으로 답했다. 하지만 사샤가 혼전합의서를 두고 협상을 벌였던 일이 덩달아 떠오르자 아니꼬운 마음이 들었다. 그리고 지금 사샤는 조지애나의 집에 살고 있었다.

일요일이지만 조지애나의 아버지는 사무실로 꾸며놓은 작은방에서 일하는 중이었다. 식사를 마친 조지애나는 우유와 설탕 두 스푼을 탄 잉글리시 브렉퍼스트를 한 잔 준비해 문을 살며시 두드렸다. 아버지는 안경을 책상에 버려둔 채 돋보기를 쓰고서 날짜가 지나 낡고 누레진 〈월스트리트 저널〉을 읽고 있었다. 조지애나는 아버지 곁에 찻잔을 내려놓고 아버지의 뺨에 입을 맞추었다.

조지애나는 자신과 아버지의 사이가 각별하다고 생각하고 싶었다. 달리와 코드는 고작 두 살 터울이라 단짝 친구처럼 지냈지만, 조지애나는 열 살이나 어렸다. (조지애나는 자기는 아슬아슬하게 Z세대에 발을 걸쳤지만, 언니와 오빠는 밀레니얼 끝물이라며 그들을 놀려먹었다.) 그녀가 3학년이었을 때 달리와 코드는 대학에 다녔기 때문에 조지애나는 거의 외동딸처럼 키워졌다. 부모님은 조지애나가 막내라는 걸 알았기 때문에(틸다는 그렇게 선언할 때마다 가위로 뭔가를 싹둑 자르는 무시무시한 동작을 취했다) 그녀를 애지중지 키웠고, 달리와 코드가 어렸을 때 너무 바빠서 자식들에게 못해주었던 것들을 조지애나에게 전부 다 해주었다. 열 살이 된 조지애나를 파리로 데려가고, 평일 저녁 외식에 그녀만 데려가고, 고등학교와 대학교 시절 그녀가 테니스 대회에 나가면 거의 빼놓지 않고 챙겨 보았다.

"테니스는 어땠냐, 조지애나?"

아버지는 신문을 접어놓고 의자에 기대며 물었다.

"뭐, 괜찮았어요. 조금 더 달려야 할까 봐요. 매일 운동하던 때보다 느려진 것 같거든요."

브라운 대학의 테니스팀에서 뛰었던 조지애나는 운동을 그만두자 몸무게가 2킬로그램 넘게 늘어났다. 그 사실이 별로 신경 쓰이진 않았지만, 어머니에게 지기 시작할까봐 걱정되긴 했다.

"일은?"

"좋아요. 이번 주가 뉴스레터 마감인데, 필요한 준비는 다 끝내놨어요. 편집하고 레이아웃만 하면 돼요."

달마다 조지애나는 현장에서 활동하는 프로젝트 매니저들을 구슬려 정보를 얻어낸 다음 그들이 건성건성 던져준 답변을 이리저리 끼워 맞춰 기사를 작성했다.

"나오면 한 부 가져다줘, 읽어보게."

아버지는 그렇게 말하며 빙긋 웃었다.

조지애나는 기뻤다. 대학 졸업 후 비영리 단체에 들어가겠다는 그녀의 결정을 부모님은 진심으로 응원해주었다. 코드는 아버지와 같은 업계에서 함께 일했지만, 조지애나와 달리는 부동산 투자에 털끝만큼도 관심이 없었다. 어쩌면 그것이 최선인지도 몰랐다. 아버지가 은퇴할 때 깔끔하게 코드에게 일을 넘겨줄 수 있을 테니 말이다. 사업 관계자들은 모두 코드를 알았고, 그들 대부분은 아무리 곤란한 문제라도 코드와 편하게 얘기를 나누었다. 결국엔 코드가 모든 보유 자산을 물려받을 예정이었다. 아버지는 가장 까다로운 사람들을 상대해야 하는 '인맥 관리'를 아들에게 맡긴 채 코드를 옆에 긴 특권을 톡톡히 누리고 있었다.

"이건 뭐예요?"

조지애나는 신문 기사 쪼가리를 책상에서 들어올리며 물었다. 그녀의 이름이 적힌 노란 포스트잇이 거기에 붙어 있었다.

"아, 서평인데, 네가 보면 재미있어할 것 같아서. 마음이 이끄는 대로 움직이는 순진한 자선가의 이야기거든."

그가 빙긋 웃었다.

조지애나는 서평을 대충 훑어보았다. 408년 로마에서 막대한 재산을 상속받은 한 여성의 일대기였다. 기독교로 개종한 어느 원로원 의원 가족의 딸로 태어난 멜라니아 2세는 처녀성을 지키길 원했다. 안타깝게도 부모의 뜻에 따라 열네 살 때 결혼했지만 용케도 남편과의 협상에 성공하여, 아이 둘을 낳고 나면 남편과 성관계를 갖지 않고 기독교 사역에 헌신하기로 했다. 아버지가 세상을 떠나자 멜라니아 2세는 어마어마한 사유지와 땅과 재산, 그리고 5만 명의 노예를 물려받았다. 신에게 바치는 의미로 모든 유산을 기부하리라 마음먹었지만 생각처럼 그리 쉬운 일이 아니었다. 노예들은 해방을 거부했다. 그녀의 의도가 미심쩍은데다 앞으로 이방인들과 굶주림으로부터 스스로를 지키지 못하게 될까 두려웠던 것이다. 결국 그들의 생각이 옳았고, 그들 중 많은 이들이 굶어 죽었다.

"와, 아빠, 왜 이걸 읽고 내 생각이 났어요? 날 억지로 시집보내려고요?"

조지애나가 놀리듯 물었다.

"뭐, 널 데려가줄 사람이 있나 찾아봤다만 지금까지는 운이 없었지."

칩은 한쪽 눈썹을 치켜올렸다.

"고마워요, 아빠."

조지애나는 아버지의 정수리에 입을 맞추었다. 아버지가 그녀를 순진한 자선가로 생각한다는 사실이 재미있었다. 5만 명의 노예를 풀어주는 것과, 비영리 단체의 뉴스레터를 타이핑하는 것은 상당히 다른 차원의 선행이지만.

조지애나는 어머니에게 작별 인사를 한 뒤 라켓을 들고 아파트로 돌아가 샤워를 했다. 그러고는 침대에 누워 소설을 읽고 리나와 크리스틴에게 문자메시지를 보내며 남은 하루를 보냈다. 크리스틴이 롱아일랜드 바를 떠나 참석했던 파티가 광란의 도가니로 변했고, 그들의 정신 나간 친구 라일리는 버번위스키에 만취하여 지하철에서 잠들었다가 카나시에서 깨어났다고 했다.

다음 날 아침 조지애나는 아보카도와 치즈를 넣은 샌드위치를 도시락으로 싸고, 옷을 갈아입고, 9시 전에 사무실에 도착했다. 엉망으로 뒤섞인 기사용 사진들을 샅샅이 뒤져 그중 제일 괜찮은 넉 장을 골랐다. 우간다에서 진행 중인 프로젝트에 관하여 머릿속에 떠오르는 대로 자유롭게 700자를 끼적인 다음, 현지 산부인과 진료소에 관한 논리적이고 좀 더 감동적인 기사로 다듬어나갔다. 우간다 여성의 약 2퍼센트가 출산 도중 사망했고 산후조리를 조금이라도 받는 사람은 절반에 불과했다. 초보 엄마가 안전하고 청결하게 머물 수 있는 장소인 진료소는 모유 수유와 탯줄 관리에 대해 가르치고 그들에게 필요한 치료를 해주기도 했다. 갓난아기를 품에 안은 채 지친 눈으로 미소 짓는 여성들의 사진을 보고 조지애나는 새삼 감동을 받았다.

참 이상한 일이었다. 조지애나는 또래에 비해 자신의 여행 경험이 풍부하다고 늘 생각해왔다. 프랑스, 스페인, 이탈리아를 다녀왔고, 케냐에서 사파리 여행을 한 적도 있고, 알래스카에서 빙하도 보았다. 심지어 고등학교 때 반 친구들과 함께 중국의 만리장성을 걸어보기까지 했다. 하지만 이 일을 하면서 조지애나는 자신이 이제껏 본 것은 세상의 극히 일부에 지나지 않는다는 사실을 깨달았다. 관광 명소들,

부자들의 여흥을 위해 만들어진 호화로운 도시와 마을들. 그녀는 진짜 가난을 한 번도 목격하지 못했다. 〈콘데 나스트 트래블러Condé Nast Traveler〉*에 실릴 만한 괜찮은 식당 하나 없는 곳에서 사람들이 어떤 삶을 영위하고 있는지 깊이 생각해본 적이 단 한 번도 없었다.

1시 반에 배가 고파진 그녀는 냉장고에서 샌드위치를 꺼내 널찍한 식탁으로 향했다. 다들 식사를 마치고 떠난 터라 그녀는 혼자 앉아 무릎에 냅킨을 깔았다. 그때 옆자리 의자가 뒤로 빠지자 조지애나는 움찔 놀랐다.

"여기 앉아도 돼요?"

브래디가 물었다.

"네."

식탁 전체가 텅 비어 있는데 굳이 그녀 옆에 앉으려는 것이다. 조지애나는 전화기를 충전하느라 책상에 두고 온 탓에 먹는 동안 달리 볼 것도 없었고, 뭔가 열심히 하는 척할 수도 없었다.

브래디는 판지 용기를 열어 그릴드 치즈 샌드위치를 꺼냈다. 상자에서 한 줌의 김이 뿜어져 나왔다.

"점심이 늦네요?"

그가 물었다.

"네, 뉴스레터 작업하느라 시간이 이렇게 됐는지 몰랐거든요."

"우리가 팜트리 섬에서 벌여온 훌륭한 사업에 관한 내용이죠?"

조지애나가 깜짝 놀라며 올려다보자 브래디는 시치미를 떼고 샌드위치를 살피는 척하고 있었다.

"아니요. 모나코에서 처음 사교계에 나가는 가난한 여자들한테 코 성형을 공짜로 해주는 프로젝트에 관한 건데요."

---

* 1909년에 창립된 미국의 글로벌 미디어 기업인 콘데 나스트에서 발간하는 여행 전문 잡지.

브래디는 놀라서 웃음을 터뜨렸고 조지애나는 빙긋 웃었다.

"정말 재밌네요. 그나저나 주말은 어땠어요? 좋은 일이라도 있었어요?"

"테니스 치고 친구들이랑 놀러 나가고, 뭐 대단한 건 없었어요. 매니저님은요?"

"음, 망했어요. 토요일에 대학 동기들이랑 만나려고 했는데, 막판에 친구가 발목을 삐는 바람에 저녁 내내 응급처치소에서 엑스레이 찍을 때까지 기다렸죠."

"아, 안타깝네요."

"그래요, 그날 밤을 정말 기대하고 있었는데."

브래디는 조지애나를 의미심장한 눈빛으로 바라보며 말을 이었다.

"롱아일랜드 바 말이에요."

"거기 좋죠."

조지애나는 중얼거렸다.

"그러게 말이에요."

브래디는 고개를 살짝 저었다.

"테니스는 어디서 쳐요?"

그들은 그 후 20분 동안 뉴욕 시에서의 스포츠 활동에 관한 정보를 나누었다. 공공 테니스장들 중에 공원관리부에서 발행하는 테니스 허가증을 확인하는 곳에 관하여, 베이컨 에그 치즈 샌드위치만 쥐어주면 한 자리를 남겨주는 포트 그린 코트의 관리인에 관하여. 브래디의 농구 모임에 대해서도 이야기했다. 가끔 경기에 과도하게 몰입해서 서로를 팔꿈치로 치는 사내들, 그러고서 시퍼렇게 멍든 눈으로 일류 로펌에 파트너 변호사로 출근하는 사람에 대하여.

브래디와 조지애나가 각자 샌드위치를 다 먹고 냅킨을 구깃구깃 뭉치며 머무적거리고 있는데, 근처에서 진행된 회의가 끝나고 한 쌍의 여닫이문이 열리더니 동료들이 갑자기 우르르 몰려나와 자기 자리로 돌아갔다. 브래디는 고개를 옆으로 젖히며 웃고는 의자에서 일어났다.

"나중에 봐요."

브래디가 조지애나의 쓰레기까지 함께 쓸어 쥐고 1층으로 내려가기 시작했고, 조지애나는 하늘에 붕 뜬 듯 가벼운 발걸음으로 조그만 하녀 방 사무실로 돌아갔다. 뉴스레터를 한 자라도 더 쓸 수 있을지, 아니면 앞으로 세 시간 동안 창밖을 내다보면서 그와의 대화 한마디 한마디를 곱씹으며 기쁨에 겨워 자꾸 얼굴을 붉힐지 그녀 자신도 알 수 없었다.

3
달리

달리의 아이들은 죽음에 집착했다. 다섯 살, 여섯 살 때는 원래 그렇다고 다들 말했지만, 달리는 자기 아이들의 영혼이 비뚤어져서 10대가 되면 얼굴에 문신이라도 할까봐 내심 걱정이었다. 늦은 오후, 그들은 브루클린 브리지 놀이터의 미끄럼틀 근처에 있었다. 돌계단에 햇볕 잘 드는 자리를 발견해 앉은 달리는 뛰어노는 아이들을 지켜보는 와중에 전화기 화면을 올리며 인터넷으로 장을 보고 있었다. 아이들의 학교 친구 몇 명도 보모와 함께 나와 있었고, 어른들은 서로 고개를 끄덕여 인사를 나누었지만 수다를 떠는 대신 반짝이는 작은 화면만 편안히 들여다보고 있었다.

아이들은 6미터 길이의 미끄럼틀을 올라가려 기를 쓰고 있었다. 다섯 명이 한 줄로 서서 서로를 밀어주며 웬일로 협동심을 발휘하고 있었다. 대장인 파피가 작고 새된 목소리로 다른 아이들을 지휘하고 있었다. 인간이 아니라 갈매기가 끼룩끼룩 우는 소리처럼 들렸다. 아이의 목소리가 듣기 싫다니, 이것도 문제일까? 달리는 전화기에 집중하여 저녁거리를 체계적으로 장바구니에 담았다. 그녀가 먹을 연어, 아이들이 먹을 맥앤치즈, 맬컴이 먹을 돼지갈비. 로즈메리를 뿌린 닭고기를 과연 해처가 먹을까 고민하고 있는데, 언뜻 보니 미끄럼틀 밑에 아이들이 옹기종기 모여 있었다. 다 같이 뭔가를 보고 있는 듯하더니, 파피가 놀이터 가장자리로 가서 기다란 나뭇가지를 하나 집어 들고 다시 아이들에게 달려갔다. 포근한 오후였고 바다 냄새가 났다. 나무들 바로 반대편에 강이 있었고, 페리의 구슬픈 경적 소리, 새가 지저귀는 소리를 들으며 달리는 달콤한 만족감을 느꼈다. 어떻게든 뉴욕에서 달아나 해변, 정원, 거울 같은 수면의 호수로 달려가고 싶은 날도 있지만, 오늘처럼 녹음이 우거진 공원이 마냥 좋고 다른 인생은 상상조차 할 수 없는 날도 있었다.

갑자기 파피가 해처를 뒤에 달고서 들이닥치더니 달리에게 물었다.

"엄마, 이것 좀 고쳐줄래?"

파피가 팔을 쭉 뻗어 달리에게 무언가를 보여주었고, 달리는 딸이 들고 있는 게 뭔지 알아보는 데 몇 초가 걸렸다. 스웨터인가? 종이봉투? 뭐지? ……비둘기였다. 죽은 비둘기.

그날 밤 달리의 어머니가 조지애나, 코드, 사샤를 데려와 저녁 식사를 함께했다. 달리가 와인을 따를 때 파피가 포크에 치킨너깃을 꽂은 채 의자에 꼿꼿이 앉아 선언하듯 말했다.

"오늘 엄마가 나한테 화냈어요."

"어머, 파피, 그러니? 무슨 일이 있었길래?"

달리의 어머니는 당장이라도 파피의 편을 들어줄 기세로 물었다.

"놀이터에서 미끄럼틀 밑에 비둘기가 있길래 주웠어요. 개한테 물렸는지 병에 걸렸는지 몰라도 죽었더라고요."

찬물을 끼얹은 듯 식탁이 순식간에 조용해졌다.

"그걸 어떻게 했니?"

달리의 어머니는 아연한 얼굴로 물었다.

"엄마가 뺏어서 재활용수거함에 버렸어요."

파피가 막대기에 꽂은 애플 캔디를 먹듯이 너깃을 갉아 먹으며 아쉬운 듯 말했다.

"재활용? 그냥 쓰레기통에 버린 게 아니고요?"

사샤가 깜짝 놀라며 물었다.

"당연히 쓰레기통에 버렸지. 그러고는 집에 와서 애들 손을 뜨거운 물에 씻겼어. 다시는 애들을 집 밖으로 안 내보낼 거야."

달리는 그렇게 선언하며 와인이 찰랑이도록 술잔 가득 따랐다. 이 것이 사샤의 문제였다. 어떤 상황에서든 어쩜 그리 얄미운 말만 골라서 하는지, 그것도 재주라면 재주였다.

저녁 식사가 끝나고 어머니와 형제자매가 떠나자 달리는 파피와 해처를 욕조 물에 한참이나 담가두었다. 요로감염에 걸리거나 눈이 따 갑지 않을 정도까지 비누를 양껏 풀어 거품을 풍성하게 냈다. 아이들의 머리카락이 뻑뻑해질 때까지 북북 문지른 다음 수건으로 몸을 닦아주고 다리와 등에 로션을 반질반질하게 발라준 뒤 잠옷을 찾아 입으라고 보냈다.

오늘은 맬컴이 야근을 하는 날이라 그녀가 자신의 침대에서 두 아이에게 책을 읽어주었다. 이빨 요정, 트롤, 매직 스쿨버스, 트리 하우스…… 아직 어려서 현실과 상상을 잘 구분하지 못하는 두 아이는 마법이라는 게 정말 있다고 믿었다. 언제 진실을 말해줘야 할지, 언제까지 아이들이 상상의 나래를 마음껏 펼칠 수 있게 내버려둬야 할지 고민될 때가 많았다. 얼마 전에는 해처가 물건의 크기를 줄여주는 기계를 만들어달라고 해서 며칠 동안 오후마다 판지 상자들을 이어 붙이고 거기에 버튼과 손잡이를 달았지만, 막상 아무것도 줄어들지 않자 해처는 엄청난 충격을 받고 풀이 죽었다. 파피는 끊임없이 이빨 요정에 관해 이야기하면서, 처음으로 이가 빠질 날을 손꼽아 기다렸다. 한번은 달리가 일곱 살에 처음 젖니가 빠진다고 무심코 말했더니 그 말을 절대적 진리로 믿은 파피는 한 학교 친구가 다섯 살 반에 이가 빠지자 불공평하다며 엄청 억울해했다. 이빨 요정이 그 이빨들을 어떻게 하느냐고 파피가 물었을 때 달리는 이빨이 필요한 아기들에게 준다고 그 자리에서 이야기를 지어냈다. 그 후에는 요정이 아기들의 조그만 입속에 이빨을 끼워주느라 아기들이 항상 그렇게 칭얼대는 거라고, 길고도 복잡한 거짓말을 이어 붙였다.

달리는 책을 네 권 읽어준 후 아이들을 그들 방으로 데려가 침대에 눕혔다. 파피의 턱 밑까지 이불을 끌어당겨 덮어주자 파피가 갑자기 말똥말똥한 눈으로 그녀를 쳐다보며 물었다.

"엄마, 죽으면 어떻게 돼?"

"참, 항상 얘기하잖니. 죽으면 어떻게 되는지 모른다고. 하지만 세상에 영원히 남는다고 할 수도 있지. 우리 몸은 땅속으로 들어가 흙의 일부가 되고, 나무랑 풀이랑 꽃이 자라면 그 식물들의 일부가 되고, 동물이 그 식물을 먹으면 우리는 또 그 동물의 일부가 되고. 영원히 그런 식으로 이어지는 거야."

달리는 파피의 이마에 내려온 머리카락을 쓸어주며, 집중하느라 약간 찌푸려진 아이의 얼굴을 지켜보았다.

"그럼, 오늘 죽은 그 새 있잖아?"

"응, 그 새가 왜?"

"엄마가 그 새를 쓰레기통에 버렸으니까 그 새는 영원히 쓰레기통의 일부가 되는 거네?"

"아, 음, 그건 아니야. 누군가가 새를 땅에 묻어줄 거니까."

달리는 거짓말을 했다.

"사랑해, 우리 딸. 잘 자."

달리는 불을 끄고 방에서 나가며, 자기 아이들이 정상적으로 자라기는 글렀다고 생각했다.

달리와 맬컴은 두 가지의 결혼 서약을 했다. 교회에서 신과 친구들과 가족 앞에서 한 서약, 그리고 그날 밤 침대에서 서로 손을 잡고 베개에 거미처럼 들러붙은 인조 속눈썹들, 스프레이를 뿌린 부스스한 머리카락 깊숙이 박혀 끝도 없이 나오는 머리핀 때문에 키득거리며 둘이서 속삭였던 서약. 불빛에 반짝이는 결혼반지가 끼워진 손을 잡고서 그들은 속삭였다.

"당신이 내 짐을 싸주기를 기대하지 않을게, 친구들이 우리 집에 놀러 올 때 사무실에 숨어서 일하는 척하지 않을게, 당신을 운전기사처럼 부리면서 뒷좌석에 앉지 않을게, 당신 말고 다른 사람하고는 절대 자지 않을게."

달리는 친구들이나 친척들과 함께 왕성한 사교 활동을 하며 지냈다. 칵테일파티, 테니스 시합, 손톱 손질을 함께해줄, 심지어는 신장도 내주겠다고 할 사람이 수십 명은 있었다. 하지만 그녀가 가장 신뢰하는 사람은 맬컴이었다. 남편은 그녀가 이제껏 만난 사람들 중 단연 최고였다. 그들 부부는 서로에게 절대, 결코 거짓말을 하지 않는다는 점에서 그녀의 친구들과는 다른 결혼 생활을 하고 있었다. 놀랍게도 대부분의 부부가 스스럼없이 서로를 속였다. 달리의 친구 클레어는 남편이 모르는 계좌를 하나 갖고 있었다. 달리의 어머니는 서재 문 뒤쪽에 쇼핑백들을 숨겨두었다가 남편이 나가면 새 옷을 옷장에 걸고 태그를 잘라 쓰레기통 깊숙이 쑤셔 넣었다. 달리의 가장 친한 친구는 가끔 남편에게 회의가 있다고 속이고 나가서는 머리를 자르거나 피부 관리를 받았다. 사실대로 말해도 남편이 싫어하진 않겠지만, 자기만의 비밀이 갖고 싶다고 했다. 달리로서는 도무지 이해되지 않았다. 그녀라면 무신경한 기만으로 가득한 관계를 견디지 못할 테고, 맬컴도 마찬가지일 터였다.

결혼하기로 결심했을 때 달리는 맬컴에게 혼전합의서에 서명해달라고 부탁할 수 없었다. 그녀의 것과 그의 것을 확연히 구분 짓는 그 합의서 자체가 언젠가는 일어날 이혼을 위한 준비처럼 느껴졌다. 어차피 그 돈이 그녀의 것이라는 느낌도 없었다. 조부모님과 증조부모님의 돈이었다. 그녀는 그저 돈이 새어 나가는 구멍일 뿐이었다. 사립학교며 방학이며 옷이며…… 미국에서 물가가 가장 높은 도시에서 아이를 키우면 이것저것 돈이 많이 든다. 가족 변호사가 설명하기를, 둘 중 하나를 선택할 수 있다고 했다. 맬컴이 혼전합의서에 서명하고 만약 이혼하게 되면 매년 쥐꼬리만 한 돈을 받는 데 합의하거나, 아니면 계좌를 묶어둔 채 돈을 받지 않다가 아이들이 성인이 되면 곧장 물려주거나. 달리가 맬컴에게 의견을 묻자 그는 결국 그녀가 결정해야 할 일이라고 했다. 그가 합의서에 서명하거나, 아니면 그녀가 신탁재산을 완전히 포기하고 그들이 비싼 돈을 들여 공부한 것을 이용해 그들 스스로 길을 찾든가, 둘 중 하나였다. 그래서 달리는 결정했다. 유산을 포기하고 사랑에 모든 것을 걸기로.

맬컴은 이미 대부분의 미국인이 꿈조차 꿀 수 없는 큰돈을 벌고 있었다. 그의 천재성과 강박적인 지성주의는 금융계에서 큰 도움이 되는 자질이었다. 그는 어릴 때부터 비행기에 매료되었다. 10대에 다양한 항공기 모델의 특징을 설명하는 블로그를 시작했는데, 어찌나 완벽했던지 보잉 사 웹사이트에 링크로 걸릴 정도였다. 그는 비행 노선을 연구하고 비효율성을 파악하여 블로그에 올리고 연구 결과를 항공사에 이메일로 보냈다. 경영대학원에 진학하고, 졸업 후에는 짬을 내어 비행조종사 면허증을 땄다. 주말마다 동해안 상공을 비행하다가 공항 근처에 내려 샌드위치를 먹은 다음 세스나 기를 타고 돌아가곤 했다. 달리는 그와 함께 다니면서 부조종사석에 앉아 앞유리를 닦거나, 연료량을 확인하거나, 아래로 펼쳐진 뉴잉글랜드의 풍경을 감상했다. 한번은 침낭을 챙겨 웨스트버지니아 주의 어느 비행장에서 자고 먼동이 틀 때 일어나 공항 편의점에서 야구 모자를 한 쌍으로 산 다음 다시 비행기를 타고 집으로 돌아가 점심을 먹은 적도 있었다.

맬컴은 경영대학원을 졸업하자마자 도이체방크의 글로벌 인더스트리얼스 그룹에 취직했다. 항공 지식이 월등한 그는 금세 동료들보다 훨씬 더 깊은 고객 관계를 구축했다. 도이체방크는 그를 항공 기업 및 투자금융그룹으로 전근시켰고, 그곳에서도 맬컴은 빠른 속도로 승진했다. 출신 배경이 아주 중요하게 작용하는 다른 분야의 금융 업무와 달리 항공 분야는 국제적인 성격 때문에 모든 사업이 영어로 진행되었으며, 인맥보다는 지식의 깊이가 더 중요했다. 맬컴은 출장을 자주 다녔다. 열 시간 동안 비행기를 타고 가서 투자자를 설득하고, 바로 그날 밤 비행 편으로 집에 돌아왔다. 마치 부메랑 같았다. 대부분의 사람에게 그런 출장은 고역이겠지만 맬컴에게는 비행이었다. 물론 조종사가 아닌 승객의 신분이었지만, 이 업계 자체가 그를 전율시켰다. 기업 고객들의 본사가 있는 일리노이 주 몰린이나 오하이오 주 메이필드하이츠로 가야 하는 일반 은행가들과 달리 항공업계 은행가들은 런던, 파리, 홍콩, 싱가포르 같은 세계 최고의 도시에 고객을 두고 있었다. 게다가 아메리칸 항공의 컨시어지키 회원, 유나이티드 항공의 글로벌 서비스 회원, 델타 항공의 다이아몬드 360 회원이라는 세 개의 특급 회원

등급을 획득한 그에게 출장은 그리 우울한 업무가 아니었다. 그는 보안 검색대를 쉽게 통과했고, 라운지에서 노트북을 들여다보다가 막판에 탑승해 좌석을 침대처럼 평평하게 폈다. 샴페인이나 뜨거운 물수건 같은 건 어찌 되든 상관없었다. 그저 최대한 방해받지 않고 컴퓨터로 일하다가 상쾌한 기분으로 깨어나면 반대편 끝에서 그의 이름이 적힌 팻말을 들고 서 있는 제복 차림의 운전기사가 보이기를 원했다.

이런 사정으로 달리 혼자만 아이들과 남게 되었지만 정말 혼자였던 적은 한 번도 없었다. 맬컴은 비행기가 이륙하고 착륙할 때마다, 호텔로 가는 차 안에서, 회의가 끝났을 때마다 그녀에게 문자를 보냈다. 그녀는 맬컴이 브리즈번에서 보고타까지 가는 매 순간 그가 어디에 있는지 알았고, 매번 거의 똑같이 생긴 호텔 방에 있는 그와 영상통화를 했다. 그가 집으로 가져온 수많은 항공사 잠옷이 뜯지도 않은 비닐 주머니에 담긴 채 벽장의 한 구획 전체를 차지하고 있었다.

맬컴의 동료들은 출장을 일종의 국제 섹스 뷔페로 이용하여, 착륙하는 곳마다 틴더를 켰다. 시드니, 산티아고, 프랑크푸르트에 각각 애인을 두고서 계속 만나는 팀원도 있었다. 그 여자들은 미국인 남자친구가 언젠가 자신을 진심으로 사랑하게 되어 뉴욕으로 데려가줄 거라고 생각하는 걸까? 아니면, 문득 찾아와 저녁 식사와 선물을 사주는 잘생긴 부자와 꾸준히 섹스를 하는 데 만족하는 걸까? 그 남자의 아내가 진상을 알든 모르든 달리는 걱정이 없었다. 그가 젊고 예쁜 낯선 여자들과 피스코 사워*를 마시는 동안 맬컴은 호텔 방에서 자기 아내와 통화를 했으니까.

달리와 맬컴은 경영대학원에서 만나 졸업 후 여름에 결혼했고, 어쩌다 보니 바로 아이가 생겼다('어쩌다 보니'라기보다는 자연스러운 결과였지

---

* 페루산 브랜디, 레몬즙, 달걀흰자, 시럽, 쓴 맥주 등을 섞은 칵테일.

만, 임신 소식은 언제나 조금은 충격적이게 마련이다). 파피가 태어나고 겨우 여섯 달 후 달리가 또 임신했을 땐 그들의 청춘 한가운데에 폭탄이 떨어진 것 같은 기분이었다. 그녀가 골드만삭스의 어소시에이트*였을 땐 어떻게든 아기를 가지며 일을 병행할 수 있었지만, 두 살도 안 된 두 아이를 키우면서 주 80시간 근무를 하기란 불가능했다. 결국 달리는 맬컴이 계속 일할 수 있도록 직장을 그만두었다. 그렇다 해도 맬컴의 부모가 없었다면 해내지 못했을 것이다. 김 가와 스톡턴 가는 달라도 너무 달랐다. 김순자와 김영호는 1960년대 후반 한국에서 미국으로 이주했고, 스톡턴 가는 메이플라워 호**를 타고 건너왔다. 김씨 부부는 빈손으로 와서 자수성가했다. 영호는 박사학위를 취득한 후 약사로 성공했고, 달리의 아버지는 자기 아버지의 재산과 사업을 그대로 물려받았다. 김씨 부부는 허심탄회하고 다정하며 실리적이었다. 결혼 후 순자와 영호가 달리에게 자신들을 이름으로만 부르라고 했을 때 달리는 망설였다. 어릴 때부터 부모님의 친구들을 부를 때면 그들의 성에 꼬박 미스터 혹은 미세스를 붙였다. 대부분의 한국 가족은 훨씬 더 격식을 따진다고 들었기 때문에 결혼 첫해에는 '저어'라는 말로 호칭을 대신했다. 순자와 영호는 달리에게 선물을 퍼부었다. 그녀의 집에 올 때마다 백화점에서 산 80달러짜리 양초나 프로방스풍 무늬가 찍힌 아름다운 천 냅킨을 들고 왔다. 파피가 태어난 후 유모가 떠난 날, 순자가 그들의 아파트로 들어왔다. 그녀는 여섯 달 동안 소파에서 자며 밤마다 달리와 번갈아가며 파피를 돌보았다. 달리가 잘 수 있도록 병에 짜둔 젖을 파피에게 먹이고, 파피를 목욕시키고, 작은 초승달처럼 생긴 여린 손톱을 깎아주었다. 파피와 해처는 달리의 자식인 동시에 순자의 아이

---

* 대형 투자은행에서 최하위 직급인 애널리스트analyst의 바로 위 직급.
** 1620년 필그림 파더스Pilgrim Fathers(도미하여 플리머스에 정착한 영국 청교도들)를 태우고 영국에서 신대륙으로 건너간 배.

들이기도 했다. 맨가슴과 젖 얼룩과 제왕절개 흉터 연고로 가득한 시간의 소용돌이 속에서 두 사람 사이의 격식 따위는 사라진 지 오래였다.

비둘기 사건이 일단락되고 목욕까지 끝낸 후, 앞으로 몇 주 동안 열릴 파티에서 아홉 명의 아이에게 줄 생일 선물을 한 시간 가까이 주문한 달리는 잠옷으로 갈아입고 침대로 기어 들어갔다. 자정에 돌아온 맬컴은 조용히 부엌을 지나 안쪽 욕실로 들어갔다. 샤워를 하고 양치질을 한 다음 조심스럽게 이불을 걷어 올려 달리 곁으로 들어갔다. 잠결에 그를 발견한 달리는 그의 몸을 휘감았다. 홀로 잠드는 날이 많긴 했지만, 둘이서 다리를 뒤얽고 있을 때 가장 곤히 잠들었다. 아침에 아이들은 우주비행사나 올림포스의 신 대하듯 맬컴을 떠받들었다. 그 주에 학교에서 그린 그림을 보여주고, 버스에서 배운 노래를 부르고, 케일이라는 아이에 대한 길고도 복잡한 이야기를 들려주었다. 케일의 형이 퀸스의 어느 바운스 하우스*에서 열린 생일 파티에 다녀왔는데, 거기에 트램펄린이 쉰 개 넘게 있었다는 것이다.

맬컴은 대단한 난장판을 벌이며 팬케이크를 손수 만들었다. 달리가 앨리스 티 컵Alice's Tea Cup에서 사 온 블루베리 머핀 한 상자가 있는데도 굳이. 하지만 달리는 식탁에 앉아, 해처의 턱으로 시럽이 흘러내리는 모습을 흐뭇하게 지켜보았다. 아침 식사를 마친 후 그들은 축구 연습을 하러 스쿠터를 타고 광장으로 향했다. 빨간 티셔츠를 맞춰 입은 10여 명의 유치원생은 자기들이 뭘 하러 왔는지 자꾸 까먹고 손으로 공을 집었다. 할 일이 태산인 달리는 이 틈을 이용해 요가 수업을 듣거나 어

---

* 공기를 가득 채워 아이들이 그 위에서 뛰어놀 수 있도록 집 모양으로 만든 거대한 고무 조형물.

머니와 테니스를 쳐야 한다는 걸 알았지만, 맬컴과 함께 있고 싶어 벤치에서 그의 곁에 꼭 붙어 앉아 다른 학부모들에 대해 속닥였다. 코블힐의 1,000만 달러짜리 아파트에서 디너파티를 열면서도 교사에게 줄 크리스마스 선물에는 한 푼도 쓰지 않는 엄마, 블록 파티*를 허가받아놓고는 동네 사람들을 부르지 않고 자기네 친구를 초대해서 새벽 2시까지 음악을 쾅쾅 틀어놓은 부부, 주말 내내 아이들과 함께 그린베이 패커스** 유니폼을 입고 다니면서 〈뉴욕 타임스〉 제1면에 대법관과 나란히 등장한 털털한 변호사.

축구 연습이 끝나자 그들은 아이들을 파스카티 피자에 데려가 점심을 먹고, 도서관에 가서 10여 권의 책을 대출한 다음, 브로큰 토이 놀이터로 가서 버려진 자전거를 끌고 다녔다. 그날 밤 달리는 맬컴의 몸을 휘감은 채 잠들었고 그가 4시에 슬그머니 빠져나갈 때도 거의 움직이지 않았다. 그는 사무실에서 프레젠테이션을 마친 후 그날 밤 리우데자네이루행 비행기를 탈 예정이었다. 6시에 알람이 울렸을 때 달리는 기운이 쭉 빠져 있었다. 머리가 지끈지끈 무거워 이불 밑에서 계속 뒹굴고 싶었지만, 억지로 일어나 커피를 내리고 아이들의 도시락을 쌌다. 아이들을 깨우고 아이들의 옷을 준비해놓은 다음 아이들의 아침 식사를 만들었다. 파피가 먹을 아보카도 토스트, 해처가 먹을 땅콩버터 토스트, 파피가 먹을 코코넛 요거트, 해처가 먹을 스트로베리 요거트. 달리는 청바지에 헐렁한 회색 티셔츠를 입고 야구 모자를 쓴 다음, 아이들의 턱 밑에 헬멧 버클을 잠갔다. 아이들이 스쿠터를 타고 학교로 향하는 동안 달리는 아이들의 백팩을 든 채 반쯤은 걷고 반쯤은 뛰며 따라갔다. 학교 정문에서 경비원에게 아이들을 맡긴 후 스쿠터

---

* 한 블록에 사는 주민들이 길거리로 나와서 함께 즐기는 파티.
** 미국 위스콘신 주 그린베이 연고의 프로 미식축구팀.

를 벽에 세웠다. 현란한 색의 마이크로 미니 킥보드 수십 대가 마치 진 저브레드 하우스*의 장식처럼 석조 건물 정면에 쭉 늘어서 있었다. 브루클린에는 자물쇠를 채우지 않은 스쿠터를 밖에다 여섯 시간이나 세워두기 곤란한 동네가 많았지만, 달리의 이 작은 하이츠에서만은 지갑을 잃어버려도 매번 되찾을 수 있을 것 같은 느낌이었다.

집으로 돌아온 달리는 힘을 내서 피트니스 클럽에 가볼까 했지만 영 내키지 않았다. 팔다리가 쑤시고 목이 뻐근했다. 현관에서 부엌까지 걸어가는 것도 눈밭이나 허리 높이의 진창을 뚫고 지나가는 것처럼 힘들었다. 그녀는 소파에 앉았는데 깜박 잠이 든 모양이었다. 갑자기 깨어나 욕실로 달려가서 토했다. 그녀는 욕실 바닥에 드러누웠다. 아이들 욕실이든 아니든 상관없었다. 뾰족뾰족한 버즈 라이트이어 액션 피겨를 깔고 누웠든 말든 상관없었다. 노란 매트에 오줌이 묻어 있든 말든 상관없었다. 그 후 한 시간 동안 간간이 토했고 열에 달뜬 채 멍하니 누워 있었다. 기력을 끌어모아 침실까지 간신히 몸을 끌고 가서 청바지를 벗고 쓰레기통을 침대 옆으로 끌어당겼다. 정오가 되자 그녀는 어머니에게 전화했다.

"달리, 나 지금 막 나가는 중이야, 나중에 내가 다시 전화할게."

"엄마, 아무래도 장염에 걸린 것 같아요. 애들 좀 학교에서 데려와 줄래요?"

"어머나. 그래, 몇 시야?"

"2시 45분에 나와요."

"알았어, 2시 45분이란 말이지."

달리가 축축한 시트에 누워 오슬오슬 떨고 식은땀을 흘리며 졸고

---

* gingerbread house. 집 모양으로 만든 진저브레드 간식. 크리스마스 시기에 흔히 사탕류와 아이싱 등으로 장식해 만든다.

있던 3시에 현관문이 열렸다 닫히는 소리가 들리더니, 백팩이 바닥으로 쿵쿵 떨어지고, 언제나 아이들을 에워싸고 있는 듯한 노랫소리와 고함소리가 떠들썩하니 이어졌다. 아이들이 탈 없이 집에 돌아왔다는 걸 알고 나자 달리는 다시 잠 속으로 빠져들었고, 어느 낯선 집에서 이방 저 방 돌아다니며 누군가를 찾아 헤매는 꿈을 꾸었다. 그녀는 깨어나 또 토했다. 시계를 보니 7시 반이었다. 그녀가 화장지로 입을 닦은 후, 욕실까지 걸어가서 물을 마실 힘이 있으려나 가늠해보고 있을 때 방문을 살며시 두드리는 소리가 들렸다. 달리는 맥없이 답했다.

"들어와요, 엄마."

"달리, 저 베르타예요."

어머니의 가정부가 머뭇머뭇 말했다.

"죄송하지만, 제가 집에 가봐야 해서요."

"아, 베르타!"

달리는 바지를 벗고 있다는 것도 깜박하고 일어나 앉았다.

"와줘서 고마워요. 우리 엄마는요?"

"테이블 장식에 문제가 생겨서요. '마법의 비행' 디너파티에 쓸 새 둥지를 받았는데 벌레가 끼어 있고, 과일 그릇도 엉망이지 뭐예요. 그래도 괜찮아요. 제가 애들한테 파스타와 브로콜리를 먹였는데, 아직은 잠이 안 온대요."

"정말 고마워요, 베르타."

달리는 일어서려 해봤지만 또 구역질이 올라왔다.

"죄송하지만, 손주들 때문에 집에 가봐야겠어요."

베르타의 딸은 야간 근무가 잦은 간호사라서 자기 어머니에게 자식들을 자주 맡겼다.

"그러세요, 베르타. 나는 동생들한테 연락하면 돼요. 와줘서 정말 고마워요. 가시기 전에 영화만 좀 틀어줄래요?"

영화를 틀어놓으면 아이들이 적어도 한 시간 반 정도는 그녀를 혼자 내버려둘 터였다. 이 상태로는 아이들을 볼 수 없었다. 아이들이 겁을 집어먹을까봐(죽음에 대해 강박 상태이므로), 더 심하게는 역겨워할까봐 걱정스러웠다.

베르타는 고개를 끄덕이고 조심스레 문을 닫았다. 달리는 눈을 감았다. 조지애나는 아침에 일이 있었다. 코드와 사샤도 아침에 일이 있었다. 달리의 어머니, 그래, 달리의 어머니는 자신의 의사를 이미 명확히 밝힌 셈이다. 달리는 전화기를 집어 들었다.

"순자?"

"달리, 아가야, 잘 지내니? 내 새끼들도 잘 있고?"

"제 몸이 별로 안 좋아요, 순자. 장염에 걸린 것 같아요. 계속 구토가 나는데 맬컴은 브라질에 출장 가 있고⋯⋯."

"당장 가마. 지금 차에 타고 있어. 늦어도 9시까지는 도착할 거야. 조금만 버티고 있어, 아가야, 걱정할 거 하나도 없다."

달리는 다시 베개로 푹 쓰러졌다. 새 둥지와 비둘기가 등장하는 기괴한 꿈에 만화 캐릭터들의 오싹하고 카랑카랑한 노랫소리가 스며들었다.

아침에 깨어났을 땐 이미 블라인드 사이로 햇빛이 살며시 스며들고 있었다. 부엌에서 순자가 아침 식사를 준비하는 소리가 들렸다. 위와 목구멍이 쓰리고, 모래라도 들어간 것처럼 눈이 따끔거렸다. 아이들이 학교에서 키우는 햄스터를 봄방학 때 데려왔는데, 그 녀석보다 더 심한 악취가 그녀의 몸에서 풍기는 게 분명했다. 하지만 어제보다는 한결 기분이 나았다. 침대 옆 테이블에 놓인 전화기를 뒤집어 맬컴의 문자메시지를 보기 전까지는. '나 잘렸어.'

4
사샤

　생일이나 명절처럼 와인이 흘러넘치는 특별한 날이면 스톡턴 가족은 저녁 식사를 오래도록 질질 끌며 추억에 잠겨, 옛날에 저질렀던 나쁜 짓과 장난에 관하여 이야기꽃을 피웠다. 코드는 고등학교 때 수학여행으로 파리에 갔다가 루브르 박물관에서 스케치를 하는 대신 친구들과 함께 술에 취해 길을 잃었던 일을 이야기하곤 했다. 조지애나는 밤에 몰래 집에서 빠져나가 플로리다의 클럽으로 놀러 갔던 일을 이야기했다. 그들은 수십 번 들어 다 외우고 있는 그 일탈 일화들을 즐기며 낄낄거렸다. 사샤는 이미 알고 있는 그 이야기들을 재미있게 들으며 웃고 또 웃었지만, 자신의 이야기는 절대 들려주지 않았다. 그러면 안 된다는 것쯤은 알고 있었다. 그들이 아무리 정신 나간 사고를 쳤다고 해봐야 그녀 가족의 이야기에 비하면 수학 캠프에서 밤에 무알코올 맥주를 홀짝이는 수준에 불과했다.
　사실 그녀의 가족은 아주 거친 사람들이었다. 사촌들은 그녀가 자란 프로비던스 외곽의 작은 바닷가 마을에서 유명한 악동이었고, 그들 대부분은 우연히도 그녀의 삼촌이 경찰서장인 덕분에 기나긴 전과 기록을 피할 수 있었다. 그들이 별난 짓을 저지르면 대개는 가벼운 꾸지람과 경고를 받는 것으로 끝이 났다. 하지만 그녀의 사촌들은 술김에 보스턴 웨일러*를 훔쳐 무단으로 몰고 다니고, 해변의 하우스보트에서 밤새도록 코카인을 빨고, 뉴포트의 대저택에서 열리는 결혼식에 무작정 쳐들어가는가 하면, 정신이 말짱할 때보다 술에 취했을 때 운전을 더 잘한다고 주장했지만 움푹 들어간 펜더와 부서진 담장 기둥을 보면 순전한 헛소리였다. 코드라면 스키장에서 사고로 팔이 부러졌겠지만, 사샤의 사촌 브랜던은 제임슨 위스키와 각성제 노도즈에 취해 2층 발코니에서 떨어져 팔이 부러졌다. 나쁜 짓의 차원이 달랐다. 부자들의 이런 모험담은 재미있게 들려도 그 주인공이 사샤의 가족이라면 그냥 하찮아 보인다는 걸 그녀는 알고 있었다.

재앙과도 같았던 약혼 파티 후 – 그녀의 오빠 네이트는 북극곰 인형에게 양다리 고기를 먹이려다 익스플로러스 클럽Explorer's Club에서 쫓겨났다 – 사샤는 아버지를 시켜 결혼식 전에 온 가족에게 엄중한 경고를 날렸다. 그들의 삼촌은 뉴욕 시 경찰국의 서장이 아니며, 프로비던스에서는 얼마든지 천박한 불량배처럼 굴어도 좋지만 결혼식에서 그런 식으로 행동했다간 그녀의 새 가족 앞에서 그녀를 망신시키게 될 거라고 말이다. 사촌들은 이 훈계를 흥겹게 들었다. 과거에 저지른 엉뚱한 짓을 되새기는 것만큼 즐거운 일도 없었다. 그리고 그들은 피로연에서 완전히 정신 나간 짓을 했다. 꽃 장식을 뽑아내고 거대한 꽃병에 샴페인을 따라 마신 것이다.

가족의 이런 행동에도 (아니, 솔직히 말하자면 부분적으로는 그 덕분에) 사샤는 자신의 결혼식이 마음에 들었다. 웅장하고 우아했으며,

---

* Boston Whaler. 미국의 요트 제조업체.

누구도 잊지 못할 만큼 적당히 거칠었다. 피로연은 J. P. 모건이 은행가들을 위한 남성 전용 클럽으로 만든 파인 스트리트의 회원제 클럽, 다운타운 어소시에이션Down Town Association에서 열렸다. 코드는 1주일에 며칠은 그곳에서 점심을 먹었고, 코드와 사샤는 저녁에 그곳에서 열리는 샴페인 시음회나 강연에 참석했다. 한번은 와인을 곁들인 이탈리아 테마의 저녁 식사를 한 적도 있었는데, 어찌나 따분한지 사샤는 뜻하지 않게 바롤로에 만취한 덕에 겨우 버텨낼 수 있었다. 이 3층짜리 클럽은 옛 시절 뉴욕의 화려함을 갖고 있었다. 하늘색 천장, 거무스름한 목제 난간, 사람이 들어갈 수 있는 크기의 시가 보관실, 조디 포스터의 영화 「인사이드 맨Inside Man」이 촬영된 남자 화장실 안쪽의 거대한 대리석 이발소.

코드와 사샤는 서로에게 케이크를 먹여주었고, 코드는 즐거워하는 장모님을 댄스 플로어에서 빙글빙글 돌렸고(어렸을 때 코티용 레슨을 받은 보람이 있었다), 사샤는 케이티 페리의 「파이어워크Firework」에 맞춰 시아버지와 함께 왈츠를 추며 그의 리드를 씩씩하게 따라갔다. 맬컴과 달리도 이번만큼은 풀어졌다. 맬컴은 「애니멀 하우스Animal House」*의 한 캐릭터처럼 이마에 넥타이를 둘렀고, 가족의 친구 중 한 사람은 화장실에서 나오다가 길을 잃어 이발소에 들어갔다가 코드의 경영대학원 시절 룸메이트가 사샤 사촌의 몸을 더듬고 있는 모습을 보고는 웃으며 모든 사람에게 이렇게 즐거운 파티는 10년 만에 처음이라고 말했다.

(전통을 깨고) 코드의 가족이 결혼식 비용을 치렀기 때문에 사샤는 신혼여행 비용은 자기가 대겠다고 우겼다. 온라인을 뒤져보니 터크스 앤 케이커스 제도에 괜찮은 해변 리조트가 있었다. 스위트룸마다 바

---

* 대학의 골칫덩어리 남학생 사교 클럽의 이야기를 그린, 1978년에 개봉된 미국의 코미디 영화.

다가 내다보이는 온수 욕조가 있었다. 그녀는 룸 업그레이드와 장미 꽃잎이 뿌려진 베개 같은 특급 대우를 신혼여행객으로서 받을 수 있지 않을까 잠시 꿈꾸었지만, 리조트 밴이 공항으로 그들을 태우러 나왔을 때 그곳이 그들 같은 신혼부부 천지라는 사실을 바로 깨달았다. 결혼식을 계획할 때 코드는 '결혼식 공장들'에 눈살을 찌푸렸다. 피로연을 잇달아 열고, 따분한 고등학교 무도회만큼이나 평범하고 개성 없는 비슷비슷한 행사를 찍어낸다며 툴툴거렸다. 사샤는 바로 그런 공장이나 다름없는 리조트에 코드가 실망할까봐 걱정이었다. 하지만 그는 리조트 안내 책자를 즐겁게 훑어보며 테니스 시합, 자전거 타기, 저녁 식사 예약을 계획했다.

그들은 친구 결혼식에 함께 참석한 적이 수없이 많았지만 여행은 별로 하지 않았고, 사샤는 휴가에 대한 둘의 관점이 완전히 다르다는 걸 금세 알아챘다. 사샤에게 휴가란 새벽에 수영복을 입고 해변으로 나가, 가끔 차가운 음료나 짭짤한 간식을 사러 갈 때를 빼고는 절대 움직이지 않는 것이었다. 코드에게는 로봇 청소기처럼 이 활동에서 저 활동으로 쉴 새 없이 움직이는 것이 휴가인 모양이었다. 그들은 코드가 전세 낸 보트를 타고 미들케이커스 섬까지 가서 박쥐로 가득한 어둡고 끈적끈적한 동굴 속을 걸어 다녔다. 코드가 고용한 비행사는 그들을 헬리콥터에 태워 섬 위에서 요란하게 공중제비를 돌았다. 코드가 차를 몰고 데려간 유명한 소라고둥튀김 식당에서는 쫄깃쫄깃하게 튀겨진 소라고둥을 시원한 터크스 헤드 병맥주와 함께 게걸스럽게 먹어 치웠다. 마지막 날 사샤는 코드에게 해변에 가만히 누워 있을 기회를 달라고 애원했다. 코드가 마스크와 스노클을 가져와 모래밭 너머에서 작은 암초를 탐험하는 사이 그녀는 따스한 타월에 드러누워 햇볕에 완전히 구워지는 느낌이 들 때까지 멍하니 손끝 하나 움직이지 않았다.

그들은 스위트룸에 샴페인 두 병을 차게 식혀두었고 떠나기 전에 마실 생각이었다. 석양녘까지 해변에서 몸을 데운 후 그들은 방으로 향했고, 가는 길에 10여 개의 호텔 풀에 하나씩 들어가 몸을 담갔다. 그들이 진분홍빛 부겐빌레아로 둘러싸인 특대형 자쿠지의 따뜻한 물에 마지막으로 몸을 담그고 있을 때 또 다른 부부가 꽃들 사이로 나타났다. 그들은 고개를 끄덕여 인사하더니 반대편 끝의 물로 들어왔다. 그들은 (당연히도) 이제 막 결혼했고 보스턴에서 왔다고 했다. 닷새 동안 둘이서만 지낸 사샤와 코드는 다른 사람들과 어울리는 시간이 반가웠고, 곧 날이 어두워지자 즐거운 대화를 계속 이어가고 싶은 마음에 보스턴 부부를 그들의 방에 초대해 함께 한잔하기로 했다. 네 사람은 거대한 자쿠지에서 나와 물을 뚝뚝 흘리며 사샤와 코드의 침실로 가서 방충망이 쳐진 베란다에 있는 더 작은 자쿠지로 들어갔다.

코드는 예전에 사브르로 익혀둔 장기를 발휘하여 나이프로 샴페인을 터뜨렸다. 빈속에 샴페인을 들이부은 그들은 일사병에라도 걸린 듯 머리가 핑핑 도는 황홀경에 빠졌다. 샴페인을 두 병째 비워갈 즈음 보스턴 남자가 자기 아내의 비키니 상의를 벗기면서 분위기가 이상해졌다. 그들이 무슨 짓을 저질렀는지 사샤는 왜 깨닫지 못했을까? 같이 놀자며 다른 부부를 초대해 호텔 스위트룸에서 거의 알몸으로 술에 취해놓고, 섹스 파티가 시작될 참이라는 걸 어떻게 모를 수가 있었을까? 어색한 사교적 상황을 처리하는 수완이 외교관 뺨치는 코드가 저녁 식사를 예약해놓았다고 급하게 둘러대면서 반라의 보스턴 여자에게 목욕 가운을 주고는 그들을 따뜻한 바깥으로 얼른 내보냈다. 둘만 남은 사샤와 코드는 포복절도했고, 만약 물어보는 친구가 있으면 혼인 서약을 어기지 않고 신혼여행을 무사히 넘겼다고만 답하기로 약속했다. 그 이상은 아무도 알 필요가 없었다.

사샤는 코드가 그녀를 사랑하지만 그녀를 꼭 필요로 하지는 않는다는 걸 알고 있었고, 어쩌면 그런 점에 가장 끌렸는지도 몰랐다. 그는 애정 표현을 절제하는 편이었다. 물론 섹스를 좋아하고 한결같이 다정했지만, 전화를 끊을 때 '사랑해'라고 말하지 않았고, 특별한 날이 아니면 꽃이나 선물을 사 오는 법이 없었으며, 그녀를 만난 것이 인생 최고의 사건이라는 말도 해주지 않았다. 이야말로 사샤가 원하는 바였다. 첫사랑으로 된통 가슴앓이를 한 후로 요란한 애정 표현은 남의 일이 되어버렸다. 그런 열정에 숨어 있는 혼란한 급소를 목격했기 때문이다.

사샤는 고등학교 때 사랑에 빠졌다. 상대의 이름은 제이크 멀린이었지만 다들 그를 멀린이라고만 불렀다. 둘은 열한 살 때부터 알고 지냈다. 주차장 근처의 트레일러하우스를 교실로 쓴 공립학교 영재교육 프로그램의 동기였다. 사샤는 그를 보기만 하면 긴장돼서 몇 년 동안 그를 피해 다녔다. 그는 보살핌을 제대로 받지 못하는 듯했다. 한 번도 재킷을 입지 않았고, 눈이 많이 내리는 겨울날에도 검은색 메탈리카 티셔츠를 입고 놀이터 끄트머리에 서 있던 그의 모습을 사샤는 기억했다. 그의 가족은 부두 맞은편에서 철책이 둘러지고 페인트가 군데군데 벗겨진 녹색 집에서 살았다. 사샤의 어머니는 하트가 그려진 냅킨과 함께 도시락을 싸주고 옥수수튀김 냄비로 만든 팝콘을 비닐봉지에 가득 담아주었지만, 멀린은 뭐라도 가져올 때가 없었다. 심지어 책가방도 없었다. 사샤는 더 크고 나서야 그가 코팅된 작은 카드를 옆구리에 끼고 교내 식당 입구에 줄을 서서 무료 급식을 받는다는 사실을 알았다.

멀린은 그림을 잘 그렸다. 사샤는 전혀 눈치채지 못했고 관심도 없었지만, 고등학교 시절의 어느 날 그의 책상 옆을 지나가다가 너무나 생생한 새 그림을 보고는 숨이 멎을 뻔했다. 사샤의 그림 실력도 그에 못지않았지만, 그건 그녀가 미술에 진심이라 시간이 날 때마다 학교 화실을 찾고, 모든 선택 과목을 회화와 도자기 수업 위주로 고른 덕분이었다. 멀린은 영어 수업 시간에 잎사귀의 세밀한 잎맥과 잎자루에다 음영을 꼼꼼하게 넣고는 수업이 끝나면 그 종이를 짓구겨 쓰레기통에 버렸다.

그들은 고등학교 2학년으로 올라가기 전의 여름부터 사귀기 시작했다. 누군가가 옆 마을의 기나긴 비포장도로 끝에, 고속도로가 시작되는 지점 직전에 있는 저수지를 발견했다. 입구는 잠겨 있었지만, 차를 세워두고 그늘진 길을 10여 분 걷다 보면 중앙에 돌탑이 서 있는 아름다운 호수가 나왔다. 사샤와 친구들은 여름 내내 한 패거리의 수많은 아이들과 함께 호숫가에서 맥주를 마시고 마리화나를 피우고, 알몸으로 수영하고 탑에서 뛰어내렸다. 어떻게 시작되었는지는 정확히 알 수 없지만, 그 뜨거운 두 달을 보내는 사이 사샤는 헤엄을 치거나 바위에 드러누워 햇볕을 쬐는 멀린에게 점점 더 시선이 갔고 그의 곁에 있고 싶었다. 탑 옆에서 함께 선헤엄을 치다가 첫 키스를 했다. 그는 몸을 떼더니 웃으며 말했다.

"익사하기 전에 나가자."

그 후로 두 사람은 늘 붙어 다녔다. 사샤의 형제들과 사촌들은 멀린을 좋아했다. 멀린은 조경 일을 해서 모은 돈으로 보스턴 웨일러를 한 척 샀고, 그들이 원할 때마다 태워주었다. 모래톱 옆에 배를 정박해놓고 하루 종일 술을 마시고 수영하며 놀 수 있도록 쿠어스 라이트 맥주와 프렌치프라이도 챙겼다. 더 어렸을 때 사샤의 접근을 막았던 그의 어둠이 걷혔고, 2학년과 3학년 동안 두 사람은 떼려야 뗄 수 없는 사이가 되었다. 사샤의 부모가 멀린을 그녀의 집에 기꺼이 재워줄 정도였다. 멀린이 가끔은 그의 가족에게서 벗어날 필요가 있다는 암묵적인 합의가 그들 사이에 있었다. 그의 아버지는 술고래였고 그의 형은 코카인 중독자였다. 형과 한방을 쓴 멀린은 가끔 녹초가 되어 초췌한 꼴로 학교에 나오기도 했다.

멀린은 사샤보다 형편이 어려운데도 지나치게 씀씀이가 컸다. 샌드위치든 술이든 사샤의 차 기름이든 뭐든 자기가 돈을 내려 했다. 사샤의 집에 저녁 식사를 하러 올 때면 그녀의 어머니에게 줄 선물을 가져왔다. 정육점에서 산 1킬로그램 남짓의 스테이크, 종이 포대 한가득히 채운 곡물, 흰 봉투에 담은 사과들. 사샤는 부모님이 남자친구를 집에 재워주는 것이 흔한 일은 아니라는 걸 알았기에 그 친절에 보답하려 애썼다. 그래서 집에서는 절대 섹스를 하지 않고 그녀의 차 뒷좌석, 보트, 밤의 해변을 고수했다.

사샤가 아트 스쿨에 합격하자 멀린은 축하의 의미로 저녁 식사를 대접했다. 그들은 마을에 있는 피자 가게 두 곳 중 더 좋은 곳으로 갔고, 멀린의 아버지와 친한 웨이트리스가 찐득한 레드 와인 두 잔을 묵직한 고블릿에 담아 그들 테이블에 슬쩍 놓고 갔다. 사샤는 등록금 면제로 유명한 미국 최고의 아트 스쿨인 뉴욕의 쿠퍼 유니언에 진학할 예정이었다. 멀린은 아트 스쿨에 지원하지 않았다. 데생이나 채색화는 그저 심심풀이일 뿐 그의 관심사가 아니었다. 대신에 그는 가을이 되면 로드아일랜드 대학에 갈 터였다. 조경 회사에서 계속 일하며 집에서 학교를 다니기로 했다. 다른 학교는 지원하지 않았다.

여름이 되어 사샤가 뉴욕으로 떠날 날이 다가올수록 멀린이 그녀에게 짜증을 내는 일이 잦아졌다. 어느 날 저녁 영화를 보러 갔는데, 사샤와 프랑스어 수업을 같이 듣는 남자애가 매점에서 일하고 있었다. 사샤가 팝콘을 주문하자 그는 팝콘이 유리 케이스 안에서 몇 주나 묵었기 때문에 지독하게 맛이 없다고 프랑스어로 답했다. 사샤는 그래도 웃으면서 팝콘을 샀다. 영화를 보는 내내 멀린은 입을 꾹 다물고 있었고, 영화가 끝나자 아무 말 없이 그녀의 차로 향했다. 돌아가는 동안 그는 잠자코 있다가 그녀의 집까지 8킬로미터 정도 남았을 때 차를 세우라고 하더니, 자기 앞에서 딴 남자랑 시시덕거렸다고 윽박지르며 글러브 박스를 쾅 때렸다. 그러고는 차에서 내려 걷기 시작했다. 사샤는 잠깐 차로 그를 따라가다가 결국엔 포기하고 그를 내버려둔 채 떠났다. 이틀 후 그가 밤늦게 찾아와서 울었고 사샤는 그를 용서했다.

사샤가 대학에서 맞은 첫 가을에 그녀를 찾아온 멀린은 똑같은 짓을 저질렀다. 같은 기숙사에서 지내는 남자가 사샤의 방에 잠깐 들러 인사를 건네자, 멀린은 그녀가 바람을 피운다며 발끈했다. 욕실 벽을 주먹으로 쳐서 타일 한 장을 깨고 온 바닥을 피로 물들였다. 그러고는 떠나버리더니 이틀 후부터 그녀에게 전화해 사과하기 시작했다. 그녀가 견디다 못해 전화벨을 꺼놓을 때까지 몇 번이고 계속 전화가 왔다. 멀린은 사샤의 집을 찾아가 그녀의 남동생인 올리에게 얘기했고, 그 다음 날 올리는 사샤에게 전화해 흐느껴 울었다. 그녀의 가족은 모두 멀린 편이었다. 그들은 이렇게 말했다.

"멀린이 완전히 콩가루 집안에서 자란 거 알잖아. 멀린은 그저 너를 사랑하는 건데 네가 멀린을 떠나버린 거야."

다음 주 주말 멀린이 기숙사에 나타났을 때 사샤가 이별을 고했지만 그는 받아들이지 않았다. 어떻게든 그녀의 마음을 되돌리려 애썼다. 선물을 보내고, 꽃을 배달시키고, 분수에도 안 맞는 다이아몬드 반지를 사주었다. 사샤는 멀린과 끝내고 싶었다. 옛일을 잊고, 친구를 사귀고, 새로운 인생을 시작하고 싶었지만, 그럴 수가 없었다. 어찌 됐든 사샤는 멀린을 사랑했고, 멀린이 가진 거라곤 그녀밖에 없다는 사실 또한 알고 있었다. 멀린이 자고 있을 때 그의 형이 음악을 쾅쾅 틀어놓

고, 술에 취한 그의 아버지가 가구에 이리저리 부딪히는 모습을 상상
하면 가슴이 무너져 내렸다. 그녀는 떠났고 그는 갈 곳이 없어졌다. 그
해 겨울 동안 그들은 싸움과 화해를 반복했고, 멀린은 질투심에 불같
이 화를 냈다가 뼈저리게 후회했다. 사샤의 친구들은 그를 싫어했고,
그녀의 어머니는 멀린과의 관계를 정리하는 것이 최선이라 생각했지
만, 형제들과 사촌들은 둘의 관계 회복에 그녀보다 훨씬 더 적극적으
로 나섰다. 어느 파티에서 멀린이 사샤에게 말을 건 남자를 때렸을 때
사샤는 난투극에 휘말려 쿠퍼 유니언 징계위원회에 불려갔고, 멀린
은 캠퍼스 출입을 금지당했다. 사샤에게는 그 일이 최후의 결정타였
다. 그녀는 좋아하는 공부를 하며 빚 없이 졸업할 예정이었는데 멀린
이 모든 걸 망치고 있었다. 사샤는 마음을 독하게 먹었다. 이제 끝이
었다.

사샤의 가족은 그녀를 용서하지 못했다. 그들은 여전히 멀린을 만
났고, 여전히 그의 보트를 탔으며, 여전히 저수지와 모래톱에서 그와
함께 맥주를 마셨다. 그녀가 연휴를 보내러 집에 갔을 때 형제들은 블
러프뷰에서 멀린을 만나 저녁을 먹고 캡 클럽에서 한잔할 거라고 일
부러 그녀에게 알렸다. 2년 후 그녀가 새 남자친구를 집에 데려가자
형제들은 그를 냉대했고, 귀밑까지 머리를 길렀다는 이유로 면전에
대고 그를 '히피'라 불렀다. 몇 주 후 그 남자가 헤어지자고 했을 때 사
샤는 그를 탓할 수 없었다. 누가 그런 가족과 엮이고 싶겠는가?

10년이 지난 후에도 부모님 집에 가면 여전히 멀린이 보였다. 그는
여전히 그녀의 형제들과 절친한 사이였고, 여전히 슈퍼볼을 보러 왔
으며, 그들을 보트 - 이제 더 크고 더 좋은 웨일러였다 - 에 태우고 나
갔다. 그는 조경업체를 차려 성공했지만, 미련을 버리지 못하고 자기
가족인 양 사샤의 가족에게 집착했다. 그의 아버지가 아직도 페인트
벗겨진 녹색 집에서 살고 있는지 사샤는 알 수 없었다. 일부러 묻지 않

았다. 멀린 때문에 그녀와 형제들 사이가 돌이킬 수 없이 변했지만, 그녀의 사랑관 또한 변했다. 불처럼 활활 타오르는 격정이 어떤 모습인지, 격렬한 동경과 분노 사이를 오르락내리락하는 것이 어떤 느낌인지 알았고, 이젠 싫었다. 안정적인 사람, 편안한 사람, 자신을 완전히 잃어버리지 않을 만큼만 그녀를 사랑하는 사람을 원했다.

5
조지애나

　심리치료를 유독 많이 받는다는 밀레니얼 세대의 영향으로 조지애나의 동년배들도 온갖 인생 문제를 부모 탓으로 돌리는 법을 터득했다지만, 조지애나의 한심한 연애사는 정말이지 부모님 탓이 컸다. 부모님은 그녀를 동네의 사립학교에 보냈는데, 네 살 때부터 친구로 지낸 학생들은 서로에 대해 모르는 것이 없었고, 사춘기 무렵엔 다들 형제지간 같아서 연애를 하는 것이 비정상으로 느껴질 정도였다. 부모님은 조지애나가 스무 살이 될 때까지 그녀를 여학생 여름 캠프에 보냈는데, 거기서는 모두가 편하게 트림을 하고 다리털을 깎지 않았다. 부모님은 열두 살인 조지애나를 사교춤 교실에 보냈고, 거기서는 남자애들이 흰 장갑을 꼈는데 그녀에게 정해진 짝 매트 스티븐스는 박자를 맞추느라 콧김을 그녀의 얼굴에다 강하게 뿜어댔다. 당연히도 조지애나는 대학에 입학할 때까지 처녀였고, 그 사실이 너무 창피해서 모두에게 거짓말을 했다. 신입생 때 사귄 코디 헌터에게도 사실을 숨겼는데, 그는 액스 바디 스프레이와 라크로스 어깨 보호대 냄새가 풍기는 엄청 긴 싱글 침대에서 아무것도 모르고 행복하게 그녀의 처녀성을 빼앗았다.

조지애나는 친구 사이로 지내는 남자가 많았지만, 누군가에게 관심이 생기면 얼굴이 빨개지고 관계가 어색해지는 민망함을 이기지 못해 상대를 피해 다녔다. 사정이 이렇다 보니 스물여섯 살인 지금까지 총 세 명의 남자친구와 두 명의 섹스 파트너가 있었고, 연애에 대한 자신감은 올챙이급이었다.

점심시간에 브래디와 대화를 한 대사건 이후 관계를 더 진전시키고 싶었지만, 그런 상황을 다시 만들어낼 수가 없었다. 복도에서 그를 보면 미소 지으며 인사를 건넸지만, 둘 중 한 명은 꼭 다른 동료와 함께 있거나 곧 시작될 회의에 가는 길이었다. 점심시간에 테이블에서 몇 번 더 마주쳤을 때도 플라스틱 용기에 담긴 태국 음식이나 샐러드를 깨작거리고 있는 다른 사람들이 꼭 있었다.

리나와 크리스틴은 한없이 너그러웠다. 조지애나가 복도에서 브래디와 마주쳤을 때 있었던 아주 사소한 일까지도 열심히 논하며 의미를 부여했다. 이런 그들조차 조지애나가 브래디를 네 번째 남자친구 혹은 세 번째 섹스 파트너로 만들고 싶다면 그에게 다시 말을 걸 방법을 찾아야 한다고 입을 모았다. 하지만 정작 그 문제를 해결한 사람은 브래디였다.

조지애나는 월요일 저녁마다 테니스 시합을 했다. 그래서 라오스와 캄보디아 지도가 붙어 있는 2층 사무실 욕실에서 테니스복으로 갈아입고 라켓과 가방을 어깨에 걸친 채 나선계단을 내려가 우편함과 안내 데스크를 지나 포근한 바깥 거리로 나갔다. 그러고는 몬터규 스트리트를 건너려는데, 뒤에서 목소리가 들려 그녀는 고개를 돌렸다.

"저기, 조지애나, 잠깐만요."

브래디였다.

"아, 네, 안녕하세요."

그녀는 빙긋 웃었지만, 곧장 배 속이 물고기처럼 퍼덕거리기 시작했다.

"테니스 코트에 가요?"

"네, 6시에 시합이 있거든요."

"오, 마침 잘됐네요, 나도 그쪽으로 가는 중인데."

그가 미소 지었다. 파란불이 켜졌고 조깅하는 사람들, 자전거 타는 사람들, 노트북 가방을 메고 퇴근하는 사람들, 유모차를 미는 엄마들과 함께 두 사람은 횡단보도를 건넜다.

"누구랑 시합해요?"

브래디가 물었다.

"아, 오늘은 준 린이라는 여자랑 쳐요. 좀 짜증나긴 해요. 5.5등급끼리 붙어야 되는데, 그 사람은 확실히 5.0등급이거든요. 상대 실력이 별로니까 시합할 때마다 짜증나서 일부러 정신없이 뛰어다니게 만들다가 나중엔 그냥 대충 쳐요."

"그러니까, 급이 떨어지는 너랑 내가 한번 같이 쳐준다, 이런 거군요?"

그가 놀리듯 말했다.

"아니, 재수 없게 굴려는 게 아니라 5.0등급끼리 붙는 연맹전이 따로 있거든요. 보나마나 질 시합에 왜 굳이 나오는지 이해가 안 돼요."

"그래서 당신이 항상 이겨요?"

"그건 아니에요, 짜증내다가 실수해버리거든요!"

조지애나는 웃었다.

"그럼 그 사람은 그런 식으로 5.5등급 선수를 계속 이기다가 자기도 5.5등급이라고 정말로 믿게 되는 거 아니에요?"

브래디는 능청스럽게 물었다.

"그러니까요, 정말 그렇게 될 판이라니까요! 악순환이에요!"

"그런데 조지애나, 겉으로는 무던해 보이는데 실은 승부욕이 어마어마한 사람이었군요. 가끔 같이 치지 않겠느냐고 물어보려 했는데, 이젠 자신이 없어졌어요."

브래디가 짓궂게 말했다. 가벼운 미풍에 그의 머리카락이 헝클어지고, 그의 셔츠 소매는 팔뚝까지 걷혀 올라가 있었다. 조지애나는 문득 알아차렸다. 둘이 얼마나 가까이 붙어 있는지, 둘이 얼마나 쉽게 발을 맞춰 걷고 있는지, 그녀의 맨다리에 돋았던 닭살이 얼마나 많이 줄어들었는지. 그녀는 그런 생각을 떨쳐내버렸다. 또 얼굴이 새빨개져서 다 망해버리기 전에.

"좋죠. 같이 쳐요."

"잘됐네요, 내일 퇴근 후에 시간 돼요? 아니, 이틀 밤 연속으로 치는 건 무린가?"

"우리 5.5등급한테 무리라는 건 있을 수 없죠. 하지만 안 봐드릴 거예요. 만약 매니저님이 5.0등급도 안 된다면 정말 혼쭐나실 거예요."

조지애나가 경고하듯 말했다.

"그렇게 나올 줄 알았어요. 그리고 참고로 말하자면."

브래디는 눈을 가늘게 뜨고 그녀를 향해 고개를 갸우뚱하며 말을 이었다.

"난 당신이 10점 만점이라고 생각해요."

그 말과 함께 그는 몸을 돌려 그들이 왔던 길로 돌아갔고, 조지애나는 속으로 마흔일곱 번은 죽었다. 그녀가 남자에게 들어본 말 중에 가장 낯간지러운 최고의 한마디였다. 그녀는 당장에 전화기를 꺼내 리나와 크리스틴에게 문자메시지를 보냈다. 해변에서 바다를 바라보며 희망의 조짐만 기다리고 있던 그들에게 드디어 배가 다가오고 있었다.

다음 날 저녁 그들은 사무실 건물의 앞 계단에서 만나 애틀랜틱 애비뷰까지 함께 걸었다. 브래디는 다리 쪽에 작고 선명한 스티커가 아직 붙어 있는 운동용 반바지를 입었고, 그의 테니스 가방은 신상품처럼 보였다. 그들은 10분 동안 네트 근처에서 발리로 공을 주고받으며 몸을 풀었다. 브래디는 라켓을 편하게 쥐고, 스윙이 깔끔했으며, 숙련된 선수처럼 몸의 움직임이 여유로웠다. 그들은 서브 라인으로 물러나 랠리를 했다. 그는 강했고─조지애나는 남자와 겨루는 걸 항상 좋아했다─두 사람은 번갈아가며 대각선 방향으로 강타를 날려 연거푸 똑같은 지점을 깔끔하게 맞혔다. 드디어 시합이 시작되었을 때 조지애나는 자신의 실력이 브래디보다 월등하지만 그가 지루하지 않은 상대라는 걸 알았다. 그는 빠르고 강력한 플레이를 보여주다가도 간혹 엉뚱한 방향으로 터무니없는 샷을 날려 그들이 옆 코트로 가서 사과의 말을 외치고 웃음을 참아야 하는 사태를 만들기도 했다. 한 시간 후 세션 종료를 알리는 호루라기가 울리자 다음 조가 코트로 어슬렁어슬렁 걸어 들어오며, 할당된 시간을 1초라도 놓치지 않으려고 요란하게 스트레칭을 했다. 테니스를 치는 사람들은 지나치게 열심이어서 탈이었다.

그 후로 조지애나와 브래디는 1주일에 하루, 대개는 화요일에 함께 테니스를 쳤다. 직장에서는 직업적인 거리를 유지했다. 복도에서 마주치면 말없이 고개를 끄덕이며 웃음을 주고받았고, 점심시간에는 테이블의 양 끝에 앉았다. 하지만 테니스 코트를 오가며 걷는 동안에는 대화를 했다. 브래디의 여행 중독에 관하여, 대학 졸업 후 평화봉사단으로 우간다에서 보낸 1년에 관하여, 그곳에서 참석했던 결혼식에 관하여. 그 결혼식에서 사람들은 염소 한 마리를 죽이더니, 신랑 신부를 아직 만나지도 못한 그에게 제일 먼저 한입 뜯어 먹으라고 청했다. 그 뒤로는 염소 생각만 해도 구역질이 난다고 했다. 국제 구호원인 부모님과 함께 여행하며 자란 터라 그의 나이 열 살 때 이미 여권 한가득 스탬프가 찍혀 있었다. 조지애나는 어렸을 적 떠났던 사파리 여행에 관해 이야기했다. 그 여행의 모든 것이 따분했던 그녀의 할머니는 지프차 뒷좌석에서 조그만 휴대용 술병으로 진을 마시며 소설을 읽었다. 그리고 그녀의 오빠가 대학 룸메이트와 함께 킬리만자로를 등반했다가 병들어서 살이 7킬로그램이나 빠진 이야기도 들려주었다. (코드는 콘칩과 살사소스를 꾸준히 먹어 금방 원래 몸무게를 회복했다.) 이야기를 주고받을 때마다 조지애나는 두 사람의 삶이 얼마나 다른지 뼈저리게 느꼈다. 브래디가 과감한 모험을 통해 드넓은 세계를 보았다면, 조지애나는 온실 속 화초로 자란 부자 아가씨였다. 과감한 모험이라고 해봐야 1만 2,000달러짜리 여름 캠프 아니면 대학 시절 카리브 해나 멕시코로 놀러 가서 메스칼*과 세르베사**에 취해 멍하니 보낸 며칠이 거의 전부였다.

브래디가 시애틀에서 열리는 말라리아 관련 회의 때문에 2주 일정으로 자리를 비우자 조지애나는 일상이 밋밋하게 느껴졌다. 매일 아침 힉스 스트리트를 걸어 출근할 때마다 프린터나 우편함 근처에서 그를 볼 수 있지 않을까 기대하며 설레던 마음이 사라졌다. 테니스공을 칠 때마다 그가 한 시간 내내 맞은편에서 다음 수를 정하기 위해 그녀를 주시하고 있다는 사실에 느꼈던 허세 섞인 희열도 사라졌다. 그녀의 삶이 일시 정지된 듯했고, 열나흘은 영원의 시간처럼 그녀 앞에 쭉 뻗어 있었다.

하루는 퇴근 후 시간을 때우기 위해 헨리 스트리트에 있는 에일 하우스에서 오빠를 만나 저녁 식사를 했다. 모처럼 단둘이 만난 그들은

---

* 용설란으로 만든 멕시코의 증류주.
** 스페인어로 '맥주'라는 뜻이다.

안쪽 부스에 자리를 잡고 사워 멍키 맥주, 햄버거와 프렌치프라이, 칼라마리*를 주문했다. 그들의 어머니가 기겁할 정도로 조지애나와 코드는 잔반 처리반처럼 뭐든 닥치는 대로 먹었다. 조지애나가 열한 살일 때 대학생이었던 코드가 방학을 보내러 집에 오면 그들은 치킨텐더**를 누가 제일 많이 먹는지, 누가 핫도그를 더 많이 먹는지 대결하곤 했다. 꽤 지저분한 대결이었지만 그들은 즐거웠고 정크푸드에 대한 사랑으로 하나가 되었다.

"그러고 보니 오빠 신혼여행 얘기를 한 번도 안 했네. 어땠어?"

조지애나가 물었다.

"몇 번이나 했는지는 말하지 말아주라."

"뭐, 많이 했지."

코드는 진지하게 고개를 끄덕였다.

"주로 개 스타일로."

"됐어."

조지애나는 눈알을 굴렸다.

"아니, 끝내줬어. 아름다운 터크스에서 하이킹도 하고 수영도 하고 스노클링도 하고 마사지도 받고 온갖 로맨틱한 짓은 다 했지."

"「더 배철러The Bachelor」*** 같네. 멋지다."

"뻔뻔하다 싶을 정도로 오글거리더라고. 리조트에 신혼부부들밖에 없었어. 온통 커플에, 장미 꽃잎에, 사람들은 손을 맞잡고 딸기랑 샴페인을 서로 먹여주고."

"오빠 스타일은 아닌 것 같은데, 그래도 괜찮네."

---

* 오징어에 달걀, 마늘 등의 양념과 빵가루를 묻혀 튀긴 요리.
** 닭고기를 갈아 덩어리로 만든 후 튀긴 음식.
*** 사회적으로 저명하거나 경제적으로 풍요로운 미혼 남성이 출연하여 결혼 상대나 약혼녀를 찾는 미국의 리얼리티 프로그램.

"오, 같이 커플 마사지 받을 사람이 없어서 질투하는 거야?"

웨이트리스가 와서 칼라마리 한 접시를 놓고 가자 조지애나는 바삭바삭한 튀김 요리 위에다 레몬즙을 짜서 뿌리기 시작했다.

"첫째, 커플 마사지는 이상해. 서로 싫어하는 두 사람이 대화 없이 로맨틱한 뭔가를 할 수 있도록 만들어진 것 같아."

"지극히 주관적인 발언, 좋았어."

"둘째, 나한테도 남자가 있을지 모르지."

"오, 그건 재밌는데. 내가 아는 사람이야?"

"아니, 같이 일하는 사람."

"그건 좀 힘들 텐데. 사무실 사람들도 알아?"

"전혀. 비밀로 하고 있거든."

"잘했어. 나는 상사랑 한 번 잤더니 직장 사람들이 아직도 그 일을 떠들어댄다니까."

"오빠, 오빠 상사는 아빠잖아."

코드는 키득키득 웃고는, 쭈글쭈글한 다리들이 달린 큼직하고 뚱뚱한 칼라마리 한 조각을 집어 입속으로 쑤셔 넣었다. 그는 값진 인생 조언을 해주는데다 무시무시하게 생긴 오징어튀김까지 다 먹어 치워주는 최고의 오빠였다.

브래디가 없는 동안 조지애나의 업무 효율성은 놀라울 정도로 높아졌다. 연차보고서를 척척 작성하고, 사진을 정리하고, 동료들이 말리에서 새 변소를 파는 일에 관하여 신나게, 입맛 떨어지게 떠들 때 원고를 교정하며 순식간에 점심 식사를 해치웠다.

브래디가 자리를 비운 지 2주째 되는 일요일, 조지애나는 숙취에 시달렸지만(리나의 남자친구가 싱글몰트 위스키 시음회를 열었다) 무거운 몸을 이끌고 라켓 클럽인 카지노로 어머니를 만나러 갔다. 11시에 코트를 사용하기로 예약되어 있었고 나중에 아파트로 가서 점심을 먹을 예정이었다. 어머니를 상대하기 시작했을 때 조지애나는 더 많은 시간을 테니스에 투자한 결과를 몸소 느낄 수 있었다. 매주의 테니스 시합을 두 배로 늘렸을 뿐만 아니라 빠른 몸놀림을 유지하기 위해 조금 더 자주 달리고 있었다.

"조지애나, 너 살 빠졌구나."

어머니가 칭찬하듯 말했다. 조지애나의 몸매에 아주 미세한 변화만 생겨도 곧장 알아채는 사람이 바로 어머니였다.

"새 애인이라도 생겼니?"

조지애나는 어머니의 짐작에 깜짝 놀랐다. 조지애나의 연애사는 모녀의 대화에 잘 등장하지 않는 주제였고, 어쩌다 얘기가 나오더라도 어머니는 남자들을 조지애나의 '친구'로만 칭했다.

"같이 테니스 치는 남자가 있어요."

조지애나는 사실을 고했다. 테니스를 치느라 붉어진 뺨이 한층 더 붉어졌다.

"잘됐구나. 가끔은 져주는 거 잊지 말고."

'우리 엄마도 별수 없으시네' 하고 조지애나는 속으로 웃었다. 한쪽 다리가 부러진 사람을 상대하더라도 일부러 져줄 생각은 없었다. 코드가 킬리만자로 등반을 준비하느라 한쪽 팔에 여섯 대의 예방주사를 맞아서 라켓을 휘두르기도 힘들었을 때 조지애나는 전력을 다해 싸워 제대로 이겨주었다. 그녀가 조금이라도 봐줬다면 코드는 충격으로 쓰러졌을 것이다. 그들 가족에게 승부욕은 사랑의 언어였다.

정오에 오렌지 스트리트의 집으로 갔더니, 조지애나의 아버지는 책상에 신문을 한 무더기 쌓아놓은 채 앉아 있고 코드와 사샤는 베이글과 훈제 연어 한 봉지를 식탁에 풀고 있었다.

"어머, 러스앤도터스Russ and Daughters 베이글이잖아!"

조지애나는 그렇게 외치며 봉지로 달려들어 양귀비씨 베이글을 집었다.

"접시에 담아 먹어, 그래야 더 맛있어."

어머니의 훈계에 코드는 웃었다. 사샤는 케이트 미들턴이나 「퀴어 아이Queer Eye」*의 출연진이 그녀를 심사하기 위해 곧 들이닥치기라도 할 것처럼 테이블에 은식기와 냅킨을 정성스레 놓았다. 조지애나는 사샤가 이 자리에 없으면 좋겠다는 생각이 들었다. 항상 안간힘을 쓰는 사람이 주변에 있으면 진이 빠졌다.

식사를 하는 동안 사샤는 또 그 이야기를 끄집어냈다. 그들 가족의 추억거리 중 어느 것을 쓰레기통으로 보낼 것인가.

"조지애나, 집에 수납공간이 부족한 건 알지만, 테니스 대회 트로피는 가져가지 않을래요? 그리고 아가씨가 만든 것 같은 동물 목각 인형도 있던데요? 꼬리가 위아래로 움직이는 거요. 그건 필요 없어요?"

사샤는 플레인 베이글에 크림치즈를 얇디얇게 펴 바르며 기대에 찬 목소리로 물었다.

'동물'이라 함은 조지애나에게 남모르는 수치심을 안겨준 비버였다. 6학년 때 학교의 목공 수업에서 서로 다른 프로젝트를 선택하라는 지시를 받았다. 한 여자애는 줄에 달린 공을 시소로 쏘아 링을 통과시키는 작은 놀이 기구를 만들었다. 또 다른 아이는 도르래 시스템을 통해 켜졌다 꺼졌다 하는 스탠드 바닥을 만들었다. 조지애나는 울퉁불퉁한 네 바퀴를 타고 굴러가면서 넓적한 꼬리로 위아래를 툭툭 쳐대는 25센티미터 정도의 비버를 만드는 방법이 적힌 설명서를 발견했다. 조지애나는 몇 주 동안 그 작업에 매달렸다. 바퀴를 사포로 닦은 다음 니스를 칠하고, 꼬리에 예쁘장한 그물무늬를 넣었다. 최종 결

---

* 동성애자 남성들이 게스트에게 라이프스타일과 패션에 관해 조언해주는 리얼리티 프로그램.

과물을 발표하는 시간에 누군가의 지적을 받고서야 그녀는 무슨 짓을 저질렀는지 깨달았다.

"너 '비버'* 만든 거야, 조지애나? 그게 무슨 뜻인지 알지? 정말 비버를 만들었네!"

아이들의 웃음은 그칠 줄을 몰랐다. 조지애나는 성기를 뜻하는 속어를 배우는 건 고사하고 성기에 대해 말해본 적도 없는 순진한 아이였다. 그런데 어쩐지 다른 아이들은 모두 그 농담을 이해하는 듯했고, 반 아이들 대부분에게 한 해의 하이라이트였던 그 사건 때문에 조지애나는 섹스에 대해 눈곱만큼도 모르는 아이로 이미지가 굳어졌다. 비버를 볼 때마다 그녀는 수치심에 휩싸였다. 이제는 무신경해질 때도 되었건만, 시간이 흐를수록 그 일은 그녀의 형편없는 연애 실적과 심각한 미성숙함을 상징하는 사건이 되어버렸다.

"한번 가서 볼게요, 그런데 정말 놓아둘 데가 없어요."

조지애나는 얼버무렸다. 이유는 알 수 없지만, 사샤가 그 한심한 비버를 버린다고 생각하면 견딜 수가 없었다. 그래도 몇 주나 공들여 만든 작품인데 쓰레기통에 처넣는 건 아니지 않나. 그리고 테니스 대회 트로피도 고등학교와 대학 때 받긴 했지만 그녀의 은밀한 자랑거리였다.

점심 식사가 끝나자 조지애나는 아버지에게 가서 안부 인사 겸 작별 인사의 키스를 하고, 다음 주 유니버시티 클럽에서 열리는 자선사업 테마 오찬에 어머니와 함께 가기로 약속한 후, 코드와 사샤를 따라 그들의 집으로 갔다. 물건을 담으라며 사샤가 건네준 프레시 다이렉트** 봉투를 받아들고서 조지애나는 어린 시절의 방으로 올라갔다. 선반에 줄지어선 트로피를 보며 감탄했지만, 방에는 훨씬 더 많은 물건

---

* 'beaver'에는 '여성의 음부'라는 뜻도 있다.
** Fresh Direct. 미국의 온라인 식품 판매업체.

이 있었다. 책과 사진첩, 귀걸이를 담아놓았던 티파니 크리스털 접시, 할머니 장례식에서 가져왔던 말린 장미 꽃잎 한 통, 딱풀과 진득진득한 매니큐어 병으로 꽉 찬 서랍. 조지애나는 정리를 시작하면서, 쓰레기는 남겨두고 사샤가 버릴까봐 걱정되는 물건은 봉투에 담았다. 그녀가 아꼈던 마리골드빛 침대보가 무늬 없는 흰색 누비이불로 바뀌어 있어 방 전체가 살풍경한 호텔처럼 느껴졌다. 마리골드빛 침대보는 서랍장의 맨 밑 서랍 속에 개켜져 있었다. 조지애나는 자신의 의견을 내보이는 뜻으로 그 침대보를 원래 자리인 침대에 다시 펴놓았다. 정리를 마치고 보니 비버가 여전히 책상에 놓여 있었다. 그걸 자신의 아파트에 두기는 싫었다. 그녀는 문밖으로 삐죽 고개를 내밀어 주위를 둘러보았다. 코드와 사샤는 부엌에서 커피를 끓이는 중이었고, 그래서 조지애나는 비버를 벽장 안쪽 깊숙이 묻어두었다.

조지애나는 예전에 한 번 알몸 상태의 커플 옆에서 깨어난 적이 있었다. 대학 졸업반 때였고, 크리스틴을 만나러 애머스트까지 차를 몰고 갔다. 그들은 중국 음식점에 가서 스콜피언 볼* 시합을 했다. 레드 펀치를 두 통 주문하고 팀을 나눈 후 빨대를 꽂아 마셔, 누가 더 빨리 통을 비우나 대결했다. 그런 다음 술집에 갔는데, 조지애나는 아는 사람이 한 명도 없었지만 버드 라이트를 마시고 '한 적이 없어I never' 게임을 하며 즐거운 시간을 보냈다. 해본 일이 실제로 많지 않은 그녀에게 아주 유리한 게임이었다. 조지애나는 캠퍼스 밖에 있는 크리스틴의 집으로 돌아가, 보스턴의 본가에 가고 없는 다른 여자의 침대를 차

---

* Scorpion Bowl. 여러 명이 함께 긴 빨대로 마실 수 있도록 큼직한 자기 그릇에 담은 럼주 칵테일.

지했지만, 밤에 소변을 보러 갔다가 어둠 속에서 방향을 살짝 잘못 트는 바람에 엉뚱한 침대로 기어들고 말았다. 크리스틴과 그녀의 졸업반 섹스 파트너가 곯아떨어져 있는 침대였다. 여섯 시간 후 지독한 숙취 속에서 깨어난 그들은 조지애나가 침대를 잘못 찾아들었다는 사실을 깨달았다. 조지애나는 '헨리 스트리트 테니스'라고 적힌 남색 티셔츠와 레깅스를 입고 있었지만 다른 두 명은 실오라기 하나 걸치지 않은 알몸이었다. 다행히도 그들은 이 사건을 아주 재미있어했고, 식당에서 브런치를 먹으며 모두에게 이야기했다. 조지애나는 와플 네 개를 먹고 나서야 아직 술이 깨지 않았다는 걸 알았고, 브라운 대학으로 차를 몰고 돌아가기 전에 한숨 자야 했다.

조지애나는 그날 그녀의 인생에서 겨우 세 번째로 남자의 성기를 보았다. 「부기 나이트」나 「크라잉 게임」의 마지막 장면에서 본 것을 빼면. (영화는 계산에 넣지 않았다. 포르노도 마찬가지. 조지애나는 포르노를 보지 않았다. 전화기가 바이러스에 감염될까봐 두려워서였다.)

조지애나는 브래디 곁에서 깨어나고 싶었다. 브래디와 함께 와플을 먹고 싶었다. 브래디의 알몸을 꼭 보고 싶었다. 그가 2주간의 출장에서 돌아오자 화요일의 테니스 데이트가 재개되었다. 브래디는 머리가 약간 더 길어졌고, 콧날이 조금 그을렸다. 조지애나는 그가 사실은 모두를 속이고 정부 회의가 아니라 해수욕을 즐기다 온 게 아니냐며 놀렸다. 말라리아에 관해 이야기하고 이코노미석으로 미국 땅의 서쪽 끝에서 동쪽 끝까지 날아온 사람의 얼굴이 이렇게 좋을 리 없었다.

한 시간 동안 뛴 후 둘 다 땀에 흠뻑 젖고 목이 말랐다. 포근한 저녁이었고, 브래디가 라켓 그립에 테이프를 새로 감는 사이 조지애나는 물병에 든 물을 벌컥벌컥 들이켰다.

"혹시 나 없는 동안 바람피웠어요?"

브래디가 농담을 던졌다.

"백핸드 언더스핀이 좋아졌던데. 누구랑 쳤어요?"

"그렇죠? 내가 뭘 잘못하고 있었는지 알아냈거든요! 주말에 엄마랑 치다가 갑자기 딱 이해되더라고요."

조지애나는 물병을 가방에 도로 던져 넣고, 하나로 묶었던 머리를 풀었다.

"어머니랑 같이 치다니 좋네요."

브래디의 말에 조지애나는 열두 살짜리 아이가 된 듯한 기분이 들었다.

"엄마는 일흔이 다 되셨으니까 내가 살살 치죠. 오죽하면 엄마가 나더러 매니저님한테 져주라고 하더라니까요."

"어머니한테 내 얘기를 했어요?"

브래디는 자기 어깨로 그녀의 어깨를 툭 치며 물었다.

"누구랑 치냐고 물으시길래."

조지애나는 짐짓 변명하는 투로 말했다.

"우리가, 뭐, 사귀는 사이라는 말은 안 했어요!"

"그럼 이런 거군요? 난 그냥 같이 테니스 치는 사람?"

브래디는 또 조지애나의 어깨를 쳤지만 이번에는 어깨를 떼지 않아서 두 사람은 서로에게 기대어 있었고 그의 팔이 그녀의 옆구리에 따스하게 닿았다.

"지금까지는 그럴걸요."

조지애나도 브래디에게 기대었고, 둘 사이의 친밀감이 몸 구석구석까지 느껴졌다. 브래디가 조지애나의 얼굴로 손을 뻗더니 머리카락을 귀 뒤로 넘겨주었다. 조지애나가 턱을 들자 브래디는 그녀의 부드럽고 따뜻한 입술에 키스했다. 그들은 서로를 바라보다가 웃었다. 조지애나는 행복해서 머리가 어찔할 지경이었다.

"이제 가죠."

브래디는 씩 웃으며 그럽 테이프를 가방에 던져 넣고 지퍼를 잠갔다. 조지애나도 짐을 챙겼고 두 사람은 공원 밖으로 걸어 나갔다. 아무일도 없었던 척, 하지만 모든 것이 바뀌었음을 느끼면서.

다음 주에 그들은 일을 마치고 테니스를 치기로 했다. 코트가 조지애나의 아파트에서 걸어서 10분 거리였기 때문에 그녀는 미리 집을 청소하고 와인 한 병과 맥주 6개들이 한 팩을 냉장고에 넣어두었다. 아침에는 팔과 다리에 꼼꼼하게 수분크림을 바르고, 어차피 땀투성이가 될 머리를 감고, 어떤 속옷을 입을까 꼬박 10분을 고민했다. 흰색 면 팬티는 섹시함과는 거리가 멀었고, 그렇다고 레이스 끈 팬티를 입고 운동을 할 수는 없는 노릇이었다. 그래서 귀엽게 봐줄 만한 작은 연분홍색 비키니로 정했다.

그날 저녁 조지애나는 시합 후의 일을 신경 쓰느라 게임을 망쳤지만, 브래디는 훨씬 더 심각했다. 코트가 이스트 강 옆이었으므로 그가 날린 엉뚱한 샷은 강물에 빠졌고, 시합을 시작할 때 여섯 개였던 공이 결국 네 개밖에 남지 않았다. 그들의 멍청한 플레이를 보면 사람들이 그녀를 3.5등급으로 생각할 거라고 조지애나는 확신했고, 브래디의 셔츠 속 가슴이 어떤 모습일까 생각하느라 바쁘지 않았다면 굴욕감마저 느꼈을 것이다.

시합이 끝난 후 두 사람은 서로에게 미소 지으며, 상기되고 어색한 얼굴로 정해진 대사를 읊었다.

"내 집이 바로 이 근천데 잠깐 들러서 맥주나 한잔할래요?"

"오, 그럼요, 좋죠."

그들은 별말 없이 걸었고 조지애나는 집 문을 열면서 숨을 죽였다. 그가 마음을 바꾸기라도 할까봐, 혹은 그녀가 침대 한복판에 커다란 테디 베어 같은 걸 놔두기라도 했을까봐 더럭 겁이 났다. 문이 닫히자마자 그들은 맥주를 찾는 척도 하지 않았다. 브래디가 조지애나에게 키스했고 그녀도 그 키스에 화답했다. 그들은 신발을 벗어 던지고 셔츠를 훌러덩 벗은 뒤 침대 위로 쓰러져 땀에 젖은 채 뒤엉켜 웃었다. 일을 마쳤을 때 브래디는 천장을 올려다보며 드러누워 바보 같은 웃음을 입술에 머금고 있었다.

"어떤 사람이 춤추거나 운동하는 걸 보면 섹스를 얼마나 잘하는지 알 수 있다는 거 알아요?"

조지애나가 물었다.

"음, 좋은 소식은 당신은 테니스 실력보다 섹스 실력이 훨씬 더 낫다는 거예요."

브래디는 웃었다.

"오, 천만다행이네요. 테니스공 두 개를 강물에 빠뜨리는 사람은 섹스 실력을 어떻게 평가받을까 묻기도 겁나는군요."

"아마, 뼈 하나나 가구 한 점은 부숴버리지 않겠어요?"

"뭐, 가구 부수는 정도는 괜찮죠. 어느 아주 출중한 성과학자는 침대를 부쉈을걸요."

"성과학자는 섹스를 연구하는 사람이지 섹스 실력은 별로일 거예요."

"그 사람들은 모든 걸 책으로만 배운다는 거예요? 그건 아닐 거예요. 자격증을 따려면 현장 체험 기록이 있어야 하니까. 미용사가 실습을 하는 것처럼."

"그럼 어느 쪽이 더 위험할까요? 성과학도랑 자는 거? 아니면 미용사 지망생한테 머리를 맡기는 거?"

"나라면 후자를 택하겠어요. 허세가 아니라 섹스 상대를 아주 까다롭게 고르는 편이라서."

"나도 마찬가지예요."

조지애나는 진지하게 말했다. 그녀가 얼마나 미숙한지, 그동안 사귄 남자가 얼마나 적은지, 연애에 관해 얼마나 무지한지 고백해야 할 것 같은 느낌이 조금은 들었지만, 결국엔 말을 삼켰다. 괜히 털어놓았다가 좋은 분위기를 망칠 필요는 없었다. 그녀는 그저 너무 행복했다.

일터에서는 여전히 서로 격식을 차렸지만 사무실 밖에서는 그들만의 규칙적인 일과가 생겼다. 화요일마다 테니스를 치고 섹스를 했으며, 주말에는 테니스를 생략하고 섹스를 했다. 섹스만 한 건 아니었다. 가끔은 나가서 브루클린 브리지 파크를 가로지르고 부두를 끼고 돌아 레드 후크까지 내처 달리기도 했다. 자유의 여신상이 바로 코앞에 있는 듯했고, 선착장에 예인선들이 정박해 있었다. 문이 활짝 열린 창고들 옆을 달리다가 안을 들여다보면 유리 직공들과 용접공들과 화가들이 일하는 모습이 보였다. 10대 남자아이들이 음악을 쾅쾅 틀어놓고 자기들 차례를 기다리며 시멘트 벽에 기대어 침을 뱉고 있는 피어 2의 코트에서 농구를 하기도 했다. 그런 다음엔 그녀의 아파트로 돌아가 샤워를 하고 – 혹은 하지 않고 – 빈속에 지쳐서 침대로 푹 쓰러졌다.
이렇게 극단적으로 몸을 쓰는 것이 그들을 더욱더 강하게 연결해주는 것 같기도 했다. 그들은 그들의 몸으로 살아 숨 쉬는 걸 사랑하는 두 육체였다. 그들의 몸은 그저 입과 손과 가슴이 아니었다. 그들은 사두근과 고관절 굴곡근과 이두박근, 그리고 스트레칭을 하고 얼음찜질을 해줄 근육이었으며 땀은 그들이 하는 모든 일의 한 부분이었다. 조지애나는 몸을 움직일 때 가장 자기다운 느낌이 들었고, 브래디도 마찬가지라는 걸 알 수 있었다. 달리고 있으면 누가 그녀를 쳐다볼까, 무슨 말을 해야 할까 따위의 걱정은 날아가버렸다. 걱정거리라곤 움직이고 앞으로 나아가는 것뿐, 그녀가 오롯이 그 순간에만 속해 있다는 걸 알고 있으니 긴장과 불안은 사라지고 폐와 다리가 기분 좋게 타오를 뿐이었다.

브래디는 아직 그녀의 친구나 가족을 만날 생각이 없어 보였고 그녀도 그의 친구나 가족을 소개해달라고 강요하지 않았다. 당연히도 직장에서는 그들의 관계를 비밀에 부쳤다. 브래디는 조지애나보다 직급이 한참 높은데다 나이도 열 살 더 많았다. 어쩌면 평범한 일상의 바깥에서 연애한다는 사실이 그들의 열정에 더욱 불을 지폈는지도 몰랐다. 조지애나는 그의 애인이 될 필요도, 그의 애인이라고 주장할 필요도 없었다. 그녀가 브래디에게 느끼는 모든 감정이 일방적인 것이 아님을, 그들의 관계를 우정이라 부를 수 있어도 그의 시선 하나에 그녀의 속이 감전된 듯 뜨거워지리라는 걸 완전하고도 확실히 알았으므로.

6
달리

달리는 자신의 성격이 느긋하다고 여겼다. 가족끼리 테니스를 칠 때 상대가 서브 반칙을 해도 그냥 넘겼고, 식당에서 음식을 되돌려 보내는 법이 없었으며, 맬컴이 비행기에서 입었던 세균 범벅의 옷을 그대로 입고 소파에 누워 있어도 이를 악물고 미소 지었다. 하지만 그런 달리에게도 미치도록 짜증나는 것이 한 가지 있었다. 놀이터의 백인 엄마들이, 클럽에서 스쿼시를 치는 노부인들이, 그리고 기가 막히게도 달리 자신의 친척들까지 던지는 말들. '아시아계 혼혈 아기들은 너무 귀엽다니까', '나도 한국계 혼혈 아기 갖고 싶어!', '이렇게 이국적인 외모를 가졌으니 얼마나 운 좋은 아이들이야'. 이런 말을 들으면 달리는 관자놀이가 지끈거렸다. 파피와 해처가 그 여자들의 눈에 특이해 보인다는 사실, 열대지방에서 수입한 리치넛처럼 '이국적'으로 보인다는 사실을 생각하면 달리는 분통이 터졌다.

그런 일을 당할 때마다, 그동안 그녀를 둘러싼 세상이 얼마나 새하 얬는지를 뼈저리게 실감했다. 그들은 브루클린에 살았지만 아파트 거

주민은 백인뿐이었다. 친구들은 거의 백인이었고, 플로리다 클럽 회원은 전원 백인이었으며, 코드와 사샤의 결혼식 때 주위를 둘러보니 유색인은 한 손에 꼽을 정도였다. 달리의 부모님은 첫눈에 맬컴을 마음에 들어 했지만, 그들이 백인하고만 어울려 지낸다는 사실이 괴로 우리만치 명백하게 느껴지는 순간들이 있었다. 어머니가 'BIPOC'를 '빕-옥'으로 발음할 때,* 아버지가 살사소스만 들어가면 무슨 음식이든 '에스닉 푸드'라고 부를 때, 그들이 R&B나 힙합, 팝 뮤직을 싸잡아 '갱스터 랩'이라고 칭할 때.

파피가 한 살이 되자 달리와 맬컴은 카지노에서 파티를 열었다. 맬컴네 가족에게 첫 생일인 돌은 그들의 결혼식보다 더 중요한 행사였다. 맬컴의 부모님은 모든 비용을 대겠다고 고집부리며 출장 뷔페를 부르고, 붉은색 실크 바탕에 연녹색 소매가 달린 아름다운 한국 전통 의상을 파피에게 사주었다. 그들은 스테이크와 연어를 대접하고, 한 명씩 돌아가며 아기를 안게 한 다음, 돌잡이를 위해 방 한복판에 깔아놓은 담요에 파피를 앉혔다. 돌잡이는 아이의 성격을 점쳐보는 전통이었다. 일반적으로 장수, 지능, 부유함을 의미하는 실, 연필이나 책, 돈 같은 물건을 펼쳐놓았고 아기가 기어가서 집는 물건이 아기의 미래를 상징했다. 그들은 재미 삼아 테니스 라켓, 장난감 비행기, 시험관, 계산기도 하나씩 가져다놓았다. 파피가 시험관 쪽으로 기어가자 맬컴의 아버지는 환호했다. 우리 집안에서 화학자가 또 한 명 나오겠구나! 그 환호에 깜짝 놀란 파피가 울음을 터뜨리자 달리가 얼른 가서 파피를 안아 올렸다. 다시 돌잡이를 시도했지만 파피는 가만히 앉아 소매를 입에 물고만 있었다. 테니스 라켓을 더 가까이 옮기고, 장난감

---

* 'BIPOC'는 'Black, Indigenous and People of Colour'의 약자로, 백인이 아닌 인종을 뜻하며 '바이 팍'으로 발음한다.

비행기를 머리 주위에서 빙빙 돌리고, 계산기를 흔들어 관심을 끌려해보았지만 파피는 시큰둥했다. 결국 그들은 포기하고 파피의 옷을 헐렁한 원피스로 갈아입힌 다음 케이크 한 조각을 주었다. 임신 6개월째라 내내 배가 고팠던 달리는 자기 몫에 더하여 딸의 몫까지 케이크를 먹으며, 자기와 똑같은 생각을 하는 사람이 아무도 없기를 빌었다. '아, 파피도 자기 엄마를 닮아서 아무 일도 안 하겠구나.'

그날 아침 달리가 장염 때문에 여전히 기운이 없고, 어쩌면 정신이 혼미할지도 모르는 상태에서 맬컴의 문자메시지를 처음 봤을 땐 본능적으로 부정하는 마음부터 들었다. 뭔가 착오가 있겠지. 맬컴을 해고할 사람이 어딨어. 그녀는 샤워를 하고, 머리를 말리고, 욕실을 청소하고, 역겨운 냄새를 모조리 없애려 창문을 열었다. 감색 탱크 드레스*를 단정하게 입고, 누렇게 뜬 뺨을 꼬집은 다음, 부엌으로 가서 순자에게 감사인사를 했다. 순자는 버터를 안 바른 토스트와 차를 꽃봉오리 모양의 조그만 화병과 함께 예쁘장한 플레이스 매트에 차려주었다. 달리가 토스트를 아작아작 씹어 먹고 차를 홀짝이는 동안 그들은 아이들에 대해, 아파트에 대해 조용히 이야기를 나누었다. 달리는 머릿속이 복잡했지만 맬컴의 어머니에게는 한마디도 하지 않을 작정이었다. 자초지종을 알고 남편과 대화하는 것이 먼저였다. 맬컴이 집에 돌아오면 얼굴을 맞대고 상의할 문제였다. 하지만 맬컴은 온갖 연줄로 엮인 백인들이 꽉 잡고 있는 금융업계에 몸담은 아시아계 이민자 2세였고, 무슨 일이 있었는지 정확히는 몰라도 맬컴의 친구인 브라이스가 자꾸 떠올라 달리는 속이

---

* 탱크톱에서 착안한 디자인의 드레스로, 상반신이 마치 탱크톱처럼 러닝셔츠 스타일이다.

답답해졌다.

    지난여름 7월의 어느 따스한 토요일, 달리와 맬컴은 아이들을 차에 태우고 코네티컷 주 그리니치에 있는 회원제 골프 클럽으로 향했다. 여섯 달 동안 뉴욕과 런던을 오가며 일한 맬컴은 그리니치에서 자신과 마찬가지로 인수합병팀의 팀장으로 일하고 있는 미국인 브라이스 맥두걸과 친해졌다. 브라이스 역시 유부남이었고 비슷한 또래의 아이들을 키우고 있었다. 그래서 모처럼 둘 다 출장이 없는 토요일에 가족끼리 만나기로 계획한 것이었다.

    이 골프 클럽에 처음 와본 달리는 온 사방이 녹색에다 모든 것이 깔끔하게 손질된 풍경을 보자마자 깜짝 놀랐다. 확실히 교외만의 매력이 있었다. 맬컴은 깔끔한 초록빛 페어웨이를 따라 차를 몰아 석조 대문들을 통과했다. 기다랗게 이어진 구불구불한 언덕에 골프 카트가 띄엄띄엄 눈에 띄었다. 그들이 차를 세우자 브라이스가 다이닝 룸 앞에서 그들을 맞아 수영장으로 데려갔다. 그곳에서 금발의 아내가 연분홍색 수영복을 맞춰 입은 두 아이를 돌보고 있었다.

    골프 실력이 변변찮은 달리는 남자들이 골프를 치는 동안 브라이스의 아내와 함께 아이들을 데리고 수영을 즐기기로 했다. 점심시간이 되면 모두 한자리에 모이기로 했다. 10대 몇 명이 반대쪽 끝에서 놀고 있을 뿐 수영장은 거의 비어 있었다. 그래서 아이들이 누구도 방해하지 않고 실컷 물을 튀기며 비명을 질러대자 달리는 긴장이 풀렸다. 브라이스의 아내는 상냥했고, 그녀 역시 일하지 않는다는 사실을 알자마자 달리는 마음 편하게 즐길 수 있었다. 그들은 허리까지 물에 담근 채 서서 물이 새는 고글을 고치고 상어 튜브를 던지며, 그들의 남편이 얼마나 자주 출장을 가는지, 아이들을 여름 캠프에 보낼 날을 얼마나 고대하고 있는지, 도시 생활과 시골 생활이 어떻게 좋고 어떻게 나쁜

지에 대해 수다를 떨었다. 달리는 인정하고 싶지 않았지만, 이제는 육아와 일을 병행하는 또래의 여자들과 있으면 자신이 무능하게 느껴졌다. 그 많은 시간과 돈을 대학원에 쏟아부은 것을 정당화하고 해명해야 할 것만 같은 기분이 들었다. 전업주부와 어울리는 쪽이 더 편했다.

점심시간이 되자 달리는 아이들을 수영장 탈의실로 데려가 마른 옷으로 갈아입혔다. 정해진 드레스 코드에 따라 해처는 반바지에 폴로 셔츠를 넣어 입고, 파피는 선드레스에 샌들을 신었다. 달리는 그리스에 휴가 온 것 같은 기분을 느끼게 해주는 파란색과 흰색의 하늘하늘한 원피스를 입었다.

그들은 다이닝 룸 밖에서 맬컴과 브라이스를 만나, 눈여겨봐두었던 줄무늬 차양 밑의 테라스 테이블에 자리를 잡았다. 웨이터가 그들 모두에게 지나치게 큰 메뉴판을 건넸고, 브라이스가 괜찮은 요리를 쭉 읊어주었다. 랍스터 롤*, 연어 버거, 아보카도가 들어간 BLT**. 그들이 이야기를 나누는 동안 달리는 주변을 둘러보며 그곳에 충만한 행복감을 느꼈다. 테라스를 가득 메운 행복한 사람들이 점심을 먹고 있었다. 그들 모두 클럽 복장으로 칼라 셔츠를 바지에 넣어 입었고, 어쨌거나 골프 클럽이니 대부분이 남자였지만, 사람들을 유심히 살피던 달리는 그곳이 왜 그리 색다르게 느껴지는지를 깨달았다. 테이블에 앉아 식사를 하는 사람들 중 다수가 흑인이었고, 그들 대부분이 화사한 분홍색과 라임빛 도는 녹색 셔츠를 입고 있었다. 검은 얼굴이나 갈색 얼굴은 거의 종업원뿐인 뉴욕 클럽들의 점심시간과 극명하게 대조되었다. 그리니치가 브루클린 하이츠보다 더 진보적인가?

아이들은 플라스틱 빨대로 레모네이드를 마시고 프렌치프라이를

---

* 핫도그 롤빵에 바닷가재 살을 끼워 만든 샌드위치.
** 베이컨, 양상추, 토마토를 넣은 샌드위치.

순식간에 먹어 치우면서 햄버거는 거들떠보지도 않았고, 달리는 화이트 와인을 홀짝였고, 브라이스는 런던에서 호텔 방을 잘못 찾아 들어갔다가 몸에 타월을 두르고 있는 상관과 마주쳤던 재미있는 이야기를 들려주었다. (어떻게 카드키로 다른 방을 열 수 있지? 달리는 생각만 해도 끔찍했다.)

그들의 팀에 새로 들어온 스물두 살의 애널리스트 척 밴더비어 역시 이 컨트리클럽의 회원이었다. 척이 처음으로 골프 코스를 보러 온 날 브라이스도 클럽에 있었다. 지난여름 한 건의 사고가 있었다. 어느 노신사가 볼보를 몰다가 심장마비가 와서 다이닝 룸을 들이받는 바람에 불이 나고 세 명이 다쳤다. 그 후로 클럽은 건물에 너무 가까이 차를 두는 건 위험하다고 판단하여 차도의 그 부분을 사슬로 막은 뒤 회원들에게 차를 주차장에 세워놓고 돌길을 따라 입구까지 50보 걸어와 달라고 요청했다. 척 밴더비어가 검은 SUV를 타고 도착했을 때 그의 운전기사는 정문 근처에 잠깐 멈췄다가 차에서 내려 사슬을 치운 다음 척을 입구 바로 앞까지 태워주었다. 그런데 어쩐 일인지 척은 회원 자격을 박탈당하지 않았다. 그의 집안 인맥이 워낙 두터운지라 클럽에 그의 후원자만 일곱 명이 넘었다.

은행에서 척은 금방 유명해졌다. 업무 능력이 출중해서가 아니라 자기를 '록 스타'라 부르며 맬컴과 브라이스의 상관인 부장들과 점심 식사를 함께했기 때문이다. 디어필드 아카데미에 다니던 그가 폭죽을 터뜨리며 놀다가 퇴학당했지만 사모펀드계의 거물인 아버지가 손을 써서 다트머스 대학에 들어갔다는 소문이 있었다. 사실 그는 쓸모라곤 전혀 없는 인간이었다. 한번은 거래 장부를 비행기에 두고 내렸다. 다른 사람이었다면 그 자리에서 해고당했을 텐데 그는 징계조차 받지 않았다. 또 한번은 비행기에서 앰비엔*을 먹고 누가 봐도 약에 취한 꼴로 두바이 회의에 참석했다. 맬컴은 척이 남자 화장실 거울 앞에 서서 자기 얼굴을 뚫어져라 쳐다보며 머리를 매만지고 사이코패스처럼 씩 웃는 모습을 목격한 적도 있었다.

브라이스와 맬컴은 척이 못 말리는 골칫덩어리라는 데 동감하고 그런 인간을 떠맡아야 한다는 사실에 질색했다. 두 사람은 연고주의라는 샌드위치의 중간에 끼여 있었다. 그들의 상관들은 밴더비어 가의 사람을 직원으로 둔 것에 흡족해하면서도 그를 직속 부하로 두지 않아 내심 다행으로 여겼다.

달리는 브라이스의 이야기에 웃음을 터뜨리고 와인을 두 잔째 주문했다. 완벽한 토요일 오후였다. 지금껏 남편 동료들과 만났던 자리보다 백만 배는 더 재미있었고 기대감이 차올랐다. 브라이스의 가족과 더 많은 시간을 보낼 수 있으리라. 어쩌면 그리니치로 이사하는 것까지 고려해볼 수 있으리라. 브루클린이 그들에게 최선의 보금자리이며, 브루클린이 교외보다 더 진보적이고 다채로운 곳이라고 늘 느껴왔는데, 그동안 그녀는 눈가리개를 쓰고 있었던 걸까?

그들이 점심 식사를 마칠 즈음 끼익 하고 마이크 소리가 울리더니 햇볕에 까맣게 탄 남자가 연노란색 폴로셔츠 차림으로 무대에 올랐다.

"안녕하세요, 골퍼 여러분. 몇 분 후에 간단한 행사가 진행될 예정입니다."

"오, 미안해요, 여러분."

브라이스가 사과했다.

"보고 있으면 짜증날 겁니다. 여기서 마무리하고 수영장에 가서 잠깐 놀기로 하죠."

"왜 그러세요?"

달리가 물었다.

---

* 불면증 치료에 널리 쓰이는 진정제.

"아, 캐디 감사의 날이라고, 시상식을 하거든요."

"캐디 감사의 날이요?"

"네, 캐디들을 전부 점심에 초대해서 웃기는 상을 주죠."

"아."

달리는 단번에 이해했다. 테이블마다 흑인이 한 명씩 일어나 연노란색 셔츠의 남자와 악수를 나누며 상을 받은 다음 자기 자리로 돌아갔다. 그들은 클럽 회원이 아니었다. 클럽에서 일하는 사람들이었다. 그녀가 다니는 클럽과 마찬가지로 이 클럽 역시 백인들 세상이었다.

맬컴이 공항에서 집으로 돌아왔을 땐 거의 점심시간이었다. 그는 아파트로 들어와 노트북을 조리대 위에 떨어뜨리고는 말 한마디 없이 탱커레이*를 세 손가락 폭만큼 따라 마셨다.

"안녕, 자기."

달리는 맬컴의 뒤로 다가가 두 팔로 그의 몸통을 감싸 안았다. 그의 버튼다운 셔츠는 구겨져 있고, 이틀 밤을 비행기에서 보낸 여파로 몸에서 땀내가 조금 풍겼다. 맬컴이 입을 다물고 있자 달리는 그의 등에 얼굴을 기대었다. 그가 마른침을 삼키고 살짝 몸을 떠는 것이 느껴졌다.

"어떻게 된 거야?"

"정말 개 같은 일이 벌어졌지."

맬컴은 조용히 대답한 뒤 술잔을 싱크대에 내려놓았고, 달리가 이끄는 대로 거실로 가서 그녀에게 자초지종을 이야기했다.

---

* 영국의 음료 및 주류 회사인 디아지오에서 생산하는 진 브랜드.

서른여섯 시간 전 맬컴은 상파울루 밖에 본사를 둔 브라질 항공사인 아줄의 이사진에게 최종 프레젠테이션을 하기 위해 리우데자네이루로 날아갔다. 프레젠테이션 후 아메리칸 항공과의 계약이 예정되어 있었다. 이 계약으로 아메리칸 항공은 아줄의 지분 10퍼센트를 인수하여 남미에서의 입지를 더욱 확고히 다질 수 있을 터였다. JFK 공항에 도착하여 비행 일정을 확인한 맬컴은 한숨을 쉬었다. 그가 타게 될 767-300ER기는 플랫베드 좌석이 좁고 좌석 뒤편에 모니터가 안 붙어 있는데다 심지어 와이파이조차 사용할 수 없는 구형 모델이었다. 그가 탑승 수속 담당 직원에게 인사를 건네자 직원은 달리와 아이들의 안부를 물었다. 비즈니스석 승무원은 그의 어깨를 살짝 쥐며 인사를 대신했다. 맬컴은 JFK 공항에서 보내는 시간이 워낙 많은 터라 승무원과 라운지 직원과 게이트 담당 직원을 거의 동료로 여기고 있었다.

　비행기가 31L 활주로에 줄을 섰을 때 쌍발 엔진이 본격적으로 회전 속도를 높이는 소리가 들리자 맬컴은 자기도 모르게 심장이 기분 좋게 뛰는 것을 느꼈다. 그 오랜 세월이 흘렀는데도 여전했다. 그는 이메일 수신함과 바탕화면 – US 오픈 경기를 보고 있는 달리와 아이들 – 을 마지막으로 힐끗 본 다음 전화기 전원을 껐다. 하지만 열 시간 후 비행기가 착륙해서 전화기를 켰을 때 그의 세상은 완전히 뒤집혀 있었다.

　맬컴은 척 밴더비어가 언젠가 큰 사고를 치리라는 걸 첫날부터 알아봤지만, 자칭 도이체방크 항공 그룹의 록 스타가 추락하면서 맬컴까지 함께 끌어내릴 줄은 미처 몰랐다. 척은 맬컴, 브라이스, 그리고 그들의 팀과 함께 계약을 성사하고 국제 항공사 사이의 합병을 권유하는 일을 하면서 이들 기업과 그 장래성에 관한 가장 민감한 금융 정보에 접근할 수 있었다. 직장 동료들은 아무도 몰랐지만 그는 밤마다 미드타운의 패펄론 바에서 술을 마시며, 따분해하는 젊은 여자들에게 자기가 맡고 있는 계약 건에 관해 떠벌렸다. 안타깝게도 이 록 스타의 대담한 은행 업무담에 홀딱 반한 여자가 하필이면 CNBC의 경제부 기자였고 그녀는 아메리칸 항공이 아줄 항공에 투자할 가능성에 관한 뉴스를 제작했다. 뉴스가 케이블 방송을 타자마자 아줄 항공은 발을 뺐고 도이체방크가 그 책임을 오롯이 덮어쓰게 되었다.

맬컴은 300통이 넘는 이메일과 10여 통의 흥분한 음성메시지, 65통의 문자메시지를 받았다. 대부분 브라이스에게서 온 것이었다. 맬컴은 리우데자네이루에서 탑승교를 비틀비틀 걸으며 메시지를 차례로 쭉 내려다보았다. 그가 1년 가까이 공을 들였던 거래가 무산되었다. 아메리칸 항공 경영진은 마이애미에서 비행기를 갈아타지도 않았다. 맬컴이 사태를 수습할 수 있는 기회는 오래전에 물 건너갔다. 척과 맬컴 모두 해고당했다. 척은 회사 기밀을 유출한 죄로, 맬컴은 어린 멍청이와 너무 가까이 붙어 있었던 죄로.

"당신은 아무 잘못도 없잖아!"

달리는 발끈해서 소리쳤다.

"척이 유출했잖아! 당신은 아무 상관도 없다고!"

맬컴은 얼굴을 찡그리며 답했다.

"나한테 연락이 안 됐잖아. 뉴스가 터졌을 때 난 와이파이를 못 쓰는 하늘에 떠 있었어. 거래가 파투나고 있는데 플랫베드에 누워서 따뜻한 견과류나 먹고 있었다니까."

달리는 분통을 터뜨렸다.

"너무 억울하잖아. 브라이스는? 브라이스도 잘리는 거야?"

"아니, 브라이스는 괜찮아. 내가 연락 두절 상태로 있는 동안 손을 잘 썼지. 자기 살길을 만든 거야."

"왜? 같은 팀이었잖아! 그 사람이 당신보다 먼저 척을 알았잖아!"

"브라이스는 회사에 나보다 친구가 많아. 금융업 쪽에서 알아주는 집안 출신이니까."

맬컴은 의자 다리를 찼다.

"브라이스가 당신 편에 서서 싸워줬어야지!"

"뭐, 안 그러더라고."

"나쁜 자식. 두 놈 다 쓰레기야."

달리가 툭 내뱉는 말에 맬컴은 고개를 저었다.

"나한테 뒤집어씌우다니, 기가 막혀서."

"자기들만 손해지. 우린 괜찮을 거야. 전화 좀 돌려서 면접 보면 돼. 금방 다시 일하게 될 거야."

"그럴 수도 있고."

맬컴은 마치 망신스럽게 패배한 검투사처럼 망연자실한 모습이었다.

"당신을 쫓아낸 그 인간들이 멍청이지."

달리는 맬컴의 무릎에 웅크리고 앉아 그의 목에 얼굴을 묻었다. 그를 지켜줄 수 없다는 사실이 너무 속상했다. 세상의 브라이스들은 보증인이 되어줄 집안 친구가 넘쳐나는데 맬컴에게는 아무도 없었다. 물론 그녀의 아버지는 부동산업계에 연줄이 있고, 당장에 50명을 초대해 모로코 테마의 디너파티를 열고 싶다고 하면 그녀의 어머니가 출장 뷔페 업체와 플로리스트를 연결해주겠지만, 그런다고 맬컴에게 좋을 것이 하나도 없었다.

달리는 피프티스 클럽Fiftieth Club에 가입 신청을 했던 고등학교 친구 앨런 양이 떠올랐다. 후원자들도 있고, 추천서도 있고, 돈도 확실히 있었던 그는 클럽 라운지에서 회원 자격 심사자들과 간이 면접을 가장한 술자리를 가졌을 때 합격을 예감했다. 그런데 결국 그는 가입을 거부당했다. 달리는 그것이 인종차별이라는 걸 알았다. 다른 이유가 있을 수 없었다. 하지만 그 사실을 입 밖에 내는 사람은 아무도 없었고, 그래서 앨런도 잠자코 있을 수밖에 없었다. 맬컴이 쫓겨나는 이유 중 어느 정도가 불운 때문이고, 어느 정도가 그의 피부색 때문일까? 다이면, 모이니한, 슬론 같은 성을 갖지 못한 탓일까? '자네 뒤를 봐줄 백인 아빠가 없어서 자넬 자르는 거야'라고 아무도 말하지 않았지만, 달리가 보기엔 명명백백한 사실이었다.

그 후 몇 주 동안 맬컴은 경영대학원 시절 친구들을 만나 점심을 먹고, 투자은행업계의 초창기 동료들에게 연락하고, 그를 만날 용의가 있는 사람이라면 누구든 만났다. 척 밴더비어는 사모펀드계의 거물이라는 아버지가 아폴로의 애널리스트 자리를 구해준 덕에 금세 다시 일어선 반면, 맬컴은 평판이 바닥으로 떨어진 게 분명했다. 은행업계에서 맬컴은 방사능 같은 존재가 되어버렸다. 그의 친구와 지인들은 하나같이 스테이크를 레어로 주문한 다음 아이스티에 입을 대기도 전에 물었다.

"그 아줄 건은 대체 어떻게 된 거야?"

모르는 사람이 없었고, 어찌 된 일인지 다들 맬컴의 책임이라고 생각했다. 그가 아무 잘못도 하지 않았다는 건 중요하지 않았다. 그는 오명을 얻었고 업계 큰손들로부터 가차 없이 버림받았다.

헤드헌터들에게서 연락이 오기 시작하자 달리는 일이 잘 풀릴 것 같은 예감이 들었다.

"거봐, 당신을 찾는 데가 많잖아."

하지만 제안이 들어온 자리는 항공업계로의 복귀는 꿈도 꾸지 못할 삼류 기업들, 형편없는 은행들이었다. 고공비행을 하던 그에게 노예로 전락하라니, 맬컴으로서는 생각만 해도 끔찍한 일이었다. 그 제안들 중 하나를 받아들이면 중서부의 공업 도시로 출퇴근하는 데 하루의 대부분을 써야 할 터였다. 시카고에서 환승하고, 이코노미석에 앉아야 할 테고, 밤에는 폴리에스테르 침구로 얼룩을 숨겨놓은 레드 루프 인*에서 묵어야 한다.

달리는 은행업계에서 훨씬 더 심한 일로 잠깐 오명에 시달렸던 사람이 얼마나 많으냐며 맬컴을 위로했다. 무단 거래로 회사에 5억 달러의 손실을 안기고도 일자리를 잃지 않은 스물여섯 살짜리 남자. (그가 버지니아 개척 시대부터 시작된 유서 깊은 가문 출신이라는 점이 참작되었다.) 구리 선물 거래로 26억 달러의 손실을 본 사실을 숨긴 도쿄의 은행 직원. 1995년에 베어링스 은행을 파산시킨 불량 거래자.

맬컴은 투덜거렸다.

"기분이 전혀 안 나아지는데. 그 자식들은 다 바보였잖아."

"당신은 내가 아는 사람들 중에 제일 똑똑해. 더 좋은 자리가 있을 거야."

달리의 이 말은 진심이었다.

"내가 그렇게 똑똑한 사람이라면, 나를 이렇게 헌신짝처럼 버리는 은행에 돈 벌어주느라 파피와 해처의 어린 시절을 놓쳐버리는 짓은 안 했겠지."

맬컴은 침울하게 말했다.

맬컴과 어떻게 만났느냐는 질문을 받으면 달리는 '경영대학원에서요'라고 간단히 답했고, 대부분의 사람에게는 그 정도 답변으로 충분했다. 하지만 사실은 달리가 맬컴을 찾아냈고, 직접 만나기 전부터 그

---

* 미국의 저가형 호텔 체인.

를 원했다. 달리는 예일 대학을 마치고 스탠퍼드 대학으로 옮겨가기 전 2년 동안 모건스탠리의 애널리스트로 일했다. 한 어소시에이트가 항공사에 관한 맬컴의 블로그를 그녀에게 보여주었고, 맬컴 역시 스탠퍼드에 다닐 예정이라는 사실을 알게 된 그녀는 윌리엄 왕자가 에든버러 대학에서 세인트앤드루스 대학으로 옮겼다는 사실을 알게 된 케이트 미들턴의 기분이 이랬을까 싶었다. 그녀는 이 남자를 자기 사람으로 만들기로 했다. 그녀에게는 작은 부업이 하나 있었기 때문이다. 그녀는 완벽히 합법적인 방법을 통해 젯블루 항공 티켓팅의 알고리즘을 파악한 뒤 전년 대비 고객 수에 근거하여 항공사 주식을 거래하고 있었다. 매달의 첫날 12시 1분, 그리고 30일이나 31일 11시 59분에 티켓을 한 장씩 구매했다. 항공사들의 넘버링 시스템은 한심할 정도로 단순했고, 달리는 그런 방식으로 항공사의 티켓 판매량을 파악할 수 있었다. 거기에 큰돈을 걸지는 않았다. 재미 삼아, 그리고 그저 자신이 해냈다는 것을 증명하기 위해 당일치기 거래를 했다. 첫 데이트에서 타코에 마르가리타를 마시며 달리가 맬컴에게 이 사실을 고백했을 땐, 마치 그녀가 보 데릭*의 대역배우였다거나 다리 찢기를 할 수 있다고 말한 것처럼 아주 섹시하게 느껴졌다. 그녀는 오르락내리락하는 연료비를 이미 변수에 넣고 있었지만, 맬컴이 합세하면서 다른 항공사에 임대한 비행기나 노선에 따른 경비 절감과 지출까지 고려할 수 있게 되었다. 1년 후 젯블루가 티켓팅 코드를 변경하자 달리의 틈새 공략은 막을 내렸지만 성공적인 거래가 성사되었다. 맬컴은 있는 그대로의 그를 사랑해주는 인생의 동반자, 배우자감을 만났고 달리는 그녀만의 윌리엄 왕자를 차지했다.

---

* 미국의 모델 겸 영화배우.

7

사샤

조지애나는 동굴 주변에 오줌을 싸서 자기 영역을 표시하는 늑대 같았다. '트로피를 치우겠다'며 조지애나가 다녀간 후 방을 들여다본 사샤는 헉하고 소리를 지를 수밖에 없었다.

"코드! 여기 와서 좀 봐!"

코드는 한 손에는 얇게 벗겨지는 크루아상을, 다른 손에는 테니스 라켓의 폴리에스테르 줄을 들고서 복도를 느릿느릿 걸어왔다.

"봐."

사샤는 오래된 펜과 바스러지는 지우개가 양탄자에 아무렇게나 한 무더기 쌓여 있는 바닥을 요란한 손짓으로 가리켰다.

"게다가 트로피는 하나도 안 가져갔어! 꼭 방에 도둑이 들었던 것 같잖아!"

서랍장의 서랍들이 반쯤 열려 있고, 서랍장 윗면에는 오래된 입술 크림 몇 개와 머리끈들이 흩뜨려져 있었다.

"쓰레기장이 돼버렸네."

"그 정도는 아니지, 거의 자잘한 물건들인데."

코드가 조심스럽게 말했다.

"어쨌든 정말 무례하지 않아? 이렇게 난장판을 만들어놓고 가다니."

"걔가 원래 좀 게을러."

코드는 어깨를 으쓱했다.

"봐, 옛날에 쓰던 오렌지색 침대보를 찾아서, 내가 산 흰색 침대보 위에 깔아놨잖아. 아직 자기 방이라고 시위하는 것 같아."

코드는 펜들을 쓸어 담아 책상 서랍 속으로 던져 넣었다.

"저기, 걔 방은 항상 아수라장이었어. 기분 나빠하지 마."

"이제 좀 기분이 나빠지려고 해, 코드."

사샤는 솔직히 진절머리가 났다. 워낙 오랫동안 불청객 대접을 받아온 터라 한마디 하지 않을 수 없었다.

"내가 뭘 잘못했는지 모르겠지만, 당신 누나랑 동생은 내가 마음에 안 드나 봐."

"그게 무슨 소리야? 아니야."

코드는 그녀의 등을 토닥이며 방에서 나가려 했다. 뼛속까지 와스 프인 그는 갈등을 아주 불편해했다.

사샤는 물러서지 않았다.

"내가 무슨 말만 하면 눈알을 굴린다니까."

그보다 더 심했지만, 설명하기가 어려웠다. 내 앞에서 누군가가 끊임없이 등을 돌리고, 코를 찡그리고, 시선을 피하는 기분을 어떻게 표현할 수 있을까?

"누나는 애들 키우느라 정신이 없고, 조지애나는 아직 애잖아. 테니스 치고 친구들이랑 노는 것밖에 모른다고. 지금은 걔가 우리를 이해할 수가 없어. 당신이 눈높이를 걔한테 맞춰줘야지."

코드는 이 대화가 통증을 유발하는 듯 몸을 움찔했다.

사샤는 그 움찔함을 보았다. 코드를 몰아붙이려던 건 아니었다. 그녀는 누그러진 투로 말했다.

"그럼 내가 화이트 클로*마시면서 프랑스 오픈 얘기하면 당신 동생한테도 예의라는 게 좀 생길까?"

코드의 얼굴에 안도감이 확연히 드러났다. 사샤는 그냥 넘어가기로 했다. 코드가 씩 웃으며 말했다.

"내가 여자들한테 잘 보이고 싶을 때 쓰는 수법인데. 여자들이 좋아하는 걸 나도 좋아하는 척하는 거지. 자, 뜬금없지만 와인이나 한잔하면서 예술을 감상하고 내 고등학교 물건들을 치워버립시다."

사샤는 웃음을 터뜨리고는 그를 따라 복도로 나서며 조지애나 방의 문을 닫았다. 그리고 피노 그리지오 한 병과 유리잔 두 개를 코드의 방으로 가져가 바닥에 내려놓았다 – 깨끗한 표면은 그곳뿐이었다. 코드의 싱글베드에는 버려진 보물이 수북이 쌓여 있었는데, 대부분 그의 할아버지 집에서 가져온 것이었다. 코드의 아버지 쪽 조부모인 핍과 폽이 세상을 떠났을 때 스톡턴 가족은 컬럼비아 하이츠에 있는 그들의 브라운스톤 저택을 팔기로 했다. 사진사가 집을 더 넓어 보이게 찍을 수 있도록 예술품과 장식물의 절반을 들어내어 그 대부분을 파인애플 스트리트로 옮겼다. 저택은 금방 팔렸는데 아무도 감정인을 불러 골동품을 처리할 생각을 하지 않았고, 그 덕에 라임스톤 저택에는 값비싼 폐기물이 넘쳐났다. 코드의 침대에는 금박 입힌 목제 테두리가 둘러진 바로크 양식의 거울, 금박을 입힌 화려한 청동 받침대에 얹어진 60센티미터 높이의 선반용 시계, 몽블랑 만년필 10여 자루가 들어 있는 오렌지색 가죽 상자, 그리고 주로 배를 그린 수채화가 끼워진 액자 한 무더기가 있었다. 책장의 두 층을 꽉 메운 해지

---

* White Claw. 탄산수에 알코올을 섞고 과일 향을 첨가한 하드셀처hard seltzer의 상표명.

고 낡은 양장본은 갈색과 감색의 닳아빠진 책등이 너덜너덜 벗겨지고 있었다. 책상에는 신문에서 오려낸 기사 쪼가리와 서류철이 널브러져 있었다. 사샤는 이렇게 기사 스크랩을 좋아하는 가족을 본 적이 없었다. 그들은 날마다 신문 기사를 오렸고, 틸다는 흥미로운 기사가 보이면 당장에 잘라낼 수 있도록 식탁에 작은 나이프를 둔 채로 조간을 읽었다. 방바닥에는 묵직한 액자에 끼워진 그림이 네 줄로 늘어서 있었다.

코드가 눈을 반짝이며 제안했다.

"재미있는 게임 하나 해볼까? '혈연이냐, 결혼이냐.' 원래 스톡턴 가 사람이었는지, 아니면 결혼해서 스톡턴 가에 들어온 사람인지 알아맞히는 거야."

"좋아."

사샤는 씩 웃고 와인을 벌컥벌컥 마시며 답했다.

"1번 문제. 이 사람."

코드는 아이리시 세터를 발치에 두고 딱딱한 포즈를 취하고 있는 정장 차림의 노신사를 그린 유화 초상화를 들어올렸다. 노신사는 코드처럼 눈동자와 눈썹이 검고, 코드처럼 코가 우아하게 생겼다.

사샤는 눈알을 굴리며 답했다.

"혈연."

"정답! 우리 할아버지야, 에드워드 코딩턴 스톡턴. 좋아, 2번, 이 숙녀분은?"

코드가 이번에 꺼낸 건 더 작은 초상화였다. 피터 팬 칼라*가 달린 파란 원피스를 입고 머리에 리본을 단 여덟 살 정도의 어린 소녀. 조지애나처럼 풍성한 곱슬머리에 입술을 뿌루퉁하니 내민 모습이 조지애

---

* 소설 『피터 팬』의 삽화에서 유래한 것으로, 좁고 납작하며 끝이 둥근 옷깃.

나처럼 귀여웠다. 사샤는 웃으며 답했다.

"혈연."

"딩동댕! 고모할머니 메리. 좋아, 이번엔 이 숙녀분."

코드는 금색 액자에 담긴 큼직한 그림을 꺼냈다. 그림 속의 어여쁜 여자는 무릎에 책을 얹은 채 요염하게 미소 짓고 있었다. 그녀의 통통한 뺨이나 들창코는 달리도 칩도 닮지 않았다.

"결혼?"

사샤가 조심스레 답하자 코드는 웃었다.

"나도 몰라. 태어나서 한 번도 못 본 사람이야! 할아버지가 이베이에서 사셨나 봐."

사샤는 입을 오므렸다. 혈연으로 맺어진 사이가 아니라면 이름을 알 필요도 없다는 거지. 알았어. 그녀는 발밑을 조심하며 책상으로 가서 서류철을 살폈다. 흐릿한 플라스틱 사이로 한 얼굴이 보였다. 사샤는 노끈을 풀어 파일을 열어젖혔다. 〈뉴욕 타임스〉에 실린 달리와 맬컴의 결혼 발표 기사를 오린 것이었다. 작은 얼굴 사진 속의 그들은 더할 나위 없이 매력적이었다. 반짝이는 다이아몬드 귀걸이를 낀 달리와 정장에 넥타이를 맨 맬컴. 사샤는 기사를 대충 훑어보았다.

"찰스 에드워드 콜트 스톡턴 씨와 마틸다 베일리스 무어 스톡턴 부인의 딸, 달리 콜트 무어 스톡턴이 이번 주 토요일에 결혼을……."

"그게 뭐야?"

코드가 어깨 너머로 보며 물었다.

"당신 누나 결혼 발표 기사."

"아."

코드는 코를 찡그렸다.

"당신이 싫다고 했잖아."

사샤가 그에게 상기시켜주었다. 약혼했을 때 그녀가 한번 얘기를 꺼냈더니 그는 단칼에 거부했다.

"너무 역겹고 속물적이야."

코드는 누나의 사진을 내려다보며 말했다.

"투자은행업계의 아무개 부자 부모와 사모펀드계의 아무개 부자 부모가 자식들을 결혼시키지. 계속 그러다 보면 투탕카멘처럼 근친상간으로 태어나는 애도 생길걸."

"뉴욕 부동산 거물 스톡턴 부부의 아들 코딩턴 스톡턴이 술고래들과 어부들의 후손인 로드아일랜드 아가씨와 결혼하다."

사샤가 농담을 던졌다.

"결혼식은 기차역 근처의 캡 클럽 바에서 거행되고 내러갠섯 맥주에 취한 신부 오빠가 주례를 볼 예정이다."

"피로연에서는 식수대를 뜻하는 단어를 제대로 발음할 줄 아는 사람들에게 대합을 무한 리필로 제공한다."

"버블-라! 대합 차우-다!"*

코드가 소리 지르자 사샤는 생각에 잠긴 듯 말했다.

"흠, 우리 애들한테는 로드아일랜드 억양을 가르칠까?"

"안 돼, 그랬다간 엄마가 우리 애들을 유언장에서 빼버릴 거야."

코드는 그렇게 말하고는 사샤에게 키스했다.

"이 물건들 중에 하나라도 버리면 안 되겠지?"

사샤는 코드의 방을 마지막으로 한 번 둘러보며 낭패감에 젖었다.

"물론 안 되지. 미안해. 하지만 와인도 마셨겠다, 청소도 조금 했겠다, 이제 당신이 좋아하는 다른 일을 하면 어떨까 싶은데……."

코드는 장난스럽게 눈을 깜박거리며 사샤의 손을 잡았다. 사샤는

---

* 'bubbler(식수대)'와 'chowder(생선이나 조개류와 야채로 만든 걸쭉한 수프)'를 로드아일랜드 주 억양으로 발음한 것이다.

거부하지 않았다. 코드가 일하러 나가고 없을 때 이 기사 쪼가리들 중에 일부를 몰래 파쇄기에 넣어버리면 된다. 코드는 곧장 그녀를 복도로 데려나가 그들의 침실로, 그녀에게는 늘 코드의 부모 것으로 느껴지는 기둥 네 개의 침대로 이끌었다.

사샤는 대학 신입생 때 임신을 걱정한 적이 한 번 있었다. 또 헤어질 위기에 처한 그녀와 멀린 사이에 팽팽한 긴장감이 감돌고 있을 때였다. 그녀는 추수감사절을 고향 집에서 보낼 예정이었고 모든 것이 친숙한 그곳에서는 나아지지 않을까 기대했다. 아무래도 뉴욕이 멀린을 벼랑으로 내몰고 있는 것 같았다. 그녀가 아트 스쿨에서 만난 세련된 아이들, 대부분 부잣집 자식인 그 아이들과 어울릴 때면 그는 어쩐지 불안하거나 불편해 보였다.

추수감사절 전날인 수요일 밤에 모든 마을 사람이 캡 클럽으로 놀러 가는 것이 전통이었다. 집을 떠나 있던 대학생들은 기나긴 주말 휴가를 고향에서 보내며, 그 작은 마을 밖에서 자신이 얼마나 잘 지내고 있는지 뽐내고 싶어 안달이었다. 캡 클럽은 변변찮은 곳이었다. 기차역 맞은편의 기다란 벽돌 건물에서 맥주와 칵테일을 팔았고, 손님이 정 원하면 식초 맛이 나고 어쩌면 코르크 마개 조각들이 들어가 있을지도 모르는 와인 한 잔을 내주었다. 빨간 가죽 의자가 줄지어선 바, 안쪽의 칸막이 자리들, 주크박스 하나, 다트 판 하나가 있었다. 사샤의 사촌들도 클럽에 있었다. 그들 대부분은 아직 스물한 살이 되지 않았지만, 가족과 친구 사이인 바텐더들은 그 사실을 정중히 무시했다. 작은 마을에서의 삶이란 원래 그랬다. 나쁜 짓을 하면 금세 들통나지만, 얼렁뚱땅 넘어가기도 쉬운 것이다.

멀린은 지나치게 큰 소리로 웃어대고 술을 연거푸 마시며 심상치 않은 분위기를 풍겼다. 사샤의 남동생인 올리는 술에 취해 추태를 부렸다. '보지를 먹으세요, 오가닉이에요'라고 적힌 티셔츠를 입고 클럽 안에서 담배를 피우려다 사샤에게 골목으로 쫓겨나서 투덜거렸다. 보스턴, 메인, 코네티컷에서 대학을 다니는 다른 동기생들도 그 자리에 있었다. 사샤가 보기에 멀린은 여전히 고향에 남아 있는 것이 창피한 모양이었다. 그곳에 있는 아이들 대다수보다 더 똑똑한 그가 뉴헤이븐이나 프린스턴의 기숙사가 아닌 어린 시절 방을 형과 함께 쓰면서 차를 몰아 학교를 다니고 이른 아침에 잔디를 깎고 아버지가 부엌에 남겨둔 빈병을 치우며 살고 있었다. 사샤는 그의 허리를 한 팔로 감싸 안으며 그의 귓가에 속삭였다.

"어디 좋은 데 가서 우리 둘만 있자. 네가 그리워."

맥주를 반병밖에 마시지 않은 사샤가 둑길까지 차를 몰았고, 자갈밭에 멈춰 선 채 두 사람은 바다를 바라보았다. 밖에 나가기엔 너무 추운 날씨라 그들은 차 안에서 키스를 하다가 뒷좌석으로 넘어가며 옷을 벗었다.

사샤가 물었다.

"난 콘돔 없는데, 넌?"

"없어, 하지만 끝까지 안 갈 거야."

멀린이 약속했다. 그들은 섹스를 시작했고, 처음엔 굉장히 좋았지만 사샤는 슬슬 걱정되기 시작했다.

"빼는 거 잊지 마."

사샤가 속삭였지만 멀린의 움직임은 점점 더 빨라졌다. 멀린은 앓는 소리를 내며 사샤 안에 사정했고 사샤는 멀린을 힘껏 밀쳤다.

"뭐야?"

"미안, 미안. 너무 좋아서."

멀린은 눈을 가린 머리카락을 옆으로 치우며 말했다.

"멀린, 나 피임약도 안 먹고 있단 말이야."

"괜찮을 거야. 걱정 마. 미안해."

사샤는 옷을 홱 잡아당겨 도로 입었다. 멀린에게, 그녀 자신에게 화가 났다. 그날 밤 멀린을 집에 데려다주고 와서 침대에 누운 사샤는 그 일이 정말 우연한 사고였는지, 아니면 멀린이 그녀를 고향에 데려와 자기 곁에 둘 방법을 찾으려 했던 건지 궁금해졌다.

월경이 이틀 늦어지자 사샤는 대학 내 보건실에 가서 임신 검사를 받았다. 음성이라는 결과가 나왔고 그녀는 어깨를 들썩이며 흐느껴 울었다. 피로감과 분노와 안도가 뒤섞인 흐느낌이었다. 어쩌면 호르몬 때문이었는지도 모른다. 바로 다음 날 월경이 시작된 걸 보면.

물론 사샤는 가족에게 이 일을 이야기하지 않았다. 어머니는 콘돔 없이 섹스를 한 그녀에게 불같이 화를 내며 멀린을 집에 들이지 않을 터였다. 아버지와 형제들은 어떤 반응을 보일지 알 수 없었지만, 그녀를 탓하지 않을까 조금 의심스럽기도 했다. 그녀의 잘못이 맞긴 했다. 그녀를 배려해주지 않는 사람을 믿었으니까.

멀린과의 이별을 받아들이지 못하는 듯한 가족 때문에 사샤는 마음이 아팠지만, 다른 한편으로는 멀린을 너그럽게 챙기는 가족이 감동적이기도 했다. 멀린에게 진정한 가족이 없다는 걸 아는 그들은 멀린을 따뜻하게 감싸주고, 크리스마스에 멀린의 스타킹을 따로 준비해두었으며, 멀린이 유일하게 먹는 음식인 콘 첵스와 팝 타르트를 식료품 저장실에 항상 채워두었다. 사샤는 결혼 생활이 바로 그럴 거라고 생각했다. 코드와 결혼하면 그의 가족이 그녀를 따뜻하게 감싸줄 줄 알았다. 하지만 그들은 그러지 않았다. 사샤의 가족은 식당의 칸막이 자리 같았다. 언제든 끼어들어 한 자리를 더 만들 수 있었다. 코드의 가족은 의자가 딸린 테이블이었고, 그 의자들은 바닥에 볼트로 박혀 있었다.

결혼식 한 달 전, 정장 차림의 남자가 그녀의 아파트를 찾아와 초인 종을 눌렀다. 사샤는 집에서 혼자 요구르트를 먹으며 컴퓨터로 레이 아웃 설계 작업을 하고 있었다. 맨해튼의 어느 작은 현대 미술관으로 부터 새 간판, 쇼핑백, 광고를 디자인해달라는 의뢰를 받았다. 인터폰 모니터를 보니 페덱스 직원이 아니었고, 그래서 그녀는 급하게 브래 지어를 챙겨 입은 다음 문을 열었다.

"사샤 로시 씨 되십니까?"

"그런데요."

사샤는 어정쩡한 미소를 지으며 답했다.

"저는 스톡턴 가의 신탁재산을 관리하고 있는 폭스 올스턴 소속의 변호삽니다. 저희가 혼전합의서를 준비했으니 서명해주시면 됩니다. 로시 씨도 직접 변호사를 구하셔서 협상할 때 연락이 닿도록 해두시는 게 좋을 거예요."

"변호사요?"

사샤는 어리둥절해져서 물었다.

"이런 합의서에는 꼭 변호사를 써야 돼요. 제가 추천해드리면 좋은 데 안타깝게도 다른 로펌을 알아보셔야 할 겁니다. 궁금한 점 있으시 면 연락 주십시오."

그 말과 함께 남자는 사샤에게 마닐라지 봉투를 건네고 고개를 끄 덕여 인사하더니 엘리베이터 쪽으로 재빨리 걸어갔다.

"이게 무슨 헛소리야?"

사샤는 봉투를 부엌으로 가져가 근무 중인 코드에게 전화를 걸었다.

"코드, 방금 희한한 일이 벌어졌어. 갑자기 변호사가 찾아와서 나한 테 혼전합의서를 주지 뭐야! 이거 무슨, 소환장이라도 받은 것 같잖아!"

"저기, 나중에 얘기하면 안 될까? 지금 일하는 중이라."

"오, 좋아, 그럼 오늘 밤에."

사샤는 전화를 끊었다. 하지만 그날 저녁, 그의 아파트에서 식사를 한 뒤에도 코드는 그 일을 의논할 생각이 전혀 없어 보였다. 그저 어깨를 으쓱하며 이렇게 말했다.

"그냥 변호사 구해서 맡겨."

"그래, 그럴게, 그런데 나한테 말해주려고는 했어?"

"말할 게 뭐 있어? 그냥 서류작업인데. 그 사람들이 알아서 처리하고 당신이 서명하면 끝이야."

"아니, 애초에 이렇게 나올 수도 있었잖아. '사랑해 자기, 난 절대 이혼하기 싫어.'"

"그럼 당신 변호사한테 그 부분을 추가하라고 해."

코드는 눈알을 굴렸다. 기분이 상한 사샤는 "어머나" 하고 쏘아붙였다.

"나한테 이러지 마. 다들 이렇게 한다고. 결혼이라는 게 원래 이래. 법적인 합의야. 이 합의서도 그 일부고. 괜히 유난 떨지 마."

"당신 세상에서는 결혼이 이런 식인지 몰라도 내가 사는 세상에서는 안 그래. 내 부모님이 혼전합의서를 썼을 것 같아?"

"왜 이런 일로 내 속을 뒤집어놓으려는지 이해가 안 돼."

"내 속이 뒤집혔으니까!"

"신경 쓸 일도 아니잖아!"

"신경 쓸 일이 아니면 왜 나한테 얘기 안 했어?"

"별일 아니니까!"

"별일이라는 거 당신도 알잖아. 난 당신이랑 잘 살아보려고 애쓰고 있는데, 당신은 달아날 구멍을 만들어놓겠다는 거 아니야. 난 절대 당신 가족이 될 수 없다는 걸 분명히 하면서."

"우린 결혼할 거야. 나한테 더 원하는 게 뭐야?"

코드가 차갑게 물었다.

"당신한테 원하는 게 뭐냐고? 당신이 나를 최우선으로 생각해줬으면 좋겠어. 내가 당신 인생에서 가장 중요한 사람이었으면 좋겠어. 무슨 일이 있어도 항상 내 편이 되겠다고 말해줬으면 좋겠어. 당신 가족 대신 나를 선택하겠다고 말해줬으면 좋겠어."

"그런 바보 같은 부탁이 어딨어. 내가 가족 말고 다른 사람을 선택할 일은 절대 없어."

코드는 방으로 들어가 문을 닫았다. 사샤는 그날 밤 비틀거리는 걸음으로 로비를 빠져나가 그녀의 아파트에서 잤고, 다음 날 아침 일찍 일어나 차를 몰고 로드아일랜드의 본가로 달려갔다. 코드를 볼 자신이 없었다. 그녀의 요구를 깡그리 무시하는 사람과 한 침대를 쓰는 건 상상하기도 싫었다.

사샤가 부모님에게 그 일을 알리자 아버지는 불같이 화를 냈다.

"네가 무슨 가석방된 죄수냐? 변호사가 서류 들고 찾아가게. 어처구니가 없군. 부자들이 그렇게 노는 인간들이라면 넌 그냥 빠져."

어머니는 좀 더 동정적이었다.

"이런 비슷한 일이 일어나지 않을까 싶더라니. 그런 집안은 결혼 상대한테 아주 이상한 짓을 하기도 하거든. 아마 코드가 아니라 그 부모가 벌인 일일 거야."

사샤는 확신이 서지 않았다. 코드의 생각일 수도 있고, 칩과 틸다의 생각일 수도 있었다. 하지만 어느 쪽이든 그들끼리 그 일을 의논했고, 그녀를 상대로 작당을 했으며, 두 팔 벌려 그녀를 환영하기는커녕 그녀의 침투를 막을 궁리를 하고 있었다는 사실이 굴욕적이었다.

사샤는 프로비던스에서 변호사로 일하고 있는 친구 질에게 연락해서 커피를 함께 마셨다. 사샤가 마닐라지 봉투를 건네자 질은 서류를 검토하며 고개를 끄덕이기도 하고 메모지에 연필로 조금 긁적이기도 했다.

"아주 관대한 혼전합의서야, 사샤. 관례상 우리가 요구할 점이 몇 가지 있긴 하지만, 이 정도면 괜찮은 편이야."

"이 정도면이라니? 혼전합의서를 쓰는 사람이 얼마나 되는데?"

"일반인들의 경우엔 5퍼센트나 10퍼센트 정도밖에 안 되지만, 좀 사는 집안 사이에서는 아주 흔하지."

"아무리 생각해도 기분 나빠. 꼭 내가 자기네 돈을 훔칠 거라고 생각하는 것 같잖아."

"그 사람 가족한테는 치아 교정기를 맞추거나 귀를 뚫는 것처럼 그냥 일상적인 일이야. 어른이 되는 길에 한 발짝 내딛는 거지. 너무 큰 의미를 두지 마."

사샤는 질의 말을 믿고 그냥 넘어가고 싶었지만, 잠 못 드는 밤마다 코드의 목소리가 들렸다. 낮지만 솔직한 목소리.

'내가 가족 말고 다른 사람을 선택할 일은 절대 없어.'

사샤의 아트 스쿨 친구들 중 브루클린 하이츠에 사는 사람은 한 명도 없었다. 대개는, 지하철이나 버스를 타고 가야 하는 동네, 먹으면 혀가 얼얼해지는 작은 원뿔 모양의 매운 칩이 보데가에 쌓여 있는 동네, 수로의 물에 연보라색이 약하게 끼어 있는 동네에 살고 있었다. 사샤의 신입생 시절 룸메이트인 바라는 레드 후크로 이사했다. 자전거를 타면 라임스톤 저택에서 10분 만에 갈 수 있는 거리이지만 150킬로미터 넘게, 혹은 100년은 떨어진 것처럼 느껴졌다. 페리스 스트리트의 한 공장을 개조한 바라의 널찍한 작업실은 설탕 정제소와 조선소가 버터밀크 채널을 향해 멋들어지게 무너져 내리고 있는 해안 거리에서 아주 가까웠다. 옆 부지에서는 커다란 크레인들이 선적 컨테이너를 옮기고, 인도는 그라피티로 뒤덮여 있고, 주변의 창고들은 주말마다 힙스터들의 결혼식장으로 임대되었다.

바라는 수요일 밤마다 드링크 앤 드로Drink and Draw*를 열어, 10달러를 내는 동창들에게 지독히도 맛없는 와인과 누드모델을 제공해주었다. 코드는 야근 중이었고, 친구들이 그리워진 사샤는 헬멧을 쓰고 자전거로 언덕길을 내려갔다. 5분 일찍 도착한 사샤는 문가에 있는 커피 캔에 10달러를 넣고 한복판에 있는 걸상과 이젤을 차지했다. 바라와 아주 가까워서 그림을 그리는 동안 수다를 떨 수 있는 자리였다.

바라의 옷차림은 평소처럼 아주 별났다. 배꼽티와 분홍색 하이웨이스트 실크 바지 위에 캔버스 작업복을 걸치고 있었다. 그녀의 기다란 검은 머리가 등으로 곱슬곱슬하게 내려와 있고, 사샤가 처음 보는 금테 안경을 쓰고 있었다.

"야, 그것 좀 보여줘봐."

사샤는 바라의 얼굴에서 안경을 낚아채려 손을 뻗었다.

"안 돼, 안 돼, 안경 없으면 아무것도 안 보여, 하지 마."

바라는 고개를 홱 숙이더니 춤추며 물러났다.

"그거 가짜지? 너 안경 안 쓰잖아."

"꼭 써야 돼, 저리 가!"

바라가 소리를 꽥 질렀다.

"흠, 알았어, 그럼 앞으로 너 볼 때마다 안경 쓰고 있겠네?"

"뭐, 이 안경은 아닐 수도 있지. 그날 의상에 따라 달라질 테니까."

바라는 얼버무렸다.

"흠, 알았어."

---

* 술을 마시며 가벼운 파티 분위기에서 그림을 그리는 행사.

사샤는 씩 웃었다.

이미 꽤 많은 사람이 모여 있었다. 바라의 여자친구인 태미는 어슬렁거리며 레드 와인과 화이트 와인을 따고 코르크 냄새를 맡더니 인상을 팍 썼다. 머리를 빡빡 깎은 화가 사이먼은 사샤에게 가벼운 입맞춤으로 인사하고 캔에 돈을 집어넣었다. 축 늘어진 머리에 스케이트보드 신발을 신은 제인은 낮에는 주조 공장에서 활자체를 디자인했다. 앨리슨이 데려온 늙은 래브라도는 졸린 기색이더니 곧장 주인 발치에 자리를 잡고 졸았다. 사샤는 큼직한 텀블러에 화이트 와인을 따라 한 모금 홀짝이고는 몸서리를 쳤다. 정말이지 끔찍한 맛이지만, 이 또한 이 행사의 매력이리라.

동창들이 점점 더 많이 도착해 이젤을 하나씩 차지하는 동안 바라는 전화기를 자꾸 확인하며 짜증스럽게 얼굴을 찌푸렸다.

"윽, 오늘 밤에 쓸 새 모델을 고용했는데 전화를 안 받네. 어디 있는지 모르겠어."

사샤는 끙 하고 앓는 소리를 냈다. 모델이 나타나지 않으면 동창들 중 한 명이 모델을 서야 했다. 커피 캔에 든 돈의 절반을 그 대가로 받지만, 결코 할 만한 일이 못 되었다. 한 시간 반 동안 똑같은 자세로 가만히 있다 보면 근육이 욱신거리고 발이 저렸다. 사샤는 마지막으로 모델을 섰을 때 1주일 동안 목이 결렸다.

7시 15분이 되자 바라는 포기하고 10여 자루의 붓을 병에 넣었다. 그중 한 자루는 끝에 파란색으로 표시를 해두었다. 제비뽑기에서 진 사람이 모델을 서야 했다. 한 명씩 차례대로 눈을 감은 채 붓을 뽑았고, 사샤는 보통의 갈색 붓을 뽑고 나서 안도의 한숨을 내쉬었다. 제인은 파란 붓을 뽑고는 욕설을 뱉었다.

"2월에도 망할 파란 붓을 뽑았는데. 돌겠네."

그는 투덜거리며 긴팔 셔츠를 벗고, 남은 와인을 벌컥벌컥 들이켰다. 그러고는 방 한복판으로 성큼성큼 걸어가 청바지 단추를 풀었다. 청바지가 바닥으로 흘러내렸다. 뿔난 모습의 제인을 보며 사샤는 새어나오는 웃음을 억눌렀다. 90분 동안 알몸으로 뿌루퉁하니 씩씩대는 누군가를 빤히 쳐다보는 것만큼 재미있는 일도 없었다. 바로 그때 문이 벌컥 열리더니, 몸에 문신을 새긴 거구의 남자가 들이닥쳐 가방을 떨어뜨리며 수줍게 사과의 말을 했다. 모델이 도착한 것이다.

"좋았어!"

제인은 환성을 지르며 청바지를 끌어올려 입고 자기 자리로 쏜살같이 돌아가 셔츠를 입었다. 모두가 박수를 쳤고 바라는 그의 어깨를 토닥였다. 사샤는 우습다고 생각했다. 데생 수업에서 친구들 대부분의 알몸을 봤는데, 야하다는 느낌은 전혀 들지 않았다. 그래도 프로 모델을 그릴 때가 더 좋았다. 종종 배우들도 있었는데, 그들의 포즈에는 특유의 에너지가 있었다. 나이가 상당히 많은 모델들의 경우에는 사샤 자신의 몸과 아주 달라서, 빛이 피부 위에서 움직이는 방식을 연구하는 데 몰두할 수 있었다. 사샤는 근육이 탄탄하거나 뱃살이 적은 남자들, 흉터가 있거나 종아리가 두껍고 강한 여자들 ─ 남들과 달라 보이는 사람, 인체의 형상을 새로운 눈으로 보는 데 집중할 수 있게 해주는 사람 ─ 을 그리는 것이 좋았다.

사샤는 플라스틱 컵을 옆에 두고 스케치를 시작했다. 첫 포즈가 시작된 지 몇 분 만에 방 안은 고요해지고 사각거리는 연필 소리만 들렸다. 웅얼거리는 목소리나 종이 바스락거리는 소리가 간간이 끼어들 뿐이었다. 사샤는 스케치를 하면서, 코드의 가족에게는 그녀의 세계가 얼마나 낯설어 보일까 생각하며 속으로 웃었다. 틸다는 자기 남편 외에 다른 사람의 알몸을 본 적이 있을까? 아니, 남편의 알몸을 보기나 했을까?

그날 밤늦게 술기운이 알딸딸하게 오른 상태로 자전거를 타고 집으로 돌아가며 사샤는 고향을 생각했다. 바라의 동네가 마음에 드는 이유는 로드아일랜드와 닮아서인지도 몰랐다. 관광객과 젊은 부르주아 부모가 바글바글한 브루클린 하이츠와 달리, 레드 후크는 확실히 블루칼라의 분위기를 띠고 있었다. 사샤에게는 남달리 정겹게 느껴지는 곳이었다.

로드아일랜드에 있는 사샤의 부모님 집 근처 강가에는 마이크 마이클슨의 작은 보트가 항상 세워져 있었다. 물론 대부분의 사람은 보트를 자기 집 안뜰에 보관하거나 돈을 내고 선착장에 묶어두었지만, 최소한 여든 살은 된 마이크 마이클슨이 자기 집까지 배를 끌고 갈 수 있으리라 기대하는 사람은 아무도 없었다. 그는 배를 항상 강가에 두었다. 그러던 어느 해에 거리 맞은편의 대저택을 산 가족이 강가의 풀밭도 자기네 땅이라고 주장했다. 주택 권리증에 그 땅이 포함되어 있던 것이다. 그들은 '사유지. 선박 정박 금지'라고 적힌 작은 표지판을 세워두었다. 마이크 마이클슨의 보트는 자리를 떠나지 않았고 다음 날 또 한 척이 그 옆에 나타났다. 그다음 날 한 척이 더 늘어났다. 어느새 강가에는 서른 척의 배가 모였고, 계류장으로 가는 길에 선착장을 지나는 사람들은 사진을 찍으며 낄낄거렸다. 새로운 땅주인은 표지판을 치워버렸다.

사샤는 코드의 가족에게 맞추려고 애를 쓰면 쓸수록 그 보트들이 생각났다. 어느 사회든 전통과 관습화된 지식이 있고, 관행을 이해하는 그들만의 선천적 감각이 있다. 눈이 많이 내리는 지역에서 자란 사람은 큰 폭풍이 닥치기 전에 자동차 앞유리의 와이퍼를 세워놓을 줄 안다. 로어 로드Lower Road에서 눈에 파묻힌 차를 파낸다면 돌아갔을 때 그 자리를 알아볼 수 있도록 비치 체어를 둔다. 배를 타고 강을 거슬러 올라갈 땐 빨간 부표들을 계속 오른편에 두면서 작은 배들과 부딪히지 않도록 조심한다. 바에서는 1파인트짜리 술잔에 컵받침이 덮여 있으면 그 자리에 주인이 있으며 아직 술을 다 마시지 않았다는 뜻이다. 이런 규칙은 사샤 안에 너무도 깊이 뿌리박혀 있어 두 번 생각할 필요도 없지만, 코드와 함께하고 난 후로는 완전히 다른 사교적 에티켓을 지켜야 했다. 테니스 시합 후에는 클레이 코트*의 라인을 깨끗이 청소한다. 클럽에는 절대 청바지를 입고 가지 않는다. 말리지 않은 축축한 머리로 나타나지 않는다. 난생처음 만나는 사람에게도 '처음 뵙겠습니다' 대신에 '반갑습니다'라고 인사한다.

열에 아홉은 당혹스러웠지만, 80년대 영화 속의 몰리 링월드**가 된 기분이 들기도 했다. 다른 모든 사람은 명문 사립학교의 악당들인 것이다. 코드의 세계는 빳빳한 버튼다운 셔츠에 로퍼를 신고 할머니의 귀걸이를 달고 있는 여자로 가득했다. 온통 진주 액세서리로 치장한 그들은 중성적이면서도 개성이 없었다. 사샤는 그들의 알몸이 바비처럼 매끄럽고 밋밋하지 않을까 하는 의심을 남몰래 품고 있었다. 케이블 니트 스웨터를 어깨에 둘러 묶느니 차라리 죽겠다고 그녀는 속으로 맹세했다.

코드가 결혼식 후에 파인애플 스트리트의 라임스톤 저택으로 들어가자고 제안했을 때 사샤는 망설였다. 물론 크고 좋은 집이었지만, 그곳이 편하게 느껴진 적은 단 한 번도 없었다. 사샤는 다운타운 브루클린에 있는 자신의 집이 마음에 들었다. 도어맨이 지키고 있는 건물 속의 유리 상자 같은 아파트였다. 바닥부터 천장까지 쭉 뻗은 통유리 창으로 강 건너편에 펼쳐진 맨해튼의 전경이 내다보였다. 온통 흰 벽에 크롬제 가전제품이 갖추어진 새 건물이었고, 사샤는 그 세련되고 현대적인 여백이 마음에 들었다. 그녀의 집은 언제나 아주 깔끔하게 정

* 점토나 적토 등을 갈아 만든 코트.
** 1980년대에 미국을 대표했던 하이틴 스타.

돈되어 있었다. 하루 종일 컴퓨터로 포토샵 작업을 한 눈에 휴식을 주는 느낌이 좋아서, 책과 예쁘장한 꽃병들을 구석에 처박아두고 벽에 그림 한 점 걸지 않았다.

파인애플 스트리트의 저택은 여백과 거리가 멀었다. 섬광 전구처럼 압도적인 그 어수선함 때문에 간질 발작이 일어날 것 같은 느낌이 들 때도 있었다.

"결혼식 끝나면 라임스톤 저택 대신 내 아파트에 들어가는 게 어때?"

사샤는 코드를 설득하려 애썼다.

"당신 아파트는 방이 하나밖에 없는데 아이들도 태어날 거잖아. 1년만 지나면 비좁아진다고. 고민할 거리도 아니야, 사샤. 부모님이 4층짜리 집을 우리한테 주신다잖아."

그 집에 살고 싶어 하고 그곳을 사랑하는 코드의 진심이 보였기에 사샤는 하늘 위 유리 상자를 떠나기가 죽도록 싫었지만 그의 제안을 받아들였다.

달리와 조지애나가 그 일을 기꺼워하지 않는다는 걸 사샤는 곧바로 알아차렸다. 칩과 틸다가 그 집을 떠나서인지, 아니면 외부인인 사샤가 그 집에 들어가서인지 그 이유를 정확히 알 수 없었지만 그들은 화가 나 있었고, 이사에 대한 얘기가 나올 때마다 확실히 분위기가 냉랭해졌다. 처음엔 사샤도 그들의 심정을 이해했지만 점점 지치기 시작했다. 그들이 그 집에서 자랐다 해도 이제는 각자 자신의 집을 갖고 있지 않은가 말이다. 스파이글래스 레인에는 그들의 별장도 있었다. 오렌지 스트리트에는 복층 주택이 있었다. 칩과 코드의 회사를 통해 그들은 다운타운 브루클린과 덤보의 절반을 소유하고 있었다. 부동산이 이토록 넘쳐나는데, 「앤티크스 로드쇼Antiques Roadshow」*와 「호더

---

* 감정 전문가들이 영국의 여러 지역을 돌아다니며 골동품을 감정하는 BBC의 텔레비전 프로그램.

스Hoarders」[*]의 호화판 조합 같은 집에서 사샤가 사는 것이 그렇게나 아니꼬울까? 그들은 응석받이였다. 달리 표현할 길이 없었다.

그들이 부유하게 자랐다고 해서 분한 마음이 들지는 않았다. 사샤 자신도 큰 걱정 없이 살아왔다. 현장 학습을 한 번도 빼먹은 적이 없고, 피아노와 체조를 배웠으며, 타운 리그에서 소프트볼 선수로 뛰었다. 하지만 그녀의 방을 제 손으로 청소하고, 저녁을 먹고 나면 식기세척기에 그릇을 넣고, 그녀 차례가 되면 밤에 쓰레기를 밖에 내다 놓았다. 코드는 면도를 하고 난 뒤에도 세면대를 청소하지 않았다. 당연히 누군가가 와서 해주리라 생각하는 것이다. 10대 때 사샤는 방과 후와 여름에 아르바이트를 했다. 원예용품 가게에서 나무를 팔거나 전기회사에서 전화를 받았고, 그녀의 형제들은 신문을 돌리고 보트 부품을 항구로 배달했다. 코드와 여형제들은 스포츠를 즐기고 여름 캠프에 참가했고, 졸업 후엔 인턴사원으로 근무했다. 그들에게 여름은 심신을 단련하는 계절이었다면, 사샤의 여름은 학비를 버는 계절이었다.

하지만 이상하게도 사샤는 그들의 어린 시절이 부럽지 않았다. 원예용품 가게에서 일하는 것이 좋았고(전기회사는 덜 아름다웠다), 최악의 상황에서도 배울 것이 있었다. 사샤는 성공하고 싶었고, 의미 있는 일을 하려면 그녀 스스로 해내야 한다는 걸 이해했다. 그래픽 디자이너로 일하면서 생계를 꾸려갔고, 그 모든 걸 혼자 힘으로 해냈다. 그랬던 그녀가 지금은 파인애플 스트리트의 라임스톤 저택에서 불청객 같은 기분으로 살면서, 조지애나가 그녀의 작은 강가에 보트를 하나씩 쌓아가는 꼴을 지켜보고 있었다.

사샤는 덤보에서부터 가파른 언덕으로 자전거를 밀어 올렸고, 집에

---

* 다양한 물건을 과도하게 수집하고 저장하는, 저장 강박증을 가진 사람들을 소개하고 치료해주는 미국의 리얼리티 프로그램.

도착하자 자전거를 끌고 계단을 내려가 지하층으로 간 다음 안으로 들어가면서 문을 잠갔다. 거실의 테이블에 열쇠를 내려놓으며 그녀는 불시에 들이닥쳤던 묘한 기분에 맞서 싸웠다. 그런데 조용히 흐르는 재즈 음악 소리가 들리고, 부엌에서 마늘과 토마토 냄새가 풍겨 나왔다. 그러고 보니 엄청 배가 고팠다. 포크와 나이프를 한 움큼 쥐고 부엌에서 나오던 코드는 사샤를 보자 눈을 반짝였다.

"나의 귀여운 반 고흐!"

코드는 그렇게 외치며 두 팔로 사샤를 얼싸안았다.

"귀는 어때?"

코드는 사샤를 살피는 척하며 그녀의 목에다 키스했다. 여기가 고향 집도 아니고 레드 후크도 아니었지만, 코드가 만들어준 파스타를 먹고 그의 손에 이끌려 침대로 가는 이 시간은 파란 붓 같은 불운도 아니었다.

8
조지애나

조지애나의 어머니가 사족을 못 쓰는 것 중에 하나는 옷이었다. 그리고 와인. 그리고 복식 경기 중에 앨리 샷* 날리기. 그리고 가십. 그리고 늦은 밤에 컴퓨터로 쇼핑하기. 그리고 한번은 어머니가 어느 파티에서 시가를 빨려고 하는 것도 봤는데, 마치 복어가 휘파람을 불려고 애쓰는 모습 같았지만 그건 아무래도 상관없었다. 중요한 건 어머니에게 무지무지 옷이 많다는 사실이었고, 그래서 조지애나는 코스튬 파티에 초대될 때마다 곧장 어머니의 옷장으로 향했다.

사람이 서서 들어갈 수 있을 만큼 커다란 옷장 깊숙한 곳에서 조지애나는 다음과 같은 스타일을 발굴해냈다. '매력적인 젊은 엄마'(사탕 모양의 비즈를 꿴 목걸이가 주렁주렁 달린 타이트한 흰색 원피스, 앞쪽이 움푹 들어간 임신부용 베개), '섹시한 교황'(브래지어처럼 묶은 금빛 파시미나**와 짝을 맞춘 흰색

---

* 복식 경기의 사이드라인과 단식 경기의 사이드라인 사이의 구역인 앨리를 노리는 샷.

** 부드러운 모직으로 된 기다란 숄.

바지, 킹 아서 밀가루 포대로 만든 모자), '루스 베이비 긴즈버그'*(조지애나의 어머니는 무슨 이유에서인지 실제로 레이스 칼라를 갖고 있었고 공갈 젖꼭지는 CVS**에서 산 것이었다). 조지애나가 고등학교 친구 서배스천의 생일 파티 테마를 들었을 때 오히려 선택지가 너무 많아 고민이었다. 그녀의 어머니에게는 브롱크스 동물원보다 더 많은 모피, 깃털 달린 원피스 여러 벌이 있었고, 심지어 상자에 든 티아라까지 있었다. (달리의 결혼식 때 달리에게 티아라를 씌우려다가 가차 없이 거절당했다.)

조지애나는 수요일에 퇴근한 후 어머니의 옷장을 뒤지기 위해 불쑥 찾아갔다. 부모님은 집에 있었고, 베르타가 재스민 라이스를 곁들여 오리를 요리하고 있었다. 어머니는 자신의 옷장이 약탈당하고 있는 현장을 감시하며 레드 와인을 두 잔 따랐다. (틸다는 치아 착색을 피해야 한다며 빨대를 권했지만 조지애나는 이교도처럼 단숨에 마시는 쪽이 더 좋았다.) 바닥에 끌릴 만큼 기다랗고 스팽글로 뒤덮인 검은 드레스는 완벽할 뻔했지만 너무 두꺼웠다. 짤막한 흰색 토끼털 재킷은 너무 보드라워서 자꾸 쓰다듬게 된다는 단점이 있었다. 표범 모양의 다이아몬드 귀걸이는 어찌나 휘황찬란한지, 중간 레벨의 세단 값이 나가는 진짜 다이아몬드가 아니라면 비웃음을 살 만했다.

"네 친구도 파티에 같이 가니?"

어머니는 흰색 실크 점프슈트를 꺼내 오토만 위에 놓으며 무심한 듯 물었다.

"아니요, 동창들끼리만 모일 거예요. 리나랑 크리스틴이랑 다른 애들."

조지애나는 가죽 원피스를 입자마자 땀이 나기 시작했다. 노동절 후에는 흰색 신발을 신지 말라는 말들이 많지만,*** 만우절 후의 가죽

---

* 양성평등과 소수자를 위한 판결로 '진보의 아이콘'이라 불린 미국의 전직 연방대법관 루스 베이더 긴즈버그에서 착안한 것으로, 레이스 칼라가 그녀의 트레이드마크였다.

** 의약품, 화장품, 잡화 등을 취급하는 미국의 소매점 운영 회사.

원피스야말로 비실용적이었다. 조지애나는 원피스를 바닥에 벗어놓은 채 옷장 안쪽에 있는 스팽글 달린 원피스들을 샅샅이 뒤졌다. 브래지어와 팬티만 입은 그녀는 어머니 앞에 거의 알몸으로 서 있다는 사실을 의식하고 있었다. 두 사람의 몸이 아주 닮았으면서도 아주 다르다는 사실을 생각하면 재미있었다. 해변에서 어머니를 보고 있으면, 옷을 입어보는 어머니를 보고 있으면 40년 후 자신의 모습이 그려졌다. 골격이 똑같은 두 사람은 큰 키에 똑같이 허리가 날씬하고 어깨는 넓었으며, 똑같이 가슴이 작았다. 어머니의 배는 물렁하면서 주름져 있었고, 세 아기가 자랐던 곳은 약간 일그러져 있었다. 반면 조지애나의 배는 납작했는데, 물렁하다면 주말에 맥주를 많이 마신 탓이었다. 조지애나가 더 강하긴 했지만, 어머니는 나이에 비해 놀라우리만치 건강했다. 늘씬한 몸매를 여태 유지하고 있다는 사실 자체가 대단한 의지의 증거였고, 40년 동안 모은 옷을 포기할 수 없다는 다짐이 가장 큰 동기였다.

마침내 조지애나는 목선이 깊이 파인 금색 원피스, 장식용 징이 박히고 끈이 달린 힐, 큼직한 샤넬 선글라스, 호피 무늬 모자로 정했다. 액세서리도 빌리고 싶었지만 – 작은 젤리 과자 크기의 루비가 박힌 반지가 있었다 – 어머니의 아량에도 한계가 있었다.

서배스천이 세운 계획에 따라 이스트 빌리지에 있는 그의 아파트에 다 같이 모인 다음 파티 버스를 타고 브라이턴 비치로 가서 저녁을 먹기로 했다. 그들은 러시아식 댄스홀로 가고 있었고, 조지애나는 테마에 너무나 충실한 친구들에게 감탄이 절로 나왔다. 남자들은 셔츠 단추를 풀어 가슴의 절반을 드러낸 채 두툼한 금목걸이를 여러 겹 걸치

***

*** 흰색은 여름의 색이라 하여 노동절(9월의 첫째 주 월요일) 이후 이듬해 봄까지 흰색 옷을 입지 않는 관습이 있었지만, 세월이 흐르면서 엄격하게 지켜지지는 않고 있다.

고 있었다. 여자들은 하나같이 지독히 더운 모피와 가죽 차림이었지만, 올리가르히* 패션이라기보다는 좀 더 일반적인 90년대 클럽 스타일에 가까웠다. 리퀴드 아이라이너로 꼬리를 치켜올린 눈, 풍성하게 부풀린 머리카락, 10센티미터가 넘는 하이힐.

버스 뒤쪽의 바에는 보드카, 소다수, 대형 샴페인 병이 준비되어 있었다. 저녁 7시에 운전기사가 현란하게 번쩍이는 조명을 켰을 때 조지애나는 취기가 돌았고, 버스는 울퉁불퉁한 길을 덜컹거리며 달렸다. 서배스천은 리나와 크리스틴뿐만 아니라 그들이 평소에 자주 어울리는 친구들에 더해 그의 신입생 시절 룸메이트였던 커티스 맥코이도 초대했다. 조지애나는 커티스를 잘 몰랐지만, 마서스 비니어드에 있는 그의 집에 리나와 함께 놀러 간 적이 있었다. 그의 가족은 출입문이 달린 너른 땅을 소유하고 있었고, 클린턴 부부와 오바마 부부가 그 땅에 있는 별장에서 여름을 보냈다고 했다. 그는 차원이 다른 부자였다. 커티스의 아버지는 방위산업체의 CEO였고, 그 사실 때문인지 조지애나는 커티스가 주변에 있을 때마다 부쩍 긴장되었다. 토마호크 미사일을 만든 집안의 사람인 그에게 위험한 힘이 내재해 있어서 가까이하면 큰일 나기라도 할 것처럼.

댄스홀에 도착하자 그들은 버스에서 우르르 내려 호사스러운 로비로 들어갔다. 큰 덩어리로 무리 지어 있는 가족들, 정장 차림의 10대들, 주름이 자글자글 잡힌 새틴 원피스를 입은 중년 여자들을 보니 조지애나는 갑자기 어느 결혼식의 불청객이 된 듯한 기분이 들었다. 빳빳하게 풀 먹인 흰색 셔츠 차림의 남자가 그들을 홀 중앙에 있는 연회용 테이블로 안내하자 웨이터들이 보드카를 따라주고 피클과 훈제 생선, 차가운 분홍빛 어란을 점점이 뿌려놓은 팬케이크, 얇게 썬 소고기,

---

* 소련 붕괴 이후 러시아를 비롯한 동구권 국가들이 자본주의를 도입하는 과정에서 형성된 신흥 재벌 집단.

치즈로 속을 채운 블린츠*를 거대한 접시에 담아 내놓기 시작했다. 서배스천과 그의 친구들은 음식을 건너뛰고 오로지 술만 공략했지만, 조지애나는 조심하지 않으면 끝이 안 좋으리란 걸 알았기에 블린츠와 피클을 한 접시 먹었다.

홀에서 먹고 마시는 사람은 300명 정도였다. 제시카 래빗** 스타일의 칵테일 드레스를 입은 두 여자가 무대에서 마일리 사이러스의 「더 클라임The Climb」을 듀엣으로 부르고 있었지만 대부분의 손님은 그들을 무시했다. 시간이 지나면서 점점 더 많은 공연자가 무대에 올랐고 손님들은 떼 지어 댄스 플로어로 나갔다. 이제 만취한 남자들은 테이블에 탑처럼 쌓아놓은 빈 보드카 병들을 배경으로 셀카를 찍었다. 리나와 크리스틴이 춤을 추고 싶어 해서 조지애나는 그들을 따라 댄스 플로어로 나갔다. 땀투성이가 된 사람들 속으로 들어가면서, 모피 코트를 빼놓고 온 것을 다행으로 여겼다. 마치 끝내주는 바트 미츠바***에 참석한 듯, 슈퍼볼 하프타임 공연에 오른 듯 느껴졌다. 다른 손님들은 죄다 뉴욕에서 한 시간 떨어진 곳에 사는 러시아인이었기에 그들은 눈치 볼 것 없이 광란의 춤을 추며 관자놀이로 땀이 흘러내리든, 정성들인 화장이 씻겨나가든 상관하지 않았다.

소변이 마려워진 조지애나는 댄스 플로어를 떠나 화장실을 찾아나섰다. 대리석 계단을 올라가자 푹신한 의자와 금빛 테두리의 거울로 가득한 아름다운 라운지가 나왔다. 조지애나는 작은 종이 타월로 얼굴을 닦은 뒤 파우더룸 화장대에서 화장을 고쳤다. 모자는 이미 오래전에 벗어 던졌고 큼직한 샤넬 선글라스를 머리띠처럼 밀어 올려놓았

---

* 치즈와 잼 등을 채워서 구운 팬케이크.

** 애니메이션과 실사를 조합한 영화 「누가 로저 래빗을 모함했나」에 등장하는 캐릭터로, 미국 영화계에서 가장 유명한 섹스 심벌 중 한 명이다.

*** 유대교에서 12~14세가 된 소녀가 치르는 성인식.

다. 발이 시큰거리고 목이 말라 죽을 지경이었다. 그래서 댄스 플로어로 돌아가지 않고 미로처럼 복잡한 카펫 깔린 복도를 따라 연회용 테이블로 돌아갔다. 그 끝에 커티스가 혼자 앉아 있었다. 살짝 취한데다 친근한 느낌도 들어 조지애나는 물잔을 집어 들고 그의 옆 의자를 빼며 미소 띤 얼굴로 물었다.

"안녕, 커티스, 재밌게 놀고 있어?"

"아니, 별로."

그는 얼굴을 찌푸리며 조지애나를 힐끔 보다가 그녀의 머리 너머로 시선을 돌렸다.

"왜 그래?"

"정말 재미있다면 네가 그런 질문을 할 필요도 없겠지."

"뭐?"

조지애나는 어처구니가 없어 물었다. 왜 이렇게 무례한 거야?

"얼마나 개판인지 안 보여? 괜히 왔어."

"생일 파티가 얼마나 개판인지 안 보이냐고? 그래, 난 안 보이는데."

조지애나는 짜증스럽게 답했다.

"사립학교에서 만난 부잣집 백인 애들이 자기 동네에 사는 이민자들을 조롱하는 코스튬을 입고 노는 게 재미어? 넌 그게 괜찮아?"

"올리가르히 패션이야. 부자들을 조롱하는 거라고. 그리고 러시아인들은 백인이야."

조지애나는 얼굴을 찌푸리며 받아쳤다.

"아까 말했다시피, 정말 재미있다면 네가 그런 질문을 할 필요도 없었겠지. 선글라스 멋지네."

커티스는 그녀에게서 고개를 돌려버리고 전화기를 집었다.

"꺼져. 네가 나에 대해서 뭘 안다고 그래?"

"물론 잘 알지. 신탁기금으로 먹고사는 부동산 부잣집 딸, 온실 밖에도 세상이 존재한다는 걸 어렴풋하게만 아시는 상위 1퍼센트 철부지."

"오, 그래서 넌 주코티 공원에서 살아? 인생 학교에서 산전수전 겪으셨어? 프린스턴에 다니지 않았나?"

"오, 그래서 넌 신탁기금으로 먹고사는 게 아니라고?"

"난 개발도상국에 의료를 지원하는 비영리 단체에서 일해."

"그래서 집세는 누가 내주는데?"

"내 집이야."

"네 부자 부모님이 사줬겠지."

"우리 조부모님이 나한테 돈을 남겨주셨어, 네가 알 바 아니지만."

"그럼 그분들은 그 돈을 어떻게 벌었지?"

"뭐, 조금은 물려받고……."

"그러니까 너희 가족은 부자 조상들 덕분에 부자가 됐구나."

"아니야, 우리 할아버지는 열심히 일하셨어."

"뭘 하셨는데?"

"부동산 투자."

"젠트리피케이션*."

커티스는 자기 생각이 증명됐다는 듯 의기양양하게 고개를 끄덕였다.

"개자식."

"그게 맞을 거야. 하지만 적어도 난 나를 알잖아. 메이플라워 호를 타고 오지 않은 사람들을 조롱하면서 실컷 재미있게 놀아."

그 말과 함께 커티스는 의자를 뒤로 밀고는 홀에서 성큼성큼 걸어 나갔다. 조지애나는 두 뺨이 화끈거렸고, 끔찍하게도 입가로 굴러떨어지는 눈물 한 방울이 느껴졌다. 얼른 눈물을 닦아내고 테이블에서

---

* 낙후된 지역이 개발되어 부동산 가치가 상승하면서 중산층 이상의 계층이 유입되고 기존의 저소득층 원주민이 쫓겨나는 현상.

아무 유리잔이나 집어 보드카를 가득 채운 뒤 꿀꺽꿀꺽 삼켰다. 뭐 저런 자식이 다 있어.

그날 밤, 벨트 파크웨이를 덜커덩거리며 달리는 파티 버스 안에서 조지애나는 주변을 둘러보았다. 물론 그녀의 친구들은 행운아이고, 물론 부당하기 그지없는 혜택을 누리고 있지만, 조지애나가 아는 그들은 좋은 사람이었다. 리나와 크리스틴은 그녀를 위해서라면 길바닥에 드러눕는 것도 마다하지 않을 친구였다. 그들은 민주당에 투표했고, 가족계획연맹Planned Parenthood*에 기부금을 냈으며, 박물관 회원권을 갖고 있었다. 그들의 가족은 이런저런 위원회에 소속되어 있고, 자선 행사에 참석하고, 팁을 후하게 주었다. 조지애나의 부모는 베르타의 두 아이가 대학에 갈 수 있도록 등록금을 내주기까지 했다. 커티스 맥코이는 거만한 위선자였다. 하지만 그와의 대화가 남긴 충격은 사라지지 않았고, 다음 날 아침에 피클과 술 냄새를 풀풀 풍기며 깨어났을 땐 이 숙취가 몸의 문제인지, 아니면 커티스의 무심한 잔인함이 남긴 찌꺼기인지 알 수 없었다.

기분이 좀처럼 나아지지 않았다. 끔찍한 소식을 막 전해 들은 양, 집이 홀딱 타버렸거나 아보카도가 암을 유발한다는 사실이 발견되기라도 한 양 심란해진 조지애나는 일요일 하루 내내 걸어 다녔다. 솔직히 황당했다. 정부에 폭탄을 파는 집안의 억만장자 얼간이가 그녀의 인간성을 욕하다니. 정말 가소로웠다.

조지애나는 그날 저녁 파인애플 스트리트까지 걸어가 어머니의 실크 드레스를 세탁소에 맡겼다. 깨끗하게 돌려주기만 하면 어머니의 옷을 언제든 빌릴 수 있다는 것이 규칙이었지만, 조지애나는 이 규칙

---

* 생식 및 성 건강 관리 서비스와 성교육을 제공하는 비영리 단체.

의 허점을 발견했다. 세탁소에 어머니의 신용카드와 어머니의 집 주소가 등록되어 있기 때문에 조지애나는 세탁소에 옷을 맡기기만 하면 그만이었다.

이날 저녁 코드와 사샤가 라임스톤 저택에서 가족 만찬을 열 예정이었다. 조지애나는 와인 가게에 들러 한 병 사 갈까 잠깐 생각했지만, 어머니가 모두 마실 수 있을 만큼 와인을 충분히 가져올 터였다. 여전히 라임스톤 저택의 열쇠를 가지고 있는 조지애나는 문을 열고 들어가 신발을 벗었다.

"오빠! 언니! 나 왔어!"

조지애나는 어슬렁어슬렁 부엌으로 들어가며 소리쳤다. 사샤는 오븐에서 통닭구이를 꺼내고, 얇게 썬 아몬드를 샐러드에 뿌리고, 김이 모락모락 나는 쌀밥을 냄비에서 그릇으로 퍼 담으며 부산을 떨고 있었다. 어머니는 자신의 르쿠르제 옆에 버티고 서서 양 다리 고기와 라구*처럼 보이는 요리를 지키고 있고, 달리는 오븐 토스터에 깐 포일 위에 피시 핑거**를 조심스레 올려놓고 있었다. 덥고 분주했다. 조지애나는 눈에 보이지 않는 힘처럼 작용하는 불협화음에 떠밀리듯 곧장 부엌에서 나가 아버지가 있는 거실로 향했다. 맬컴도 그곳에 숨어 있었고, 파피와 해처는 모노폴리 게임에서 누가 강아지 토큰을 사용할 것이냐를 두고 다투고 있었다.

"안녕, 아빠, 안녕하세요, 형부, 안녕, 얘들아."

조지애나는 모두에게 키스로 인사한 뒤 조카들 옆의 바닥에 털썩 주저앉았다. 아버지가 아이들에게 가르치는 게임 규칙은 듣는 둥 마는 둥, 동양풍 양탄자의 술 장식을 만지작거리며 커티스의 말을 되새

---

* 고기와 채소에 갖은 양념을 하여 끓인 음식.
** 생선살을 막대 모양으로 잘라 튀김옷을 입혀 튀긴 것.

김질했다. '그러니까 너희 가족은 부자 조상들 덕분에 부자가 됐구나.' 물론 맞는 말이었다. 하지만 그렇다고 아버지를 비난할 수는 없었다. 아버지는 게으르지도 이기적이지도 않았다. 부동산 투자자로서 사람들이 일하고 살 곳을 마련해주었다. 아버지가 뭘 어떡해야 하나? 낡은 건물을 그대로 썩히기라도 하란 말인가? 도시를 성장시키는 것이 아버지의 일이었다. 아버지는 동업자들을 신경 쓰고, 부동산 시장에 변동이 생길 때마다 동업자들을 걱정했으며, 밤늦게까지 일하고 아침 일찍 일어났다. 개인적인 애정을 갖고 하는 일이었다. 자신의 힘으로 도시를 좀 더 아름답게 만들 수 있다는 걸 아버지는 알았고, 소기의 성과를 거두었다. 돈이 모든 악의 근원이라고 다들 쉽게 말하지만, 품위 있고 건강하고 지적인 삶을 가능케 해주는 많은 것을 돈으로 살 수 있었다.

조지애나는 아이들과 놀아주고 있는 형부를 보았다. 맬컴은 그들과 같은 방식으로 재산을 물려받진 않았지만 분석화학자인 아버지 밑에서 안락하게 자랐고, 지금은 금융업계에서 일하고 있었다. 은행 직원인 그가 매일 사람들의 목숨을 구하지는 않아도 그의 지식과 연구는 항공산업이 잘 굴러가도록, 전 세계 사람들을 근본적으로 연결해주는 분야의 메커니즘이 순조롭게 돌아가도록 돕고 있었다. 명예로운 일이었다. 그리고 맬컴의 근면성에 의심을 품는 사람은 아무도 없었다. 조지애나가 알기로, 맬컴은 일을 하거나 아니면 가족과 함께 시간을 보냈다. 그는 달리와 아이들에게 사랑을 듬뿍 쏟았다. 조지애나가 이제껏 만난 남자들 중에 맬컴만큼 좋은 사람이 있나 싶을 정도였다. 그가 언니와 결혼하지 않았다면 그녀도 조금은 그에게 반했을지 모른다. 언젠가 그녀도 그런 결혼을 하고 싶었고, 달리와 그녀는 코드도 그런 결혼을 하길 원했다. 그래서 사샤가 혼전합의서를 두고 무례하게 굴었을 땐 꽤 마음이 상했다. 사샤는 진정한 가족이 되지 못할 터였고, 맬컴만큼 스톡턴 가족의 신뢰를 얻기도 글렀다. 사샤가 파인애플 스트리트의 저택으로 들어간 후부터 그들은 사샤를 '꽃뱀Gold Digger', 혹은 줄여서 'GD'라고 부르기 시작했다. 조금 야박하지만 부당한 별명 같지는 않았다.

식사 준비가 끝났다고 코드가 알렸을 때 조지애나는 웃음이 절로 나왔다. 조화로운 구석이라곤 전혀 없는 상차림이었다. 열두 가지 음식이 조금씩 차려져 있는 테이블 풍경은 한심했으며, 다들 신경이 곤두선 데다 부루퉁한 얼굴이었다. 특히 틸다의 심기가 불편해 보였다. 조지애나는 요령 있게 양고기를 듬뿍, 닭고기는 조금만 담아 먹으며 어머니의 라구를 호들갑스럽게 칭찬했다. 아이들은 피시 핑거를 하나씩 먹고는 식탁 밑으로 슬그머니 기어 들어가더니 방으로 놀러 가버렸다.

그들은 식사를 하며 이런저런 이야기를 나누었다. 헨리 스트리트의 아파트를 900만 달러에 내놓은 아이슬란드 가수 비요크(비요크와 그녀의 전 애인인 매슈 바니의 검은색 대형 요트가 이스트 강에 정박해 있었다), 어머니의 테니스 파트너(프래니가 손목을 다쳐 몇 주 동안 쉴지도 모른다며 틸다는 상심에 빠져 있었다), 여호와의 증인 소유였던 부동산들을 서로 연결해주는 기묘한 동네 터널들(그 터널들이 모두 한 단체의 것이라는 점은 이상하지 않지만, 세탁실과 새장 모양의 컨테이너로 가득한 지하 굴이 내 아파트 건물과 남의 건물 사이에 뚫려 있다면 어떡해야 할까?). 서배스천의 생일 파티에 관한 질문을 받자 조지애나는 댄스홀에 대해, 음악과 음식에 대해 이야기하고 커티스에 관해서는 한마디도 꺼내지 않다가 조심스레 말했다.

"그런데 테마가 올리가르히 패션이었거든요. 그게 인신공격일까요?"

코드가 닭고기를 한입 크기로 자르며 답했다.

"내가 대학 3학년이었을 때 학생 두 명이 솜브레로*를 쓰고 싱코 데

---

* 챙이 넓은 멕시코 모자.

마요Cinco de Mayo* 파티를 열었다가 징계위원회에 불려간 적이 있었어. 징계까지는 좀 심하지 않나 싶었지만, 지금의 나라면 그런 파티는 안 열겠어."

달리는 눈을 둥그렇게 뜨고 선언하듯 말했다.

"내가 신입생이었을 때 애들이 포주와 창녀 테마로 파티를 열었어. 다들 탱크톱에 큼지막한 링 귀걸이를 하고, 남자애들은 여자애들한테 돈을 주면서 키스해달라고 했지. 아무도 신고할 생각을 안 하더라. 생각할 때마다 소름이 끼친다니까."

"형님도 가셨어요?"

사샤의 질문에 달리는 입술을 깨물며 답했다.

"가긴 갔지만, 코스튬을 맞추진 않았지. 브룩스 브라더스 스웨터를 입었던 것 같아."

"그래서, 올리가르히 패션 테마가 인신공격인 것 같아?"

조지애나가 다그치듯 묻자 맬컴이 조심스레 답했다.

"갱과 갱의 아내 같은 테마였다면 그럴 수도 있겠지. 뭐랄까, 마피아나 올리가르히를 조롱하기보다는 이탈리아계 미국인이나 러시아계 미국인에 대한 악의적인 고정관념을 부추기는 테마니까."

"말 되네요."

조지애나는 맞장구를 치면서도 속으로는 당황스러웠다. 가족들 중 유일한 유색인이 인종적 정형화를 그녀에게 설명해주다니. 대화의 주제가 「소프라노스The Sopranos」와 「아메리칸스The Americans」**로 옮겨가자 영화와 텔레비전에 관한 이야기가 나올 때마다 으레 그러듯, 아버

---

* 1862년 5월 5일 멕시코의 민병대가 푸에블라 마을에서 프랑스군을 상대로 거둔 대승을 기념하는 날이다. 매년 이날 멕시코와 미국 곳곳에서 멕시코식 축제가 열린다.
** 「소프라노스」는 미국 뉴저지 주에 기반을 둔 이탈리아 마피아의 이야기를 다룬 드라마이고, 「아메리칸스」는 1980년대 워싱턴을 배경으로 한 스파이 드라마이다.

지는 애초에 우디 앨런이 재미있다고 생각한 적이 한 번도 없다며 그 이유를 설명하기 시작했다. 그저 「애니 홀Annie Hall」이 마음에 안 들었던 게 아니라 어떤 전지전능한 능력을 통해 감독의 악행을 감지했기에 재미를 느낄 수 없었다고 말이다.

조지애나가 코드와 함께 눈알을 굴리고 있는데, 파피가 다이닝 룸으로 들이닥치며 소리쳤다.

"해처가 토해요!"

달리가 쏜살같이 달려갔고, 그 뒤를 이어 모두 달리의 방으로 우르르 몰려갔다. 해처가 바닥에 무릎을 꿇고 앉은 채, 반짝이는 흰 돌멩이가 한복판에 놓여 있는 맑은 토사물 웅덩이를 내려다보며 서럽게 울고 있었다.

"저게 대체 뭐야?"

틸다가 물었다. 대부분의 역겨운 체액에 이미 면역된 엄마 달리는 토사물 웅덩이에서 흰 돌멩이를 집어 불빛으로 들어올렸다.

"이빨이야."

"이빨?"

해처의 등을 토닥이던 맬컴이 깜짝 놀라 물었다. 아이들은 다섯 살과 여섯 살인데, 여태 젖니가 하나도 빠지지 않았다.

"아빠가 좀 보자. 어디가 빠졌어?"

맬컴은 해처의 벌어진 입을 들여다보며 물었다.

"아무것도 안 보이네."

"여기요, 내 손전등 써요."

조지애나가 전화기의 손전등을 켜자 그들은 해처의 입속을 비춰 이가 빠진 곳을 찾아보았다.

"빠진 이가 없는데."

맬컴이 얼굴을 찌푸리며 말하자 파피가 속삭였다.

"서랍에서 찾았어요."

달리가 물었다.

"서랍에서 찾았다고? 어느 서랍?"

파피가 살짝 열려 있는 화장대 서랍을 가리켰다. 맬컴은 그 서랍 속에 손을 집어넣었다가 흰 물체가 꽉 들어찬 오래된 비닐봉지 하나를 꺼냈다. 겁에 질린 목소리로 그가 물었다.

"이게 다 이빨이야?"

달리는 민망해하며 입술을 깨물었다.

"아, 내 젖니야."

"세상에."

조지애나는 솟구쳐 오르려는 웃음을 애써 참았다.

"언니 아들이 30년 된 언니 젖니가 봉투에 들어 있는 걸 보고 껌인 줄 알고 먹었다가 토한 거야. 세상에, 언니, 끝내준다."

더 이상 참지 못하고 조지애나는 폭소를 터뜨렸다. 가족들을 둘러보니 파피와 해처는 눈치를 보며 키득거리고 있고, 맬컴과 아버지는 약간 역겨워하는 표정이고, 달리는 창피해하고 있었다. 그러다 사샤와 눈이 마주쳤다. GD의 얼굴 가득 승리감이 묻어 있었다.

화요일에 브래디와 함께 테니스 코트로 걸어가며 조지애나는 주말에 있었던 일들을 이야기해주었다. 댄스홀도 커티스의 발언도 숨기지 않았지만 이빨 이야기는 하지 않았다. 계속 섹스하고 싶은 남자에게 들려주기엔 너무 역겨웠다.

"서배스천이라는 친구가 이번 주말에 브라이턴 비치에서 생일 파티를 열었는데, 커티스 맥코이라는 애도 초대했거든요."

조지애나가 신호등 앞에 멈춰 서자 브래디는 몸을 구부려 그녀의 어깨에서 묵직한 가방을 빼냈다. 브래디는 항상 이렇게 그녀의 짐을 들어주거나 커피 값을 내주었고, 그럴 때마다 조지애나는 가슴이 설레었다. '사랑해'는커녕 그 비슷한 말도 주고받은 적이 없지만 조지애나는 자신이 브래디를 사랑한다고 확신했고, 브래디도 그녀를 사랑할지 모른다는 생각이 들기 시작했다.

"커티스 걔는 정말 재수 없어요. 걔네 가족은 윌턴에 살고 말까지 키운다고요. 걔네 아빠는 미국에서 제일 큰 방위산업체의 CEO고요. 걔네 가족은 마서스 비니어드의 절반을 소유하고 있고……."

"음, 조지애나? 지금 내가 질투하게 만들려는 거예요? 주말에 잘생긴 억만장자랑 놀았다고 얘기하면서?"

브래디가 짓궂게 말했다.

"아니에요!"

조지애나는 그의 팔을 찰싹 때렸다.

"내 말은, 나치 의상 입은 해리 왕자처럼* 자란 애가 메건이랑 결혼한 해리 왕자처럼 군다는 거예요."

조지애나는 올리가르히 테마의 적절성에 관한 문제는 거론하고 싶지 않아서 간략하게만 설명했다.

"커티스 걔는 내가 아는 사람들 중에 제일 부유하게 자랐어요. 그런데 파티에서 뚱하게 앉아 있길래 뭐가 문제냐고 물었더니 나한테 버럭 화를 내지 뭐예요. 평범한 사람들 이용해서 벌어먹고 사는 부잣집 철부지 딸이라고 날 욕하더라고요. 내가 무슨 마리 앙투아네트라도 된 줄 알았다니까요!"

"친구들이 아주 재미있나 봐요."

---

* 영국의 해리 왕자는 2005년 한 파티에 나치 제복을 입고 참석하여 빈축을 산 적이 있다.

브래디가 진지한 표정으로 농담을 던졌다.

"걔는 친구 아니에요."

조지애나는 입술을 부루퉁히 내밀었다. 이 대화로 뭘 얻고 싶은 건지 그녀 자신도 알 수 없었지만, 그녀가 특권층 자녀이고 친구들이 형편없는 인간이라는 사실을 브래디에게 알리고 싶은 건 절대 아니었다.

"뭐, 그 친구가 당신이 얼마나 멋진 사람인지 몰라본다면 나한텐 잘된 일이죠. 당신이 그 친구네 말 농장이나 마서스 비니어드 땅으로 달아날까봐 걱정할 필요도 없고."

브래디는 라켓으로 조지애나의 엉덩이를 장난스레 툭 쳤다.

조지애나는 여전히 뭔가가 찜찜했고, 브래디에게 이해받고 싶었다.

"나도 멋진 사람이 되고 싶지만, 어려운 일이잖아요? 거의 좋은 사람이 되기도 힘든데. 우리 일만 해도 그래요. 우리 다 세상에 도움이 되고 싶어서 비영리 단체에서 일하는 거잖아요."

"난 아닌데."

브래디가 얼굴을 찌푸리며 말했다.

"뭐가 아니에요?"

"그런 이유로 세계 보건 분야에서 일하는 게 아니라고요."

"그럼, 이유가 뭐예요? 왜 기업 변호사나 투자은행가를 선택하지 않았어요?"

"이런 식으로 자랐으니까요. 부모님 때문에. 여러 나라를 여행하면서 사람들을 만나고 여기저기 돌아다니는 게 나한테는 평범한 삶이에요. 어렸을 때 3년 동안 에콰도르에서 살았고, 2년 동안 아이티에서 살았고, 인도에서 산 적도 있어요."

"홈스쿨링을 했어요?"

"아니요, 대부분 현지 학교에 다녔죠. 에콰도르에서 살 땐 아빠가 사륜 오토바이 뒷자리에 우리를 태우고 말 그대로 강 하나를 건너서 학교까지 데려다주셨어요. 그랬으니 스쿨버스는 영 따분할 수밖에요."

"대단하네요."

"그랬죠. 물론 안 좋은 면도 있었어요. 한번은 정말 심각한 피부 감염에 걸렸는데 약국에 항생제가 들어올 때까지 몇 주나 걸리더군요. 무서운 순간들도 있었고요. 엄마가 우리를 아이티의 어느 폭포로 데려간 날은 잊을 수가 없어요. 그날 아빠는 뭘 하고 계셨는지 기억이 안 나요. 우리가 지프차를 타고 출발하려는데 두 여자가 아이들을 데리고 다가오더군요. 허리에는 마체테*를 차고. 차를 태워달라고 할 줄 알았더니―거기서는 다들 남의 차를 얻어 타거든요―우리 옷을 달라는 거예요. 그 사람들은 칼을 뽑지 않았고 그럴 필요도 없었어요. 우리가 셔츠를 벗어서 주고 우리 배낭, 우리 모자, 선글라스까지 다 줬거든요. 엄마는 그 사람들한테 자의로 선물을 주기라도 하는 것처럼 차분했지만, 우리 형제는 기겁을 했죠."

"그래서 미국으로 돌아오고 싶었어요?"

"별로요. 80년대에는 뉴욕에서 자란 아이들도 한 번씩은 강도한테 당했으니까. 아마 똑같았을 거예요."

조지애나는 웃었다.

"어쨌거나, 나한테는 이 일이 그냥 평범하게 느껴져요. 여행을 좋아하기도 하고. 워낙 싫증을 잘 내는 성격이라."

브래디는 그렇게 말하며 어깨를 으쓱했다.

겸손한 거 아닌가? 조지애나는 브래디가 얼마나 열심히 일하는지 보았다. 현지 병원에서 그가 하는 역할에 대해 읽고, 현장에 나가 있는 그의 사진을 보는 데 얼마나 많은 시간을 쏟아부었던가. 테니스 코트에 도착한 조지애나와 브래디는 신발을 갈아 신고 테니스를 치기 시

---

* 중남미에서 쓰는, 날이 넓고 무거운 벌채용 칼.

작했지만, 조지애나의 머릿속에서는 브래디의 말이 내내 맴돌았다. '워낙 싫증을 잘 내는 성격이라.'

조지애나는 워싱턴에서 열리는 세계보건회의에 회사가 순조롭게 참석할 수 있도록 돕는 일을 맡았다. 출장은 이번이 처음이었고, DC로 떠나기 몇 주 전부터 가벼운 잡담 중에도 툭하면 '나 출장 가'라는 말을 꺼내서 친구들에게 놀림받았다.

리나는 '그래, 너 이제 정말 어른이구나, 조지애나. 멋져'라고 말하며 웃었다. 리나는 상사와 함께 출장 가는 것이 일상이었고, 언제든 기내용 캐리어에 던져 넣을 수 있도록 욕실 세면대 밑에 작은 세면도구 주머니를 아예 준비해놓고 있었다.

조지애나는 회의장에 설치할 회사 부스를 준비하는 작업 때문에 야근을 했다. 회사 안내 표지판들을 컨벤션 센터에 보내고, 자리를 예약하고, 최신 팸플릿을 인쇄소에 보내고, 업무 현장을 촬영한 새 사진들을 크고 번지르르하게 확대했다. 그중 한 장에만 브래디의 얼굴이 나왔다. (조지애나는 안내 표지판을 훔쳐서 집에 두면 이상할까, 내심 궁금했다.)

그들은 비영리 단체였기 때문에 비용을 절감하는 방향으로 회의를 계획할 수밖에 없었고, 그래서 직급이 가장 낮은 신입사원(조지애나)부터 CEO까지 회의에 참석하는 모든 직원은 동료와 함께 호텔 방을 써야 했다. 조지애나는 보조금신청팀의 메그와 한방에 배정되었다. 메그는 조지애나보다 겨우 몇 살 더 많았지만, 마감 기한의 스트레스를 못 이겨 컴퓨터 옆에 항상 큼직한 애드빌*통을 하나 갖다 놓고 오후마

---

* 항염증제의 상표명.

다 세 알씩 여봐란듯이 먹는 굉장히 민감한 사람이었다. 매일 슬랙스와 버튼다운 셔츠 차림에 단화를 신었고, 솜털처럼 부스스한 머리를 하나로 질끈 묶고 다녔다. 화장을 하지 않았고, 좀처럼 미소를 짓지 않았으며, 언젠가 대통령 선거에 출마할 사람처럼 굴다가도 오자나 말실수 하나에 좌절했다. 조지애나의 눈에 메그는 트레이시 플릭*과 앤 테일러** 사이에 태어난 사생아처럼 보였다.

브래디도 DC에 갈 예정이었고, 조지애나는 둘이서 함께 링컨 기념관 계단을 웃으며 뛰어 올라가 계단 꼭대기에서 뒤로 펼쳐진 내셔널 몰을 배경으로 셀카를 찍는 구체적이면서도 촌스러운 상상을 했다. 현실은, 거대한 링컨 동상은 고사하고 브래디를 얼마나 볼 수 있을지도 알 수 없는 상황이었다. 회의 기간 내내 부스에 처박힌 채 팸플릿을 나눠주고 사람들을 자리로 안내해야 할 터였다. 반면 브래디는 리더십 기술, 여러 지역의 정책 과제, 다른 분야로부터 배운 모범적 관행에 대한 담화에 참석해야 했다. 하루는 소규모 토론의 일환으로, 의료 분야에서 언어장벽을 극복하는 방법에 관해 강연도 할 예정이었다. 정말 섹시한 일이었다.

회의 전의 주말에 한 게임을 뛴 후 조지애나의 집에 들른 브래디는 그녀가 꼼꼼하게 싼 여행 가방이 바닥에 놓여 있는 걸 보고는 웃으며 물었다.

"아직 나흘이나 남았는데 벌써 짐을 쌌어요?"

"내 첫 출장이란 말이에요!"

민망해진 조지애나는 변명하듯 말했다.

"회의장 이름표에 그렇게 쓸래요? 아니면, 사람들하고 마주칠 때마

---

* 톰 페로타의 소설 『일렉션Election』에 등장하는 인물로, 학생회장에 당선되기 위해 분투하는 똑똑하고 야심 찬 고등학생이다.
** 고전적인 스타일의 여성복을 판매하는 미국의 전문 의류 소매 체인.

다 그렇게 말할 거예요?"

"오, 축하 의식 같은 걸 열어줄 줄 알았는데 아니었어요?"

조지애나는 땀에 흠뻑 젖은 티셔츠를 벗어 그걸로 브래디를 찰싹 때렸다.

"아니면 '아기의 첫 회의'라고 적은 케이크를 부스에 넣어준다거나?"

"그게 예산에 책정되어 있는지 모르겠군요. 케이크는 적어도 15달러는 할 텐데, 우리는 1센트까지 다 감시하거든요."

브래디는 조지애나의 손에서 땀투성이 셔츠를 빼앗아 빨래 바구니로 던졌다.

"방을 혼자 못 쓰다니 말도 안 돼요. 너무 이상하잖아요. 우리끼리 같이 쓰면 좋을 텐데."

조지애나는 브래디의 셔츠를 머리 위로 벗기며 말했다.

"음, 나는 피트랑 같은 방인데, 피트는 자기 패널 회의가 끝나면 떠날 거예요. 그러니까 둘째 날 밤에는 나 혼자 방을 쓸 수도 있어요. 메그랑 밤샘 파티 할 거 아니면 나한테 와요. 서로 페디큐어 해주고 마스크팩 하기로 계획을 짰으면 어쩔 수 없고."

"로봇한테도 발가락이 있을까 몰라요."

조지애나는 농담으로 받아쳤다.

"정말 재밌겠어요! DC에서의 깜짝한 만남이라니! 좋아요."

조지애나는 브래디에게 키스했고, 그들은 땀도 씻어내지 않은 채 침대로 기어 올라갔다. 사랑이란 가끔은 이렇게 지저분했다.

화요일, 완벽하게 싸둔 여행 가방을 질질 끌며 컨벤션 센터에 도착한 조지애나는 새 포스터들이 온전한 상태로 배달되고 설치업자가 약속했던 대로 부스가 조립되어 있는 걸 보고는 안도했다. 그녀는 혼자서 플라스틱 진열대를 세워 세 겹짜리 팸플릿을 가득 쌓아놓고, 테이블에 책들을 배치하고, 대형 사진들을 코르크판에 압정으로 꽂았다. 솔직히 자신이 무슨 일을 하고 있는지 알 수 없었지만, 전임자가 작성해준 상세한 지시서를 충실히 따르며 최선의 결과가 나오기를 빌었다. 일을 마치고 나자 기차 여행과 고된 일 탓에 온몸이 끈적거리고 지저분하게 느껴져서, 옷을 갈아입고 나머지 팀원들을 찾기 위해 호텔로 향했다.

조지애나가 호텔 방에 도착했을 때 보조금신청팀의 메그는 이미 캐리어에서 정장과 블라우스를 꺼내 작은 옷장에 걸고 있었다.

"안녕하세요, 룸메이트."

조지애나는 창가 침대에 털썩 앉으며 명랑하게 인사를 건넸다.

"나는 옷걸이 반밖에 안 썼으니까 당신한테 남은 공간이 많을 거예요."

메그는 짐을 풀다가 힐끔 올려다보며 말했다.

"또, 나는 밤에 샤워하는 쪽이 좋으니까 당신은 아침에 욕실을 써요. 아니면 누가 먼저 쓸지 정해도 좋고요."

"아, 잘됐네요. 부스에서 엄청 땀 흘리고 온 참이라 저녁 먹기 전에 샤워하려고요. 사람들이 밖에서 식사를 할까요?"

"게일이랑 나는 피스 워크스Peace Works 직원들을 만날 거예요. 그래도 나중에 호텔 바에 가보면 누군가 있겠죠."

메그는 얼굴을 찡그린 채 술 달린 로퍼를 집어 윗면에 묻은 먼지를 턴 뒤 옷장 바닥에 조심스레 내려놓았다.

조지애나가 샤워를 마쳤을 때쯤 메그는 이미 나가고 없었다. 조지애나는 청바지에 자수 놓인 블라우스를 입고 로저 페더러의 전기를 들고서 호텔 바로 내려갔다. 보드카 소다와 칠면조 클럽 샌드위치를 주문해 먹으며, 책을 읽다 사람들을 구경하다 했다. 호텔 투숙객들 대부분이 회의 참석차 온 것 같았다. 희끗희끗하거나 헤나로 물들인 머리에 사리를 입은 백인 여자들이 많이 보였다. 그녀의 사무실에서 흔히 볼 수 있는 패션이었다. 인도에 다녀온 사람들은 하나같이 실크 사리를 많이 사 와서 거기에 나막신을 신고 뉴욕을 돌아다녔다. 조지애나의 어머니라면 사리에 나막신을 신느니 차라리 목욕 가운을 입고 콜로니 클럽Colony Club*에 갈 것이다.

9시쯤 샌드위치와 보드카 소다를 다 먹어 치운 조지애나는 호텔 바에서 혼자 시간을 보낼 기분이 아니라서 방으로 돌아가 잠옷으로 갈아입고 책을 읽었다. 10시에 메그가 돌아오더니, 저녁 식사 자리에서 만난 대단한 사람들에 대해 진절머리가 나도록 떠들어댔다. 그래봐야 출장으로 온 여행인데 웬 호들갑인가 싶었다.

부스를 지킨 다음 날은 눈 깜짝할 사이에 지나갔다. 콘크리트 바닥에 얇게 깔린 카펫 위에 서 있느라 발은 시큰거리고 변함없는 미소를 띤 채 똑같은 대사를 몇 번이고 읊다 보니 마치 스튜어디스가 된 듯한 기분이 들었다. 회의장마저 공항처럼 느껴졌다. 코팅된 명함을 목에 건 사람들이 물을 홀짝이며 개미떼처럼 다급하게 오가는 모습을 보고 있자니 시간 감각이 무뎌졌다. 하지만 공항과 달리 그곳에는 바가 없었다. 보드카 한 모금으로 지루함을 달랠 수만 있다면 살인이라도 저지를 수 있을 것 같았다.

조지애나는 하루 종일 브래디를 보지 못했지만, 5시에 그에게서 문자메시지가 날아왔다.

피트가 갔어요. 밤 10시에 643호실에서?

엄지를 치켜세운 모양의 이모티콘을 답장으로 보내고 나니 발의 통

---

* 뉴욕 시에 있는 여성 전용 회원제 사교 클럽.

증이 조금 가라앉는 기분이었다. 그날 저녁 메그는 블라우스와 슬랙스를 거의 똑같은 디자인의 다른 한 벌로 갈아입으며 식사 자리에 나갈 준비를 했다. 조지애나가 전화기를 보며 브래디를 만나기 전에 어디서 밥을 먹을까 고민하고 있는데 메그가 욕설을 뱉었다.

"젠장! 뾰루지가 났잖아! 참 프로답기도 하지."

그녀는 화장대의 거울로 턱을 노려보고 있었다.

"아, 나한테 컨실러 있는데."

조지애나는 침대 옆에 있는 화장품 파우치로 손을 뻗으며 말했다.

메그는 소금 입욕제를 권유받기라도 한 것처럼 죄책감 어린 표정으로 조지애나를 돌아보더니 물었다.

"발라줄래요?"

어떻게 서른이 될 때까지 컨실러로 뾰루지를 감춘 적이 한 번도 없는지 궁금했지만, 조지애나는 순순히 컨실러를 꺼내어 붉은 점에 톡톡 두드린 다음 검지로 조심스럽게 펴 발랐다.

"자, 됐어요."

"와, 보이지도 않네."

메그는 거울을 보며 감탄했다.

"화장품 회사들이 괜히 잘나가는 게 아니라니까요."

"업무상 식사 자리라서 그런 거예요. 날마다 내 얼굴에 화학제품 처바를 생각 없어요."

메그는 콧방귀를 뀌며 말하고는 실용적인 신발을 신고 문밖으로 나섰다.

조지애나는 방에 비치된 메모지를 한 장 떼어 '대학 친구네에서 잘 테니까 걱정 마세요!'라고 휘갈겨 써서 메그의 침대에 얹어놓았다. 글로 거짓말을 하기는 훨씬 더 쉬웠다. 조지애나는 얼굴에 화학제품을 조금 바른 다음 하늘하늘하고 기다란 녹색 원피스로 갈아입고, 서점

카페로 어슬렁어슬렁 가서 책도 읽고 와인도 마시고 아티초크 파스타도 먹으며 즐거운 두 시간을 보낸 후 브래디를 만나기 위해 호텔로 돌아갔다.

브래디는 뉴욕으로 돌아가는 아침 기차를 타기 위해 7시에 일어났다. 조지애나는 부스를 분해하고 모든 걸 뉴욕으로 돌려보내야 했기 때문에 청바지에 스니커즈로 옷차림을 바꾸기 위해 그녀의 호텔 방으로 돌아갔다. 살며시 문을 두드렸더니, 메그는 이미 일어나 가방을 싸며 종이컵으로 커피를 마시고 있었다.

"어젯밤엔 어디서 잤어요?"

메그는 정장 재킷을 반으로 접어 패드가 들어간 어깨 한쪽을 다른 쪽 어깨 속으로 밀어넣은 뒤 가방에 싸며 물었다.

"아, 대학 친구 집에서 잤어요."

조지애나는 귀걸이를 빼서 화장품 케이스에 넣으며 경쾌하게 답했다.

"조심해요, 조지애나."

메그는 처음으로 조지애나를 쳐다보며 말했다. 메그는 조지애나를 물끄러미 바라보았고, 두 사람은 잠시 아무 말도 없었다. 메그는 그녀가 밖에서 아무 남자나 만나 같이 잤다고 생각하는 걸까? 아니면 출장 중일 때 근무 외 시간에 친구 집을 찾아가는 게 회사 규정 위반인가?

"뭘 조심해요?"

조지애나는 얼굴을 찡그리며 물었다.

"브래디 말이에요. 유부남이에요."

조지애나는 뺨을 한 대 맞은 듯 충격을 받았다.

"알았어요."

조지애나는 그렇게 속삭이며 시선을 돌려 침대 밑에서 스니커즈를 꺼냈다.

"부스는 어떻게 됐어요? 나는 오늘 오후에 세계은행 통화 건이 있어서 사무실로 돌아가야 해요. 오늘은 당신 혼자예요?"

"네, 그래도 괜찮아요. 설치업자가 있어요."

조지애나는 머릿속이 복잡해 말끝을 흐렸다.

"좋아요, 그럼 사무실에서 봐요."

메그는 고개를 끄덕이고는 캐리어를 끌고 나갔고, 조지애나는 얼이 빠진 채 홀로 남았다.

9
달리

　달리는 철창신세를 진다면 버티지 못할 것 같았다. 우선, 라테 메이커가 그리울 것이다. 그리고 아이들. 하지만 맬컴의 아메리칸 항공 계약 건이 무산된 후 달리는 누군가가 브라질의 아줄 항공사와 손잡으려 달려들리라는 걸 알았다. 어느 날 오후 경쟁사들을 검토해보니 유나이티드 항공이라는 결론이 나왔다. 남미 시장에서 뒤처져 있으니 이번 기회에 따라잡으려 할 것이다. 달리는 주가를 확인하고, 머릿속으로 유나이티드 주식을 다량 매수했다. 1주일 후 CNBC는 유나이티드가 1억 달러에 아줄의 지분 5퍼센트를 인수했다고 보도했다. 주가는 급등했고, 달리의 상상 속 지갑은 불룩해졌다.

　사실 맬컴이 해고당하는 것도 모양새가 안 좋았지만, 내부자 거래 혐의로 조사를 받기라도 한다면 확실히 더 큰 문제였다. 맬컴은 도이체방크와의 계약 기간이 3개월 남아 있었다. 이제는 더 이상 그곳에서 일하지 않지만 항공업계에서 거래하는 건 금지되어 있었고, 달리도 마찬가지였다. 맬컴은 석 달 치 월급에 보너스성 이연 보상금을 받을 것이고, 그 후론 아무것도 없었다. 달리와 맬컴은 시간에 쫓기고 있었다. 수도가 끊기기 전에 맬컴이 새 일자리를 얻기를 바랄 수밖에 없었다.

맬컴의 끈질긴 인맥 관리가 마침내 빛을 발해, 사모펀드 회사인 텍사스 퍼시픽 그룹과의 면접이 잡혔다. 헤드헌터들이 제안해온 수준 이하의 은행들보다 훨씬 더 반갑게 수락할 만한 최고의 일자리였지만, 1차 면접 후 알게 된 사실은 만약 맬컴이 고용된다면 댈러스 지점에서 일해야 한다는 것이었다.

"댈러스로 이사해도 괜찮겠어?"

맬컴은 초조하면 으레 그러듯 엄지손톱을 물어뜯으며 달리에게 물었다. 달리는 그가 텍사스 주로 가고픈 마음이 전혀 없다는 걸 알았다. 아이들을 정든 곳에서 떼어내고, 자신의 부모로부터 멀리 떨어져 살기 싫은 것이다.

"당신이 어디서 살든 우리 가족 모두 거기서 살 거야, 여보."

달리는 약속했다. 맬컴에게는 일자리가 필요했고, 그녀는 그를 격려해야 했다. 맬컴은 이틀간의 면접과 그 회사에 다니는 경영대학원 친구와의 주말 골프 게임을 위해 목요일 아침에 떠났다. 달리는 그에게 행운을 빌어주었지만, 진짜 행운이 뭔지 확신이 서지 않았다. 손가락을 꼬기가 왜 이리 힘든지.*

그 주 일요일, 달리는 새벽부터 아이들을 움직이기 시작했다. 굉장

---

* 중지와 검지를 십자 모양으로 꼬아 행운을 빈다.

에 가서 축구 연습을 하고, 베이글 가게로 가서 두 번째 아침 식사를 하고, 덤보에 있는 회전목마에서 2달러를 내고 고풍스러운 말을 탄 다음, 타임아웃 마켓에서 16달러에 산 맥 앤 치즈를 큰 접시 한가득 먹어 치웠다. 그뤼에르 치즈와 라돈*이 들어가 있어서 큰마음 먹고 산 것이었다. 아이들은 녹초가 되기 직전까지 고분고분 열심히 운동했다. 그래서 점심을 먹은 후 달리는 아이들을 집으로 데려가지 않았다. 집에 가면 아이패드로 만화를 보며 심술궂은 좀비로 변해버릴 것이 뻔했다. 대신에 아이들이 학교에 가지 않는 여느 주말에 하듯이 철인 3종 같은 마라톤을 이어가기 위해 그녀가 다니는 피트니스 클럽으로 아이들을 데려갔다.

피트니스 클럽은 한때 뉴욕 시 전체에서 가장 크고 가장 화려했던, 미국 대통령이나 프랭크 시나트라부터 캐리 그랜트까지 유명한 연예인을 접대했던 호텔 세인트 조지 안에 있었다. 호텔은 한 블록 전체를 차지했다. 전성기에는 거대한 해수 수영장에 거울 천장과 폭포가 있었고, 댄스홀에서 결혼식이 열렸으며, 직원이 1,000명 이상이었다. 1980년대에 개발업자들에게 팔려 여러 조각으로 쪼개졌고, 유명했던 수영장은 메말라버렸다. 건물 일부는 학생용 주택이 되었고, 호텔 위로 솟은 타워는 호화 아파트로 변모했으며, 로비는 보데가, 정육점, 주류 판매점이 되었다. 건물 중간의 광대한 공간 – 수영장이 있었던 곳 – 은 달리가 다니는 피트니스 클럽이 되었다. 원래 호텔의 망령들도 남아 있었다. 예전에 수영장을 내려다보던 녹색 발코니에는 이제 노인들과 대학생들이 이어폰을 귀에 꽂고 올라가 끊임없이 발을 움직이는 일립티컬 머신이 쭉 늘어서 있었다. 스쿼시 코트 옆의 기묘한 대기실에는 호화로운 카펫이 깔려 있고, 로커룸에서 조그만

---

* 작고 두툼한 베이컨 조각.

새 수영장까지 가려면 구불구불한 길을 따라 계단과 문을 연이어 통과해야 해서 마치 축축한 수영복을 입고 펜 역* 지하를 걸어가는 기분이 들었다.

여성 로커룸에서 달리와 아이들은 수영복으로 갈아입었다. 달리와 파피는 엘엘빈 원피스 수영복을, 해처는 수영 팬츠에 긴소매 수영 셔츠를 입었다. 깡마른 해처는 웃통을 벗고 수영장에 들어가면 새파랗게 질려서 덜덜 떨며 이를 딱딱거렸다. 셔츠를 입은 해처를 보는 데 익숙해져 있던 파피가 수영장에서 맨가슴을 드러낸 남자를 처음 봤을 때 '엄마, 저 남자 발가벗었어'라고 소리를 지르는 바람에 직원과 약간의 실랑이를 벌여야 했다.

그들은 스니커즈와 옷을 로커에 쑤셔 넣고, 플립플롭을 신고, 클럽 전용의 얇고 흰 타월을 몸에 두른 뒤 수영장으로의 기나긴 여정을 시작했다. 달리는 고글, 노즈클립, 상어 튜브, 수영모가 든 가방을 들고 맨 뒤에서 아이들을 따라갔다. 여성 샤워실을 통과하고 사우나 앞을 지나 뒷문으로 나간 뒤 녹색 타일이 벗겨지고 있는 계단을 한 층 내려가 구불구불하고 쌀쌀한 복도를 따라가자 수영장이 나왔다. 공기는 20도 더 따뜻하고 염소 냄새가 짙게 풍겼다. 아이들은 타월을 벗어 던지고, 기다리라는 달리의 말을 무시한 채 곧장 물속으로 뛰어들었다. 둘 다 수영을 아주 잘했고, 달리는 날쌔게 헤엄쳐 다니는 아이들을 보며 가냘픈 팔의 강인함에 감탄할 때가 많았다. 짙푸른 물속에서 즐겁게 꿈틀거리는 모습이 흡사 작은 스판덱스 장어들 같았다.

수영장에 있는 몇 안 되는 사람들은 모두 부모와 아이들이었고, 달리는 수영장의 암묵적인 에티켓에 따라 사다리를 타고 물속으로 들어갔다. 해진 킥보드를 잡고 있는 아이들을 이리저리 끌고 다니는 부모

---

* 맨해튼 중심가에 위치하여 평일 이용객이 수십만 명에 이르는 미국 최대의 기차역.

들과 약간 거리를 둔 채 고개를 끄덕여 인사했다. 파피와 해처는 그런
예의 따위는 안중에도 없이 희희낙락 돌진하여 부모와 아이들 사이를
쌩하니 가르고, 남들의 무릎에 있는 장난감으로 몸을 던지고, 물을 철
벅철벅 심하게 튀겨 근처의 모든 사람을 흠뻑 적셨다. 달리는 주변을
둘러보다가, 그곳이 얼마나 낡아빠졌는지 깨달으며 새삼 놀랐다. 곳곳
에 수영장 타일이 깨져 있고, 교도소처럼 사슬 달린 기묘한 샤워기가
복판에 설치되어 있고, 안전요원 근처에는 노인들이 꽉 들어찬 온수
자쿠지 하나가 부글거리고 있었다. 옆 건물이 노인들을 위한 아파트였
기 때문에 80대가 우글거렸고, 자쿠지에 몸을 담그고 있는 그들을 보
면 영화 「코쿤Cocoon」*의 삭제 장면을 보는 듯한 느낌이 들었다.

　달리가 아이들의 고글을 가지러 물 밖에 나가 있을 때 안전요원이
호루라기를 불었다.

　"일어나! 일어나!"

　달리가 깜짝 놀라 돌아보니 해처가 엎드린 채 물 위에 둥둥 떠 있었
다. 달리는 해처를 향해 달리기 시작했지만, 호루라기 소리를 들은 해
처가 고개를 쳐들더니 몸을 뒤집었다.

　"해처, 무슨 짓이야?"

　"엎드려 뜨기야, 엄마."

　해처가 웃었다.

　"안전요원은 모를 수도 있으니까 그만해."

　"으으응."

　해처는 키득거리고는 고글을 가지러 수영장 가장자리로 꿈틀꿈틀
다가갔다.

---

* 플로리다 주의 양로원에서 지내며 근처의 빈 저택에서 도둑 수영을 즐기는 세 노인의 이야기를 그린
1985년의 미국 영화.

5분 후 안전요원이 또 호루라기를 불었다. 파피가 물 위에 엎드려 있었다. 달리가 파피를 붙잡아 몸을 뒤집었다.

"그만하라니까."

달리가 씩씩대며 말하자 파피는 웃었다. 이 놀이가 세 번 더 이어진 후 안전요원은 그들에게 나가달라고 요청했다.

창피해진 달리는 오들오들 떠는 아이들을 얇은 타월로 감싸 복도로 데리고 나갔다. 평소에는 수영장 옆에서 아이들의 몸을 닦고 따뜻한 새 수건을 둘러주었지만, 지금은 화가 머리끝까지 났다.

"대체 왜 그래? 안전요원이 그만하라는데도 왜 계속 그랬어?"

"에이든이 그러는데, 물에 빠져 죽는 게 최악이래."

해처가 진지하게 설명하는 목소리가 기다란 타일 복도에 울려댔다.

"폐에 물이 찬대."

파피가 맞장구를 쳤다.

"너희는 수영할 줄 알잖아. 그래서 우리가 너희한테 수영을 가르쳐준 거야. 물에 빠져 죽지 말라고. 그게 무서워? 물에 빠져 죽을까봐 무서워? 너흰 그럴 일 없어."

"아니, 안 무서운데."

"그냥 느껴보고 싶었거든. 죽는 게 어떤 기분인지."

파피가 방긋 미소 지으며 말했다.

"넌 백 살까지 살 거야."

달리는 단호하게 말하며 아이들을 이끌고 마지막 계단을 올라 샤워실로 들어갔다. 따뜻한 물을 세게 틀어 샴푸로 아이들의 머리를 박박 문지른 다음 아이들을 로커룸으로 보내 옷을 갈아입게 했다. 달리는 축축한 수영복을 벗으며 따뜻한 물을 얼굴에 그대로 맞았다. 아이들 때문에 이스턴 애슬레틱 클럽에서 쫓겨났다면 정말 약이 올랐을 것이다. 브루클린에서 가장 낡고 오래된 피트니스 클럽에 다니는 것보다 유일하게 더 창피한 일이 있다면 반사회적 행동 때문에 쫓겨나는 것이었다.

달리가 샤워실에서 나가자 아이들은 옷을 다 입고서 벤치에 앉아, 최근에 시작된 에어로빅 수업을 끝내고 나온 알몸의 할머니들을 뚫어져라 보고 있었다. 할머니들은 강사에 대해, 뉴저지 출신의 가족을 초대하려는 한 강습생에 대해, 누군가의 남편이 아파서 케이크와 꽃을 들고 병문안을 갈 계획에 대해 수다를 떨었다. 수다를 떨면서 축축한 윗옷을 접어 비닐봉지에 넣고, 샤워 캡을 쫙 늘려 부스스한 백발에 쓴 다음, 허리를 구부려 스니커즈를 벤치 밑에 집어넣으며 벌거벗은 엉덩이를 드러냈다. 달리는 약간 섬뜩한 기분이 들어 눈을 돌려버렸다. 물론 그녀도 두 아이를 낳고 몸이 6년 전 같지 않았지만, 이 쭈글쭈글한 여자들, 그들의 축 늘어진 가슴, 셀룰라이트가 낀 허벅지, 부풀어 오른 정맥, 피부에 문신처럼 새겨진 주름진 흉터를 보고 있자니 저렇게 늙어 보일 날이 그녀에게도 찾아오리라 상상할 수 없었다. 아니, 그런 날이 온다면 남들에게 알몸을 보이고 싶을까?

"그만 봐."

달리가 그렇게 속삭이자 아이들은 최면 상태에서 깨어난 것처럼 그녀를 홱 쳐다보았다.

"저 할머니들 거의 백 살이야?"

파피가 큰 소리로 물었다.

"쉿."

달리는 속이 타들어갔다.

"엄마도 몰라. 엄마가 짐 챙기는 동안 엄마 전화기로 넷플릭스 보고 있어."

아이들을 키우는 것이야말로 그녀의 인생에서 가장 굴욕적인 경험인지도 몰랐다.

저녁 식사까지는 아직 몇 시간 남은 터라 달리는 피트니스 클럽 계단통 밑에 두었던 스쿠터를 챙겨 아이들을 피어포인트의 놀이터로 데려갔다. 달리가 빈 벤치를 발견하여 전화기를 열심히 들여다보는 사이, 파피와 해처는 공원의 가장 지저분한 구석들을 탐사하기 시작했다. 공중화장실 문 옆에 쌓여 있는 축축한 나뭇가지들, 분수식 식수대 옆의 배수구에 버려진 비닐봉지들, 나무 밑동에 반쪽으로 쪼개진 채 악취를 풍기고 있는 은행들. 집에 가면 아이들을 한 번 더 씻겨야겠지만, 어쨌든 시간을 흘려보내며 평범한 일요일 밤을 기다리는 편이 좋았다. 그럼 앞으로 1주일 동안 아이들을 학교에 보내고 자유를 누릴 수 있게 된다.

　그녀는 동창들의 소식을 보며 자학하다가 철책 반대편의 벤치에 앉아 있는 올케를 발견했다.

　"사샤!"

　달리는 손을 흔들며 큰 소리로 불렀다. 사샤는 움찔 놀라더니 종이를 주섬주섬 모아서 놀이터로 들어왔다. 그녀는 남자용처럼 생긴 청바지에 검은 티셔츠를 입고 있었다. 달리 자신이 입으면 짝퉁 조니 캐시*처럼 보일 옷차림이 어쩐지 사샤에게는 잘 어울렸다. 귀까지 오는 길이로 자른 윤기 흐르는 적갈색 머리, 주근깨 낀 창백한 피부, 예쁘장한 분홍빛 입술, 그리고 스쿼시에 아주 잘 어울리는 조그맣고 날씬한 체구. 달리도 어쩔 수 없었다. 어머니와 여동생의 영향인지 여자의 몸을 운동에 이상적인 체형에 근거하여 평가하는 버릇이 생겨버렸다. 정말 터무니없는 짓이었다.

---

* 컨트리, 로큰롤, 복음성가 등 다양한 장르를 넘나든 미국의 싱어송라이터.

사샤가 웃으며 말했다.

"오, 안녕하세요! 여기 오시는 것도 못 봤어요."

달리는 민망해하며 답했다.

"익사한 척하고 놀다가 방금 이스턴 애슬레틱 수영장에서 쫓겨났거든."

"익사한 척하는 건 그만두시는 게 좋을 거예요. 아이들이 보고 배울 수도 있잖아요."

"낮술 마셨을 땐 수영하기가 너무 힘들어서 말이야."

달리는 낄낄 웃으며 옆에 앉으라는 뜻으로 벤치를 톡톡 쳤다. 사샤는 조금 놀란 표정이었지만, 어른과의 대화가 절실한 달리는 최대한 따스한 미소를 지어 보였다. 그들은 놀이터 저편을 바라보았다. 파피와 해처가 식수대 배수구 옆에 쪼그리고 앉아 번갈아가며 긴 나뭇가지를 배수구 구멍으로 찔러 넣어 눅눅하게 쌓여 있는 더러운 이파리를 끄집어내고 있었다.

"뭐 하고 있었어?"

"아, 스케치북 가지고 놀고 있었어요."

사샤는 스프링으로 제본된 종이 묶음을 가리켰다.

"한번 봐도 될까?"

사샤가 공책을 건네자 달리는 휙휙 넘겨보았다. 대부분 초상화였다. 공원 벤치에 앉아 트럼펫을 연주하는 노인, 현관 앞 계단에서 포옹하는 부부, 창밖으로 담배 연기를 뿜어내는 여자. 페이지를 넘기자, 의자에 두 발을 아무렇게나 걸친 채 책을 읽고 있는 그녀의 남동생이 보였다. 책을 읽을 때 우스꽝스럽게 움직이는 코드의 입, 떨어질락 말락 책을 아슬아슬하게 들고 있는 모양새를 잘 포착한 그림을 보니 이상했다. 무척이나 아끼는 사람을 다른 이의 눈을 통해 보는 기분이 이렇게나 묘하구나.

"정말 대단한데, 사샤. 쿠퍼 유니언에 다녔다고 했지?"

"맞아요. 그런데 지금은 크리스마스 카탈로그에 어떤 베갯잇 사진을 실어야 더 섹시해 보일까 클라이언트들이랑 옥신각신하고 있죠. 학위를 제대로 써먹고 있지 뭐예요."

"난 기업 인수 중개업자가 되려고 MBA를 땄는데, 치킨너깃이랑 치킨핑거가 서로 다른 음식인지 아닌지 애들이랑 싸우고 있잖아."

경영대학원 이야기를 꺼낼 때마다 드는 감정이 여지없이 찾아왔다. 경영대학원에 다녔다는 자부심과 그 후로 아무것도 하지 않았다는 창피함. 왜 하필이면 올케에게 이런 이야기를 자발적으로 털어놓고 있는지 달리 자신도 그 이유를 알 수 없었다.

사샤가 말했다.

"다른 음식이긴 하죠. 너깃은 학교에서 점심 도시락으로 먹고, 치킨핑거는 스포츠 바*에서 벌써 취했는데 하프타임밖에 안 됐을 때 먹는 거니까요."

"음, 그래, 다섯 가지 음식 그룹이 있지. 취함, 말짱함, 숙취, 학교 도시락, 안주."

"월요일 음식을 빼먹으셨네요."

"그게 뭐야?"

"주말 내내 피자와 도넛을 먹어서 몸에 너무 기름이 낀 것 같으니까 쌀, 브로콜리, 샐러드 같은 건강식을 먹는 거죠."

"오, 맞아, 월요일 음식. 미니 당근과 후회로 가득한, 가장 슬픈 음식 그룹."

달리는 조용히 웃으며 놀이터 저편을 바라보았다.

"내가 아는 여자는 매일 인스타그램에 칼로리 섭취량을 기록하면서

---

* 술을 마시면서 텔레비전으로 스포츠 경기를 시청할 수 있는 술집.

끈적끈적한 병아리콩이랑 무양념 닭 가슴살 사진을 같이 올리더라고."

"정말 싫다."

사샤가 질색하며 말했다.

"그러게 말이야! 내가 실제로 그걸 캡처해서 친구들한테 보내고 물었다니까, 이걸 정말 공개로 올릴 생각이었을까? 얘길 해줘야 하나 우리끼리 고민했다니까!"

"얘기 안 해줬어요?"

"안 했지, 그냥 그 사람 모르게 스크린샷을 주고받는 게 예의인 것 같아서."

"오, 맞아요, 맞아. 전적으로 동감이에요."

사샤는 진지하게 고개를 끄덕였다. 그때 땡 하는 소리가 울리고 사샤가 전화기를 내려다보았다.

"어머, 어떡해."

"왜 그래?"

"엄마가 문자를 보냈는데, 지하에 박쥐 한 마리가 들어와서 아빠가 잡으러 가실 거래요. 개가 미쳐 날뛰고 있다네요."

"박쥐는 광견병 안 걸리나?"

"엄마한테 답장 보내고 있어요. '엄마. 아빠를 지하에 보내지 말고 사람 불러요.'"

잠시 후 사샤의 전화기가 또 울리자 사샤는 끙 하고 앓는 소리를 냈다. 그녀의 어머니가 누군가의 사진을 문자메시지로 보냈다. 그는 하키 골키퍼의 헬멧과 장갑을 착용한 채 낚시용 그물을 들고 있었다.

"아버님이셔?"

"오빠예요. 다행이다."

갑자기 달리의 팔에 빗방울 하나가 떨어졌다. 파피와 해처는 반쯤 썩은 나뭇가지를 뒤로 질질 끌며 달려왔다.

"엄마! 비 와!"

"알았어, 헬멧 써."

달리는 한숨을 내쉬었다. 이제부터 아파트에 갇힌 채 남은 하루를 전쟁처럼 치러내야 하리라. 국토 횡단 자동차 여행 혹은 배심원 출두만큼이나 기나긴 오후가 그녀 앞에 펼쳐져 있었다.

"저기, 파인애플 스트리트로 같이 가요!"

사샤가 제안했다.

"너희, 라임스톤 집에 갈래?"

달리는 아이들에게 물었다. '싫어, 숙모네 집은 이상한 냄새 난단 말이야' 혹은 '우리 집보다 더 맛있는 과자 있으면' 같은 버르장머리 없는 답이 나올 수도 있다는 사실을 순간 깜박한 것이다. 그런데 놀랍게도 아이들은 폴짝폴짝 뛰며 사샤를 향해 활짝 웃었다. 아이들은 달리의 옛 물건 구경하기를 좋아했다.

그들은 사샤를 따라 놀이터를 빠져나간 뒤 윌로 스트리트를 지나파인애플 스트리트로 갔다. 아이들이 스쿠터를 현관에 세워놓고, 진흙투성이가 된 스니커즈를 벗고, 끈적이는 나뭇가지들을 조심스럽게 내려놓는 사이 달리는 수영 가방을 고리에 걸고 집 안으로 들어갔다.

"얘들아, 내 방에 미술 도구 많으니까 그림 그리고 싶으면 그려."

사샤는 아이들을 계단 위로 올려 보냈다.

"괜찮겠어요? 애들 보내도?"

"그럼."

달리는 빙긋 웃었다. 아이들이 따로 노는 데 반대할 생각은 전혀 없었다. 사샤가 부엌 쪽으로 턱을 끄덕이자 달리는 뒤따라갔다. 사샤는 냉장고에서 화이트 와인을 한 병 꺼내 두 잔을 따랐다. 안뜰로 난 유리문을 빗줄기가 때려댔다.

"맬컴한테 문자 보내야겠다."

달리는 전화기를 꺼냈다.

"어디 보자, 지금쯤이면 골프 게임 끝났겠구나."

달리는 아이들이 수영장에서 쫓겨났고 지금은 파인애플 스트리트 집에 와 있다는 내용을 단숨에 쳐서 보냈다. 그런 다음 전화기를 테이블에 엎어놓고 사과했다.

"미안."

"아주버님이 골프를 치고 계시나 보죠?"

"응, 텍사스에서 경영대학원 친구들이랑."

"아주버님이 출장 가 있는 동안 연락 많이 하세요?"

"하루에 400번쯤."

달리는 웃었다.

"올케랑 코드는 연락 많이 해?"

"아니요, 코드는 출근하면 짐승 모드로 들어가서 자기가 인간이라는 걸 완전히 까먹나 봐요. 점심까지 거르고 쫄쫄 굶고 와서는 저녁 먹기 전에 포테이토칩을 한 봉지 해치운다니까요."

"아빠랑 같이 일하는 게 좋대?"

"좋대요. 코드랑 아버님은 죽이 잘 맞거든요."

사샤는 미소 지었다.

"아주버님이 출장 많이 다니셔서 힘드세요? 보고 싶어요?"

달리는 멈칫했다. 맬컴이 도이체방크에서 해고된 지 몇 주나 지났지만 가족은 아무도 몰랐다. 달리는 이것이 최선이라 생각했다. 하지만 주말은 무척이나 길고 무척이나 외로웠고, 비밀을 지키기가 점점 버거워지기 시작했다.

"코드한테는 말하지 마. 맬컴이 해고당했어. 지금 새 일자리 때문에 면접 보는 중이야."

"해고당했다고요?"

사샤는 와인 잔을 쨍그랑하고 조리대에 내려놓으며 물었다.

"그이 잘못이 아니었어. 한 애널리스트가 계약을 망쳤는데 맬컴이 뒤집어쓴 거야."

"말도 안 돼. 아주버님이 많이 힘드시겠어요. 그 일을 정말 좋아하시잖아요."

달리는 느닷없이 눈물이 차올라 깜짝 놀랐다. 왜 그녀가 그토록 겁먹었는지 사샤는 제대로 이해하는 것 같았다.

"많이 힘들어하지. 그리고 금융업계는 잔인해. 실수 한 번에 기피 대상이 돼버리거든."

"다른 은행에 면접 보고 있는 거예요?"

"아니, 사모펀드 쪽을 알아보고 있어. 그런데 거긴 인맥이 없거든."

달리는 와인을 크게 한 모금 마셨다.

"부모님 지인들 중에 도움이 될 사람이 있지 않을까요?"

"말씀 안 드릴 거야."

달리는 단호하게 답했다.

"왜요?"

"좀 복잡해."

달리는 자신의 부모에 대해 품고 있는 비밀스런 두려움을 말하고 싶지 않았다. 부모님 자신도 인정하기 힘들겠지만, 그들이 맬컴을 선뜻 받아준 이유는 그가 경제적으로 안정되어 있었기 때문인지도 모른다. 그런데 돈이 사라져버리고 나면, 탄탄하던 출세가도에 이상이 생긴다면, 그래도 그들의 마음엔 변화가 없을까?

"코드한테는 말하지 말아줘. 맬컴이 새 일자리 잡으면 내가 다 얘기할게. 지금은 맬컴한테 부담 주기 싫어서 그래."

"물론이죠."

사샤는 고개를 끄덕였다.

"걱정 마세요. 그리고 아주버님은 금방 취직하실 거예요. 천재시 니까."

사샤의 전화기가 땡 하고 울리자 그녀는 밑을 내려다보았다.

"못살아."

그녀는 달리에게 전화기 화면을 보여주었다. 그녀의 아버지와 오빠 가 작은 갈색 박쥐가 잡힌 그물을 의기양양하게 들고 있었다.

"정말 대단하다."

달리는 그렇게 중얼거리며, 자신의 아버지라면 스파이글래스의 수 영장에서 벌레를 걷어낼 때 말고 그물로 뭘 할 수 있을까 상상해보려 애썼다.

"아주버님이 새 직장으로 옮기시면 출장은 줄어들겠어요."

사샤가 생각에 잠겨 말했다.

"프리야 싱이라는 내 친구 알아? 걔랑 남편 둘 다 골드만삭스에서 일하는데 어떻게 둘째를 가졌는지 도무지 이해가 안 돼. 서로 얼굴 보 기도 힘들 텐데."

"그건 너무 쓸쓸하게 들리는데요."

"헨리 스트리트 스쿨의 한 엄마는 로스앤젤레스로 트레이드된 NBA 스타랑 결혼했는데, 아이들이 텔레비전으로만 아빠를 본다잖아."

"그래도 괜찮을 것 같은데요. 농구 스타랑 결혼했는데 아쉬울 게 뭐 가 있겠어요."

"그래. 돈은 엄청 많이 벌지. 30대에 은퇴해서 일 그만두고 같이 놀 러 다닐 수 있을 거야."

"코드는 평생 은퇴 같은 건 안 할 거예요. 일을 워낙 좋아해서."

"금융업계에 발을 들이는 사람들은 크게 성공해서 서른에 은퇴해 야지 하고 거창한 계획을 세우지만, 아무리 많이 벌어도 계속 버티면 더 많이 벌 수 있다는 걸 알게 돼. 아, 1,000만 달러 벌었으니까 이젠 됐어, 이런 생각이 드는 순간은 영영 안 오는 거지."

"맞아요, 주위 사람들이 전부 그 정도 벌고 그 정도 쓰고 있으니까, 평생 쓰고도 남을 돈이 있어도 성에 차지 않는 거예요."

"바로 그거야."

달리는 맞장구치며 남은 와인을 다 마셨다.

사샤가 와인을 더 따라주고는 오븐을 켜고 냉동실에서 피자 두 판을 꺼냈다.

"피자랑 샐러드 어때요?"

"애들은 그것만 있으면 돼."

피자가 데워지자 달리는 아이들을 불렀고, 아이들은 화강암 아일랜드 식탁에 앉아 피자 조각을 연이어 게걸스레 먹어 치우며 투명 망토에 대해 신나게 설전을 벌였다. 해처는 투명 망토가 진짜 있다고 믿었고, 파피는 미심쩍어했다. 식사를 마친 후 그들은 거실의 소파로 자리를 옮겼고 사샤가 음악을 틀었다. 아이들은 어깨와 허리를 흔들어대며 바닥에 쿠션을 쌓아놓고 핫 라바^{hot lava}* 놀이를 했고, 달리와 사샤는 웃으며 와인을 마시다가 까부는 아이에게 리넨 쿠션을 던지기도 했다. 그들이 주지사의 가구로 뭘 하고 있는지 보면 달리의 어머니는 그들을 가만두지 않을 터였다.

어쩌다 보니 8시 반이 되어 있었다. 목욕 시간을 놓치고 취침 시간을 넘겼다. 두려웠던 일요일 오후가 눈 깜짝할 새 즐겁게 지나가버렸다. 달리는 아이들에게 헬멧을 씌우고 나뭇가지를 모았다. 아이들이 저녁의 온기 속으로 나갈 때 달리는 사샤의 팔을 진지하게 붙잡고 말했다.

"정말 즐거웠어."

"수영장에서 쫓겨나서 정말 잘됐지 뭐예요. 안 그랬으면 이렇게 못

---

* 바닥을 밟지 않고 방이나 어떤 공간을 지나가야 하는 놀이.

놀았을 거 아니에요."

사샤는 씩 웃었다.

축축한 인도를 휩쓸듯 지나 집으로 향하면서 달리는 전화기를 꺼냈다. 맬컴의 영상통화 한 통과 문자메시지 한 통을 놓쳤다.

무시무시한 일요일을 잘 버티고 있기를…….

약간 취해서 글자들이 눈앞에서 빙빙 돌자 달리는 한쪽 눈을 감고 답장을 보냈다.

정말 재밌었음. 와인 마셨음. 내일은 미니 당근이랑 후회 먹을 예정.

친구들에게는 못해도 가족에게는 할 수 있는 일들이 있었다. 사흘 연달아 똑같은 옷차림으로 만나도 상관없다. 점심 식사에 초대해놓고, 마침내 인터넷 업체와 연결되었을 때 그들을 무시하다시피 해도 괜찮다. 크레스트 화이트스트립스Crest Whitestrips*를 이에 붙인 채 대화할 수도 있다. 사샤와 갑자기 친해지면서 달리는 경계심이 풀렸다. 사샤는 재미있고 느긋한데다 파피, 해처와 함께 보내는 시간을 진심으로 즐겼다. 프리랜서로 일하다 보니 한낮에도 공원에서 달리와 아이들을 만나 두 번째 아침으로 베이글을 먹고, 회전목마를 타고, 트럭에서 파는 아이스크림을 사 먹을 수 있었다. 코드처럼 아이들의 장난을 잘 받아주어, 그녀의 선글라스에 투시력이 있는 척하고, 짖으며 달려가는

———————
* 미국의 치아 미백제.

개를 보면 무슨 말을 하는지 알아듣는다고 우기고, 페가수스나 유니콘을 반려동물로 키울 때의 장단점에 대해 길고도 진지하게 논했다.

코드는 아내와 누나가 잘 어울리는 걸 보니 기분이 좋은지, 자기네 부부끼리의 사적인 농담과 엉터리 억측에 달리를 끼워주었다. 코드와 사샤는 호텔 세인트 조지 안에 있는 끔찍한 정육점이 사실은 마약 밀매 장소인지도 모른다며 온갖 증거를 댔다.

"거기 가면 고기 네 덩어리랑 건조 파스타 한 봉지밖에 없다니까. 그래서 무슨 장사를 해."

코드가 말하자 사샤가 맞장구를 쳤다.

"그리고 거기서 일하는 남자는 손님이 뭘 사려고 할 때마다 짜증스런 표정을 짓는다니까요, 손님이 방해가 되는 것처럼."

달리는 고개를 저으며 끼어들었다.

"이 사람들아, 여긴 뉴욕 시야. 마약 사고 싶으면 그냥 전화기에 앱 깔아서 주문하면 돼."

"무슨 앱?"

코드가 짓궂게 물었다.

"아니, 그걸 내가 어떻게 알아!"

달리는 패배를 인정할 수밖에 없었다.

사샤는 한국식 바비큐를 한 번도 먹어본 적이 없었고, 그래서 달리는 고와너스에 새로 생긴 식당에 가보자고 했다. 이삿업체와 자동차 정비소 사이에 자리 잡은 그 식당은 목재 패널이 매끈하게 붙어 있고, 티키 바* 칵테일과 블랙 푸딩**을 팔았다. 맬컴은 그 식당의 갈비에 푹

---

* 마이 타이와 좀비 칵테일 같은 럼주 베이스의 칵테일을 파는 열대 문화. 특히 폴리네시아 콘셉트의 술집.
** 돼지 피와 오트밀 또는 보리를 넣어 만든 검은색 소시지.

빠져 있었고, 달리는 여섯 번의 전화 끝에 경쟁이 치열한 토요일 저녁 시간대의 4인 자리를 예약해냈다. 하지만 코드가 그날 저녁 유니언 클럽의 코냑 시음회에 가야 한다고 했다. 그래서 달리는 식당에 다시 전화해 끈질기게 졸라서 3주 후로 예약을 잡았지만, 맬컴이 그날 어머니의 생일 파티를 계획해두었다고 했다.

"둘이 무슨 클라크 켄트랑 브루스 웨인 같다니까."

달리는 사샤에게 푸념했다.

"엄마, 둘 다 될 수는 없어."

파피는 눈알을 굴렸다. 그들은 조 커피Joe Coffee 밖의 벤치에 앉아 주문한 음료가 나오기를 기다리고 있었다.

"왜 안 돼? 남들은 모르지만 사실은 같은 사람인데! 슈퍼히어로와 그의 또 다른 자아!"

"아니, 엄마! 클라크 켄트는 슈퍼맨이고 브루스 웨인은 배트맨이잖아. 둘이 다른 캐릭터야."

"아. 그럼, 아빠는 어느 쪽이야?"

파피는 신중하게 답했다.

"브루스 웨인일걸. 그리고 엄마는 페니워스."

"페니워스가 누군데? 귀여운 기자?"

해처가 답했다.

"아니, 페니워스는 집사야. 할아버지 집사."

"오, 그래, 그래."

달리는 고개를 끄덕이고는 해처의 머리 너머로 사샤에게 죽상을 지었다.

"엄마는 늙었으니까."

달리는 그동안 얼마나 외로웠는지 이제야 실감이 났다. 많은 친구들이 일과 육아를 병행하느라 정신이 없었다. 주말에는 아이들 축구 연습 봐주는 틈틈이 이메일을 보내야 했고, 언제나 일이 밀려 있었다. 달리에게는 남동생과 여동생, 부모님, 맬컴의 부모님, 그리고 출장이 없을 땐 맬컴도 있었지만, 그들 모두 고객과의 저녁 약속과 테니스 시합이 있었고, 그들 모두 베네치아 테마의 기념 파티와 골프 회동이 있었다. 자전거를 타고 스퀘브 공원을 몇 시간이나 빙빙 도는 아이들을 지켜보는 것보다 더 재미있는 일이 그들에게는 차고 넘쳤다. 물론 사샤에게도 더 흥미로운 할 일들이 있었다. 직업이 있었고, 아트 스쿨 친구들이 있었다. 하지만 달리와 가까이 살았고, 혼자 책상에 앉아 컴퓨터를 들여다보며 점심을 먹기보다는 이제 수요일 오후 아무 때나 샐러드를 들고 달리네에 들렀다.

포근한 주말이면 달리와 맬컴은 아이들을 랜드로버에 태우고 코드와 사샤를 셋째 칸에 쑤셔 넣은 채 스파이글래스 별장으로 달려가 테니스 코트에서 공을 치고 핫도그를 구워 먹었다. 그들은 아이들이 잠든 후에 밤늦도록 와인을 마시고 카드 게임을 했다. 보통은 칩과 틸다도 함께했지만, 늘 디너파티나 컨트리클럽 행사에 참석하느라 자정이 다 되어서야 알딸딸하니 흥에 취해 돌아왔다. 그러면 어머니는 아버지에게 코냑을 가져오게 해서 놓친 이야기를 따라잡고 이런저런 소문을 늘어놓았다. 틸다는 어떻게든 파티에 다녀올 때마다 최고의 가십거리를 가져왔다. 뉴욕의 이류 연예인들, 여러 사립학교의 이사들, 화려하고 시끌벅적하고 자기 주제를 모르는 잉꼬들처럼 브루클린 하이츠의 푸른 거리로 떼 지어 몰려든 할리우드 배우들의 가입을 거부하며 고소해하는 조합들.

이제 사샤와 가까워지고 보니 달리는 그녀의 가족이 외부인에게 얼마나 부자연스럽게 비칠 수 있는지 이해되었고, 그들 작은 일족을 이해하기가 어려울 수도 있겠다는 생각이 들었다. 달리는 사샤와 맬컴이 겉도는 느낌이 들 때마다 'NMF'라고 속삭이며 자기들끼리 작은 농담을 주고받는다는 걸 알고 있었지만, 한 손을 내밀기만 하면 사샤를 가족으로 품을 수 있다는 걸 깨달았다. 한참 전에 할 수도 있었던 일이었다. 달리는 사샤에게 스파이글래스에서 입을 테니스복을 챙겨 오라고 일렀다. 사샤가 어머니의 커피 테이블에 컵을 내려놓으려 하는 걸 보고는 받침접시를 건네주었다. 사샤가 아버지 앞에서 부동산 리얼리티 쇼에 대한 얘기를 꺼내자 달리는 허겁지겁 입술을 지퍼로 잠그는 시늉을 했다.

어느 날 저녁, 덤보의 체코니스 식당에 가족이 다 함께 모여 식사를 하고 있을 때 브레드 볼*에 담긴 채소 수프가 나왔다. 사샤가 빵을 먹으려고 한 덩어리 뜯자 달리는 휘둥그레진 눈으로 사샤를 쳐다보는 어머니의 시선을 눈치챘다.

"설마 먹을 거 아니지?"

틸다는 깜짝 놀라며 물었다. 달리가 알기로, 그녀의 어머니는 1970년대 이후로는 빵을 먹지 않았다.

사샤는 멈칫했다. 입으로 가져가던 빵에서 수프가 뚝뚝 떨어졌다.

"빵에도 수프가 스며들어 있으니까."

사샤는 더듬거렸고, 테이블은 끔찍한 침묵에 휩싸였다.

역시 수프를 주문했던 달리는 이 상황을 바로잡을 수 있는 사람이 자기밖에 없다는 걸 알고 빵을 큼직하게 한 덩어리 떼어냈다.

"오, 꽤 맛있네."

그녀는 힘주어 말하고는 링컨 센터의 발레리나처럼 우아하게 화제를 돌렸다.

"헨리 스트리트에 새로 생긴 이탈리아 식당에 가본 사람? 음식은 형편없는데 새 제임스 본드가 투자했대."

---

* bread bowl. 빵의 속을 파서 그릇처럼 만든 것.

틸다가 미끼를 덥석 물자 달리는 빵을 계속 열심히 뜯어 먹으며, 제임스 본드의 아내가 브라운스톤 저택을 보수하느라 골치를 썩고 있다는 이야기를 신나게 들려주었다. 코드는 누나를 힐끔 쳐다보며 입꼬리를 살짝 올려 웃어 남몰래 고마움을 전했다.

10
사샤

사샤는 열 살 때 해리슨 포드를 어찌나 뜨겁게 짝사랑했는지, 가끔은 그와 영영 함께할 수 없으리라는 사실이 너무나 슬퍼 침대에 누워 울기도 했다. 이상하다는 건 그녀도 알았다. 그는 어른에 유명한 배우였고 그녀는 다리에 짧은 털이 난다는 걸 이제 막 의식하기 시작한 아이였다. 이 모든 사실이 합쳐져 처참한 비극이 되었고, 그녀는 다른 사람과 함께 그의 영화를 보는 것조차 견디기 힘들었다. 당연히 그녀의 짝사랑을 눈치챈 형제들은 인정사정없이 그녀를 비웃었다. 세월이 흘러 네일 숍에서 어떤 연예잡지를 넘기다가 해리슨이 귀걸이를 한 사진을 봤을 땐 그렇게 늙은 남자에게 집착했던 과거가 새삼 창피하게 느껴졌다.

사샤가 코드의 어린 시절 짝사랑에 대해 들은 건 이미 코드를 사랑하게 된 후였지만, 어쩌면 그 고백 덕분에 그에 대한 사랑이 확고해졌는지도 몰랐다. 어느 날 밤 두 사람이 살짝 취한 채 침대에 누워 있을 때 사샤는 해리슨에 대해 이야기했다.

"어렸을 때 그런 감정 느껴본 적 없어? 엄청 강렬하고 혼란스럽고."

"당연히 있지. 난 리틀 데비Little Debbie를 좋아했어."

"그게 누군데? 동네 사람?"

사샤는 그의 맨가슴을 손가락으로 훑으며 물었다.

"아니, 케이크 상자에 그려져 있던 모자 쓴 여자애."

사샤는 일어나 앉았다.

"롤케이크 상자에 그려진 여자를 사랑했단 말이야? 왁스 맛 나는 그 작은 초콜릿 빵?"

"그냥 좋아 보였어. 곱슬곱슬한 갈색 머리에 상냥한 미소를 짓고……."

"그냥 배고팠던 건 아니고?"

코드는 고민하며 답했다.

"그런가. 중간에 크림 들어가 있는 그 오트밀 쿠키 정말 좋아했거든."

사샤는 웃고 또 웃었다. 그들은 섹스 상대로 괜찮은 식품 마스코트의 명단을 함께 작성했다. 사샤는 토니 더 타이거Tony the Tiger*가 명백한 승자라고 생각했다. 잔뜩 부풀어 오른 가슴과 한없는 열정으로 남성다운 섹시함을 마구 뿜어내니까. 농민풍 블라우스에 보닛을 쓰고 뺨이 장밋빛으로 물든 선메이드Sun-Maid의 건포도 아가씨 역시 분명 매력적이었다. 치토스 치타는 데이트 상대로 재미있을지는 모르지만, 섹스 중에도 선글라스를 안 벗을 거라는 데 두 사람의 의견이 일치했다. 졸리 그린 자이언트Jolly Green Giant**는 심지어 토니 더 타이거보다 더 섹시하다 할 수도 있었지만, 사샤는 그가 피트니스 클럽에 죽치고 사는 형편없는 남자친구일까봐 걱정이었다. 울퉁불퉁한 근육 좀 봐.

코드가 물었다.

"오, 그럼 당신은 필스버리 도보이Pillsbury Doughboy***가 더 좋아? 더

---

* 켈로그 사 제품의 포장과 광고에 등장하는 호랑이 캐릭터.
** 냉동 및 통조림 채소 브랜드인 그린 자이언트의 마스코트로, 근육질의 녹색 몸을 가진 남자.
*** 케이크 제조업체인 필스버리 사의 마스코트로, 요리사 모자를 쓴 흰 밀가루 반죽 캐릭터.

사랑할 수 있을 것 같아?"

"아니, 필스버리 도보이는 너무 하얗잖아. 섹시하지가 않아!"

"커널 샌더스Colonel Sanders*는?"

"으, 싫어! 너무 하얀데다 그 염소수염은 어쩔 거야!"

"퀘이커 오츠Quaker Oats**의 그 남자는?"

"그만해! 인간 마스코트는 죄다 할아버지잖아! 왜 남자들만 섹시한 여자를 얻는 거야?"

"섹시한 여자 누구?"

"미스 치키타Miss Chiquita***?"

사샤가 받아치자 코드도 동의했다.

"끝내주지."

"웬디Wendy****는?"

"싫어."

코드는 코를 찡그렸다.

"잠깐, 리틀 데비는 좋은데 웬디는 싫어? 둘이 다를 게 없잖아."

"헛소리 그만해."

코드는 사샤의 어깨를 장난스레 흔들었다.

"리틀 데비는 엄청 상냥한데다 크림으로 꽉 채워진 케이크잖아. 웬디는 머리 땋은 코넌 브라이언*****처럼 생겼고 햄버거 기름 냄새가 난다고."

그렇게 결론을 내린 두 사람은 불을 끄고 부둥켜안았다. 잠들 때 코

---

* KFC를 창립한 미국의 기업가.
** 주로 시리얼이나 오트밀 등을 생산하는 식품 회사.
*** 바나나를 비롯한 열대 과일을 미국과 유럽에 유통하는 치키타 브랜즈 인터내셔널의 마스코트.
**** 미국의 국제 패스트푸드 식당 체인 웬디스의 마스코트.
***** 미국의 텔레비전 프로그램 진행자 겸 코미디언.

드가 그녀의 귀에 대고 "당신이 최에에에에고야!"라고 속삭였을 때 사샤는 그가 자신의 짝임을 알았다.

멀린이 천둥과 어둠이라면, 코드는 항상 기분이 좋고 정서적으로 편안하며 소박한 즐거움을 아는 순수한 햇살이었다. 그는 아주 많은 것을 즐겼다. 베이컨 샌드위치든 관자구이든 음식을 첫입 베어 물었다 하면 항상 멈칫했다가 행복에 겨운 표정으로 고개를 젖히며 씹었다. '오오오' 하고 감탄하며 신음 소리를 내곤 했다. "좋아. 정말 좋아." 식당에서 직원이 접시를 내려놓으면 코드는 가식 없는 칭송과 욕망으로 가득한, 거의 외설적으로까지 들리는 소리를 내며 살짝 낑낑거렸다. 그는 새 스니커즈의 탄력과 얼굴에 닿는 햇볕의 감촉을 좋아했다. 라디오에서 노래가 나오면 가사를 잘 몰라도, 10대들을 위한 형편없는 노래라도 무조건 따라 불렀다. 영화도 가리지 않아서, 사샤가 보고 싶어 하는 영화라면 뭐든 끝까지 봤다. 그래서 두 사람은 캐서린 키너가 출연한 영화들, 그다음엔 낸시 마이어스가 감독한 작품을 모조리 봤고, 「신부의 아버지Father of the Bride」를 보다가는 둘 다 울면서 앞으로 되감아 스티브 마틴이 딸과 함께 농구를 하는 장면을 다시 보았다.

코드는 축축해진 뺨을 담요로 문지르며 말했다.

"나도 저런 아빠가 되고 싶어. 농구를 테니스로 바꾸기만 하면 돼."

"당신은 컨트리클럽의 스티브 마틴이야."

"저만큼 재미있지는 않지."

"저만큼 재미있지는 않지."

사샤가 애석한 듯 동의하자 코드는 입술을 비쭉 내밀었다.

사샤는 그가 멋진 아버지가 되리라는 걸 알았다. 코드의 조카들은 그를 숭배했다. 코드는 장난을 잘 치고, 우스운 억양으로 조카들에게 말했다. 부활절 토끼가 자기의 절친한 친구라고 믿게 만들고, 견과류

캔 모양의 깜짝 장난감 상자에서 튀어나오는 스프링이 진짜 뱀이라고 생각하는 척하면서 캔을 열자마자 비명을 지르는 짓을 열두 번 넘게 연달아 했다.

두 사람은 아이를 갖자는 데는 합의를 봤으면서도 시간 계획이나 절박함 없이 막연하게 이야기만 하고 있었는데, 6월에 코드의 가장 절친한 친구인 팀에게 아기가 생기자 코드는 안달하기 시작했다. 사샤가 보기에 그는 정말이지 알을 품고 싶어 하는 암탉 같았다. 코드는 아기를 원했다. 거리를 걸으면 다른 남자들이 여자나 오토바이를 곁눈질하듯 유모차를 보면서 작게 휘파람을 불고 멀어져가는 유모차를 눈으로 계속 따라갔다. '저거 여행 가방보다 더 작게 접히는 요요 신제품이네' 혹은 '저건 어파베이비 비스타야. 둘째가 태어나면 밑에 보조 시트를 더할 수 있어'라고 말하곤 했다. 팀의 아기에게 선물을 사줘야겠다며 사샤를 코블 힐의 유아용품점인 피크닉으로 끌고 가서는 꼬박한 시간을 고민한 후 조그만 잠옷과 택시 모양의 작은 딸랑이를 골랐다. 팀의 집에 갔을 땐 기저귀 가는 법을 슬슬 배워두어야 할 것 같다면서 팀을 따라 아기방까지 들어가 기저귀 가는 모습을 지켜보았다.

팀의 아내가 눈을 휘둥그레 뜨고 쳐다보자 사샤는 웃으며 고개를 저었다.

"아기 생긴 거 아니에요. 그냥 신이 나서 저래요."

"기저귀 때문에 신이 나요?"

"워낙 열정이 넘치는 사람이라서요."

사샤는 킬킬거리며 답했다.

아기가 생기면 일이 어떻게 될지 알 수 없었다. 그녀는 다른 대체 인력이 없는 여성 1인 디자인 숍이기 때문에, 프로젝트들을 잠시 멈추고 나중에 고객들이 돌아오기를 바라는 수밖에 없었다. 한 고객은 브루클린에 본사를 둔 침구류 제조업체로, 그녀는 창립 때부터 함께하면서 그들의 로고, 웹사이트, 포장재, 지하철 광고를 디자인했다. 또 다른 고객인 볼티모어의 호화 호텔은 식당 메뉴판과 종이 성냥에서부터 입구 위의 2.5미터짜리 간판까지 모든 것의 디자인을 그녀에게 맡겼다. 크래프트 맥주 양조장, 유기농 이유식 배달 서비스업체, 3D 인쇄업체, (이상하긴 하지만) 중국식 스웨덴 식당도 그녀의 고객이었다. 명절 대목을 넘기고 잠잠해지는 봄에 출산휴가를 쓰면 좋을 것 같았다. 생각만 해도 무섭지만 다른 방법이 없었다.

그날 밤늦게 코드는 사샤에게 말했다.

"당신은 터프한 엄마가 될 거야. 가슴에 아기를 묶어놓고 일을 하는 거지."

"아기한테 포토샵도 가르치고?"

"우리 둘 다 아기한테 일 가르치면서 하루 종일 껴안고 있자."

코드는 사샤의 머리카락에 코를 묻으며 약속했다.

"당신은 준비됐나 봐?"

"난 됐어. 당신은?"

"되어가는 중이야."

사샤는 고개를 끄덕였다. 이제 그녀의 친구들도 아기를 갖기 시작했다. 더 이상 임신이 무책임하거나 정신 나간 일로 느껴지지 않았고, 코드와 그녀를 반반씩 닮은 조그만 인간을 상상하면 엄청 멋지다는 생각이 들기도 했다. 코드가 아기에게 괴상한 목소리로 말하면서 욕조가 야생의 바다인 척 연기하고, 아이를 품에 안은 채 거실을 돌아다니며 춤추는 모습이 벌써부터 그려졌다. 그는 타고난 유치함과 유쾌함을 아버지 역할에 쏟아부을 테고, 그들은 행복하고 완전한 가정을 꾸리게 되리라.

사샤가 어머니에게 전화해 그 문제를 상세히 이야기하자 어머니는 이렇게 말했다.

"사샤, 임신에 완벽한 시기 같은 건 없어. 네 아빠랑 난 완전히 빈털 터리였을 때 네이트를 가졌는데 어떻게든 되더라. 넌 건강하고, 남편을 사랑하고, 마흔이 안 됐잖니. 나 때는 서른다섯 살만 넘어도 '노산'이라고 병원에서 낯부끄러운 종이 팔찌 끼워줬어. 이제 슬슬 준비해."

그들은 임신을 시도하기로 결정했다. 임신을 결심한 친구들이 '우리 이제 피임 안 할 거야'라고 말하고 다니기 시작하면 사샤는 여지없이 웃음이 나왔다. 이제부터 섹스 많이 할 거라는 소리밖에 더 되는가? 그래서 스톡턴 가족에게 그들이 즐거운 계획을 실행할 참이라고 알리는 대신 그저 사샤의 마지막 월경 시작일을 표시해두고 2주 후 닷새 연달아 섹스를 했다. 첫 달은 실패했다. 사샤는 팬티에 묻은 갈색 얼룩을 보고 느껴지는 실망감에 깜짝 놀랐지만, 둘째 달에 월경이 하루 늦어지자 약국으로 달려가 임신 테스트기를 네 개 샀다.

"당장은 몰라."

코드는 실눈을 뜨고 설명서의 작은 활자를 보며 말했다.

"초조해서 못 기다리겠단 말이야."

사샤가 무턱대고 스틱에 소변을 봤더니 대조선 옆으로 흐릿한 분홍색 줄이 하나 더 생겼다. 코드는 고개를 저었다.

"이건 제대로 된 선이 아니야."

"맞을걸, 아주 흐릿해서 그렇지."

코드는 얼굴을 찡그리며 말했다.

"글쎄, 더 진해지는지 지켜보자."

그들은 욕실 세면대에 테스트기를 올려놓은 다음 저녁 식사를 준비하고 한 시간이 지난 뒤 테스트기를 다시 확인했다.

사샤가 말했다.

"아직 흐릿하기는 해도 양성인 것 같아."

"오, 잠깐만."

코드는 설명서를 다시 읽었다.

"첫 30분간의 결과만 유효하대."

"윽, 알았어, 내일 아침에 다시 해보지 뭐. 아침 소변이 덜 묽다니까."

다음 날 아침에도 여전히 선은 흐릿했고, 그다음 날은 조금 더 진해졌다. 네 번째 임신 테스트에서 선명한 붉은색이 나왔다. 사샤는 임신했다.

코드가 알을 품고 싶어 하는 암탉 같았다면, 사샤는 졸지에 둥지를 트는 암탉이 된 기분이었다. 라임스톤 저택을 둘러보면, 예전에 어수선한 잡동사니로 느껴졌던 것들이 이제는 지독한 위험물처럼 보였다. 굴 껍데기에 진주가 담긴 모양의 받침대에 유리가 얹어진 고풍스러운 커피 테이블, 술 장식이 달린 이탈리아제 이동식 바 카트에 진열되어 있는 독한 술, 낡은 전선이 뱀처럼 바닥을 구불구불 기어다니고 있는 본차이나 램프. 베이거나 부딪히거나 감전사당할 만한 기회가 차고 넘쳤고, 사샤는 그 생각만 하면 두드러기가 날 것 같았다.

"코드, 아무래도 조지애나 방을 아기방으로 써야겠어."

어느 날 아침, 식사를 하는 중에 사샤가 제안했다. 코드는 커피를 마시며 시리얼을 먹고 있었다 ― 세 가지 시리얼을 섞어서 국자 같은 스푼으로 그 설탕 곤죽을 입으로 떠넣고 있었다.

"내 옛 방 쓰지 뭐."

그가 시리얼을 씹으며 말했다. 우유가 회색으로 보였다.

"당신 방은 4층인데, 아기는 우리랑 같이 3층에 있을 거잖아."

"어차피 처음 몇 달은 우리 방에 아기 침대 둘 거 아니야? 엄마 말로는 우리를 부모님 방에서 작은 바구니에 재웠다던데."

사샤는 틸다가 바닥의 바구니에 아기를 집어넣은 다음 거기에 어울리는 냅킨과 꽃으로 그 주변을 장식하는 모습을 상상해보았다. 오늘 밤의 테마는 잠깐 눈 붙이기란다! 사샤는 전략을 바꾸기로 했다.

"좋아. 전문가를 불러서 집이 아기한테 안전한지 봐달라고 할 수도 있대. 아기한테 위험할 수 있는 물건을 전부 알려준대."

코드는 웃었다.

"어이구, 우리 집이 위험한 덫이라는 얘기 들으려고 돈까지 쓸 필요는 없어. 지금 당장은 걱정하지 말자고. 기어 다니지도 못하는 아기한테 무슨 문제가 생기겠어. 그러려면 1년은 더 지나야지."

코드는 시리얼 그릇을 두 손으로 들고서 걸쭉한 우유를 쭉 들이켰다. 작은 코코아 크리스피 조각 하나가 그의 입술에 붙었다.

"1년?"

"최소한 그렇지. 지금은 그냥 임신을 즐기자고."

임신을 즐기자. 남자들이야 즐기기가 쉽겠지. 하지만 사샤는 그냥 넘어가기로 했다. 임신이 벌써부터 그녀의 기력을 모조리 앗아가고 있는지 너무 피곤해서 다툴 수도 없었다. 개미들은 매일 낮마다 짧은 낮잠을 200번 잔다고 읽은 적이 있는데, 지금의 그녀에게 너무나 구미가 당기는 얘기였다. 힘이 쭉 빠졌지만, 인터넷에 따르면 무설탕 레드불도 마시면 안 된다고 했다.

수요일에 사샤는 드링크 앤 드로가 열리는 바라의 작업실로 자전거를 타고 갔다. 물론 이 저녁 활동의 절반밖에 참여할 수 없었지만, 솔직히 바라의 와인을 놓치는 건 그리 아쉽지 않았다. 사샤는 친구인 트레버 옆에 이젤을 놓고 다른 사람들의 수다에 귀를 기울였다. 어느 유명한 인테리어 디자이너와 동침하기 시작했던 한 동창은 갑자기 어퍼이스트사이드 일대에서 그림을 팔고 있었다. 또 다른 동창은 할렘 스튜디오 미술관* 전속의 유명 화가였는데, 다들 말로는 대단하다면서도 속으로는 배 아파하고 있었다. 사샤는 달리 덧붙일 이야기가 없었다. 요즘엔 자신만의 세계 속에 있었던지라 대화에 끼는 것이 마냥 행복했다.

누드모델이 도착하자 호의적인 반응이 일었다. 모델은 배가 엄청 불룩한 임신부로 만삭까지는 아니더라도 임신 8개월은 되어 보였다. 다른 화가들은 흥분했지만 – 그런 극단적인 상태의 인체를 그리는 건 신나는 일이었다 – 사샤는 자신의 몸을 다른 식으로 연구하는 듯한 기분이었다. 그녀가 상상했던 완벽한 농구공이 아니라 밑으로 처진 달걀 모양의 배에 배꼽이 골무처럼 툭 튀어나와 있었다. 가슴에는 피부 아래 푸른빛과 자줏빛으로 뒤얽혀 있는 핏줄이 보였다. 사샤는 그림을 그리는 동안 1주일 만에 정신이 확 드는 느낌이었다. 나체의 이 낯선 사람을 보고 있자니 그녀 자신의 임신이 현실로 와닿았다.

"왜 이리 과묵하실까."

바라가 사샤 뒤로 다가와 속삭였다.

"그림 그리느라."

사샤는 모델의 머리카락을 연필로 그린 선들을 엄지손가락으로 번지게 하며 답했다.

"와인도 안 마시고."

"어이가 없어."

사샤는 코웃음을 쳤다.

"네 젖꼭지도 저렇게 커질까? 아니겠지. 그런데, 윽, 임부복은 너무 구려. 너도 짜증나는 임신부들처럼 갑자기 물방울무늬 입고 다닐 거야? 애어른처럼 입고 다니지 않겠다고 약속해."

---

* 아프리카계 미국인 화가들의 작품을 전문으로 전시하는 뉴욕 할렘 지역의 미술관.

"바라, 어떤 임부복을 입을까 의논할 일이 있으면 그렇게 할게. 지금은 그만둬."

사샤의 말에 바라는 의기양양하게 미소 지으며 자리를 떴다.

8주째 임신이 확정되고 의사가 스캐너로 벌새 소리 같은 작은 심장 박동을 들려주었을 때 사샤는 어머니에게 소식을 전했다.

"오, 사샤! 정말 잘됐다! 전부 다 이야기해줘! 어떻게 된 거야?"

"엄마! 정말! 그 얘기는 안 할 거예요."

"얘는! 그 얘기를 해달라는 게 아니라. 미안, 어떻게 된 건지는 말하지 마. 그냥 만세야! 너희 둘 다 잘했어! 구역질나지는 않아? 졸리지는 않고?"

"괜찮아요, 엄마, 그냥 피곤해서 그렇지. 그래도 정말 신나요. 엄마는 잘 지내요? 아빠는요?"

"오, 우리야 잘 지내지. 잠깐, 애, 아래층으로 내려가야겠어."

어머니가 카펫 깔린 계단을 쿵쿵거리며 내려가 복도를 휙 하니 지나가는 소리가 희미하게 들렸다. 문이 삐걱거리며 열렸다 닫히고, 또 한 번 끼익, 쾅. 개가 초조하게 짖었다.

"됐다. 네 아빠한테 안 들리게 하려고."

"지금 어디예요?"

"식료품 저장실."

사샤는 웃었다. 부모님 집의 식료품 저장실은 피클과 토마토소스 병이 소문이 날 정도로 넘쳐나니, 어머니는 지금 꽉 찬 선반들 사이에 비좁게 끼어 있는 게 분명했다.

"왜요?"

"네 아빠가 아무한테도 말 안 하고 있지만, 요즘 호흡 곤란이 좀 있어. 천식용 흡입기를 쓰고 있는데 별 효과가 없네."

"세상에, 엄마! 아빠 괜찮아요?"

"요전날 밤에는 무서워 죽는 줄 알았어. 한 시간이나 기침을 하면서 쌕쌕거리지 뭐니."

"알았어요. 언제 그랬어요? 왜 나한테 말 안 했어요?"

"괜히 너 걱정할까봐 그랬지. 바로 근처에 아들 녀석들이 있는데 너까지 걱정시킬 필요는 없잖니."

"당연히 걱정되죠, 엄마. 병원에 모시고 가면 안 돼요?"

"내일로 예약 잡아놨으니까 병원에 가기만 하면 돼."

"나도 같이 갈까요?"

"그럴 필요 없어, 얘. 유난 떤다고 네 아빠가 싫어할 거야. 그냥 몸이 좀 안 좋은 거라고 계속 그러는데. 보트 시동 걸 때도 숨을 헐떡이더라. 세게 잡아당겨야 시동이 걸리잖니. 그렇게 무섭게 잡아당기다가는 우리 중 하나는 그 손에 맞아서 눈에 멍이 들지도 몰라."

어머니는 킥킥거렸다.

"자, 이제 여기서 나가야겠다. 내가 말했다는 거 아빠한테는 비밀이야. 그리고 네 일은 정말 잘됐다, 사샤. 네 얘기만 즐겁게 해야 하는데 화제를 바꿔서 미안하구나!"

"아녜요, 엄마가 정말 기뻐하신다는 거 알아요. 얼른 엄마랑 같이 아기방 꾸몄으면 좋겠어요."

"너만 준비되면 언제든 갈게, 사샤."

그렇게 작별 인사를 나누었고 사샤는 전화를 끊은 뒤 전화기에다 얼굴을 찌푸렸다. 갑자기 너무 멀게 느껴졌다. 좌절감에 속이 답답해진 사샤는 거실로 성큼성큼 들어가 옛 CD가 담긴 20여 개의 케이스를 들어올려 봉투에 쏟아버렸다. 대리석으로 덮인 사이드 테이블의 좁다란 서랍을 열어 온갖 종류의 볼펜, 오래된 포스트잇, 클립을 끌어모아 봉투 속으로 떨어뜨렸다. 사샤는 미친 여자처럼 거실을 돌아다니며 옛 잡지들과 먼지투성이 자수 베개 하나, 어느 기계의 짝이었는지 알 수 없는 리모컨 하나, 오래된 배터리로 가득 찬 집록 봉투 하나, 그리고 예전엔 고가였을지 몰라도 이제는 그럴 가능성이 거의 없어 보이는 유리병 속의 작은 배를 봉투에 던져 넣었다. 상관없었다. 누구에게든 들키기 전에 봉투를 들고 지하층으로 쿵쿵 내려가 골목으로 나간 다음 이웃집의 쓰레기통 속에 묻어버렸다.

11
조지애나

DC에서의 회의가 끝난 후 조지애나는 브래디에게 문자메시지를 보냈다.

'당신이 유부남이라는 거 알아요.'

그녀는 전화기를 끈 채 잠들지도 완전히 깨지도 않은 상태로 사흘을 침대에서 뒹굴었다. 비참하고 괴로웠다. 월요일 아침, 더 이상 숨어 있을 수만은 없어 7시에 일어나 샤워를 하고 옷을 입고, 사무실에서 먹을 점심 도시락을 쌌다. 아파트 건물에서 나갔더니 입구 계단 옆에 브래디가 종이컵에 담긴 커피 두 잔을 들고 서 있었다. 조지애나는 마음이 아파 그의 얼굴을 제대로 쳐다보지도 못하고 커피를 받아들었다. 그들은 얘기를 나누기 위해 프로미네이드로 걸어가 벤치에 앉았다. 맑고 포근한 날이었다. 운동하는 사람들은 쌩하니 달려가고, 유모차를 끌고 나온 보모들은 납지 봉투에서 크루아상을 꺼내어 조그만 아이들에게 먹였다. 절벽 밑, 부두 너머로 페리들이 통통거리며 강줄기를 따라가고, 큼직한 오렌지색 바지선 한 척이 구슬픈 기적을 울렸다. 조지애나의 마음이 부서졌는데도 여전히 돌아가는 세상이 불만스러운 듯.

조지애나는 속이 텅 빈 느낌이었다. 관자놀이가 욱신거리고, 배 속이 당겼다. 커피를 든 손을 무릎에 얹고 있었다. 컵을 입술까지 들어올릴 힘이 도무지 나지 않을 것 같았다.

브래디가 운을 뗐다.

"정말 미안해요, 조지애나. 당신이 이미 알고 있는 줄 알았어요. 당신이 모른다는 걸 알았을 때 어떻게 말해야 할지 모르겠더군요. 너무 늦은 것 같았어요."

"내가 어떻게 알겠어요? 당신이 말 안 해주는데."

"그래, 맞아요. 하지만 회사 사람들 전부 아는 줄 알았죠. 아미나도 여기서 일했거든요. 프로젝트 매니저였는데, 몇 년 전에 시애틀의 게이츠 재단에 일자리를 얻어서 떠나야 했어요. 나도 거기에 취직하거나 아니면 다른 일자리를 찾아서 떠날 계획이었지만, 난 그러고 싶지 않았어요. 뉴욕이 좋으니까. 내 일이 좋으니까요. 그래서 그냥 이렇게 지내기로 했죠. 나는 여기 살고, 그 사람은 시애틀에 살면서 주말에 아미나가 여기로 오거나 내가 그쪽으로 가거나."

"그럼 시애틀에서 열렸다는 말라리아 회의도 아내를 보러 간 거였어요?"

"아니요, 정말 회의가 있었어요. 아내 집에서 묵긴 했지만."

"회사 사람들 모두 당신 아내를 아는군요. 그래서 우리 일을 아무도 모르는 거고."

"정말 미안해요, 조지애나. 왜 당신을 속였는지 설명을 못하겠어요. 그냥 우리 관계를 끝내고 싶지 않았어요."

"아내를 사랑해요?"

"그래요. 하지만 당신도 사랑해요."

브래디는 손가락이 하얗게 질리도록 벤치 가장자리를 꽉 붙잡고서 조지애나를 뚫어져라 바라보았다. 조지애나는 고개를 젓고는 일어나, 홀로 컬럼비아 하이츠를 걸어 사무실까지 갔다. 비틀비틀 저택 계단을 올라 거대한 입구 홀을 가로지르고 보조금신청팀을 지나, 하녀 방 같은 비좁은 사무실로 들어가 컴퓨터를 켠 다음 그 후 몇 시간 동안 창문에 달라붙은 이파리 하나를 빤히 바라보고만 있었다.

그녀는 하루 종일 책상에서 일어나지 않았다. 복도에서 그와 마주칠까봐 주방이나 화장실에도 가지 못했다. 화요일인 다음 날, 공원에서 브래디와 테니스를 치는 대신 일찍 퇴근해 운동복으로 갈아입고 네이비 야드Navy Yard*까지 가서 덤보의 끝없는 공사 현장 사이를 달리며, 이어폰을 통해 쾅쾅 울려대는 음악 소리로 잡념을 몰아냈다. 잠이 오지 않았고, 말 그대로 절망에 미칠 것만 같아서 출근하기 전 아침마다 달렸다. 7시 전에 8킬로미터를 달리고, 저녁에 5~6킬로미터를 더 달렸다. 정강이가 아파오고 고관절이 당길 때까지.

1주일 내내 상사와 함께 출장 중이었던 리나는 금요일 저녁에 와인 두 병과 파스카티 피자 한 판을 들고 찾아왔다. 그들은 루프 덱에 앉아 스태튼 섬으로 지는 석양을 지켜보았고, 리나는 조지애나의 어깨에 머리를 기대었다.

"정말 유감이야, 조지애나. 그런 쓰레기 같은 자식이었다니."

"그런 인간이라는 걸 믿을 수 없다는 게 문제야. 그 사람이 나를 사랑한다고 정말 확신했거든."

"하지만 널 속였잖아. 처음부터 그 어마어마한 사실을 숨기고 있었어. 그 자식을 보기는 했어?"

"오늘 복도에서 몇 번 보기는 했는데 그냥 고개를 숙여버렸어. 못

---

* 브루클린 북서쪽에 있는 조선소 단지.

쳐다보겠더라. 화가 나서가 아니라 아직도 그를 너무 원하거든. 굴욕적이야. 나는 왜 이렇게 한심할까?"

"한심한 게 아니야, 조지애나. 가슴이 아픈 거지."

물론 조지애나가 그 존재를 알기만 했다면 도처에 남아 있는 아미나의 흔적을 알아보았을 것이다. 작은 하녀 방에서 조지애나를 에워싼 회사 뉴스레터 과월호에는 솔로몬 제도에서의 결핵 검사, 아이티에서의 생식 보건, 콩고민주공화국에서의 경구용 콜레라 백신 프로그램에 관한 수년간의 일화가 담겨 있었다. 조지애나는 그 기록을 자세히 살피면서, 작은 캡션에 아미나의 이름이 들어가 있는 사진을 보고 또 보았다. 교실에서 가르치며 화려한 색채의 해부도를 가리키는 아미나. 클립보드를 들고 냉각기 위로 몸을 구부린 채, 카키색 조끼를 입은 남자와 함께 투약량을 계산하는 아미나. 조지애나는 아미나에 대해 어느 정도는 알고 있었던 게 아닐까? 브래디가 그녀를 속인 걸까, 아니면 그녀가 스스로를 속여온 걸까?

다음 주 화요일, 일이 끝난 후 힉스 스트리트를 걸어 집으로 가고 있는 조지애나를 브래디가 붙잡았다.

"잠깐 얘기 좀 할래요?"

조지애나는 얼굴로 피가 쏠리고 목구멍에서 사타구니까지 통증이 느껴졌다. 그녀는 고개를 끄덕이고 그를 자신의 아파트로 데려갔다. 문이 닫히자마자 그들은 키스하기 시작했다. 조지애나는 굶주린 듯 자신의 입술로 그의 입술을 비벼댔다. 눈물이 줄줄 흘러내렸지만 멈출 수 없었다. 그녀는 울며 그에게 키스했고 셔츠와 브래지어와 바지를 벗었다. 브래디는 그녀의 목과 배에 입을 맞추고 그녀를 침대에 눕힌 후 그녀 위로 올라갔다. 조지애나는 그에게 압도당했다. 다시는 그럴 일이 없으리라 확신하고 있을 때 그를 만지게 되다니, 그렇게 흥분

될 수가 없었다. 브래디가 그녀 안으로 들어왔고, 그녀는 그에게 또 키스했다. 해가 질 때 일을 다 치른 그들은 기진맥진한 채 아무 말 없이 침대에 누워 있었다. 그들은 병자들처럼 치즈와 크래커로 저녁을 때우고, 서로 몸을 감은 채 꼭 붙어 잤다. 조지애나는 1주일 만에 처음으로 진정한 휴식을 취하는 기분이었다.

그러고 나서는 아무것도 변하지 않은 듯했지만, 뭔가가 변하긴 했다. 묘한 방식으로 그들 사이에 새로운 긴장감과 진지함이 생겼다. 그들은 더 이상 함께 테니스를 치지 않고 – 단둘이 있을 수 있는 시간을 허비하는 것처럼 느껴졌다 – 대신 침대에서 많은 시간을 보냈다. 브래디는 그녀에게 상냥했다. 눈을 가린 머리카락을 치워주고, 가끔은 자기 밑에서 그녀가 사라져버릴까 두려운 듯 그녀를 바라보기도 했다. 이 관계가 어떤 결말을 맞을지 도무지 알 수가 없었다. 브래디는 아미나를 떠날까? 조지애나는 수천 킬로미터 떨어진 곳에 마음을 둔 남자와의 절망적인 사랑에 온 청춘을 바치게 될까? 그들은 그 일에 관해서 한마디도 입 밖에 내지 않았다. 그와 함께할 때면 조지애나는 마법이 깨져서 그가 연기처럼 사라져버릴까 너무 두려웠다.

브래디의 아파트는 다른 여자의 집처럼 느껴지지 않았다. 처음 그의 집에 갔을 때 조지애나는 향수병으로 뒤덮인 화장대, 선반 위의 액자 사진들, 욕실의 탐폰과 화장품을 보게 되리라 확신하며 긴장했다. 세면대 밑에 탐폰이 있긴 했지만, 여자의 집은 아니었다. 브래디의 집이었다. 지도들, 모로코에서 산 두툼한 양탄자들, 캄보디아산 황동 불상, 문가의 농구 스니커즈와 운동화로 가득했다. 냉장고는 맥주와 핫소스로 꽉 차 있고, 벽에 자전거 한 대가 매달려 있고, 침대에는 깔끔한 파란색 덮개가 씌워져 있고, 침대 옆 테이블에는 전기가 쌓여 있었다. 조지애나는 아미나가 나가기 전엔 어떤 모습의 집이었을까 궁금해졌다. 혼수용 도자기 세트는 아미나가 시애틀로 가져갔을까? 샴페인 잔 세트도 있었을까? 외식만 하는 미혼남은 절대 살 생각을 하지 않을 크리스털 케이크 받침대는? 시애틀의 아파트에는 브래디의 흔적이 남아 있을지, 올드 스파이스 데오드란트, 면도기, 콘돔 상자가 있을지 궁금했다.

그 부분은 차마 생각조차 할 수 없었다. 그녀가 사랑하는 사람이 다른 누군가와도 섹스를 하고 있다는 사실. 그들은 현명하게도 그 문제를 논하지 않았지만, 그녀가 감수해야 할 분명한 사실이었다. 브래디가 시애틀에서 주말을 보내고 돌아왔을 때 조지애나는 혀를 깨물며 참아야 했다. 브래디가 아내를 올라타 그녀의 얼굴에 키스하고 그녀의 손을 잡고 그녀와 함께 땀투성이가 된 모습을 억지로 머릿속에서 쫓아내야 했다.

가끔 조지애나는 브래디가 사라지고 홀로 남은 그녀가 그의 등에 난 작은 주근깨들을 그리워할 날을 대비하여 브래디의 모습을 그녀의 기억에 새겨두려 애쓰고 있는 듯한 기분이 들었다. 또 어떤 때는 두 사람이 함께하는 미래가 앞에 펼쳐진 것처럼 느껴지기도 했고, 브래디가 그런 삶을 시험해보고 가볍게 상상하는 것이 보이기도 했다. 그들은 두 사람의 잠버릇이 같다는 사실을 발견했다. 한쪽 발의 엄지발가락과 둘째 발가락으로 다른 쪽 발꿈치 위의 아킬레스건 부근을 죄는 것이다.

브래디가 말했다.

"우리한테 아기가 있다면 꼭 그렇게 자겠죠."

조지애나는 미소를 지으며 답했다.

"우리한테 아기가 있다면 대단한 운동선수가 될 거예요."

"머리카락은 당신을 닮았으면 좋겠는데."

"얼굴은 당신을 닮아야 하는데."

"가슴은 당신을 닮아야 하는데."

"남자애라면 이상하잖아요. 조그만 남자 아기한테 여자 가슴이 달려 있다니."

브래디는 엄숙하게 약속했다.

"어찌 됐든 난 아기를 사랑하겠습니다. 아름다운 가슴과 기다란 갈색 머리와 거뭇거뭇한 수염 자국이 난 얼굴을 가진 우리의 조그만 남자 아기를."

아미나가 온 주말에 조지애나는 브래디와 함께 있을 수 없었고, 비참해서 온몸이 뜯겨나가는 기분이었다. 그녀는 크리스틴, 리나와 함께 밖에서 저녁을 먹으며 크리스틴의 상관이 회의를 할 때마다 꼭 에어팟을 낀다는 이야기에 귀를 기울이려 애썼다. 카지노에서 어머니와 테니스를 친 후 아파트에서 점심을 함께 먹을 땐, 코드의 예일대 동문 회지를 읽으며 사교 모임으로 알게 된 지인들의 자식을 찾고 있는 어머니 옆에 말없이 앉아 있었다. 달리가 브래디에 관해 묻자 조지애나는 어깨를 으쓱하며 흐지부지될 것 같다고 중얼거렸다. 브래디가 유부남이라고, 누군가의 남편이라는 걸 알면서도 그와 동침하고 있다고 언니에게 말할 수는 없었다.

월요일에 조지애나는 행복한 기분으로 깨어났다. 아미나가 떠날 테고 브래디는 다시 그녀의 것이 된다. 서고로 가는 중에 복도에서 마주쳤을 때 브래디는 손을 뻗어 그녀의 팔을 꽉 쥐었고, 두 사람은 바보처럼 서로에게 씩 웃어주고는 반대 방향으로 잽싸게 종종걸음을 쳤다.

이제 귀를 기울이니 어디서나 아미나에 관한 이야기가 들렸다. 점심시간에 브래디의 1층 친구들은 대화 내내 시애틀을 언급했다. 그를 2인칭 복수로 칭하며 이렇게 묻는 것이었다. "너희 전몰장병기념일에 메인 주로 돌아갈 거야?" "너희 그 프리우스 리스할 거야?" 브래디를 그렇게 잘 아는 동료들이 조지애나는 이름도 잘 모르는 듯했다. 조지애나의 주말 계획을 묻거나, 심지어는 새 스웨터에 대해 한마디 해주는 사람 한 명 없었다. 동료들은 친절했지만, 그녀의 친구가 아니었다. 어떤 면에서는 도무지 이해되지 않았다. 그녀는 브루클린, 바로 이 동네에서 자랐지만, 사무실 사람들은 그녀가 일상에서 알고 지내는 이들과 닮은 구석이 거의 없었다. 그녀의 부모는 골프를 치는 반면, 동료들은 요가를 했다. 그녀의 부모와 친구들은 플로리다 주에서 휴가를 보내는 반면, 동료들의 휴가지는 에콰도르와 코스타리카였다. BMW 대 스바루, 홀 푸드 마켓Whole Foods Market* 대 농산물 직판장, 반들반들한 윙팁** 대 버켄스탁Birkenstock***과 양말이었다.

1층에서 일하는 샤런이라는 여자가 있었다. 샤런은 희끗희끗한 단발 – 차가운 느낌의 멋스러운 반백이 아니라 부스스하고 누런 잿빛이었다 – 에 허리와 겨드랑이 부분이 항상 쭈글쭈글 구겨져 있는 듯한 리넨 옷을 입고 다녔다. 그리고 뻔질나게 위층을 드나들면서 사람들이 청하지도 않은 등 마사지를 해주었다. 샤런이 좋은 사람이라는 건 알았지만, 조지애나는 샤런이 그녀의 어깨를 문질러줄 때마다 얼른 끝내고 다른 사람에게 넘어가기를 막연한 두려움에 사로잡힌 채 기다리곤 했다. 메리라는 여자도 있었는데, 윤기 흐르는 짧은 금발에 항상

---

* 유기농 제품을 주로 판매하는 고급 식료품 마트.
** 코끝을 날개 모양으로 만든 구두.
*** 밑창이 평평한 가죽 샌들의 상표명.

프랑스제 향수 냄새를 풍겼지만, 네팔에서 산 옷 – 가랑이 부분이 밑으로 축 처져 있는 실크 하렘 바지와 자수 놓인 상의 – 만 입었다. 재킷에는 '티베트에 자유를FREE TIBET'이라고 적힌 핀을 꽂았고, 책상에는 작은 플라스틱 불상을 휴대전화와 함께 올려놓았다. 희끗희끗한 긴 머리를 포니테일로 묶고 작은 존 레넌 안경을 쓰고 다니는 남자들도 있었다. 코중격에 피어싱을 하고 점성술 기호를 문신으로 새긴 조지애나 또래의 여자들도 있었다. 조지애나라면 문신을 하자마자 삭발을 당할 터였다.

직장 동료들과 친분을 쌓지 못한 것을 문화적 차이 탓으로 돌리기 쉽겠지만 브래디 때문이기도 했다. 직장 생활 전체가 가식이고, 그녀가 가장 조심해야 할 곳이며, 그녀와 브래디의 끔찍한 비밀이 집결된 곳인데 어떻게 진정한 우정을 쌓을 수 있겠는가? DC 회의 이후로 보조금신청팀의 메그가 그녀와 친해지려 애쓰는 듯한 느낌이었다. 점심시간에 테이블에서 조지애나를 본 메그는 그녀 옆에 앉았다. 그들은 메그의 마감 기한에 대해, 메그의 일정에 대해, 메그가 다녀올 파키스탄 여행에 대해 정답게 수다를 떨었다. 대개는 프로젝트 매니저들만 현지에 나갔지만, 국제개발처USAID가 여성 보건을 지원하기 위해 향후 10년간 새롭게 내놓을 거액의 보조금을 두고 경쟁하는 상황이기 때문에 메그는 제안서 작성에 도움을 얻고자 동행할 예정이었다. 첫 중동 현장 방문은 그녀의 경력을 위한 거대한 한 걸음이 될 터였다. 요즘 점심시간마다 그들이 메그에 관해서만 이야기하고 있다는 걸 조지애나도 눈치채고 있었지만, 어떤 면에서는 그러는 편이 우정 쌓기에 더 편하기는 했다. 당혹스럽게 주말 계획을 털어놓을 필요도 없었다('오, 난 우리 동료 브래디랑 네 번 섹스하고 알몸으로 태국 음식 먹을 계획이에요, 브래디 기억하죠?').

조지애나는 브래디와의 관계 때문에 다른 친구들과의 사이에도 작은 벽이 생겨나고 있음을 알고 있었다. 리나와 크리스틴은 조지애나가 브래디의 아내에 관해 알고 난 후 그와 헤어졌다고 생각했다. 조지애나는 토요일 밤을 브래디와 함께 보내면서 파피와 해처를 보고 있다는 둥, 피곤하다는 둥, 외출할 기분이 아니라는 둥 거짓말을 했다. 친구들은 그녀가 우울증에 걸렸다고 걱정하며 나오라고 설득했지만 조지애나는 그들을 무시하고 전화기 소리를 꺼버렸다. 달리를 속이기는 더 수월했다. 자기 아이들 챙기느라 바빠서 주말에 어느 파티에든 나가라고 조지애나를 채근할 여유가 없었기 때문이다. 하지만 달리가 브래디와 조지애나의 관계를 얼마나 못마땅해할지 뻔히 알기에 수치심이 느껴졌고, 그래서 지레 언니에게 짜증이 났다. 달리가 운 좋게 경영대학원에서 일생의 사랑을 만났다고 해서 다른 모든 사람도 간단히 그럴 수 있는 건 아니었다. 엉뚱한 상대와 깊고도 아픈 사랑에 빠져보지 않은 사람은 결혼의 신성함에 대해 쉽게 교만해질 수 있다.

브래디가 파키스탄으로 떠난다는 사실을 알게 된 조지애나는 짜증이 나서 약간 칭얼대듯 물었다.

"출장 다녀온 지 얼마 안 됐잖아요?"

"몇 달 동안 프로젝트를 안 맡았어요. 현장에 나가야 제맛인데."

"얼마나 나가 있을 것 같아요?"

"한 달 정도?"

조지애나는 입술을 삐죽였다.

"이런 최악의 일이 나한테 벌어지다니."

브래디는 그녀의 코에 키스하며 말했다.

"그런 것도 아니에요. 전화기에 왓츠앱WhatsApp 깔아놓으면 언제든 얘기할 수 있으니까."

브래디가 떠나기 전 주말, 두 사람은 침대에서 거의 나오지 않았다. 그들이 섹스 낙타라고 우스갯소리를 하면서, 브래디가 사막으로 떠나기 전 그들의 혹에 최대한 많은 섹스를 비축해두었다. 일요일에 조지 애나가 샤워를 마치고 나오자 브래디가 죄지은 듯한 표정으로 등 뒤에 뭔가를 숨기고 있었다.

"뭐 해요?"

조지애나가 묻자 브래디는 털어놓았다.

"쪽지를 남기는 중이에요. 내가 떠나 있는 동안 찾을 수 있게 아파트 여기저기에 숨겨놓으려고. 이제 눈을 감든가, 아니면 욕실로 다시 들어가든가 해요."

조지애나는 씩 웃고는 욕실로 돌아가 거울 앞에서 머리를 빗으며, 브래디가 거실을 돌아다니면서 베개를 들어올리고 서랍을 여닫는 소리를 들었다. 그날 밤 브래디가 떠난 후 조지애나는 식료품 저장실에서 빵에 붙어 있는 쪽지 하나를 발견했다.

'당신 엉덩이는 빵빵해.'

조지애나가 브래디에게 작별의 키스를 한 후 나흘째 되는 날, 회사 창립자가 전 직원을 2층 다이닝 룸에 집합시켰다. 조지애나는 들어가자마자 뭔가 끔찍한 일이 벌어졌음을 직감했다. 사람들의 표정이 괴롭고 혼란스러워 보였다. 안내 데스크 직원인 샤런은 안경 뒤로 눈물을 주르르 흘리며 티슈로 코를 닦고 있었다. 조지애나는 알 것 같았다. 브래디에게 일이 생긴 것이다. 그런 예감이 그녀를 휙 하니 관통했다. 차가운 통증이 팔을 타고 내려가 배 속을 날카롭게 찔렀다. 단체 설립자가 울먹이며 갈라진 목소리로 말했다. 보조금신청팀의 메그, 디비야라는 프로젝트 매니저, 그리고 브래디가 파키스탄 동부의 라호르에서 카라치행 비행기를 탔다고 했다. 조종사는 기술적 문제를 보고하고 비행기를 라호르 쪽으로 되돌렸다. 도시에서 55킬로미터 떨어진 지점에서 비행기가 추락했다. 생존자는 없었다.

'생존자는 없었다'라는 말을 들었을 때 조지애나는 벽에 손을 짚어 겨우 몸을 가누었다. 시야가 작은 핀만 한 빛으로 좁아지고, 발밑의 바닥이 옆으로 흔들리는 듯했다. 손바닥으로 오래된 벽지를 느끼며 그녀는 자신이 서 있는지, 쓰러지고 있는지 가늠하지 못한 채 어둠 속에 서 있었다. 아주 작은 구멍으로 좁아졌던 시야가 활짝 열려 다시 볼 수 있게 되었을 때, 주변의 모든 사람이 겁에 질려 손으로 입을 막고 있었다. 조지애나는 그 누구도 쳐다볼 수 없었다. 그녀의 자리로 돌아갈 수 없었다. 조용히 계단을 내려가고 현관을 지나 거리로 나갔다. 어디로 가고 있는지 그녀 자신도 알 수 없었다.

브래디가 죽었다. 그의 몸, 주근깨투성이의 등, 잘 때 발목을 꽉 움켜쥐었던 발가락들 전부 조지애나가 한 번도 본 적 없고 앞으로도 가지 않을 어딘가에서 잿더미가 되어버렸다. 다시는 그를 안지 못하리라. 그의 얼굴을 보지도, 그의 입에 키스하지도, 심지어 그녀가 그토록 열렬히 숭배했던 몸을 바라보며 애도하지도 못하리라. 그녀는 어린 시절 집의 돌계단을 휘청휘청 올라가 열쇠로 문을 열고 들어갔다. 너무 심하게 울어서 숨이 가쁘고 앞이 보이지 않았다. 조지애나는 그녀의 방 밖에 핸드백을 떨어뜨려놓고 벽장 속으로 기어 들어갔다. 옷걸이 봉에 걸린 옷들을 끌어내려, 숨을 쉴 수 없을 때까지 퀴퀴한 천에다 얼굴을 묻었다. 구석에 숨겨두었던 나무 비버를 차버렸다. 그녀는 철부지였다, 어리석은 철부지. 그런 그녀를 브래디는 봐주었다. 그를 향한 사랑은 수치스러웠지만, 이글이글 타오르는 힘으로 그녀를 가득 채워주기도 했다. 이제 브래디가 사라졌으니 그 힘을 다시는 느끼지 못하리라.

배가 아플 때까지, 앞이 안 보일 때까지, 얼굴이 퉁퉁 붓고 피부가 얼룩덜룩해질 때까지 조지애나는 울었다. 몇 시간이나 지났을까, 계단을 쿵쿵거리며 올라오는 소리가 들리더니 벽장문이 천천히 열렸다.

사샤였다.

"조지애나, 왜 그래요? 괜찮아요?"

"내가 끔찍한 짓을 저질렀어요."

조지애나는 사샤에게 털어놓기 시작했다.

12
달리

"나는 태어나기 전에 꼬리가 달려 있었어."

파피는 달리의 눈을 들여다보며 진지하게 말했다. 그들은 힉스 스트리트의 터트Tutt라는 작은 식당에서 저녁을 먹는 중이었고, 파피의 턱에는 토마토소스가 크게 한 덩어리 묻어 있었다.

"꼬리가 있었다고?"

판타지 세계의 이야기인지, 현실 세계의 이야기인지 확신하지 못한 채 달리가 물었다.

"꼭 올챙이처럼 꼬리가 있었어."

"우리 둘 다 올챙이처럼 꼬리가 있었어."

해처는 맞장구를 치며, 샐러드에서 올리브와 피망을 모조리 꼼꼼하게 골라내어 테이블에 얹고 있었다.

"엄청 빨리 헤엄칠 줄도 알았는데, 그러다가 알이 됐어."

파피의 말에 달리는 묻는 듯한 눈으로 맬컴을 쳐다보았다.

"꼬리가 없었다는 거 알지? 인간은 꼬리가 없어."

맬컴이 설명해주자 파피는 발끈하며 받아쳤다.

"있었다니까! 올챙이처럼 꼬리가 있었는데 알이 돼서 엄마 배 속에서 자란 거야!"

달리는 웃음을 터뜨리다 속삭였다.

"맬컴, 얘는 자기가 정자였을 때를 얘기하는 거야."

과학 시간에 보건과 인간의 성을 가르치기 시작할 거라는 학교 통지문이 날아오더니, 그 수업이 시작된 모양이었다. 달리는 꼰대처럼 굴고 싶지는 않았지만, 그녀가 어렸을 적엔 5학년이 되어서야 성교육을 받았다. 그래도 인터넷보다는 학교에서 배우는 게 낫겠다 싶었다. 파피가 라켓 클럽에서 정자 얘기를 꺼내지만 않기를 바랄 뿐이었다.

30년 전 달리가 다니던 시절부터 헨리 스트리트 스쿨은 장학금 기금을 마련하기 위해 가을마다 경매를 열었다. 쫙 빼입은 부모들이 학교 체육관으로 몰려 들어가 유명 요리사가 준비한 식사, 뉴욕 닉스 경기의 앞줄 좌석, 몇 주 동안의 요트 여행에 수만 달러를 불렀다. 심지어 한번은 휘티스 시리얼 상자에 등장한 올림픽 메달리스트에게서 수영을 배울 수 있는 기회까지 경매에 나온 적도 있었다. 지난 수년간 스톡턴 가족은 스키 여행, 열기구 탑승, 〈내셔널 지오그래픽〉 전속 사진가와 가족사진 찍기, 코드의 5학년 급우들이 그린 솔직히 흉측한 4,000달러짜리 그림을 낙찰받았다.

학교는 가족들이 후하게 기부하고 경쟁적으로 입찰에 응하도록 부추겼고, 가족들에게는 최고의 인맥을 제대로 뽐낼 수 있는 기회였다. 사위가 MLB의 경영진이라면, 양키스와의 팬 미팅을 확보할 수 있었다. 마크 모리스 댄스 그룹Mark Morris Dance Group의 이사라면, 주역 무용

수들의 거실 공연을 주선할 수 있었다. 거의 모두가 롱아일랜드나 리치필드 카운티에도 집을 한 채씩 갖고 있었기 때문에 그곳으로의 여행을 제안하는 건 그리 특별하지 않았지만, 애스펀이나 낸터킷 섬이나 세인트존에 한 채 더 있다면 연간 선물로 최고였다. 거기까지 타고 갈 비행기를 마련해준다면 금상첨화였다.

달리가 중학생이었을 때, 그들이 제안할 수 있는 최고의 선물이 뭔지 이해한 스톡턴 가족은 해안가의 땅을 더 사들였다. 그리고 비어 있는 건물에서의 테마 파티 ─ 텅 빈 브루클린 하이츠 영화관에서의 오스카 파티, 원래 제인의 회전목마가 있었던 곳에서의 가면무도회, 한때 네이비 야드의 일부였던 곳에서의 살인 미스터리 게임 ─ 를 경매에 내놓곤 했다.

올해 틸다는 몬터규 스트리트의 옛 호텔 보서트에서 할리우드 추억의 밤 파티를 열겠다는, 그 어느 때보다 야심만만한 계획을 세웠다. 호텔은 여호와의 증인이 2008년에 브루클린 하이츠의 부동산을 처분하기 시작했을 때 매각된 곳으로, 스톡턴 가는 그 건물을 차지하기 위한 5년간의 입찰 전쟁에 참여했다. (총액이 1억 달러가 조금 안 된다는 소문이 있었다.) 대리석 로비, 거대한 샹들리에, 그리고 1950년대에 다저스가 월드시리즈 우승을 축하한 곳으로 유명한 2층짜리 옥상 식당을 갖춘 아름다운 건물이었다. 30년 동안 대중에게 공개된 적이 없는 그 호텔을 주민들은 무척이나 궁금해하고 있었다. 누가 봐도 웅장하고 혹할 만한 건물이었고, 솔직히 틸다가 하룻저녁 로비 바닥에서 땅콩버터 샌드위치를 먹게 해준다고 해도 사람들은 그저 그 문 안으로 들어가보겠다고 미친 듯이 경쟁을 벌였을 것이다.

학교 경매 행사는 두 부분으로 나뉘어 있었다. 공개 경매와 입찰식 경매. 최근 몇 년간은 입찰식 경매를 앱으로 옮겨, 사람들이 한데 어울려 한잔하는 동시에 전화기로 입찰에 참여할 수 있도록 했다. 달리는 어머니와 함께 미리 카탈로그를 훑어보고, 예의상 응찰할 항목과 정말로 낙찰받고 싶은 항목을 꼼꼼히 정해놓았다. 공개 경매에서는 틸다가 유명 요리사 톰 스토크의 10코스 요리에 응찰하기로 했다. 톰의 아이가 파피와 같은 반이었고, 아이를 학교 앞에 내려줄 때 톰과 가끔 만났기 때문이다. 입찰식 경매에서는 달리가 마서스 비니어드 근처의 개인 소유지인 노션 섬의 별장에 응찰하기로 했다. 포브스 가의 친구들도 그곳에 집이 있으니 함께 모이면 재미있을 것 같았다. (노션 섬에는 집이 서른 채밖에 없었는데 전부 포브스 가의 소유였다. 자녀를 포스브 가와 혼인시키지 않는 이상, 틸다가 그곳의 집에 가볼 수 있는 유일한 기회는 경매뿐이었다.) 물론 파피와 해처의 학급에서 만든 미술품 – 아이들의 얼굴을 실크스크린 기법으로 날염한 퀼트, 아이들이 흔들리는 글씨로 서명해놓은 캔버스 슬링 체어 – 에도 예의상 응찰할 예정이었다. 둘 중 어느 것도 낙찰받고 싶지 않았지만, 그 작품들이 적어도 네 자리 숫자의 금액에 팔리지 않으면 교사들의 기분이 상할 터였다.

해마다 경매는 헨리 스트리트 스쿨 셔츠를 입은 작은 테디 베어를 파는 것으로 개시되었다. 10달러 정도 되는 인형이지만, 사람들은 선의의 표시로 값을 올리며 화려하게 저녁을 시작했다. 곰에게 높은 가격을 부를수록 모금 행사가 더 잘 풀릴 것이다. 칩과 틸다는 이 입찰 경쟁에 절대 뛰어들지 않았다. 테디 베어 경매는 순전히 허세 부리기용이니, 뉴욕 공립도서관의 부속 건물이나 하버드 대학의 체육시설에 이름이 새겨져 있는 진정한 유력자들에게 맡겼다.

경매가 열리는 밤에 맬컴은 집에서 아이들을 보고, 달리는 부모님과 함께 학교로 갔다. 어머니는 멋졌다. 금발에 스프레이를 뿌려 원기둥 모양으로 틀어 올리고 화장은 전문가에게 맡겼다. 기다란 녹색 드레스를 입고, 그 안에 전화기를 어떻게 틀어넣었을까 싶을 정도로 조그만 핸드백을 들고 있었다. 달리는 몇 주 후 열리는 사촌 아키의 결혼식에 입고 갈 하이웨이스트 실크 바지와 상의를 한 벌 사두었고, 겹치는 손님이 없을 테니 두 번 입기로 했다. 이날 밤의 사진을 아무도 소셜 미디어에 올리지 않는다면 무사히 넘어갈 수 있으리라.

학교 정문에 도착했더니 젊은 파티플래너팀이 전화기에 앱을 다운로드하는 법, 입찰에 응하는 법, 자동으로 가장 높은 입찰가를 제시하는 법을 가르쳐주었다.

"이렇게 하면, 정말 원하는 걸 다른 사람한테 뺏길까봐 계속 전화기를 확인하지 않아도 돼요!"

"노션 섬 별장을 그렇게 할까?"

틸다가 묻자 달리는 이렇게 조언했다.

"아니요, 그러다 누가 돌아버려서 입찰가를 막 올리면 어떡해요? 그냥 마지막 20분 동안 잘 보면 돼요."

학기말에 부모님에게 아이들 학비를 부탁해야 할 가능성이 꽤 높은데, 부모님이 경매에 돈을 다 써버릴까봐 걱정이었다.

칩이 얼굴을 찌푸리며 말했다.

"이성적으로 판단하자고. 두 사람 중 누구라도 피노 그리지오를 한 잔 걸치고 전화기를 찔러대는 게 보이면 내가 전화기를 압수해버릴 거야."

틸다가 웃었다.

"오, 칩, 엉뚱하기는. 난 샤르도네만 마시잖아."

파피와 해처 반의 학부모 몇몇이 이미 와 있었고 달리와 칩, 틸다는 바에서 그들과 합류해 칵테일을 마셨다. 헨리 스트리트 스쿨의 많은 학생이 유치원으로 그레이스 처치 스쿨이나 플리머스 처치 스쿨을 다녔기 때문에 학부모들은 이미 서로를 알고 있었고, 지난 몇 년 동안 아이들끼리 놀 수 있도록 약속을 잡고 각자 음식을 가져와 나눠 먹는 파티를 열기도 하고 이런저런 학교 자선 행사를 준비하기도 했다.

그들이 술을 기다리며 다른 사람들과 수다를 떨고 있을 때 칩이 전화기로 입찰식 경매에 올라온 품목을 쭉 내려 보다가 달리가 놓친 무언가를 발견했다.

"달리, 이거 봤어?"

그가 항목 하나를 가리켰다.

"고공비행 모험 – 숙련된 조종사와 함께 시러스 SR22기를 타고 즐기는 오후의 한때. 몬토쿠부터 핫 스프링스까지, 온 세상을 즐기세요. 두 사람을 위한 퇴폐적인 하늘 소풍 네 시간."

달리는 놀라며 말했다.

"그건 못 봤는데. 오늘 추가됐나 봐요."

"누가 기증했지?"

틸다가 칩의 전화기를 흘끗 보았다.

"글쎄요, 저학년 학부모들 중에 누가 SR22기를 갖고 있는지 모르겠네요. 파피네 반 학부모들은 대부분 회사 비행기나 넷젯NetJet*을 이용하는데."

달리는 궁금해서 주변을 둘러보았다.

"내가 가서 좀 알아볼까요?"

칩이 고개를 끄덕이자 달리는 무대 근처에 모여서 아이패드를 들고 있는 여자들 쪽으로 향했다. 개발실의 샤런이 사이 하비브를 가리켰다. 에르메스 넥타이를 매고서 고학년 학부모들과 함께 하이톱**에 앉아 있는 잘생긴 남자였다. 달리는 그에게 다가가 그의 팔꿈치를 톡톡 쳤다.

---

* 회원제로 운영되는 비행기 대여 업체.
** 보통보다 높은 테이블과 의자.

"실례합니다. 저는 달리 스톡턴이라고 하고 제 아이들은 저학년인데요. 혹시 SR22기 탑승을 기부하셨나요?"

"네, 응찰하시려고요?"

그는 일어나 달리와 악수를 나누며 씩 웃어 아름답고 흰 치아를 드러냈다.

"그러려고요! 비행기 주인이 누구신가 궁금했어요."

"그러게요. 그걸 사다니, 미친 짓을 한 거죠. 이런 말도 있잖아요, 날거나 뜨는 건 빌려라."

정확히는 그런 표현이 아니었다. 달리도 수백만 번은 들은 말이었다. '날거나 뜨거나 떡을 치는 건 빌려라.' 비행기나 보트나 아내를 돈 주고 사는 건 낭비라는 뜻이었다. 달리는 처음 만난 이 남자의 예의 바름에 감사했다.

"아름다운 비행기예요. 스포츠카처럼 내부가 아주 호화롭잖아요, 전부 다 가죽이고."

달리의 말에 사이는 고개를 저었다.

"걸윙 도어gull wing door*를 처음 봤을 때 완전히 반해버렸죠. 전자 시스템은 또 어떻고요······."

"낙하산도요. 비행기에 낙하산이 장착되어 있는 게 좋아요!"

"거기 슬로건이 '낙하산이 펴집니다'잖아요."

둘은 함께 웃었다.

"그쪽 업계에서 일하세요? 아니면 주말에 타시는 거예요?"

"전 항공사에서 일해요. 퇴근하고 비행을 하죠. 어쩌겠어요? 이것저것 잘하면 좋겠지만 골프 실력이 꽝인데."

사이가 빙긋 웃자 달리도 웃음으로 답했다.

---

* 갈매기 날개 모양으로 위로 젖혀지는 문.

"그쪽은 어때요? 항공업계에서 일해요?"

달리는 부정했다.

"아, 아니요. 남편이 일하고, 난 그냥 비행기 마니아예요."

"여기 있는 사람들 중 절반이 더 나쁘거나 더 비싼 습관을 갖고 있는데 우리 정도면 괜찮은 것 같군요."

몇 분 더 이야기를 나눈 후 사이는 달리에게 명함을 주면서 언제든 함께 비행하자며 그녀와 맬컴을 초대했다. 달리는 행복하게 상기된 얼굴로 부모님에게 돌아갔다.

"그래, 비행기 주인이 누구야?"

틸다가 무슨 음모라도 꾸미듯 물었다. 시러스 SR22기는 100만 달러가 넘는데, 취미에 그런 거액을 쓰는 사람이 누군지 틸다는 알아두어야 했다.

"사이 하비브라는 사람이에요. 가드너 플레이스에 산대요."

"하비브라니, 무슨 이름이 그러냐?"

칩이 얼굴을 찌푸리며 묻자 달리가 답했다.

"중동 사람이에요."

"아."

칩은 아주 그럴듯한 의심이 확인되었다는 듯 고개를 끄덕였다.

달리는 짜증이 나서 코웃음을 쳤다. 비행기를 모는 다른 학부모들 중 한 명이 유색인이라는 사실은 그녀에게 그리 놀랍지 않았다. 미국 항공계가 얼마나 다양성 높은 세계인지에 대해 맬컴과 얘기를 나눈 적이 있었다. 가끔은 어려서부터 시작되기도 했다. 이민자들의 자녀는 어릴 때부터 조부모를 만나기 위해 인도나 싱가포르나 남아프리카로 떠나면서 장기 국제선 비행을 더 많이 경험하기 때문이다. 달리가 핍과 폽을 보려고 겨우 세 블록을 걸어 다닐 때, 맬컴은 한국행 비행기를 타서 조종석으로 머리를 쑥 들이밀어 조종사들을 만나고, 정성스레 다림질된 셔츠에 플라스틱 날개를 꽂았다. 해외로 날아가는 데는 매혹적인 구석이 있어서, 핏줄에 제트 연료가 수혈되는 순간 그것을 떨쳐내는 건 불가능하다. 비행을 사랑하는 사람은 그 중독에서 평생 벗어나지 못한다.

공개 경매가 시작되자 달리의 부모님은 칵테일을 내려놓고 번호판을 준비했다. 경매 진행자가 헨리 스트리트 테디 베어를 소개하면서 1,000달러로 입찰을 개시했을 때 달리는 작은 전율을 느꼈다. 돈 쓰는 사람들을 지켜보며 흥을 내는 건 이상한 일일까? 나이트클럽에서 허공에 지폐를 던져대는 사람들을 구경하는 기분과 다를 바 없으리라. 현금이 마구 뿌려지는 광경을 보기 싫어하는 사람은 아무도 없다.

NBA 선수와 그의 아내가 번호판을 여러 번 들어올리다가 결국 8,000달러에 테디 베어를 손에 넣었고, 행사는 순조롭게 이어졌다. 한 드라마의 단역, 브루스 스프링스틴이 연주한 기타, 아널드 파머*의 서명이 있는 1959년 마스터스 깃발, 빌리 아일리시 콘서트 특별석, 스탠리**의 서명이 들어간 아동용 스파이더맨 의상이 빠른 속도로 팔려나갔다.

"아차, 저걸 낙찰받았어야 했는데, 해처한테 주게."

틸다가 속삭이자 달리는 눈알을 굴렸다.

"3년 전에 한 벌 사주셨잖아요. 애가 안 입으려고 해서 상자 안에 그대로 모셔놨다고요."

톰 스토크가 요리해주는 특별한 저녁 식사가 경매 품목으로 발표되자 틸다가 번호판을 집어 들더니 똑바로 일어섰다. 그러고는 톰이 앉

---

* '살아 있는 골프 전설'이라 불린 미국의 프로 골퍼로, 1950년대 후반부터 1960년대 중반까지 세계 골프계를 이끌었던 선수이다.
** 미국의 만화작가·편집자·출판업자. 스파이더맨, 엑스맨, 아이언맨 등 마블 코믹스의 대표적인 슈퍼히어로 만화를 공동 창작했다.

아 있는 근처 테이블 쪽을 바라보며 환하게 미소 지었다. 톰이 남은 음료를 쭉 들이켠 뒤 밖으로 나가버리자 달리는 민망해졌다. 표면적으로는 스낵바로 가는 것처럼 보여도, 모두의 시선을 받는 어색함을 피하려는 것이 분명했다.

"당사자가 못 보는데 자꾸 들어봐야 무슨 소용이야?"

틸다는 그렇게 탄식하더니 5,000달러에 번호판을 들어올렸다가 포기하고, 회장 반대편의 한 커플에게 낙찰을 넘겼다.

"우리도 입찰에 참여했다는 걸 그 양반이 아내한테 들었으면 좋겠네."

틸다는 입술을 삐죽 내밀고는 핸드백에서 전화기를 꺼냈다.

"어머, 달리, 난 이 앱에서 한 글자도 안 보여. 입찰식 경매에서 노션 섬 별장이 얼마에 나왔어?"

"돋보기 안 가져왔어요?"

달리는 어머니의 어깨 너머를 보며 물었다.

"안 가져왔어, 이 핸드백에 안 들어가거든."

틸다는 전화기를 얼굴에서 최대한 멀리 떨어뜨리고 턱을 치켜든 채 화면을 톡톡 두드렸다.

파티의 나머지는 뺨 키스와 학교 교사들이나 책임자들과의 어정쩡한 대화 속에 쏜살같이 지나갔다. 달리는 말짱한 정신으로 모든 학부모의 이름을 기억하기 위해 따뜻한 화이트 와인 한 잔밖에 못 마시고 있는 그들이 애처로웠다. 마지막 입찰이 진행되는 9시가 다가오자 스톡턴 가족은 퀼트와 의자를 직접 보기 위해 학급 기부 코너로 갔다. 몇몇 낯익은 학부모가 유치원 경매 물품 근처에 모여 있었는데, 서명으로 뒤덮인 캔버스 의자에 배가 엄청 부른 임신부 한 명이 앉아 있었다. 스톡턴 가족이 다가가자 여자는 웃으며 말했다.

"이건 제 거예요! 임신 9개월에 내 등을 안 아프게 해주는 건 정말 이것밖에 없어서 남편한테 꼭 낙찰받으라고 시켰거든요!"

"그럼 가지셔야죠!"

달리는 그 의자를 피할 수 있게 되었다는 생각에 속으로 쾌재를 불렀다. 퀼트도 그렇게 욕심내는 사람이 있으면 좋으련만. 종이 울릴 시간이 다 되자 손님들은 자신이 원하는 품목을 막판에 빼앗기지 않으려고 전화기를 점점 더 주시하기 시작했다.

"노션 섬 별장은 우리한테 돌아올 것 같아."

틸다가 들떠서는 달리의 귀에다 속삭였다.

"누가 자꾸 내 뒤를 쫓아서 이 의자에 도전하는데."

임신부의 남편이 중얼거렸다.

"지금 여기 앉아 계신데 누가 그러겠어요?"

달리는 주변을 둘러보며 물었다. 또 다른 임신부가 그들을 노려보고 있지 않을까 싶었다.

시계가 9시를 알리자 여기저기서 환호와 신음이 터져 나왔다.

"노션 섬 별장은 우리 거야!"

틸다가 몸을 휘청이며 전화기를 신나게 흔들어댔다.

"안 돼애애, 의자를 놓쳤어!"

남자가 탄식하자 임신부는 울상이 되었다.

"뭐? 나 일어나야 돼?"

칩은 그녀의 남편을 도와 부드러운 캔버스 슬링 체어에서 그녀를 일으켰다. 그 임신부는 단화를 신고 있었는데, 달리가 보니 발목이 퉁퉁 부어 있었다. 달리는 앱을 확인하고, 어머니가 내놓은 호텔 보서트 파티가 4,400달러라는 놀라운 가격에 팔렸다는 사실을 알았다. 틸다는 노션 섬 휴가 허가증을 받으러 접수처에 갔다가 5분 후 입술을 깨물며 돌아오더니 칩에게 속삭였다.

"빨리 여기서 나가야겠어."

칩은 얼굴을 찌푸렸다.

"왜? 별장 사용 허가증은 받았어? 신용카드 줬어?"

"그래, 그런데 우리가 의자도 낙찰받았어."

"뭐? 어쩌다가?"

"자동으로 최고 입찰가를 제시하도록 설정해놨거든. 우리가 3,200달러를 냈어."

"글씨로 도배된 캔버스 의자에?"

칩이 얼굴을 붉히며 물었다.

"코드랑 사샤한테 주면 되지."

틸다는 어깨를 으쓱했다. 달리가 아버지를 측은한 듯이 쳐다보자 틸다는 얼른 끼어들었다.

"그러지 마, 칩. 좋은 일에 쓰는 돈이잖아."

자책감을 떨쳐버린 틸다는 또각또각 앞장서서 문을 나가 집으로 향했고, 달리와 칩은 낙서투성이의 약해빠진 의자를 들고 뒤따라갔다.

빌 게이츠가 자녀들에게 전 재산의 1퍼센트도 안 되는 금액, 그러니까 한 명당 1,000만 달러씩만 물려줄 거라는 기사를 읽었을 때 달리는 '그래도 너무 많다'는 생각부터 들었다. 상속은 사람을 망가뜨리는 경우가 많았다. 가난하게 태어나는 것보다야 당연히 더 좋겠지만, 엄청나게 부유한 집안 출신을 부모로 둔 달리는 돈이 인생을 어떻게 망가뜨릴 수 있는지 여실히 보여주는 사촌과 육촌을 숱하게 보았다. 법조계, 정계, 의학계로 진출한 친척도 물론 있지만, 아무 일도 하지 않는 친척도 있었다. 여행과 파티를 즐기는 친척들, 쇼핑에 대한 관심을 '수집가'로서의 경력으로 위장하고 아침 9시부터 저녁 5시까지 당일치기 거래로 번 돈을 밤에 온라인 포커로 날리며 일하는 척하는 친척들.

화가와 결혼한 한 친척은 진지하게 스스로를 '그의 뮤즈'로 칭하며 남편이 일하는 모습을 지켜보는 것으로 하루하루를 보냈다. 또 다른 친척은 요트용 트램펄린을 만드는 스타트업에 자금을 대주다가 전 재산을 탕진했다. 달리의 핵가족은 자신들의 큰 특혜를 흉하게 남용하지 않았다. 코드는 달리를 따라 예일 대학에 진학한 다음 스탠퍼드 경영대학원에 다녔고, 조지애나는 브라운 대학을 졸업한 후 컬럼비아 대학에서 러시아 문학을 공부해 석사학위를 받았다. 달리는 큰돈이 들어간 학력을 낭비하고 있다는 생각은 하고 싶지 않았다. 집에서 소아치과 예약을 잡고 남편 옷을 세탁소에 맡기며 이례적인 특권을 허비하고 있다고 생각하고 싶지 않았다. 하지만 아이를 연년생으로 낳으면서 경력이 끝나버린 것이 문제였다.

첫 임신과 출산휴가 후 복귀는 혹독하리만치 힘들었다. 달리는 입덧이 여간 심하지 않았다. 골드만삭스의 어소시에이트였던 그녀는 매일 아침 7시까지 출근해야 했다. 맬컴과 마찬가지로 그녀도 투자금융부에 속해 있었다. 그녀는 장시간 근무하고, 최대한 많은 프로젝트를 할당해달라고 간청하며 어소시에이트들 사이에서 악착같이 일했다. 어떻게든 두각을 드러내어, 항공사들에 주력하는 섹터 커버리지 그룹Sector Coverage Group에 들어가고 싶었다. 예기치 않게 파피를 임신했지만, 목표를 포기하지 않으리라 굳게 결심했다. 차멀미가 심해져서 택시를 못 타는 바람에 매일 아침 지하철로 출근했지만, 하이 스트리트에서부터 A선 기차를 장시간 타고 가다 보면 욕지기가 일어 커낼 스트리트에서 내려 플랫폼 쓰레기통에다 속을 비워야 했다. 창백한 얼굴에 땀을 뻘뻘 흘리며 사무실에 도착하면 입안에서 구토물과 껌 맛이 났다. 욕지기를 잠재우는 유일한 방법은 신맛이 나는 작은 사탕을 빨아 먹는 것이었다. 폰 케이스의 가죽 포켓에 사탕을 넣어 가지고 다니면서, 애널리스트들이나 어소시에이트들이 안 보고 있을 때 조용히 입안으로 쏙 집어넣곤 했다. 임신부 티가 나기 시작하자 남성 동료들은 놀라움과 혐오감을 감추지 않았다. "쌍둥이 아닌 거 확실해요?" 더 심한 말도 들었다. "스트레스는 아기한테 안 좋지 않아요? 내 아내가 임신하면 절대로 밤샘 근무 못하게 할 거예요." 달리는 직장에서 양수가 터질까 두려워, 예비용 수건과 속옷을 챙겨 넣은 운동용 가방을 항상 책상 밑에 준비해두고 있었다.

파피가 태어난 후 6주 만에 직장에 복귀했다. 동료들은 그녀에게 '휴가'를 잘 즐겼냐고 묻고, 그녀 대신 자기들이 떠맡아야 했던 일들에 대해 끊임없이 불평을 늘어놓았다. 달리가 유축기를 사용하러 의무실에 가려고 하면 그들은 모두 웃으며 주먹을 꽉 쥐어 소젖 짜는 시늉을 하면서, 물이 뿜어져 나오는 소리를 입으로 냈다.

달리는 여섯 달을 버텼다. 전국 이곳저곳을 날아다니며 비행기 화장실에서 젖을 짰다. 파피는 순자에게 맡기고, 짜낸 젖을 호텔의 발레 서비스 데스크 뒤에 두었다가 집으로 부쳤다. 달리는 파피를 재우는 시간과 목욕시키는 시간, 그리고 파피가 처음으로 기어가기 시작한 날을 놓쳤다. 회의가 오래 이어질 경우 실크 블라우스가 얼룩지지 않도록 브래지어 안에 동그란 면 패드를 넣어두었고, 젖 짜는 시간을 자꾸 놓쳤다. 솔직히 말하자면, 다시 임신하고 싶었다. 직장에서 그녀는 무너지고 있었다. 그건 삶이 아니었다. 더 이상은 견딜 수 없었다. 망가진 그녀에게 또 다른 아기는 탈출구가 되어주었다. 그녀가 그만두는 이유를 이해 못할 사람은 없을 터였다.

달리가 해처를 임신했다고 밝혔을 때 맬컴은 아주 훌륭하게 대처했다. 그녀는 직장을 그만두고 아이들을 키울 수 있었다. 이는 그들이 곧 외벌이 가정이 될 거라는 의미였다. 그녀가 신탁재산을 포기했을 때 그것이 여성으로서의 그녀에게 어떤 의미인지 충분히 고려하지 않았다는 생각이 뒤늦게 들었다. 어린 시절엔 스키 여행을 하고 옷과 선글라스를 사고 외식을 하고 머리를 자를 때 부모님에게 손을 벌렸지만, 경영대학원에 다니면서부터는 그녀의 계좌에서 돈을 인출해 차를 임대하고, 새 노트북을 사고, 사우나실이 갖춰진 비싼 피트니스 클럽에 다니기 시작했다. 결혼과 함께 계좌를 이용할 수 없게 되자 돈은 삼나무 향의 증기처럼 사라져버렸고, 이제 그녀에게는 맬컴과 공유하는 계좌밖에 남지 않았다.

가장 행복한 부부들은 '너의, 나의, 우리의' 계좌를 갖고 있다는 〈뉴욕 타임스〉 기사는 달리에게 헛소리처럼 느껴졌다. 맬컴만 돈을 벌고 있는 처지라 그들은 신용 한도액이 똑같은 – 맬컴의 신용 한도액 – 아메리칸 익스프레스 카드를 한 벌로 갖고 있을 뿐이었다. 피부과에서 800달러, 버그도프 백화점에서 1,000달러, 소호의 미용실에서 400달러를 쓸 때마다 맬컴에게 결제액이 날아갔다. 마치 문을 열어둔 채 소변을 보는 기분이었다. 그런 부부들도 있지만, 서로의 성적 매력을 떨어뜨리는 위험한 일이다.

그래도 문제는 없었다. 그들은 아름다운 집이 있었고, 멋진 휴가를 즐겼고, 아이들을 공부시켰고, 밤에는 같은 침대에서 서랍 속의 두 은수저처럼 뒤엉켜 잤다. 하지만 맬컴이 실직하고 나니 생활비가 부담스러워졌다. 그에게 일자리가 필요했다. 그녀에게 일자리가 필요했다. 아니면 부모님에게 처음부터 그녀가 틀렸다고 말해야 했다.

13
사샤

사샤는 미국 남북전쟁 120년 후에 태어났으니 가까이에서 대포 소리를 들을 일은 없으리라 기대했지만 아뿔싸, 코드의 사촌 아치가 그리니치의 요트 클럽에서 올리는 결혼식에 온 가족이 참석할 예정이었다. 칩의 조수가 물 위에 쭉 뻗어 있는 방 여섯 개짜리 수상 별장을 임대해주었다. 파피와 해처가 한방을 쓰면 베르타도 함께 가서 결혼식 후 그들을 돌봐줄 수 있었다. 달리와 맬컴은 한차로 가면서, 아이들을 뒷좌석에 태우고 디즈니플러스를 끝없이 틀어주었다. 코드의 부모님은 차 뒷좌석에 베르타를 태워 갔기 때문에 코드와 사샤가 조지애나를 태워주겠다고 제안했다. 사샤는 벽장 속에 있는 조지애나를 발견한 후로 쭉 대화를 시도해봤지만, 조지애나는 그녀에게 털어놓은 걸 후회하는 눈치였다. 사샤는 그날 조지애나의 방에서 그녀를 안아주려 팔을 뻗었지만 조지애나는 허둥지둥 사샤를 밀치고 나가버렸다. 다음날 아침 걱정이 되어 전화해봤지만 조지애나는 답신 전화를 해주지 않았다. 맥주 한잔하자며 문자메시지를 보내봤지만 답이 오지 않았다. 사샤는 도움을 원치 않는 것이 분명한 사람을 어떻게 도와야 할지 알 수 없어 정말이지 난감했다.

그들은 헨리 스트리트의 차고에서 조지애나와 만났다. 조지애나는 뒷좌석에 더플백을 던져 넣어, 사샤가 커버를 씌워 조심스럽게 걸어놓은 드레스를 뭉개버렸다. 사샤가 그녀에게 앞자리에 앉으라고 권했지만 조지애나는 눈알을 굴리며 지나쳐서는 뒷좌석에 앉아 헤드폰을 끼고 창밖을 내다보았다. 가는 동안 사샤는 코드에게 그녀 가족의 근황을 알려주었다. 아버지의 호흡 문제가 좀 괜찮아졌는지 부모님은 밤에 오빠 네이트에게 신경질적인 개를 맡겨두고 외출을 했다. 다음 날 아침 네이트가 개를 집으로 데려다줬더니 개는 꼬리를 흔들며 집 안으로 뛰어 들어갔고, 집에 돌아온 것이 그렇게나 기뻤는지 곧장 부엌에다 구토를 하고 말았다. 그런데 게워져 나온 것은 평범한 개 사료가 아니라 검은색 레이스 속옷 한 벌이었다. 그래서 사샤의 어머니는 네이트에게 새 애인이 생긴 게 아닐까 추측하고 있었다.

"왜 개들은 속옷 먹는 걸 그렇게 좋아할까?"

코드가 웃으며 묻자 사샤는 코를 찡그리며 답했다.

"변태라 그래."

코드는 맞장구를 쳤다.

"맞아. 그래도 이해가 되기는 해."

사샤는 코웃음을 치고 장난으로 그를 때리려다가 뒷좌석에서 자신만의 슬픈 세상에 빠져 있는 조지애나가 기억났다.

별장에 도착했을 때 1층의 제일 큰 스위트룸은 코드의 부모님이, 복도 끝의 스위트룸은 베르타가 차지하고 있었다. 아이들은 달리의 옆방이나 맞은편 방을 써야 했기 때문에 코드와 사샤는 처마 밑에 더블

베드가 하나 있는 제일 작은 방으로 들어갔다. 사샤가 다리를 높이 들면 천장에 닿을 정도였다. 그녀는 새로 산 드레스 – 가느다란 어깨끈이 달리고 몸에 딱 붙는 담청색 실크 롱 드레스로 주름이 잘 갔다 – 를 침대 위에다 평평하게 펴놓은 채 속옷 차림으로 화장을 했다. 드레스는 막판에 입을 생각이었다. 그녀의 배는 임신을 눈치챌 만큼 봉긋해지지 않았다. 시간에 꼭 맞춰 식장에 도착한 그들은 뒷줄에 앉아, 수면에 반짝이는 오후 햇살 때문에 따가운 눈을 식순표로 가렸다. 아치는 어지간히도 항해에 미쳐 있는 모양이었다. 결혼 서약 후 무서운 대포를 발사하더니, 제복 차림의 남자(아마도 클럽의 오랜 회원) 몇 명이 스물한 발의 예포를 바다 위로 쏘아 올렸다. 사샤는 그 포탄이 우연히 선피시*를 침몰시키는 광경을 상상하며 속으로 웃었지만, 아무래도 공포탄일 터였다.

아치의 결혼 상대는 스톡턴 가족 모두 주피터 섬의 클럽을 통해 알고 있는, 그로스 포인트 출신의 여자였다. 그녀는 아치가 10대 때 사귀었던 여자의 동생이었고, 코드는 아치가 밤에 정자 근처에서 약혼녀의 언니에게 키스 마크를 남기곤 했던 일을 그들끼리 얘기했을까, 아니면 그런 대화 자체가 금물일까 하고 조용히 의문을 제기했다. 신부의 언니가 큼직한 리본을 머리에 단 어린 세 딸과 남편을 데리고 결혼식에 참석했으니 그 일을 문제 삼을 사람은 아무도 없을 것 같았다.

하객의 절반 이상은 주피터 클럽 회원이었고(나머지 절반은 똑같은 골프 클럽의 회원인 듯싶었다), 다 같이 사진을 찍으러 통로를 줄줄이 지나 선창으로 나갈 때 사샤는 이 밤이 얼마나 길어질지 갑자기 실감이 났다. 초음파 검사 전까지는 임신을 비밀로 하고 있었고 어머니를 제외하고는 아무에게도 말하지 않았다. 그러니 피로연 내내 술을 마시는 척하고, 어떤 조개를 먹어도 되는지 갈팡질팡해야 할 터였다. 넌 지금 탄광에

---

* 돛이 하나이고 2인용 좌석이 있는 소형 범선.

있는 게 아니야, 하고 그녀는 스스로를 꾸짖었다. 기운을 내. 아름답고 맑은 저녁이었다. 빛을 받아 일렁이는 바닷물 위에서 보트들이 흔들리고, 현악 4중주단이 연주하는 쾌활한 음악이 사람들 사이를 떠돌고, 샴페인을 팡 하고 터뜨리는 소리가 허공을 가득 메웠다.

아치의 어머니가 웨딩 플래너와 함께 와서는 스톡턴 가족끼리 뭉쳐 있으라고 부탁했다. 곧 사진사가 신랑 측 가족의 사진을 찍을 거라고 했다. 사샤와 코드는 배가 고파 죽을 지경이어서, 애피타이저를 돌리기 시작한 직원들에게로 직행했다. 코드는 결혼식에서 정말 돼지처럼 게걸스레 먹어 치우는 기술을 오래전에 터득했다. 바삭바삭한 코코넛 새우튀김과 작은 비프 웰링턴*, 참치 타르타르**를 얹은 조그만 격자무늬 감자튀김과 닭꼬치가 마음에 든 그는 천막에서 종업원들이 나오는 곳을 재빨리 확인한 다음, 쟁반을 가로챌 수 있도록 근처에 서 있었다. 창피함이라곤 없었다. 삼각형의 폭신폭신한 황금빛 페이스트리를 먹고 있는 낯선 사람들에게 성큼성큼 다가가 "오! 여긴 또 뭐가 있지?"라고 탄성을 지르곤 했다. 이미 대여섯 개나 맛본 후인데도 말이다. 평소에는 조지애나도 만만치 않았다. 남매는 야생동물처럼 먹어대면서 웨이터들을 쫓아다녔고, 그들의 어머니는 아연실색했다. 하지만 오늘 밤 조지애나는 멍한 표정으로 물끄러미 바다만 바라보고 있었다. 사샤는 코드에게 동생의 비밀을 알려주고 동생을 도와주라고 말하고픈 마음이 굴뚝같았지만, 그러면 안 된다는 걸 알고 있었다. 조지애나의 신뢰를 저버릴 순 없었다.

코드가 게 다리로 가득 채운 마티니 잔을 조지애나의 손에 막 쥐어주었을 때 한 종업원이 받침대에 얹은 샴페인 잔들을 달그락거리며

---

* 소고기 등심살에 푸아그라의 퍼티를 바르고 파이 옷으로 싸서 구운 요리.
** 참치를 주사위 모양으로 작게 썰고 레몬즙, 올리브유 등을 끼얹어 차갑게 만든 애피타이저로 크래커나 오이 등에 얹어 먹는다.

텐트에서 급하게 나왔다. 조지애나는 비켜주려고 뒤로 물러나다가 천막 기둥에 팔꿈치를 부딪혀 유리잔에 든 게 다리들과 칵테일소스를 가슴에 쏟고 말았다.

"젠장." 그녀는 욕설을 뱉었다. 빨간 토마토즙이 가슴을 흠뻑 적시며 드레스를 망가뜨렸다. 코드가 흰 냅킨을 한 무더기 집었지만, 어떻게 손을 써볼 수 없는 상태였다. 아무리 닦아내도 조지애나를 구제할 방법은 없었다.

어머니가 경악하며 말했다.

"어머, 조지애나, 5분만 있으면 사진 찍을 텐데."

"화장실에 샤우트* 티슈 같은 거라도 있나 볼게요."

사샤는 서둘러 안으로 들어갔다. 라운지의 작은 바구니들에 박하사탕, 머리핀, 헤어스프레이, 화장지가 가득 채워져 있었다. 조지애나가 그녀 뒤로 다가왔다.

"뭐 있어요?"

"아니요, 헤어스프레이랑 박하사탕밖에 없네요."

"그럼 종이 타월에 물 묻히죠 뭐."

"실크를 물로 닦으면 안 돼요. 드레스 완전히 망가져요."

"지금보다 더 나빠지기야 하겠어요."

조지애나는 기운 없이 말했다.

"세탁소에 갖다주면 알아서 해줄 거예요. 하지만 젖은 종이 타월로 건드리면 물 얼룩이 져서 안 빠져요."

"젠장."

조지애나는 침울하게 거울을 보았다.

"자, 드레스 바꿔 입어요."

---

* 얼룩 제거용 티슈의 상품명.

사샤는 조지애나의 등 뒤로 가서 드레스를 벗기 시작했다.

"세상에, 안 돼요."

"난 별장에 드레스가 한 벌 더 있어요. 아가씨가 이거 입고 가족사진 찍어요. 난 우버 불러서 갈아입고 오면 돼요. 저녁 식사 때 돌아올게요. 어차피 난 아무도 모르는걸요. 아무 상관없어요."

사샤는 파란색 실크 드레스에서 빠져나와 브래지어와 팬티 차림으로 드레스를 든 채 기다렸다.

"정말 괜찮겠어요?"

"그럼요, 설마 나를 알몸으로 세워둘 생각은 아니죠?"

사샤는 웃었다. 조지애나는 토마토 냄새가 나는 축축한 드레스를 머리 위로 벗었다.

"두 벌 챙겨 오다니 정말 똑똑하네요, 난 생각도 못 했는데."

"아, 아가씨네 가족이랑 만날 때는 어떻게 입어야 할지 감이 안 와서 여벌을 챙기거든요."

조지애나는 몸에 딱 붙는 파란 드레스를 입고는 사샤가 단추를 잠가줄 수 있도록 몸을 돌렸다. 조금 끼었지만 괜찮았고, 사샤는 갑자기 밀려드는 행복감과 따스한 자매애를 느꼈다. 사샤는 라벤더색 드레스를 머리에서부터 뒤집어써 입은 다음 거울을 보며 엉덩이를 한쪽으로 쭉 빼고는 씩 웃었다. 얼룩이 아까보다 훨씬 더 더러워 보였다.

"됐어요, 난 차도에서 우버를 기다릴게요. 코드한테는 20분 안에 돌아올 거라고 말해줘요."

"고마워요, 사샤."

조지애나는 몸을 앞으로 기울여 사샤의 뺨에 키스하고는 사진을 찍으러 잔디밭으로 나갔다.

임대한 별장으로 돌아간 사샤는 낮은 천장을 발로 차지 않으려 조심하며 침대에 털썩 주저앉았다. 얼마나 오랫동안 숨어서 결혼식을 피할 수 있을까? 그녀는 전화기를 껐다. 30분 동안 넷플릭스나 볼까 하는 생각이 들었다. 그 정도의 시간이라면 아무도 그녀를 찾지 않으리라. 그녀는 평평한 배에 손을 얹었다. '거기 잘 있니?' 하지만 죄책감이 들어, 일어나서 옷을 갈아입으며 파티로 돌아갈 차를 불렀다.

그녀가 코드를 찾았을 때쯤엔 가족사진 촬영이 끝나고 저녁 식사 직전 칵테일을 마시는 시간이 서서히 마무리되는 중이었다. 좌석 배치도에 따라 스톡턴 가의 형제자매들은 떨어져 앉게 되었다. 달리와 맬컴은 DC의 사촌들과 함께 저쪽 반대편에 자리를 잡고, 조지애나는 더 젊은 어떤 남매들과 다들 버블스라고 부르는 가장 절친한 사촌 바버라와 동석했고, 사샤와 코드는 은행업계 사람들과 한 테이블을 쓰게 되었다. 사샤는 테이블의 모든 사람과 악수와 뺨 키스를 나눈 다음 코드 옆에 앉으며, 조심스럽게 작은 핸드백을 등 뒤로 끼워 넣고 숄을 의자에 걸쳤다.

사샤의 오른쪽에 앉은 남자가 크게 씩 웃으며 손을 내밀었다.

"드디어 코드의 더 나은 반쪽을 만나는군요."

"아, 안녕하세요."

사샤는 어정쩡하게 웃었다. 남자가 여자를 자기의 '더 나은 반쪽'이라고 표현하는 걸 들을 때마다 조금 웃긴다는 생각이 들었다. '아내가 상전이야'라는 말처럼, 진심이 아니라는 걸 누구나 아는 농담이었다. 그 말은 결혼 생활에 상하관계가 생길 수 있음을 암시하고 있었다. 더 나은 반쪽과 더 못한 반쪽. 코드의 가족 대부분에게는 코드가 단연 더 나은 반쪽이라는 걸 사샤는 알고 있었다.

"결혼식에 못 가서 정말 미안했습니다."

남자가 말을 이었다. 그는 코드보다 약간 나이가 많았지만, 코가 코드와 영락없는 판박이였다. 그가 말하는 동안 사샤는 자기도 모르게 홀린 듯 그의 코를 빤히 쳐다보고 있었다.

"가고 싶었는데, 아내가 넷째를 9개월째 임신 중이라 혹시라도 중요한 순간을 놓칠까봐 걱정됐거든요."

"오, 아기가 태어났군요! 축하해요."

사샤가 미소 지으며 말했다.

"고마워요. 커피숍 쿠폰에 도장 찍는 거랑 비슷하죠. 열 잔째는 무료. 그러니까 나는 절반 정도 채웠네요."

"노아, 내 아내한테 그만 추근대."

코드가 상체를 들이밀며 말했다.

"코드, 내가 작업 좀 걸려는데 방해하지 마."

남자는 손을 저어 코드를 물리치고는 말을 이었다.

"사샤, 직접 창업한 사업가라면서요. 그 얘기 좀 해봐요."

사샤는 자신을 사업가로 생각해본 적이 거의 없었지만, 남의 밑에서 일하지 않는 건 사실이었다. 아트 스쿨을 졸업한 후 부티크 미디어 에이전시에 디자이너로 취직해서 책 표지와 광고, 기업의 연차보고서와 카탈로그를 디자인했다. 몇 번 승진한 후에는 디자인 회사를 따로 차렸다. 돈을 더 많이 벌고, 좋아하는 프로젝트에 집중할 수 있을 거라는 생각에서였다. 그녀는 한 브랜드 전체를 보고 그 전반적인 스타일과 시각적인 이야기를 제시하는 일이 좋았다. 덤보의 작은 사무실을 빌려서 컴퓨터 한 대를 놓고 택배를 보내거나 받았으며, 서른다섯 살인 지금은 어머니나 아버지가 벌어본 적 없는 액수를 벌고 있었다. 그녀 자신의 정의에 따르면 사샤는 성공한 사람이었다.

다른 사람들에게 큰 의미가 있는 성공은 아니었다. 그녀의 부모와 형제들은 그녀가 자기 사업을 운영하고, 그들이 들어본 적 있는 브랜드 - 뉴욕 교통박물관, 브루클리넨, 식스포인트 브루어리, 뉴욕 필하모닉 - 에 디자인 작업을 해주고 있다는 사실을 알았지만, 그녀의 작업은 워낙 추상적이라 사람들이 좋아할 만한 이야깃거리가 아니었다. 그녀의 인척들은 아무래도 훨씬 더 심드렁할 터였다. 그들 집안의 모두가 금융계, 법조계, 부동산업계에서 일하면서 그 너머의 분야를 무의미하거나 어쩌면 저급한 것으로 여기는 듯 보일 때도 있었다. 물론 사샤는 예술가가 되고 싶었다. 선택할 수만 있다면 그림을 그리며 하루하루를 보내고 싶었다. 하지만 드링크 앤 드로 시간을 통해 숨통을 틔우면서, 다른 한편으로 예술을 삶에 접목하고 그녀의 재주를 이용해 돈을 벌 수 있는 길을 찾아냈다.

알고 보니 코드의 사촌은 예술품 수집광인데다 쿠퍼 유니언에서 그녀를 가르쳤던 교수 한 명을 알고 있었다. 사샤가 정통적인 교육을 받았고 그것을 이용해 브랜드 정체성을 만들어내고 있다는 이야기를 그는 뭐에 홀리기라도 한 표정으로 들었다. 그들은 좋아하는 사진작가들, 좋아하는 첼시의 미술관들에 대해 이야기했고, 너무도 매력적인 그와의 편안한 대화 속에 저녁 시간이 눈 깜짝할 사이에 즐겁게 지나갔다.

식사 후 춤이 시작되었고, 사샤는 코드를 따라 호기롭게 플로어로 나갔다. 그녀가 보기에 코드 가족의 모든 남자는 청소년기에 강제로 들어갔던 사교댄스 수업에 크게 뎄는지 평범하게 춤추는 법을 익히지 못해 결혼식이 열릴 때마다 숨어서 술만 마시는 것 같았다. 코드는 예외였다. 바보처럼 보일 수 있는 기회라면 절대 놓치는 법이 없는 그는 사샤를 이리저리 끌고 다니며, 그녀의 몸을 뒤로 홱 꺾어 그녀의 가슴에 얼굴을 묻는 척했고, 사샤는 웃음을 터뜨리며 그의 넥타이를 개의 목줄로 사용하는 시늉을 했다. 곁눈질로 힐끔거리니, 맬컴과 춤추고 있는 달리가 보였고, 비틀스 노래가 나오자 칩과 틸다까지 잠깐 무대로 나왔다. 신랑 신부가 케이크를 자른 후 나이 든 하객들은 허둥지둥 키스와 취중 포옹을 나눈 후 빠져나가기 시작했다. 밴드 음악이 멈추자 젊은 친척들은 텐트에서 나가 클럽으로 자리를 옮겼다. 바는 여전히 열려 있었고, 출장 뷔페 업체 직원들이 작은 햄버거와 원뿔형 종이봉투에 담긴 프렌치프라이를 쟁반에 받쳐 들고 나왔다. 조지애나는 한참 전에 구두를 벗어 던져버린 채 가죽 소파에 몸을 웅크리고 있었고, 그 옆에는 사촌 버블스가 고상하지 못한 모양새로 팔다리를 쩍 벌리고 있었다. 달리와 맬컴이 행복하게 상기된 얼굴로 그들과 합류했다. 맬컴은 넥타이를 풀어 재킷 주머니에 쑤셔 넣어두었다.

아치와 신부가 들어오자 환호와 외침이 터졌고, 곧 아치는 스파이글래스 레인의 집에 얽힌 재미있는 이야기가 있다며 들려주기 시작했다. 사샤는 대여섯 번이나 들은 이야기였지만, 들을 때마다 새로웠다. 아치와 그의 아내는 텔류라이드에서 휴가를 보내고 있었는데, 하루 종일 스키를 타고 와인을 마신 후 호텔 방에서 포르노를 보기로 했다. 5분 정도 보다가 아치는 모든 것이 낯설지 않은 이유를 깨달았다. 배우들이 스파이글래스 레인에 있는 긴 의자에서 섹스를 하고 있었던 것이다. 틀림없는 스톡턴 가의 집이었다. 배경으로 미로 정원과 테니스 코트가 보였다. 아치는 칩 삼촌과 틸다 숙모가 현금이 모자라서 영화 제작자들에게 집을 임대하기 시작했나 하는 의심에 코드에게 전화를 걸어 물어보았다. 그래서 코드는 부모님에게 그들의 별장이 포르노 영화에 나왔다고 말해야 하는 아주 난감한 처지에 놓였다. 그가 본 건 아니고 다른 누군가가 봤다고 말이다. 변호사를 불러야 할지도 몰랐다.

주중에 일하는 정원사들이 수년간 여러 별장을 몰래 사용해왔다는 사실이 밝혀졌지만, 얼마나 많은 사람이 영화를 보고도 민망해서 수수께끼 풀기를 포기했는지는 모를 일이었다. 틸다는 관리인을 시켜 그 의자를 환승역에 보내버리고 쿠션이 더 좋은 새 의자를 산 다음, 별장을 대청소하고 클라미디아와 그 비슷한 물질들을 박멸하기 위해 수영장에다 화학약품을 잔뜩 풀었다.

아치와 코드가 포복절도하는 사이 사샤는 슬쩍 여자 화장실로 가서 소변을 본 다음 얼른 화장을 고쳤다. 돌아가보니 코드는 어디에도 보이지 않고, 달리는 대화에 붙들려 있었다. 그래서 사샤는 사람들에게 잘 보이지 않는 안락의자에 조용히 쓰러지듯 앉아 전화기를 확인했다. 이메일을 쭉 내리며, 케이맨 제도로 여행할 계획이라는 버블스의 이야기를 대충 흘려들었다. 그때 갑자기 달리가 당황한 목소리로 끼어들었다.

"조지애나, 아까는 자주색 드레스 입고 있지 않았어?"

조지애나는 졸린 듯 나른하게 답했다.

"아, 맞아, 칵테일파티 후로 이 드레스 입고 있어."

"잠깐, 다른 드레스를 챙겨 왔다고?"

버블스가 물었다. 술에 취한 그녀는 말짱한 정신일 때보다 큰 목소리로 말하고 있었다.

"라벤더색 드레스를 입고 있었는데, 게랑 칵테일소스를 엄청 쏟아서 사샤가 드레스를 바꿔줬어."

"사샤가 자기 드레스를 줬어?"

그럼 사샤는 뭘 입고 있을까 싶어 달리가 다시 물었다.

"잠깐, 누구?"

버블스가 정말로 모르겠다는 듯 물었다.

"사샤가 자기 드레스를 벗어서 나한테 줬다고."

조지애나는 설명하려 애썼다.

"아, 웃긴다! 사샤! 누군가 했네! 평소에는 두 사람이 그 여자를 꽃뱀이라고 부르잖아."

버블스는 낄낄 웃었다. 조지애나는 그날 저녁 처음으로 웃음다운 웃음을 터뜨렸고, 사샤는 살갗이 차갑게 식어 내리는 기분이었다. 그녀는 말없이 일어나 주차장으로 걸어 나갔다.

사샤는 그리니치 결혼식에서 있었던 일을 코드에게 이야기하지 않았고, 다음 날 브루클린으로 돌아갈 때 편두통이 있다는 핑계로 선글라스를 썼다. 그 후 사샤는 코드의 여형제들과 잘 지내보려는 노력을 그만두기로 했다. 가족을 라임스톤 저택에 초대해 저녁 식사를 대접하는 것도, 오렌지 스트리트에 브런치로 베이글을 가져가는 것도, 주말에 스파이글래스 별장에 놀러 가거나 평일에 달리네에서 점심을 먹는 것도 그만두었다. 생일이나 명절 같은 날은 피할 수 없을 테지만, 그 외에는 거리를 둘 작정이었다. 조지애나가 힘든 건 사실이었다. 유부남과 동침하고 있었는데, 그 남자가 죽었다. 끔찍한 일이었다. 달리에게는 맬컴이라는 걱정거리가 있었다. 맬컴이 다시는 일자리를 얻지 못할까봐 그녀는 두려워하고 있었다. 하지만 이제야 사샤는 명백히 깨달았다. 그들이 그녀에게 비밀을 털어놓은 건 그녀가 어떻게 생각하든 그들에게는 별로 중요치 않기 때문이라는 사실을. 그녀는 그들의 가족이 아니었다. 의미 있는 판단을 내릴 자격이 없는 것이다. 그들은 베개에 대고 비명을 지르듯 그녀에게 감정을 분출했을 뿐이다.

14
조지애나

아치의 결혼식 후 조지애나는 1주일 내내 집 밖으로 나가지 않았다. 코드가 전화했을 땐 며칠째 회사를 쉬고 있다는 음성메시지와 함께 '장염'이라는 문자를 보냈다. 리나에게도 똑같은 메시지를 보냈다. 그녀는 자고 또 잤으며, 꿈은 기묘하고 무서웠다. 그녀는 공항에 있었고 브래디도 그곳 어딘가에 있었다. 그녀는 기나긴 복도를 달리며 그를 찾다가 경비대에 붙잡혔고, 꿈쩍도 않는 사람들 속에 갇혀 있다가 곧 풀려났다. 땀범벅이 된 채 깨어났더니 정말 장염에 걸린 느낌이었다. 조지애나는 시리얼을 먹은 후 아무 생각 없이 텔레비전을 보려 애썼지만, 자꾸 집 안 구석구석 돌아다니며 브래디의 연애편지를 찾고 있었다. 찻잔에는 '당신의 백핸드는 멋져, 하지만 당신의 백사이드*는 훨씬 더 멋지지'라는 메모가 붙어 있다. 소파 위의 쿠션 밑에 붙은 메모에는 '가슴 달린 아기를 만듭시다'라고 적혀 있다.

---

* 엉덩이라는 뜻이다.

월요일부터는 다시 출근하기 시작했다. 병가를 계속 썼다가는 해고당하리라는 이유도 있었지만 브래디에 관해, 사고에 대해 더 듣고 싶은 마음도 있었다. 사무실에는 먹구름이 잔뜩 끼어 있었다. 사람들의 표정은 어두웠고, 하녀 방의 그녀 자리에서는 메그의 책상이 보이기 때문에 보조금신청팀원들이 메그의 개인 물건을 상자에 챙겨 넣는 모습을 지켜볼 수 있었다. 카디건 하나, 클립들이 담긴 은 접시 하나, '조지타운'이라고 적힌 셔츠를 입고 있는 작은 불도그 인형, 애드빌 한 통. 메그의 그 대단했던 야심을 생각하니, 메그가 살았다면 해냈을 그 모든 일을 생각하니 조지애나는 상실감에 가슴이 저려왔다. 둘이서 가끔 점심을 함께 먹었기 때문에 사무실 사람들은 그들이 친구 사이라 생각했고, 메그의 책상을 치우는 모습을 지켜보며 조지애나가 눈물을 흘리자 보조금신청팀은 가엾다는 듯 혀를 차며 화장지를 건넸다. 그들은 1주일 내내 울 만큼 울었다.

아미나가 브래디의 책상을 치우고 친구들을 보러 사무실에 왔다. 아미나가 1층에 있다는 소식을 들었을 때 조지애나는 자신이 하녀 방에서 나가면 안 된다는 걸 알았다. 아미나를 보면 무너져 내릴 테고, 그 과도한 슬픔 때문에 그녀의 정체가 드러날 테고, 그러면 그 여자의 비통함은 두 배로 커질 테니까. 아미나가 브래디의 아파트를, 그의 자전거와 파란 침대보와 지도와 산더미처럼 쌓인 전기들을 치운다고 생각하면 기분이 좋지 않았다. 아미나는 그 집을 분명 팔 텐데, 그러면 브래디가 브루클린에 살았다는 증거는 영원히 사라져버리고 만다.

조지애나는 그 주 내내 아침마다 발륨* 반 알을 먹고 출근해서 멍하니 좀비처럼 시간을 보냈다. 이메일을 보내거나 답하는 일도 거의 하지 않았고, 뉴스레터 마감을 어겼지만 신경 쓰는 사람은 아무도 없었

---

* 신경안정제의 상표명.

다. 사무실 전체가 거대한 눈 더미를 통과하듯 느릿느릿 힘들게 나아가고 있었다. 조지애나는 코드와 리나의 문자메시지를 무시했다. 코드는 자기의 예비용 스쿼시 고글이 그녀에게 있는지 물었고, 리나는 조지애나를 토요일의 어느 파티에 불러내려 애썼다. 조지애나는 사샤에게 털어놓은 걸 후회했다. 하고많은 사람 중에 왜 하필 GD에게 고백했을까. 하지만 코드가 브래디에 관해 한마디도 하지 않은 걸 보면 사샤가 말하지 않은 모양이었다. 금요일에 퇴근하고 나서는 6시 반에 잠옷으로 갈아입고 타코를 주문한 후 다섯 시간 동안 넷플릭스를 보다가 잠들었다. 발륨 때문에 나른해진 몸으로 죽은 사람처럼 잤고 열 시간 후 일요일 아침에 깨어났을 땐 머리가 아팠다. 오후에 또 낮잠을 자야 할 것 같은 느낌이었다. 5시에 버저 소리에 잠에서 깨어났다. 비틀비틀 인터컴으로 가서 버튼을 누른 후에야 그냥 못 들은 척할걸 하고 후회했다.

"누구세요?"

"조지애나, 나야, 문 열어줘."

리나였다.

"저기, 나 자는 중이었어."

"야, 열어달라니까."

리나의 고집에 조지애나는 한숨을 쉬고 버튼을 누른 다음, 현관문을 빼꼼히 열어둔 채 방으로 돌아가 침대에 올라갔다. 2분 후 리나가 햇볕에 그을려 너무도 건강해 보이는 모습으로 나타났다.

"얘, 대체 무슨 일이야?"

이리저리 둘러보는 리나의 얼굴에 걱정스러운 기색이 역력했다. 조지애나는 방에 위험 신호가 있나 찾아보았다. 구제불능의 불결한 상태는 아니었다. 그녀가 출근한 사이 베르타가 와서 진공청소기를 밀었다. 하지만 블라인드가 내려져 있고, 침대에 텅 빈 크래커 상자가 하나 놓여 있고, 물컵이 바닥에 엎어진 채였으며, 베개에는 사랑의 말이 담긴 쪽지들이 흩어져 있었다. 조지애나는 쪽지들을 잽싸게 쓸어 모아 침대 옆 테이블에 두었다.

"장염에 걸렸어. 정말 힘들어 죽는 줄 알았다니까."

"장염은 스물네 시간이면 나아. 넌 2주 동안 행방불명이었잖아. 너 안 좋아 보여."

"사촌 결혼식이 있었어."

"결혼식을 2주 동안 했어?"

"미안. 그냥 만사가 귀찮아서."

"네가 집순이가 되어가는 걸 가만 보고 있을 수만은 없어. 너뿐만 아니라 나까지 힘들거든. 크리스틴이랑 나만 있으니까 심심해. 너의 그 썰렁한 유머와 가벼운 일침이 필요해. 빨리 샤워하고 옷 입어. 저녁 먹고 샘의 생일 파티에 갈 거니까."

"저녁은 먹을게. 하지만 파티는 별로야."

"그건 두고 보자고."

샤워실에 들어간 조지애나는 불안감이 밀려들며 배 속이 불편해졌다. 나가서 발륨 반 알을 또 먹은 다음 머리를 말리고 화장을 했다.

저녁을 먹으면서 조지애나는 마르가리타 두 잔을 마셨고 몇 주 만에 처음으로 몸이 가벼워졌다. 설탕과 알코올이 들어가니 가슴이 두근거렸고, 어느 고등학교 동창이 아르헨티나의 폴로 선수에게 홀딱 빠져서 가족의 전 재산을 말에 쏟아부었다는 크리스틴의 이야기에 웃음을 터뜨렸다. 그들은 리나 상관의 아내에 관해서도 이야기했다. 그 아내는 아이들이 하루가 멀다 하고 친구들을 불러 인명 구조 놀이를 하자 진절머리가 나서 브라운스톤 저택의 바닥 층에서 수영장을 없애버렸다. 조지애나는 망고 조각이 들어간 샐러드를 깨지락거리고 술잔

테두리에 묻은 소금을 핥았다. 친구들이 그녀에게 요구하는 것은 거의 없었다. 캐묻지도 않고 말을 시키지도 않았다. 그저 그녀를 웃게 만들고, 이야기를 하고, 달콤한 술을 또 주문했다.

그들은 계산을 하고 우버를 불러 샘의 아파트로 달려가, 엘리베이터의 거울 벽을 보며 화장을 고쳤다. 쉰 명 정도가 부엌과 거실을 가득 메웠고, 음악이 쾅쾅 울려대고 다이닝 룸 테이블은 와인과 위스키와 소다수로 뒤덮여 있었다. 크리스틴이 테킬라와 소다수를 석 잔 따른 후 – 얼음통은 비어 있고 라임 그릇은 엎어져 있었다 – 그들은 사람들 속으로 섞여 들어갔다. 부엌 문간에 서 있는 커티스 맥코이가 보이자 조지애나는 그가 이곳에 나타나리라는 걸 이미 알고 있었던 것 같은 느낌이 들었다. 러시아식 댄스홀에서의 그날 밤 이후로 퍼즐 한 조각이 빠져 있었는데, 이제 그 조각이 제자리에 끼워졌다. 조지애나는 성큼성큼 커티스에게 다가가 차갑게 미소 지으며 플라스틱 컵을 그의 컵에다 쾅 부딪쳤다. 커티스는 움찔 놀랐고 맥주가 바닥으로 조금 튀었다.

"커티스, 여기서 보다니 놀랍네. 그렇게 윤리적이신 분이 생일 파티에 다니는 줄 몰랐어."

"조지애나, 안녕."

커티스는 얼굴을 찡그리며 소매에 묻은 맥주를 닦았다.

"사실 조만간 너랑 마주쳤으면 싶었어."

"오, 왜? 잘난 척하면서 혼내줄 사람 찾기가 힘드셨나 봐?"

"아니, 사과하고 싶어서. 그날 기분이 안 좋은데다 그 상황이 불편해서 괜히 너한테 화풀이한 거야. 잘못했어."

조지애나는 멈칫했다. 괴로워하는 그의 표정에는 가식이 없었다.

"내 선글라스 갖고도 아주 무례하게 말했잖아."

조지애나는 얼굴을 찡그리며 말했다.

"미안. 그 선글라스 멋졌어."

커티스는 깊이 뉘우치듯 말했다. 죄책감으로 쩔쩔매는 것처럼 보였다. 조지애나는 마음이 풀려 웃었다.

"장난이야. 그 선글라스 촌스러워. 엄마한테 빌렸거든."

"아, 그래."

커티스는 머뭇머뭇 미소 지었다. 그의 입은 사랑스럽고, 치아는 곧고 하얬으며, 입술은 폭신해 보이고, 턱 가운데가 옴폭 들어가 있었다. 부엌에서 다이닝 룸으로 자리를 옮기는 사람들에 떠밀려 조지애나는 커티스의 가슴에 살짝 부딪혔다. 그녀는 그의 어깨에 한 손을 올렸다. 방은 무덥고 약간 빙빙 도는 느낌이었다. 조지애나는 몸을 앞으로 기울여 커티스의 입술에 키스했다. 처음에 그는 망설였지만 조지애나가 입술을 밀어붙이자 결국 그도 굴복하여 키스에 화답했다.

"야, 야, 조지애나, 뭐야?"

리나가 갑자기 곁에 나타났다.

"지금 파티가 한창인데."

조지애나는 뒤로 휘청거렸다. 얼굴이 따끔거렸고, 심하게 취했다는 걸 깨달으면서 갑자기 창피해졌다. 그녀는 리나의 팔을 붙잡아 끌며 다이닝 룸을 지나갔다.

"집에 갈래."

다음 날 아침 조지애나는 자기혐오 속에서 깨어났다. 머리는 욱신거리고, 뱃살은 물렁하고, 밤의 기억은 파편처럼 드문드문했다. 몸을 내려다보니 청바지와 블라우스를 그대로 입고 있었다. 하나로 땋아내린 머리도 그대로였다. 부엌에는 전자레인지가 불이 켜진 채 열려있고, 판지 받침대에 얹어진 냉동 피자는 생으로 녹아 있었다.

"젠장."

조지애나는 그렇게 속삭이고는 욕실로 들어가 거울을 보며 이를 닦았다. 토한 것 같지는 않은데 혀의 느낌이 이상하고 목이 아팠다. 팔뚝에 기억나지도 않는 멍이 들어 있었다. 그녀는 청바지와 블라우스를 바구니에 던져 넣고 오래된 저지 셔츠를 입었다. 코드에게서 테니스와 관련된 문자메시지가 세 통 와 있었다. 정오에 코트 하나를 예약해두었다고 했다. 벌써 11시였다. 조지애나는 리나에게 메시지를 보냈다.

나 커티스 맥코이랑 키스했어?

리나가 곧장 답을 보내왔다. '안 죽었다니 정말 다행이네. 겨우 석 잔에 나가떨어지더라. 장염 때문인가?'

리나, 내가 커티스 맥코이랑 키스했냐니까???

음 그래 그랬지

하지만 난 걔 싫어.

조지애나는 답을 보낸 뒤 소파로 몸을 던졌다. 내가 왜 커티스 맥코이한테 키스를 하겠어? 그녀가 커티스의 얼굴에 얼굴을 짓누르며 그를 밀어붙이는 장면이 떠오르는 듯했다. 생각만 해도 끔찍했다. 그녀는 토스트 네 조각을 먹고 비타민워터 두 잔을 마신 뒤 테니스복을 입었다. 코드는 그녀를 스토킹하다시피 하고 있었고—여전히 브래디에 관해 한마디도 하지 않는 걸 보면 그녀가 갑자기 연락을 끊은 이유를 전혀 모르는 것이 분명했다—만약 테니스 시합을 취소하면 집에 찾아

와 그녀의 입을 열게 할 터였다. 그녀는 어물쩍 말을 돌리거나 용의주
도하게 거짓말하는 건 고사하고 대화 자체가 어려운 상태였다.

조지애나는 카지노 클럽 1층에서 코드를 만났고 그들은 한 시간 동
안 공을 쳤다. 조지애나는 발을 엉망으로 놀리고, 쉬운 샷을 놓치고,
엉터리 서브를 넣었다. 시합을 마쳤을 때 코드가 살짝 놀렸다.

"숙취야, 조지애나? 어제 대단한 밤을 보냈나 봐?"

"왜 그렇게 생각해?"

조지애나는 테니스화를 벗으며 차갑게 맞받아쳤다.

"음, 술 냄새도 나고 눈 화장이 뺨으로 흘러내려 있고. 어젯밤에 세
수는 했어?"

"아니."

조지애나는 시인했다.

"어제 남자 집에서 잤어? 남자랑 잔 거야?"

"아니, 내가 미쳐."

조지애나는 얼굴이 화끈거렸다.

"오, 잤구나. 섹스를 했어. 남자가 생겼구나아아아아."

그가 「유 갓 어 맨You Got a Man」이라는 노래를 부르기 시작했다.

"그만해, 오빠."

조지애나는 짜증스럽게 말했다. 코드는 씩 웃으며 라켓 케이스의
지퍼를 잠갔다. 그들은 돌계단을 내려가 몬터규 스트리트로 나갔다.
조지애나는 비참한 기분이었다. 얼굴은 벌겋고, 머리는 더럽고, 보아
하니 뺨 전체에 마스카라가 번진 모양이었다. 걸으면서 코드는 엘리
자베스 여왕 시대에 산책하는 연인이라도 된 양 조지애나에게 팔짱을
꼈다. 자기가 심하게 몰아붙였다는 걸 알고 만회하려는 것이었다. 몬
터규 스트리트와 힉스 스트리트가 만나는 모퉁이를 돌아갈 때 그들은
덩치 큰 그레이하운드를 산책시키는 다른 커플과 부딪힐 뻔했다. 조

지애나는 남자와 눈이 마주쳤다. 커티스 맥코이였다. 순간 두 사람은 멈칫했고 시간은 얼어붙었다. 조지애나는 수치심에 정신이 몽롱해지고 약간 현기증이 일었다. 그때 코드가 "어이쿠, 안녕, 큰 개야"라고 말하고는 조지애나의 팔꿈치를 잡아끌었고 커티스는 얼른 고개를 돌려버렸다. 그와 여자는 개와 함께 힉스 스트리트를 따라 계속 걸음을 옮겼고, 조지애나는 오빠가 혼자 떠들어대도록 내버려둔 채 일방적인 대화를 이어가다가 집에 도착하자 소파에 누워 분노와 자기 질책의 악취 나는 늪에 빠져 애를 태우며 남은 하루를 보냈다.

조지애나는 대학 입학 전의 여름에 처음으로 공황 발작을 일으켰다. 당시엔 그저 마리화나를 너무 많이 피워서 그렇겠거니 했지만, 돌이켜보면 그 현기증, 좁아진 시야, 심장이 멎은 듯한 감각은 통제 불능 상태가 되어가는 것처럼 느껴지는 삶의 결과물이었다. 친구를 남겨둔 채 멀리 떠나야 하고, 동네와 학교 밖에서는 그녀의 부모가 누구든 아무도 신경 쓰지 않을 테고, 달리와 코드의 여동생이라는 후광도 더 이상 통하지 않으리라. 브래디가 죽은 후 몇 주 동안 바로 그런 공황 상태에 언제든 빠질 것 같은 느낌에 시달렸다. 직장에서 회의를 하다가 의자에서 미끄러져 떨어지는 느낌이 들어 똑바로 앉아 있질 못한다거나, 말을 하다가 얼굴이 마비되고 입안이 바짝 마른다거나, 말문이 막혀 통화 도중에 전화를 끊어버린다거나 하는 일이 벌어졌다. 핸드백에 어머니가 남겨둔 발륨 한 병이 있었고, 알약을 절반으로 쪼개어 양을 조절했지만, 병을 흔들었다가 알약 몇 개가 플라스틱 뚜껑에 부딪히는 소리가 들리자 그녀는 병원에 전화했다.

담당 의사는 그 주 동안 자리를 비운다고 했고, 조지애나는 접수 담당자에게 울면서 사정하여 바로 그날 대타 의사의 진료를 예약했다. 조지애나가 증상을 설명하자 늙고 친절한 의사는 책장에서 큼직한 약품 설명서를 꺼내와 다양한 선택안을 읽어주었다. 표준적인 항불안 약물 치료는 효험이 나타나기 시작하려면 2주가 걸릴 수도 있었다. 의사는 클로노핀 60알을 처방해주면서 아침과 밤에 복용하라고 했다.

브래디의 추모식이 열리는 날, 조지애나는 한 알 반을 삼킨 다음 검은 원피스를 입고 지하철로 어퍼이스트사이드까지 갔다. 동료들과 함께 뒤쪽에 앉아, 슬픔에 젖은 브래디의 부모가 앞에서 가족을 맞는 모습을 지켜보았다. 두 사람 모두 옥스팜*에서 일하고 있었고, 브래디는 그들의 뒤를 따르고 있었다. 브래디는 어머니를 쏙 빼닮았고, 그래서 조지애나는 그녀를 보기만 해도 마음이 아팠다. 추모식에서 브래디의 절친한 친구들과 그의 형과 아미나가 추도사를 낭독했다. 아미나는 30대 초반에 체구가 작고 우아했으며, 조지애나는 자기도 모르게 그녀를 빤히 쳐다보고 있었다. 브래디의 마음 반쪽을 가진 여자였다. 브래디의 친구, 브래디의 형, 브래디의 아내가 차례로 나와 저마다 브래디와의 추억을 내세웠다. 하지만 브래디는 조지애나도 사랑했다. 그녀는 그 사실을 알았지만, 약 기운에 취해 어지럽고 정신이 혼미한 상태로 혼자 괴로워하며, 브래디의 아내가 울면서 그의 가족을 두 팔로 껴안는 동안 묵묵히 듣고만 있었다.

직장에도, 화요일 저녁에도, 주말에도 브래디가 없어 기대할 것이 완전히 사라져버린 조지애나에게 하루하루를 측정하는 기준은 달린 거리와 수면 시간밖에 없었다. 달리가 비행기 추락 사고를 신문 기사로 알고 그 일에 관해 물어봤을 때 조지애나는 대화가 길어지는 것을 막았다.

"그 사람들은 파키스탄의 프로젝트 매니저들이라서 난 몰라."

---

* Oxfam. 영국 옥스퍼드를 본부로 하여 1942년에 발족한 극빈자 구제 기관.

브래디의 이름을 입 밖에 내기만 해도 댐이 무너지듯 감정이 마구 분출되리라는 걸 알기에 거짓말을 할 수밖에 없었다. 코드는 주말마다 끈질기게 조지애나를 테니스 코트로 끌어냈다. 동생이 힘들어하는 것이 뻔히 보이는데도 물어볼 수는 없고, 모든 와스프가 그렇듯 운동이 모든 고통을 치유해주리라 믿은 것이다. 술을 마실 때 조지애나가 너무 빨리 필름이 끊기는 걸 본 리나는 항불안제에 대해 단도직입적으로 물어본 유일한 사람이었다. 그녀는 이렇게 조언했다.

"얘, 무슨 약을 먹든 술을 마시면 아무 효과가 없어. 둘 중 하나를 골라야 돼."

조지애나는 파티에서 그 많은 사람들 앞에서 커티스에게 키스한 것이 여전히 창피했지만, 길거리에서 그녀를 무시한 그의 태도 때문에 이상하게도 기분이 조금 풀렸다. 그의 굳은 표정, 그의 애인과 그의 개를 머릿속에 그려보았다. 민망함이 완전히 가시지는 않았지만, 어쩐지 힘이 솟구치는 느낌이었다.

조지애나는 부모님의 집에서 점심을 먹고 있었다. 훈제 연어와 펌퍼니클*을 깨지락거리며 신문의 스포츠 섹션을 읽고 있는데, 어머니가 〈뉴욕 타임스〉 일요일판 스타일 섹션을 들어올리며 물었다.

"커티스 맥코이라는 애 아니? 헨리 스트리트 스쿨에 다닌 네 동기인데."

"네?"

조지애나는 화들짝 놀랐다. 엄마가 어떻게 커티스를 알지?

"유산을 기부하는 젊은 억만장자들에 관한 기산데, 걔가 인터뷰를 했네. 걔 아버지가 짐 맥코이야. 겨울 기금 모금 행사 때 정말 무례하

---

* pumpernickel. 호밀을 거칠게 빻은 가루로 만든 빵.

게 굴던데."

그녀는 콧방귀를 뀌고는 조지애나에게 신문을 건넸다.

8월인 지금, 커티스 맥코이의 또래들 대부분은 마서스 비니어드로 휴
가를 떠났다. 그 섬에는 맥코이 가의 유명한 부동산이 다수 포진해 있
는데, 록 스타들과 대통령들을 접대한 것으로 알려진 사유지도 그중 하
나다. 자동차 행렬이 석조 대문을 조용히 지나가는 광경을 흔히 목격할
수 있다. 맥코이 가는 미국에서 두 번째로 큰 방위산업체인 타코닉을
3대째 소유하고 있다. 타코닉은 크루즈 미사일과 유도미사일을 생산하
여 미국 정부뿐만 아니라 사우디아라비아에도 팔아 논란을 불러일으
킨 바 있다. 스물여섯 살인 커티스 맥코이는 언제든 가업에서 손을 뗄
생각이지만, 그 막대한 재산을 버리는 것은 생각처럼 그리 단순한 문제
가 아니다.

"유산을 포기하는 건 법적으로 하루 만에 처리할 수 있는 일이 아닙니
다. 하루 만에 해치우고 싶지도 않아요. 이 피 묻은 돈을 떨쳐낼 수 있는
최선의 방법이 뭔지 지금도 많이 배워나가는 중입니다." 상위 1퍼센트
로 자랐지만 그것을 가능케 한 시스템을 근절하고 싶어 하는 밀레니얼
세대가 점점 늘어나고 있으며, 커티스 맥코이도 그 흐름에 동참하고 있
다. "나 같은 사람이 존재해서는 안 됩니다." 맥코이는 자신의 브루클
린 아파트에서 이렇게 말한다. "나는 스물여섯 살이에요. 내가 수억 달
러를 갖고 있을 논리적 이유가 전혀 없죠." 맥코이와 그의 동년배들은
부의 세습이라는 개념을 거부하며, 애초에 그런 상황을 가능케 한 법규
의 폐지를 위해 애쓰고 있다. 그에게 어울리는 타이틀이긴 하지만 맥
코이는 스스로를 자선가로 정의하지 않고("'자선가'의 역할을 자처하는 데
는 천박하고 엘리트주의적인 면이 있어요."), 유산을 좀 더 빨리 손에 넣어 자
신의 부를 다양한 비영리 단체에 배분할 수 있는 방법을 가족 변호사와

함께 강구하는 중이다. "전쟁 도발로 벌어들인 이 돈을 평화 증진에 사용하는 것이 내 목표입니다. 내가 이렇게 목소리를 냄으로써 나와 같은 처지의 사람들, 혹은 어떤 종류의 유산이든 물려받을 사람들이 반성하고 그 돈의 의미와 그 돈을 이용하여 과거의 잘못을 만회할 방법을 생각하는 계기가 되었으면 합니다."

자신의 아파트에서 나무 의자에 앉아 진지한 표정으로 카메라를 응시하는 커티스의 사진이 기사와 함께 실려 있었다. 가운데가 옴폭 파인 턱이 눈에 띄었다.

"윽."

조지애나는 목이 졸린 듯한 소리를 냈다.

"왜? 잘 큰 것 같은데. 연락 한번 해봐. 얘기할 거리도 많을 텐데."

"그럴 일 없네요."

조지애나는 투덜거리고는 전화기를 집어 들어 그 기사를 리나와 크리스틴에게 보낸 다음, 14달러어치 훈제 연어를 신경질적으로 입에 욱여넣었다. 아버지가 분홍색의 〈파이낸셜 타임스〉 토요일판을 들고 와서 식탁에 앉았다. 그는 토마토주스를 한 잔 따른 후 조지애나가 들고 있는 신문을 쿡쿡 찌르며 농담을 했다.

"남자라면 모름지기 분홍색 신문을 읽어야지."

"조지애나의 학교 친구가 스타일 섹션 1면에 나왔어."

어머니가 끼어들자 조지애나는 퉁명스레 말했다.

"걔는 내 친구 아니에요."

"무슨 기사?"

"걔네 가족이 타코닉을 소유하고 있잖아요. 이제 유산을 쓸 수 있으니까 자기네 회사가 죽인 사람들한테 보상하는 의미로 그 돈을 기부할 거래요."

"액수가 상당할 텐데."

아버지는 이마를 찡그렸다.

"유산을 전부 쓰지는 못해요."

"그렇겠지. 보통은 오랜 시간에 걸쳐서 분할 지급되니까. 20대 애한테 수억 달러를 한꺼번에 줄 사람이 어디 있겠어."

"나는 분할로 받아요, 아니면 한꺼번에 인출할 수 있어요?"

"한꺼번에 인출해서 좋을 게 없을 텐데."

아버지는 깜짝 놀란 표정으로 그녀를 보았다.

"하지만 합법적으로 그 돈에 손댈 순 있어요?"

"물론이지, 하지만 타코닉의 그 아이만큼은 아니야."

"내 계좌에 얼마나 있는데요?"

조지애나는 대답을 졸랐다.

"명세서를 열어보지 그러냐? 다른 투자 고객들처럼 너도 명세서를 받잖아."

"최근엔 안 봤어요."

조지애나는 실토했다. 사실은, 신탁회사가 우편물 발송을 중단한 후로는 신탁 잔고를 확인해보지 않았다. 거의 5년째였다.

"그리고 네 신탁계좌는 둘이야. 양쪽 조부모님이 각각 만드셨으니까."

조지애나도 알고 있는 사실이었다. 그녀가 태어났을 때 외조부모님이 맡긴 신탁금이 더 많았다. 바로 그 신탁계좌에서 벌어들인 이자 수입으로 그녀의 아파트 대출금을 갚았다. 방 한 칸짜리 아파트를 즉석에서 살 수도 있었지만, 대출금리가 워낙 낮았다. 아버지의 비서가 설명하기를, 신탁 원금은 주식시장에 남겨서 더 불리고 주택담보대출을 받아 갚는 편이 더 낫다고 했다. 친가 쪽 조부모님의 신탁도 그녀가 태어났을 때 설정되었다가 그들이 세상을 떠났을 때 액수가 기하급수적으로 늘어났지만, 부동산 가문답게 대부분의 재산이 부동산에 묶여 있어 지금은 그녀의 아버지가 관리하고 있었고 신탁금은 일곱 자리 숫자에 불과했다. 외조부모님이 맡긴 신탁금은 확실히 여덟 자리였다.

창피한 얘기지만, 조지애나는 돈에 관심을 가진 적이 한 번도 없었다. 직장에 다니면서 4만 5,000달러 정도를 받았지만, 대출금 상환은 신탁계좌에서 자동으로 이루어졌고, 아버지의 비서가 분기마다 그녀의 계좌에 이체해주는 상당한 액수의 돈을 여행비나 옷값으로 썼다. 대학이나 대학원 학비 때문에 신탁에 손을 댈 생각은 해본 적도 없었다. 조부모님들이 각각 그 비용을 대주는 편이 세금 면에서 더 효율적이었다.

"만약 오늘 빼고 싶다면 얼마나 뺄 수 있어요, 아빠?"

조지애나는 밀어붙였다.

"오늘은 일요일이니까 체이스 은행 ATM에서 2,000달러 정도 뺄 수 있겠구나."

아버지는 그렇게 말하고 웃었다.

"아빠."

조지애나는 칭얼거리듯 말했다.

"은행 입장에서는 갑자기 거액을 현금으로 내주기가 쉽지 않지. 네 신탁금을 소기업에 여기저기 투자해놨는데 갑자기 현금을 빼면 시장이 요동친다고. 그러면 팀이 관리하는 다른 계좌들에 정말 큰 문제가 생기지. 그나저나 그 돈으로 뭘 하려고? 더 큰 집으로 옮기고 싶은 거야? 결혼해서 가정을 꾸리면 그래도 좋겠지만, 그 전까지는……."

"아니요, 지금 집이 좋아요. 이사 안 해요."

조지애나는 자신의 집을 사랑했다. 한 명이 살기에 충분히 넓고, 햇빛 잘 드는 새 집인데다 브래디가 잤던 곳이기도 했다.

"오빠랑 언니도 나랑 똑같은 소기업들에 투자한 거예요? 우리 계좌들이 똑같이 운용되고 있는 거예요?"

"뭐, 코드는 너랑 거의 똑같지만, 달리는 결혼한 후로 신탁 투자가 전혀 없지."

"없어요?"

조지애나는 깜짝 놀라 물었다.

"없어, 맬컴한테 혼전합의서에 서명해달라는 부탁을 안 했거든. 그래서 신탁금을 못 받게 됐지."

"그럼 한 푼도 못 받아요?"

조지애나는 이 사실을 어느 정도는 알고 있었지만 상세하게 들으니 역시 충격적이었다.

"달리는 돈이 많잖아. 맬컴도 잘 벌고 있고."

"그럼 언니 돈은 어떻게 되는 거예요?"

"아이들을 위해서 예치되지. 혼전합의서 없이 결혼하는 신탁 수취자는 사망자처럼 취급되거든. 신탁재산은 그냥 다음 세대로 넘어가는 거야."

"하. 언니가 형부한테 혼전합의서 서명 안 받았을 때 아빠 화나셨어요?"

아버지는 한숨을 내쉬었다.

"달리가 워낙 낭만주의자잖아. 혼전합의서에 서명하는 건 '이혼 준비'나 마찬가지라고 고집을 피우더구나."

"사샤도 서명 안 했잖아요?"

"당연히 했지. 그래서 코드가 지금도 신탁금을 받고 있잖아."

조지애나는 깜짝 놀라 멈칫했다. 왜 코드는 사샤가 서명하지 않았다고 말했을까? 아니, 그런 말도 하지 않았나? 그녀가 아는 거라곤, 코드가 속상해했고 사샤가 잠깐 집을 나갔다는 사실뿐이었다.

"오빠는 라임스톤 저택을 살 때 신탁금을 많이 썼어요?"

"아니, 그 집 주인은 코드가 아니야. 코드랑 사샤는 거기 사는 거지,

주인은 지금도 네 엄마랑 나야."

"그럼 이혼하면 사샤는 우리 집 절반을 못 갖는 거네요?"

"조지애나!"

어머니가 불쑥 끼어들었다.

"오빠네 부부한테 못하는 소리가 없어. 아무도 이혼 안 해. 그리고 솔직히, 네가 상관할 바도 아니지. 왜 우리가 돈 얘기를 하고 있는지 모르겠네. 점심 먹으면서 할 얘기가 따로 있지. 기가 막혀서. 이제 부동산 섹션 좀 넘겨줘. 패니 키턴이 1,000만 달러에 집 판다는 기사가 오늘 날 거라던데."

조지애나는 부동산 섹션을 빼내 어머니에게 건넨 후, 패니의 으리으리한 브라운스톤을 보고 그 끔찍한 설계에 한탄할 때를 빼고는 거의 입을 닫고 있었다. ("1,000만 달러를 주고 이 집을 산 사람은 제대로 된 세탁실을 기대할 텐데." 어머니는 그렇게 말하고는 고개를 절레절레 저었다.)

가족을 저녁 식사에 초대하는 코드의 이메일을 보자마자 조지애나는 알아챘다. 사샤가 임신했구나. '축하 만찬에 저희와 함께해주세요.' 임신 말고 축하할 일이 뭐가 있을까? 조지애나는 달리에게 이메일을 보냈다.

'난 안 가.'

답이 왔다.

'가야지! 임신 소식인 것 같은데!'

'그 여자가 파란색, 분홍색 연막탄으로 아기 성별 밝히고 집을 불태워버리는 거 아니야?'

'못됐어.'

달리가 쏘아붙였다.

조지애나가 파인애플 스트리트에 도착했을 때 가족은 이미 모여서 샴페인을 마시고 있었다. 그녀는 놀란 척 연기할 준비를 하고 물었다.

"축하할 일이 뭔데?"

"중대 발표를 하려고 너 기다리고 있었어."

코드는 행복하게 말하며 그녀를 응접실로 데려갔다. 그곳에는 사샤가 까탈스런 표정으로 뻣뻣하게 앉아 있었다. 모두가 이미 그의 말을 기다리고 있는데도 코드는 스푼으로 술잔을 톡톡 쳤다.

"자……."

그는 극적 효과를 위해 뜸을 들이며 눈을 반짝였다.

"저희한테 아기가 생겼습니다!"

"축하해!"

그들은 환호했다. 조지애나는 자기 부모님만큼 연기에 서툰 사람을 본 적이 없었다.

"다들 벌써 알고 있었어요?"

코드는 의기소침하게 물었다.

"뭐, 베르타한테 들었어."

틸다가 시인했다.

"베르타는 어떻게 알았대요?"

"그냥 그런 예감이 들었대. 여자의 감이라는 게 있잖니."

틸다가 약삭빠르게 말했다.

"아, 제가 토하는 걸 봤나 봐요."

사샤가 말했다.

"입덧이 심해?"

달리가 물었다.

"네, 매일 토해요."

"오, 이런. 난 어쨌는 줄 알아? 오이스터 크래커*를 침대 옆 테이블에 두고 밤에 깰 때마다 먹었어. 아침에 빈속이면 안 되니까. 그게 중요해. 절대 속을 비워두지 말 것."

맬컴이 말했다.

"침대에 과자 부스러기가 참 많이도 떨어져 있었지. 크래커 조각이랑 소금 범벅인 이불을 덮고 자니까 밤마다 박피 수술 받는 것 같더라니까."

"메스꺼울 땐 신맛 나는 입덧 캔디도 도움이 많이 돼."

달리는 전화기 화면을 쭉쭉 올리기 시작하더니 사샤에게 링크를 문자메시지로 보냈다. 달리의 열성에도 사샤는 심드렁해 보였다. 이 모든 것이 지루한 듯한 표정이었고, 조지애나는 점점 짜증이 났다. 모두들 사샤를 축하하려고 여기 모였는데 정작 본인은 그들과 함께하는 자리가 귀찮은 모양이었다.

"참! 너희들이 아기였을 때 쓴 침대가 있는데!"

틸다가 벌떡 일어나서는 성큼성큼 응접실에서 나갔다. 3분 후 고리버들로 만들어진 아기 바구니를 들고 돌아왔다. 만듦새가 날카로워 보이고 약간 이상한 냄새가 났다. 틸다가 애틋하게 말했다.

"너희 셋 모두 여기서 잤단다."

"신기하네요."

코드가 눈물을 글썽이며 말했다.

"저거 곰팡이 아니에요?"

사샤가 바구니 바닥에 푸르뎅뎅하니 딱딱한 껍질 같은 것이 생긴

---

* 굴 수프에 곁들이는 짭짤한 작은 크래커.

걸 보며 물었다. 모두 그녀의 질문을 무시했다.

베르타가 닭구이와 스쿼시, 그리고 아이들이 먹을 파스타를 만들었다. 그녀가 응접실로 고개를 쑥 들이밀며 식사가 준비됐다고 알리자, 조지애나는 샴페인 병을 기울여 남은 술을 전부 잔에 따른 다음 가족을 따라갔다. 반주는 와인이었지만, 사샤는 라크로이*를 캔째로 마셔 틸다를 아연실색케 했다. ("해변에서는 캔도 괜찮지만, 탄산음료는 스템웨어**로 마셔줘야지!") 아기에 관한 얘기가 오갈수록 조지애나는 목이 메었다. 아기를 갖자고 브래디와 농담으로 얘기했지만, 그녀는 아주 조금 기대를 품었다. 브래디가 아미나와는 아기를 갖지 않았으면서 그녀에게는 아기에 관해 이야기한 이유가 있을 터였다. 그가 두 여자 모두 사랑한 건 알지만, 시간이 지나면서 아미나에 대한 사랑이 시들해지고 그녀에 대한 사랑이 더 커진 건 아닐까 궁금하기도 했다. 기뻐하는 코드와 사샤를 보고 있자니, 브래디와는 영영 아기를 갖지 못하리라는 생각에 새삼 가슴이 아팠다.

식사를 마친 후 맬컴은 아이들을 거실로 데려가 영화를 보았고, 사샤는 베르타를 도와 식탁을 치웠다. 조지애나는 화장실에 가는 척하면서 그녀의 방으로 올라갔다. 와인 때문에 몸이 휘청거리고 피곤한데다 가족들이 입주 베이비시터의 장단점을 논할 때 아무렇지도 않은 얼굴로 듣고 있기가 힘들었다. 달리는 친구들이 고용했던 베이비시터를 똑같이 고용했고, 그 여자는 못 말리는 괴짜였지만 ─ 그녀는 달리가 청바지를 입으라고 간청하는데도 날마다 흰 간호사복을 입었고, 연예잡지만 읽었으며, 라스베이거스에서 셀린 디온 테마의 결혼식을 올렸고, 아기

---

* 미국의 탄산수 브랜드.
** 손잡이가 가늘고 기다란 유리잔과 그릇.

에게 끊임없이 동물 목소리로 말했다 – 그녀와 맬컴의 어머니 덕분에 달리는 파피와 해처를 낳은 후 첫 몇 주를 버틸 수 있었다.

조지애나는 문을 닫았다. 현기증이 조금 일어서 한쪽 눈을 감아 눈의 초점을 맞추었다. 책장에 고등학교 졸업 앨범이 꽂혀 있었다. 그녀는 충동적으로 앨범을 꺼낸 후 침대에 털썩 앉아 특정한 페이지를 찾아 훌훌 넘겼다. 중간 즈음의 'M' 섹션에서 그 이름을 발견했다. 커티스 맥코이. 그에 관한 생각이 그녀의 뇌를 이토록 많이 차지하는 것이 싫었지만, 스타일 섹션에서 본 그 남자는 그녀의 기억 속에 있는 음울하고 약간은 무서웠던 10대 남자아이와 영 딴판이었다. 그러나 마치 증거처럼 열일곱 살의 그가 여기 있었다. 눈을 가린 머리카락, 버튼다운 셔츠와 스웨터, 약간 짜증스럽게 카메라를 바라보는 시선. 그 옆에는 그가 해변에서 세 친구와 함께 모닥불 근처에 서 있는 흐릿한 사진 하나, 축구장에서 뛰는 모습을 찍은 사진 하나, 그리고 인용문 하나가 실려 있었다. '문제는 누가 날 허락할 것인가가 아니라 누가 날 막을 것인가이다.'

"재수 없어."

조지애나는 작은 소리로 중얼거렸다. 그러다 기절했는지, 꿈을 꾸고 있는 그녀를 달리가 흔들어 깨웠다. 꿈속에서 그녀는 커티스를 따라 풀 덮인 길을 걷고 있었다. 기분 나빴다. 노곤하고 짜증이 난 그녀는 일어나 앉다가 졸업 앨범을 바닥으로 떨어뜨렸다. 달리가 핀잔을 주었다.

"왜 여기서 자고 있어? 얼마나 마신 거야?"

"별로 안 마셨어. 그냥 피곤해서 그래."

조지애나는 변명하듯 말했다.

"너 취한 거 엄마까지 눈치챘어. 그럼 말 다 했지."

"못살아. 정말이야?"

"또 네가 말라 보인다고도 하더라. 그 말은 칭찬이었던 것 같지만. 대체 무슨 일이야?"

순간 조지애나는 언니에게 말해버릴까 생각했다. 아니면 이야기를 유리하게 지어내서 말해줄까. 유부남인 걸 알고 브래디와 헤어졌는데 그가 죽어버렸다고 말이다. 하지만 반쪽짜리 진실은 상처가 될 뿐이었다. 달리가 그녀의 크나큰 상실감을 이해한다고 착각하게 내버려둘 순 없었다.

"아무것도 아니야, 언니. 그냥 일 때문에 걱정돼서 약을 먹었는데 와인까지 마셔버려서 그래."

"약이랑 술을 같이 먹으면 어떡해!"

달리가 꾸짖었다.

"네가 무슨 10대 어린애야? 음주랑 약물이 얼마나 위험한지 내가 설명해줘야겠어?"

"아니, 오빠 때문에 너무 기뻐서 흥분해버렸어. 괜찮아."

"알았어. 바보짓 하지 마. 엄마한테 배에 가스 차서 이뇨제 먹었다고 말하고 작별 인사 해. 어차피 우리도 애들 집에 데려가서 재워야 돼. 해처 머리에 껌이 붙었는데 파피가 떼어주려다가 머리카락을 한 뭉텅이 뽑아버려서 땜통 생겼다고 해처가 울고불고 난리야."

"이런."

조지애나는 졸업 앨범을 겨드랑이에 꼈고, 그들은 밤거리로 나갔다.

조지애나는 단체 설립자와 말을 주고받은 적이 없었다. 그녀가 대형 사고를 쳐야만 상관의 상관인 그와 대화를 할 수 있을 거라 생각했다. 그래서 수요일 아침 그가 하녀 방으로 고개를 쑥 들이민 건 예상치 못한 일이었다. 사무실 바닥에 웅크려 앉아 이제 막 인쇄소에서 온 뉴스레터 상자들을 살피고 있던 조지애나는 그가 문틀을 똑똑 두드리자 화들짝 놀랐다.

"피터! 안녕하세요!"

피터라고 불러도 괜찮을까, 이런 생각부터 들었다. 퍼스먼 씨라고 불렀어야 했나? 아니다. 그건 이상했다. 그는 그녀의 상관이지 교장 선생님이 아니었다.

"조지애나. 어떻게 지내요?"

"잘 지내고 있어요!"

그녀는 긴장 어린 표정으로 지나치게 열성적으로 일어섰다.

"물어볼 게 있어서요. 다음 달에 자선 행사가 있잖아요. 개인 기부자와 가족 재단 규모를 좀 늘렸으면 좋겠는데."

"그럼요. 행사장에는 이미 연락을 해놨고, 가브리엘과 긴밀히 협력해서 내빈 명단을 정리하고 있어요."

"이력서를 보니까 브루클린의 헨리 스트리트 스쿨에 다녔다고 되어 있던데, 맞죠?"

"네, 맞아요."

왜 설립자가 그녀의 이력서를 봤을까? 누군가가 그에게 얘기한 것이 분명했다.

"얼마 전에 〈타임스〉를 읽다가 커티스 맥코이라는 헨리 스트리트 스쿨 졸업생이 자선 기부를 많이 하고 있다는 기사를 봤어요. 그 사람 목표가 우리 일과도 잘 맞는 것 같은데, 혹시 자선 행사 건으로 그 사람한테 연락해줄 수 있겠어요?"

바더 마인호프 현상이 일어나고 있었다. 어떤 새로운 존재를 인지하고 나면 어디에서나 그것이 보이는 것이다. 커티스 맥코이가 항상 그녀 삶의 변두리에서 얼쩡거리고 있었는데, 그녀가 눈치채지 못하고 있었던 걸까? 갑자기 그는 피할 수 없는 존재가 되어버렸다. 중학교 시절 한 친구가 「인어공주」에 나오는 성이 어떤 따분한 일러스트레이터가 그린 남자 성기 같다고 지적한 적이 있었다. 그렇게 보기 시작하니 끊임없이 그것이 보였다. 처음부터 눈앞에 있었던 것을 완전히 의식하지 못하고 있었던 것이다. 커티스에 대해서도 똑같은 느낌이었다.

"저 커티스를 알아요."

조지애나는 시인했다.

"잘 아는 건 아니지만, 동기거든요."

피터 퍼스먼은 미소 지었다.

"아, 정말 잘됐네요. 내 편지를 그 사람한테 전달해줘요. 그리고 다음 달에 나를 소개해주면 좋겠네요! 당신은 대단한 자산이에요, 조지애나. 짧은 시간에 큰 공을 세웠어요."

그 말과 함께 그는 고개를 숙여 인사하고는 하녀 방에서 휙 나가버렸다. 뒤에 남은 조지애나는 상자들이 놓인 바닥에 도로 앉았다.

조지애나는 최대한 냉담한 투로 커티스에게 초대장을 전했다. 피터(혹은 그의 비서)는 조직의 업무를 요약하고 최근 파키스탄에서 세 동료를 잃은 사건을 강조한, 품격 있는 소개장을 작성했다. 물론 파키스탄은 국민들이 미국을 대단히 불신하는 나라이다. 초대장에는 '당신 가족이 만든 드론이 파키스탄 북서쪽에서 수천 번의 공격으로 사람들을 죽였으니 생존자들에게 스스로를 돌볼 수 있는 방법을 가르칠 돈을 우리에게 줘야 한다'라고 노골적으로 쓰여 있지는 않았지만, 그런 취지가 다분히 담겨 있었다. 조지애나는 러시아식 댄스홀 생일 파티 초대장에서 커티스의 개인 이메일 주소를 빼낸 뒤 맨 위에 짤막하게 적었다. '내 상관이 너한테 보내래. 잘 지내.' 한 시간 후 커티스의 답장이

왔다.

내가 이 행사에 가면 나한테 키스하려고 할 거야?

조지애나는 찬물이라도 튄 것처럼 컴퓨터 모니터에서 후다닥 물러
났다. 그녀는 냉큼 반격했다.
'이건 업무 메일이야.'
곧장 답이 나타났다.
'아, 그래. 이번 파티에도 테마가 있어? 제3세계 패션인가?'
조지애나는 콧방귀를 뀌었다. 정말 재수 없다니까.
'오기 싫으면 오지 마. 상관한테는 네가 너무 바빠서 자선가 노릇 못
한다고 전할 테니까.'
'나 스토킹해? 내 기사는 전부 찾아서 읽는 거야?'
'스타일 섹션이었어. 순전히 여자들한테 잘 보이려고 기사 낸 것 같
던데. 사실 데이트 상대는 더 쉬운 방법으로 구할 수 있을 텐데 말이
야. 사진사가 너한테 카메라 노려보라고 부탁한 거야? 아니면 그냥 인
상 쓰라고 한 거야?'
'참 오래도 기사를 본 것 같네.'
'청년 자선가한테 연락하는 게 내 일이니까.'
'뭐, 기꺼이 연락 받아주지. 다음 달에 갈게. 네 엄마 선글라스 빌릴
수 있는지 알려줘.'

"와우. 커티스 맥코이가 이메일로 재미있는 농담도 할 줄 아네."
리나가 웃었다. 그들은 애틀랜틱 애비뉴의 이탈리아 식당에 있었

고, 리나와 크리스틴은 바짝 붙어 앉아 조지애나의 전화기를 내려다 보았다. 조지애나가 물었다.

"걔한테 여자친구 있어?"

"몰라. 관심 있어?"

"아니! 다른 사람들도 나처럼 걔를 인간 말종으로 생각하는지, 아니면 걔한테서 인간적인 면모를 찾은 사람이 있는지 궁금해서."

"평화를 위해 1억 달러를 기부하는 인간 말종. 대단한 개자식인데."

"아니, 사람 헷갈리게 하잖아, 안 그래? 구제불능 얼간이 아니면 성인인데, 어느 쪽인지 도통 모르겠단 말이야."

크리스틴이 신중하게 답했다.

"못돼먹은 인간들이 좋은 일을 할 수도 하지. 빈 라덴도 자기 손주들을 사랑했다잖아."

"엄청 도움이 되는 통찰이다. 고마워."

크리스틴이 말을 이었다.

"내가 같이 일하는 남자들을 봐. 유토피아 사회를 만들겠다는 원대한 꿈을 품은 기술자들이 오히려 상상도 못했던 혐오를 퍼뜨리고 있잖아, 그것도 주로 돈 때문에."

리나가 물었다.

"그 반대도 가능하지 않아? 안젤리나 졸리처럼? 빌리 밥 손튼의 피를 목에 걸고 다니고 마약도 많이 했지만 철들어서 유엔 친선대사가 됐잖아? 커티스도 그런 거 아닐까? 철들려고 노력하는 거 아니야?"

"그럼 커티스가 안젤리나 졸리라는 거네. 좋다, 좋아. 이제 알겠네."

조지애나는 웃었다. 두 사람이 똑같은 경우라고 할 수는 없지만, 중요한 진실이 있었다. 가족이 저지른 죄는 커티스의 책임이 아니었다. 고등학교 시절의 믿음을 반드시 책임질 필요도 없었다. 사람은 변할 수 있다. 사람은 발전할 수 있다. 그녀가 뭐라고 그에게 엄격한 도덕적

잣대를 댄단 말인가? 그녀가 자신에 대해 가졌던 믿음은 브래디와 사랑에 빠졌을 때 몽땅 폐기되어버렸다. 좋은 사람이 잘못을 저지르기도 한다.

커티스 맥코이를 자선 행사에 초대했다고 얘기했더니 달리는 조지애나의 팔을 붙잡고 큰 소리로 웃었다.

"이제 누가 꽃뱀이야?"

그들은 카지노 클럽에서 테니스를 치고 있었고, 조지애나는 모든 클럽 회원이 그녀를 출세에 목맨 사람으로 생각할까봐 애가 타서 언니를 쏘아보았다.

"그만해."

"둘이 뭣 때문에 싸우고 있어?"

코드와 그들의 어머니가 코트로 들어와 조지애나에게 공을 한 통 건넸다. 달리는 신나게 떠들어댔다.

"조지애나가 커티스 맥코이랑 데이트한대!"

"오, 내가 주선한 거야."

어머니가 흐뭇한 표정으로 말하며 두 손으로 골반을 문질렀다. 그녀의 두 다리는 아주 멋졌고 가끔은 그녀가 순전히 스커트를 입으려고 테니스를 치는 것처럼 보이기도 했다.

"뭐라고요? 아니에요, 엄마!"

"아니, 내가 그 아이에 관한 기사를 주면서 연락해보라고 했잖니."

코드가 물었다.

"커티스 맥코이가 누군데?"

달리가 답했다.

"청년 억만장자인데 전 재산을 기부할 거래. 걔네 아빠가 타코닉 회장이야."

"걔는 억만장자 아니야."

조지애나가 중얼거리자 틸다가 노래 부르듯 말했다.

"전 재산을 내놓으면 억만장자가 아니긴 하지."

코드가 고개를 갸우뚱하며 말했다.

"아, 나도 읽었어. 약간 버니 브로* 같던데."

"걘 버니 브로 아니야."

조지애나는 공이 든 캔의 뚜껑을 벗기고 공 세 개를 스커트 밑으로 쑤셔 넣었다.

"시리아인들 죽인 토마호크 미사일 팔아서 번 돈 수백만 달러를 물려받았는데, 요트 타면서 놀지 않고 세상을 더 나은 곳으로 만들기로 결심했어. 그러니까 조롱할 만한 사람은 아니야."

"그래도 요트는 갖고 있지?"

틸다가 물었다.

"사회 명사록 여름판 확인해봐야겠다."

"그게 중요한 게 아니잖아요, 엄마."

조지애나는 눈알을 굴렸다.

"이제 테니스 좀 치면 안 될까요?"

그들은 항상 조지애나와 달리가 한 팀, 코드와 어머니가 한 팀을 이루어 복식 경기를 했다. 짜증나긴 했지만, 코드가 두 자매보다 더 강하고 더 빨랐기 때문에 예전보다 떨어지는 틸다의 민첩함을 메워주었다. 달리는 실력이 조금 들쭉날쭉하긴 해도 강했고, 그녀가 조지애나와 함께 뛰면 두 팀이 대등한 시합을 펼칠 수 있었다. 칩도 실력이 제

---

* Bernie bro. 미국의 2016년 대선 후보 버니 샌더스의 지지자로 추정되는 사람을 경멸조로 지칭하는 말.

법 좋았지만, 절대 틸다와 함께 뛰지 않았다. 그들은 매번 싸웠고, 그래서 90년대 언젠가 결혼 생활은 유지하되 테니스는 따로 치기로 결정했다.

조지애나는 '결혼 생활'이라는 단어가 그토록 다양한 경험을 아우르는 것에 종종 놀라곤 했다. 그녀의 부모님은 함께 살며 한방에서 잤지만, 물리적인 가까움과 상관없이 독자적인 인생을 사는 것처럼 보였다. 관심사와 친구가 전혀 달랐으며, 서로 다른 책을 읽고 다른 영화를 보았다. 휴가는 함께 갔지만, 일상은 따로 보냈다. 틸다는 쇼핑을 하고 손톱 관리를 받고 운동을 했으며, 칩은 신문을 읽고 골프를 치고 친구들과 술을 마셨다. 달리와 맬컴은 정반대였다. 그들은 함께 있는 시간보다 떨어져 있는 시간이 더 많았지만, 하루 종일 대화를 하고 거의 모든 일을 함께 결정했으며, 가끔은 서로 완전히 다른 대륙에서 각기 침대에 앉아 똑같은 음식을 포장해 와서 먹으며 함께 영화를 보았다. 조지애나는 달리가 맬컴에게 지극정성인 걸 보면 배알이 뒤틀릴 지경이었다. 가끔은 달리가 남편의 흠을 찾아냈으면 좋겠다는 생각이 들기도 했다. 양치질하는 방식이 마음에 안 든다거나, 책을 읽을 때 입술을 오므리는 꼴이 보기 싫다거나. 하지만 그들의 결혼 생활은 달걀 같았다. 껍질에 둘러싸인 흰자와 노른자. 달리가 스톡턴 가 사람으로서 가족과 함께 테니스를 치고 있을지 몰라도, 조지애나를 홀로 남겨둔 채 맬컴네 가족이 되어가고 있는 건 아닌가 하는 의심이 피어나기 시작했다.

자선 행사는 브루클린 미술관 1층에서 열렸다. 원래 입장권 판매소였던 곳에 세워진 무대에서 DJ가 만찬 후의 댄스 시간을 준비하고 있었다. 조지애나는 테이블 배치를 맡았기 때문에 커티스가 10인석 테이블 하나를 2만 달러에 통째로 샀다는 걸 알고 있었다. 물론 회사는 그가 이 행사에 감동한 나머지 접시 밑에 놓인 작은 봉투에 성의 표시를 해주기를 바라고 있었다. 그가 제출한 손님 명단에서 조지애나가 아는 이름은 하나도 없었는데, 그리 놀라운 일도 아니었다. 화려한 만찬회를 가장한 국제의료보고회에 고등학교 친구를 끌고 올 리 만무했다.

자선 행사가 열리는 저녁, 조지애나는 큼직한 C 두 개가 어깨까지 내려오는 어머니의 샤넬 귀걸이를 할까 생각했지만, 커티스가 이 장난을 이해하지 못할 것 같았다. 더구나 깨끗한 식수가 부족한 아이들에 관해 이야기하면서 그런 귀걸이를 달고 있으면 격이 떨어지리라. 그래서 어머니의 미소니* 드레스에 굽이 엄청 높은 하이힐을 신기로 했다.

조지애나는 행사장에 일찍 도착해 문가에 서서 손님들을 맞았지만, 커티스가 도착했을 땐 한 거액 기부자를 휴대품 보관소로 안내하는 중이었다. 커티스는 그의 어머니가 분명한 아름다운 여인과 함께였고, 조지애나는 이상하게 기분이 좋았다. 타코닉에 대한 그의 공개적인 발언 때문에 부모님과 사이가 틀어지진 않았을까 생각했기 때문이다. 칵테일파티 내내 조지애나는 곁눈질로 그를 지켜보았지만, 속속 터지는 위기 상황을 해결하느라 그쪽으로 갈 수가 없었다. 막판에 3번 테이블에 합류한 사람이 있었고, 사진사에게 누구를 찍어야 할지 알려주어야 했으며, 가브리엘이 명부 등록을 위해 사용하고 있는 아이패드가 고장 나버렸다.

칵테일파티가 끝나고 직원들이 내빈들에게 각자 자리를 찾아가도록 독려하는 동안 조지애나는 무대 뒤로 쏜살같이 달려가 피터가 연

---

* Missoni. 이탈리아의 명품 패션 브랜드.

설을 위해 마이크를 차고 있는지 확인했다. 10분 후 무대 끝머리 근처에 앉은 조지애나는 커티스의 손님들이 모두 도착해 있는 것을 보았다. 카지노 클럽 밖에서 그와 함께 개를 산책시키고 있던 여자는 그의 왼편에 앉아 있었다. 그녀의 시선을 눈치챈 커티스가 고개를 살짝 숙여 인사하며 미소 지었다. 조지애나는 뺨이 달아오르는 걸 느꼈고, 손을 흔들어 인사에 답하자마자 바보가 된 기분이었다.

그녀는 그들의 최근 성과를 소개하는 영상을 아직 보지 않았는데, 영상이 시작되자마자 그것이 끔찍한 실수였음을 깨달았다. 행사장 앞에 브래디의 얼굴이 나타났다. 그는 어느 작은 공항에서 백팩을 어깨에 메고 선글라스를 머리에 걸친 채 메그, 디비야와 나란히 서 있었다. 죽기 전날 찍은 사진이 분명했다. 그가 파란 끈을 목에 걸고 오렌지색 스티커가 붙은 백신 상자 세 개를 들고서 병원 이사회실에서 회의를 진행하는 모습, 파키스탄에서 팀원들과 함께 노트북을 내려다보고 있는 모습을 찍은 사진들이 나왔다. 조지애나는 뺨으로 줄줄 흘러내리는 눈물을 느꼈다. 영상에 브래디의 사진이 나올 거라고 누군가가 그녀에게 말해주었어야 했다. 그녀는 스크린에서 눈을 떼고 마음을 가라앉히려, 호흡을 가다듬으려 애썼다. 그러다 내빈들 쪽으로 고개를 돌렸더니 커티스가 그녀를 보고 있었다. 조지애나는 말없이 자리에서 일어나 비틀비틀 화장실로 가서 휴지를 한 뭉치 떼어 얼굴에다 꾹 눌렀다. 호흡이 돌아오자, 손에 물을 묻혀 마스카라가 번진 눈 밑을 톡톡 두드렸다. 드레스를 반반하게 펴고 머리카락을 귀 뒤로 넘긴 다음, 클로노핀 한 알을 반으로 쪼개어 혀 밑에서 녹였다. 괜찮았다. 감정을 다스릴 수 있을 것 같았다.

샐러드에서부터 주요 연사를 거쳐 주요리가 나올 때까지 그녀는 행사장 주변부에서 바쁘게 움직였다. 커피가 나올 때 무대 뒤에서 나가보니 사람들이 슬슬 테이블에서 일어나고 있었고, 춤을 추고 싶지 않은 사람들은 휴대품 보관소에 줄을 서 있었다. 커티스가 그녀의 어깨를 톡톡 두드리자 그녀는 움찔했다.

"안녕, 멋진 행사였어, 축하해."

"와줘서 정말 고마워. 이런 행사에 많이 불려 다닐 텐데."

아니나 다를까, 긴장되면서 뺨이 붉어졌고 그의 손길이 닿았던 어깨가 이상하게 신경 쓰였다.

"그건 그렇지만, 지금은 이런 행사 다니는 게 내가 할 일이야. 다양한 단체에 관해서 최대한 많이 배우고 싶거든."

몸에 꼭 맞는 네이비색 정장을 입어서 그런지 그의 눈동자가 평소보다 더 파래 보였다. 금발은 단정하게 빗겨졌고, 얼굴은 깔끔하게 면도되어 있고, 입에서는 커피 냄새가 살짝 풍겼다.

"합석했던 사람들은?"

조지애나는 텅 빈 의자들과 손대지 않은 디저트 접시들을 건너다보며 물었다.

"난 지금 팀이랑 같이 일하고 있어. 기업의 자선사업에 일가견이 있는 사람들."

"그러는 게 좋겠지."

조지애나는 빙긋 웃었다. 얼굴의 홍조가 드디어 식어 내리기 시작했다.

"우린 어떤 것 같아?"

"아주 좋아. 현지 의료인 교육에 주력하는 점이 마음에 들어. 돈이 바닥난 뒤에도 무너지지 않을 유의미한 구조를 만들어야 하니까."

조지애나는 고개를 끄덕였다.

"파키스탄 프로젝트가 아주 중요한 이유 중의 하나가 바로 그거야. 남자 의사를 꺼리는 여자들이 아주 많거든. 남편이나 시어머니가 허락하지 않아서. 그래서 우리는 여성 의료 봉사자들이 공동체의 가족

계획과 예방접종을 도울 수 있도록 교육하고 있어."

"일리 있어."

커티스는 머뭇거리며 숨을 들이마셨다.

"아까 영상 볼 때 아주 힘들어 보이던데. 비행기 추락 사고로 죽은 분들이랑 친했어?"

그녀를 유심히 바라보는 커티스의 눈빛이 너무도 밝아서 조지애나는 순간 당황했다. 그는 불편할 정도로 잘생겼다. 조지애나는 더듬더듬 답했다.

"응, 죽은 세 사람 중 한 명이 내 친구 메그였어."

커티스 맥코이에게 브래디에 관해 얘기할 순 없었다. 그랬다간 또 눈물을 펑펑 쏟을 테니까.

"정말 유감이야. 그분도 우리 또래였어?"

"몇 살 더 많긴 했지만, 그래도 아주 젊은 나이지. 처음으로 현지답사 간다고 정말 들떠 있었는데. 얼마나 똑똑했는지 몰라, 항상 일만 했어. 크게 될 사람이었는데."

"그랬구나. 안타깝네."

커티스는 꾸물대더니 말없이 주위를 둘러보았다.

"미술관 1층을 내빈들한테 개방한다던데. 잠깐 같이 걸을래?"

"좋아."

DJ가 음악을 틀고 있었고, 조지애나의 동료들은 현란한 조명 속에서 배우자와 함께 춤을 추고 있었다. 그들은 1980년대에 그려진 벽화가 천장까지 쭉 이어져 있는 유리 복도를 걸었다.

"테이블에 같이 앉아 있던 분, 네 어머니셔?"

"맞아. 시내에 계시니까 같이 오자고 했지."

"네가 부모님이랑 잘 지내고 있는지, 아니면 부모님이 너한테 섭섭해하시는지 궁금했어."

"엄마는 아버지보단 잘 이해해주시지."

커티스는 멋쩍어하며 시인했다.

"유감이야."

그들은 페인트가 두툼하고 울퉁불퉁하게 칠해진 6미터 남짓의 붉은 벽화 앞에서 걸음을 멈추었다.

"아버지는 타코닉에서 한 일을 무척 자랑스러워하시거든. 보는 시각이 나와는 달라. 아버지는 방위산업이 곧 애국이라고 생각하셔. 그러니까 우리 가족이 중요한 공헌을 한 셈이지. 우리를 거의 군인 가족으로 생각하시는 것 같아."

"네가 돈을 기부하는 거랑 타코닉을 비난하는 것 중에 아버지는 어느 쪽을 더 언짢아하셔?"

"아버지는 내가 도덕성을 과시하고 있다고 생각해. 자꾸 나를 A. O. C.*, 스탈린 동지라고 부르면서 언젠가 나한테 아이가 생기면 후회할 거라고 우기시네."

"아이들한테 더 큰 유산을 물려주고 싶어질 거라는 뜻인가?"

"맞아, 아버지는 경제적 안정이 가족에게 줄 수 있는 최고의 선물이라고 생각하는 세대에 속해 있으니까."

커티스는 다음 벽화로 넘어갈 준비가 되었음을 알리는 듯 고개를 기울였다. 조지애나는 과감히 한마디를 던져보았다.

"내 생각에 경제적 안정이랑 과한 재산은 다른 것 같은데."

"완전히 다르지. 소득 불평등은 우리 시대의 가장 수치스러운 문제야. 내 아이들이 과거를 되돌아볼 때, 도덕성은 완전히 내팽개치고 부자들한테 세금을 깎아주면서 국민을 굶겨 죽이는 나라를 보게 될까봐 걱정된다니까."

---

* 미국 뉴욕 주 하원의원이자 민주당 의원인 알렉산드리아 오카시오 코르테스의 약칭.

"워런 버핏은 재산 상속이 바람직하지 않다고, '행운의 정자 클럽'에 속해 있느냐 아니냐로 인생이 결정돼서는 안 된다고 말하잖아."

조지애나가 '정자'라는 단어에 살짝 얼굴을 붉히자 커티스는 웃었다.

"워런 버핏, 빌 게이츠, 제프 베이조스, 이 세 사람의 재산이 미국 하위 50퍼센트의 재산을 전부 합친 것보다 더 많은 거 알아?"

"정말이야?"

그들은 두 개의 거대한 유방이 그려진 벽화 앞에 멈춰 섰다가 잠깐 들여다보는 척하고는 옆 그림으로 넘어갔다. 예술이란 참 어려웠다.

"네 아버지의 정치관에 처음부터 반대했어?"

커티스는 고개를 저었다.

"아니, 고등학교 때 〈월스트리트 저널〉 말고 다른 책들도 조금씩 읽기 시작했지만, 본격적으로 이런 일을 궁리한 건 대학에 들어가고 나서부터야. 우린 온실 속 화초처럼 자란 것 같아."

커티스는 묻는 듯한 표정으로 조지애나를 쳐다보았다.

"그 온실에서 벗어나기가 힘들 때도 있지."

조지애나는 맞장구치며 브루클린 하이츠라는 작은 동네를 떠올렸다. 그녀의 거실에서 조금만 크게 재채기를 해도 오렌지 스트리트에 있는 부모님이 몸조심하라며 걱정의 말을 건네리라.

"넌 온실 밖으로 나오고 있는 것 같은데."

커티스의 말에 조지애나는 우쭐해졌다가, 그의 칭찬을 갈망하는 자신이 부끄러워졌다. 댄스 타임이 진행 중인 행사장으로 돌아가보니, 조지애나의 동료들이 테이블에서 봉투를 수거하고 있었다.

"난 이제 일해야겠어."

"잠깐."

커티스가 그녀의 팔을 붙잡았다.

"지금 사귀는 사람 있어?"

"아니, 너는?"

조지애나는 빙긋 웃으며 물었다.

"없어. 그런데 그 남자가 애인 아니었어? 나랑 마주쳤을 때 같이 있던 남자. 그 파티 후에."

조지애나는 '네가 내 어금니 핥으려고 했던 파티 다음 날 아침에 본 드 홉입한 사람처럼 휘청거리면서 걸어가는 걸 봤어'라고 말하지 않아준 그가 고마웠다.

"그 사람은 내 오빠 코드야."

커티스는 문자를 보낼 테니 저녁 식사 약속을 잡자고 했고, 조지애나는 행사장을 청소하는 내내 행복감에 들떠 있었다. 하지만 집에 돌아가 약품 수납장을 열었더니 구강청결제 뒤에 브래디의 쪽지가 붙어 있었다. '사교계에 데뷔하는 아가씨들에게 무료 코 성형수술을!'

접힌 종이쪽지를 든 채 조지애나는 브래디와 메그의 사진들을 떠올렸다. 사고가 나기 몇 시간 전 백팩을 메고 비행기 옆에 서 있는 그가 보였다. 그는 죽어 한 줌의 재가 되었지만, 조지애나는 여전히 살아서 한심한 명품 옷을 입고 미술관 행사에서 남자에게 추파를 던졌다. 자신이 거짓말쟁이라는 걸 알면서도 좋은 사람인 척하며.

15
달리

틸다가 코드와 사샤를 위해 아기 성별 발표 오찬을 열어주기로 했고, 테마는 '미친 모자 장수의 티파티'였다. 오렌지 스트리트의 아파트는 몽환적인 분위기의 동화 나라로 변신했다. 곧 쓰러질 듯한 탑처럼 쌓여 있는 찻잔들, 가지에는 회중시계가 매달려 있고 밑동에는 트럼프 카드가 부채꼴로 펼쳐져 있는 나무 모양 촛대, 꽃꽂이에서 삐죽 고개를 내민 도자기 토끼들. 솔직히 달리는 암스테르담에서 환각 버섯을 너무 많이 먹었다가 운하에 토했던 때로 돌아간 듯한 느낌이었다. 하지만 군말 없이 맬컴을 끌고 왔고, 예전에 켄터키 더비* 파티에서 샀던 깃털 달린 머리 스카프까지 썼다.

"원더랜드에 오신 것을 환영합니다!"

틸다가 문을 활짝 열면서 호들갑스럽게 말했다. 양쪽이 복도 벽에 닿을 만큼 커다란 모자를 쓴 그녀는 달리의 의상에 감탄하며 박수를

---

* 켄터키 주 루이빌에서 매년 5월에 열리는 경마 대회.

친 다음 맬컴에게는 챙에 트럼프 카드가 꿰매어진 검은 실크해트를
건넸다.

"다들 웃기는 모자 쓰고 있어! 이제 음료를 골라. 아기가 딸일 것 같
으면 핑크 레이디Pink Lady, 아들일 것 같으면 블루 애로Blue Arrow."

"블루 애로가 뭐야?"

맬컴이 달리에게 속삭여 물었다.

"블루 큐라소*에 진 섞은 거야. 먹지 마."

달리가 소곤소곤 답했다.

코드와 사샤는 이미 와 있었다. 코드는 하트와 스페이드 모양의 조
그만 샌드위치를 게걸스레 먹고 있었고, 사샤는 상기된 얼굴로 화관
을 쓴 모습이 예쁘장해 보였다.

"화관 예쁘다."

달리는 칭찬을 보내며 사샤에게 키스로 인사했다.

"아, 어머님이 만들어주셨어요. 내가 입고 올 의상이 괜찮은지 확인
하러 어제 오셨더라고요."

"어련하시겠어."

달리는 그렇게 말하고는 웃었다.

테이블 가득 음식이 차려져 있었다. 오이와 크림치즈를 얹은 푹신
한 흰 빵, 포도와 달걀과 물냉이를 넣은 치킨 샐러드, '날 먹어'라고 적
힌 작은 꼬리표가 붙어 있는 접시들. 칵테일 테이블에 붙은 비슷한 꼬
리표들에는 '날 마셔'라고 적혀 있었다.

"세상에, '날 먹어'?"

달리가 코를 찡그리며 말하자 코드는 씩 웃었다.

"정말 품격이 넘치지 않아, 누나? 이래야 가족 파티지."

---

* 오렌지 껍질에서 추출한 오일과 향신료를 섞어 만든 알코올음료용 시럽.

"그래서 아들이야, 딸이야? 나한테만 말해줘, 아무한테도 말 안 할게."

달리가 살살 구슬리자 사샤가 답했다.

"우리도 아직 몰라요. 의사가 쪽지에 쓰고 어머님이 그걸 출장 요리 업체에 넘겼거든요. 케이크를 자르면 속이 분홍색 아니면 파란색일 거예요."

"와, 촌스러워."

조지애나가 와서 체리토마토를 입속으로 쏙 집어넣으며 끼어들었다. 사샤는 딱딱하게 웃었다.

"우리 아이디어가 아니었어요."

"NMF."

맬컴이 사샤에게 한쪽 눈을 찡긋하며 말했다. 달리는 그들만의 은밀한 암호를 모르는 척했다.

반갑게도 조지애나가 가장 친한 친구 리나를 데려왔다. 달리는 리나가 꼬맹이였을 때부터 봐왔고, 대학 시절 집에 돌아오면 둘을 돌봐주곤 했던 애틋한 기억이 있었다. 그들의 손톱을 칠해주고, 잭 에프론 영화를 보면서 쿠키 반죽을 몇 통이나 먹도록 내버려두었다. 요즘 들어 조지애나가 불안정해 보였는데 – 벌써 조금 취한 것 같았다 – 리나도 조지애나를 걱정하고 있는 것 같아 고마웠다.

"나도 맛 좀 볼까?"

맬컴이 조지애나의 칵테일을 가리키며 말했다. 마티니 잔에 든 부동액처럼 보였다. 그가 한 모금 홀짝이더니 얼굴을 찡그렸다.

"취하면 옷이고 뭐고 다 벗어 던져버릴 만큼 독한데."

"뭐, 성별 확인 파티잖아요. 누구 성별이라고는 말 안 했어요."

코드는 조금 과하게 들떠서 농담을 던졌다.

사샤는 업계 동료와 바라를 비롯한 아트 스쿨 친구를 몇 명 초대했다. 달리는 그들 모두와 인사를 나누며 가능하면 그들을 파란 술로부터 떼어놓았다. 사샤의 부모는 아버지가 몸이 안 좋다는 이유로 막판에 참석을 취소했다. 달리는 그들이 핑크 레이디를 마시며 화관 쓴 사샤를 볼 수 있는 기회를 놓친 것이 못내 가슴 아팠다. 하지만 틸다는 여성 가장으로서의 역할을 만끽하고 있었다. 모자를 쓴 채 어슬렁어슬렁 돌아다니며, 자신이 내린 명령을 어기고 샴페인을 홀짝였다. 아들이든 딸이든 칵테일로 치아를 물들이기 싫었던 것이다.

다 함께 어울려 한 시간 동안 식사를 한 후 케이크 주위로 모여들었다. 결혼식에 어울릴 법한 어마어마한 3단 케이크로 흰색과 노란색 장미에 뒤덮여 있었다. 사샤의 친구들은 아기의 성별이 밝혀지는 순간을 기록하기 위해 아이폰을 꺼내 들었고, 사샤와 코드는 티파니 나이프로 케이크를 잘랐다. 코드가 첫 조각을 높이 쳐들었지만 안쪽이 흰색이었다. 그가 사람들에게 물었다.

"흰색은 무슨 의미예요?"

"더 깊숙이 잘라! 속에 뭔가가 있겠지!"

그들은 다시 잘랐고, 이번에는 한복판까지 쭉 베어 들어갔다. 흰색이었다. 코드는 관에 든 여자를 칼로 찌르는 마술사처럼 과장된 몸짓으로 각 층을 푹푹 찌르기 시작했다. 끝까지 온통 하얬다.

"흥, 제과점에 전화해봐야겠어."

틸다는 모자챙을 휙 올려 눈앞에서 치운 다음 전화기에다 제과점 번호를 탁탁 쳤다. 알고 보니 제과점이 그날 금혼식용 케이크도 만들었고, 그래서 동네 어딘가에서는 어느 노부부가 짙은 파란색이거나 분홍색인 레몬 커드를 먹고 있을 터였다. 사람들은 아이폰 주위로 몰려들었고, 제빵사는 사샤의 산부인과 의사가 적어준 쪽지를 읽어주었다.

"아들이에요!"

제빵사가 조그만 화면에서 외치자 틸다는 즐겁게 환호성을 지르며 전화를 끊었다.

"정말 멋진 소식이야!"

코드와 사샤는 웃으며 키스했고, 블루 애로 칵테일로 자신의 간을 괴롭혔던 사람들은 의기양양하게 술잔을 높이 들어올렸다. 아들이다! 달리는 기뻤다. 아기는 해처보다 여섯 살 어리겠지만, 그녀의 아이들에게 처음으로 사촌이 생기는 것이었다. 그리고 코드는 멋진 아버지가 될 터였다. 난도질된 케이크를 둘러싼 채 먹으며 웃고 있는 친구들과 가족을 둘러보던 달리는 조지애나가 웃고 있지 않다는 걸 알아챘다.

"참 축하할 일도 없네요."

조지애나가 큰 소리로 말하자 누군가가 건배를 요청하기라도 한 것처럼 좌중이 조용해졌다. 뺨이 불타오르듯 시뻘게진 조지애나는 살짝 휘청거리며 말을 이었다.

"아들인지 딸인지 따지면 안 되죠. 젠더는 스펙트럼이라고요."

틸다가 거대한 모자 밑에서 딸을 나무랐다.

"조지애나, 무슨 말인지 도통 모르겠구나. 딸이었어도 우리는 똑같이 기뻐했을 거야."

"미치겠네, 그런 말이 아니에요, 엄마."

조지애나는 경멸 어린 투로 말했다.

"조지애나, 잠깐 부엌에 가서 얘기할래요?"

사샤가 끼어들더니 갑자기 조지애나 곁으로 가서 그녀를 끌고 나가려 했다.

"아니, 난 괜찮아요, 사샤."

그녀는 사샤의 이름을 욕설처럼 뱉었다. 사샤는 조용히 말했다.

"요즘 많이 힘들었잖아요. 화내도 괜찮아요."

조지애나는 씩씩거렸다.

"다 아는 것처럼 말하지 말아요. 아무것도 모르면서!"

사샤는 물러섰다.

"맞아요, 난 몰라요. 그냥 아가씨가 다른 일 때문에 힘든데 가족 파티를 망치고 있는 것 같아서 그래요."

대체 무슨 소리를 하는 거지? 달리는 의아했다.

"내가 뭘 망쳐요? 이 파티 자체가 말이 안 되는데. 젠더는 두 개로 나뉘어 있는 게 아니에요. 성기로 결정되는 게 아니라고요!"

"참 나, 진정해, 조지애나."

코드는 동생을 진정시키려 했지만 그녀는 점점 더 흥분할 뿐이었고, 달리는 어느새 조지애나의 얼굴에서 줄줄 흘러내리는 눈물을 보았다.

"조지애나, 집까지 데려다줄게요."

사샤는 조지애나의 팔꿈치로 손을 뻗었다.

"이거 봐요!"

조지애나가 사샤에게 잡힌 팔을 휙 빼냈지만 사샤는 물러서지 않았다.

"계속 이렇게 있으면 더 힘들……."

"사샤, 그만해요. 여기가 자기 집도 아니면서."

사샤는 뺨이라도 맞은 표정이었지만 조지애나는 멈추지 않았다.

"머릿속에 그거밖에 없죠? 큰 집이랑 상속자? 정말 쪽팔려. 전부 다 쪽팔려."

그녀는 주변을 쭉 둘러보며, 누구라도 입 한번 벙긋해보라는 듯 눈알을 부라렸다. 모두 잠자코 있자 그녀는 쿵쿵거리며 복도를 지나 부모님 방으로 들어가며 문을 쾅 닫았다.

"대체 왜 저래?"

달리는 누구에게랄 것도 없이 물었다.

"연극까지 보게 될 줄 누가 알았어?"

틸다는 웃으며 말했다.

"자, 이제 다들 케이크 한 조각씩 먹어요! 코드가 펜싱 하듯이 마구 쑤셔놨지만 성한 데도 있답니다!"

달리는 어색한 상황을 능청스럽게 넘기는 어머니의 능력에 놀랄 때가 많았다. 상당히 교양 있어 보이거나 아니면 완전히 사이코로 보이거나 둘 중 하나였지만, 지금은 고마운 마음이 들었다.

사람들은 부랴부랴 케이크 조각을 퍼먹고 이런저런 핑계를 대며 떠났다. 리나는 방문 앞에 서서 조지애나에게 계속 말을 걸었지만, 문은 굳건히 잠겨 있었다.

"조지애나가 왜 저러는 거야?"

달리가 묻자 리나는 고개를 저었다.

"나도 모르겠어. 요즘 좀 이상하긴 했는데."

"이상하다니, 어떻게?"

"술을 마시면 너무 쉽게 취하는 거야. 항불안제를 먹은 게 분명해. 어떤 파티에서 자기가 싫어하는 남자랑 키스해놓고는 자책하면서 자기가 미워 죽겠다잖아."

"이런."

달리는 눈이 휘둥그레졌다. 이렇게 많은 일을 자기는 모르고 있었단 말인가? 그녀는 문을 톡톡 두드렸다.

"조지애나? 나야. 무슨 일인데 그래? 문 좀 열어봐."

틸다가 왔다.

"딸아, 이제 다들 집에 갔어. 그러니까 나와서 뭣 때문에 기분이 상했는지 얘기해봐. 내가 정한 테마가 마음에 안 들었다면 미안해."

쿵, 찰칵 하는 소리가 이어지더니 문이 휙 열렸다. 머리카락은 마구 헝클어지고 입술은 큐라소 때문에 파랗게 물든 조지애나가 노기등등한 얼굴로 그들 앞에 서 있었다.

"조지애나, 대체 왜 그러는데?"

고통스러워하는 동생의 모습에 달리는 눈물을 글썽이며 애원하듯 물었다.

"꽃뱀한테 물어봐."

조지애나는 복도 끝에 얼어붙은 채 서 있는 사샤를 노려보며 말했다.

"저 재수 없는 꽃뱀한테 물어보라고."

그 말과 함께 그녀는 집에서 횡하니 나가버렸고, 남은 가족은 입을 떡 벌린 채 우두커니 서 있었다.

16
사샤

사샤가 입을 열었다. 그들은 거실에 앉아 있었고, 사샤는 벽장 속에서 흐느끼는 조지애나를 발견했던 날 들은 고백을 들려주었다. 조지애나는 브래디가 유부남이라는 사실을 모르고 사랑에 빠졌다. 알고 난 후에는 상상도 못할 짓을 했다. 계속 그와 동침한 것이다. 그들은 불륜을 저지르고 있었다. 그러다 비행기가 추락해서 브래디가 죽었고, 조지애나는 슬픔에서 헤어나지 못하고 있었다.

리나가 속삭였다.

"그 비밀 때문에 너무 힘들어했어요. 헤어졌다더니."

달리는 얼굴을 찡그렸다.

"비행기 추락 사고는 두 달도 더 지났잖아. 조지애나는 죽은 사람들을 모른다고 하던데."

"브래디가 죽고, 친구인 메그도 죽었어요."

사샤가 조용히 말했다.

"당신은 처음부터 알고 있었어?"

코드가 배신감 어린 얼굴로 묻자 사샤는 힘들게 속삭였다.

"미안, 비밀로 해달라길래."

달리가 발끈해서 말했다.

"걘 스물여섯 살이야. 아직 어려. 말도 못하게 충격적인 일을 겪고 있는데, 도움을 받아야지."

"내가 도우려고 했더니, 어땠을 것 같아요? 날 아예 무시하더군요, 이 가족 모두가 그렇듯이!"

사샤는 방어적인 태도로 되쏘았다.

"전화를 하고 또 했는데, 꽃뱀한테는 도움을 받기 싫었나 보죠."

"왜 그 말이 자꾸 나와?"

틸다가 끼어들었다.

"조지애나와 달리가 나한테 붙인 별명이거든요. 꽃뱀. 두 사람은 내가 남편 잘 만나 땡잡았다고 생각하죠. 이 가족이 무슨 클럽에 가입했는지, 식탁을 어떻게 차리는지 내가 엄청 관심 많은 줄 알아요. 고물로 꽉 찬 이 가족 박물관에 내가 정말 들어오고 싶었던 줄 아나 봐요."

"어이, 사샤, 진정해."

코드가 얼굴을 찌푸리며 말했다.

"아니, 진정 못하겠어. 조지애나는 버릇없고 이기적이야. 처음 만났을 때부터 나를 함부로 대하고 비꼬았어. 그리고 형님."

사샤는 달리에게로 고개를 돌렸다.

"형님은 내 친구인 척하면서 뒤로는 나를 깠으니 더 나쁘죠."

"지금은 올케 얘기를 하는 게 아니잖아."

달리가 쏘아붙였다.

"하긴 언제나 그렇죠, 안 그래요? 지긋지긋해 죽겠어요. 낡은 칫솔이랑 곰팡이 핀 바구니들 천지인 이 괴상한 그레이 가든*에 내가 계속 붙어살 수 있는 걸 고마워하면서 벼룩이 들끓는 동양풍 양탄자에 키스라도 해야 하는 것처럼 구는 모두한테 질려버렸다고요. 그리고 또 어땠는 줄 알아요?"

그녀는 틸다를 똑바로 노려보았다.

"주지사의 소파 때문에 발진이 생겼어요!"

코드는 사샤를 쳐다보며 지나치다는 듯 고개를 절레절레 저었지만, 사샤는 어쨌든 속내를 다 쏟아내고는 지쳐버렸다. 그녀의 얼굴은 땀투성이가 되었고, 시든 화관 때문인지 실성한 메두사처럼 보이기도 했다. 기이한 모자를 쓴 가족에게 둘러싸였지만 그녀는 최대한 품위를 잃지 않으려 애쓰며 몸을 돌려 쿵쿵거리며 밖으로 나갔다.

파티 이후 스톡턴 가족은 똘똘 뭉쳤다. 코드는 달리에게서 전화가 오면 방으로 들어가면서 문을 꼭 닫았다. 오렌지 스트리트로 가서 어머니와 함께 조지애나 문제를 의논했다. 아마도 어머니의 발을 포르노가 무색할 정도로 음란하게 문지르면서.

코드는 사샤가 도를 넘었다고 생각했다. 가족이 그녀를 험담한 게 뭐가 어떻다고? 조지애나는 사랑하는 사람을 잃었다. 그에 비하면 사샤의 문제는 별거 아니었다. 코드는 이면에 훨씬 더 많은 문제가 있다는 걸, 사샤가 처음부터 외면받아왔다는 걸 몰랐다. 파티 후 날이 갈수록 사샤는 그들 사이에 커튼이 드리워지고 있음을 느꼈고, 그녀가 스톡턴 가의 일원이 될 날은 영영 오지 않으리라는 것도 명백해졌다.

놀랍게도 달리에게서 문자메시지도 전화도 오지 않았다. 사샤는 그녀가 집에 대해 한 발언 때문에, 조지애나의 비밀을 덮어둔 것 때문에 달리와 코드가 화가 났다는 건 알고 있었다. 하지만 달리는 그녀를 꽃뱀이라 욕한 것이 전혀 부끄럽지 않은 건가? 그녀가 조지애나에 대해

---

* Grey Gardens. 은둔하며 지내는 두 상류층 모녀의 일상을 담은 미국 다큐멘터리의 제목이다.

얘기하지 않은 건 실수였을지 몰라도, 두 달 전에 그 놀라운 소식을 알렸다면 그들이 어떻게 반응했을지 짐작도 가지 않았다. 안 그래도 조지애나가 그녀를 업신여기고 있는데 신뢰를 저버리기까지 한다면? 사샤는 스톡턴 가 사람들이 그녀에게 보여주기 싫어하는 뭔가를 엿본 듯한 느낌이 들었다. 그들은 너무도 은밀하고 결코 속내를 드러내지 않았다. 허울에 어떤 틈도 갈라지지 않도록 체면을 유지하려 기를 썼다. 그런데 사샤가 바로 그런 틈이었고, 그래서 그들에게 미운털이 박혔다.

사샤는 생각하면 할수록 열불이 났다. 그녀에게는 승산이 없었다. 가족의 일원이지만 목소리도 낼 수 없고 의사 표시도 할 수 없다니. 그 가족은 문을 꼭꼭 닫은 채 열어주지도 않고, 돈이라는 줄에 한데 결박 당하고 재갈이 물려 있었다. 사샤는 스톡턴 가족이 왜 수년 전 브루클린 하이츠의 과일 이름 거리에 정착했는지, 왜 역사보존협회의 보호를 받는 집들에 살기로 했는지 갑자기 이해될 것 같았다. 그들은 변화가 싫은 것이다. 예전 그대로의 모습으로 머물고 싶은 것이다.

월요일 오후, 사샤는 침구류 광고에 어떤 색조의 크림색을 쓸지 고심하고 있었다. 코코넛 크림, 더블 크림, 카놀리 크림으로 후보가 좁혀졌을 때 – 이런 크림들을 생각하니 슬슬 배가 고파졌다 – 어머니가 식료품 저장실에서 전화를 걸어왔다. 쌀자루와 파스타 봉지에 에워싸여 목소리가 둔탁하게 들렸다.

"병원에서 밤사이 지켜봐야겠다고 네 아빠를 입원시키래."

"왜요? 진료 때 뭔가 발견됐어요?"

6주 동안 세 번이나 병원을 찾아갔는데 아버지는 여전히 숨이 가빴고 산소흡입기는 아무 도움도 되지 않았다. 사샤는 차분하게 생각하기 위해 일어나서 프린터 견본책을 덮었다.

"아니, 아무것도 못 찾았어. 아마 기침감기 끝물일 거야. 네 아빠는 툴툴대고 있어. 오늘 밤에 집에 오고 싶다고. 하지만 내가 병원에서 괜찮다고 할 때까지 있으라고 설득했지."

"어떻게 설득했어요?"

사샤는 미심쩍은 듯 물었다.

"의사 허락 없이 병원에서 나왔다간 내가 네 아빠 배를 가라앉혀버리겠다고 했거든."

사샤는 저도 모르게 웃음이 나왔다. 예전에 사샤의 형제들이 낚시하러 나갔다가 세 시간 늦게 돌아왔을 때 어머니가 노를 선창 밖으로 던져버린 적이 있기 때문에 다들 어머니의 협박을 건성으로 듣지 않았다.

"내가 갈게요."

"아니, 오지 마. 네가 여기 와도 해줄 일이 없어. 네가 어두운 밤길 온다고 하면 걱정되기만 하지. 그리고 네 아빤 내일 올 건데 뭐."

"아빠가 집에 계시지도 않는데, 왜 엄만 식료품 저장실에 들어가 있어요?"

"애들이 너 걱정시키지 말라고 했거든."

어머니가 죄지은 사람처럼 말했다.

짜증스러웠다. 또 다른 가족이 그녀를 외부인 취급 하려 하고 있었다.

"알았어요."

사샤는 한숨을 쉬었고, 그녀의 어머니는 아침에 병원에서 전화하겠노라 약속하며 전화를 끊었다. 하지만 다음 날에도 그다음 날에도 아버지는 퇴원하지 않았다. 사샤는 바보가 된 기분이었다. 월요일에 그냥 떠났다면 1주일 내내 부모님과 함께 있었을 텐데. 금요일에 차를 몰고 갈까 고민하고 있을 때 올리에게서 문자메시지가 날아왔다.

'누나, 아빠 폐에서 혈전이 발견됐어.'

사샤는 갈아입을 옷, 임신부 비타민, 노트북을 가방에 대충 던져 넣고는 차에 탔다. 프로비던스로 달려가는 내내 자신을 책망했다. 몇 달 동안 부모님을 보지 못했다. 일 때문에, 살림 때문에, 코드와 달리, 그리고 스톡턴 가의 한심한 축하 파티와 집들이와 황당무계한 테마의 만찬 때문에 너무 바빴다. 그녀를 원치 않는 가족과 어울리려 기를 쓰다가 정작 그녀 자신의 가족은 까맣게 잊고 있었다.

차를 몰고 마을로 들어가면서 사샤는 고향 집을 외부인의 시선으로 보게 되는 기이한 감각을 경험했다. 대학 신입생 때부터 시작된 느낌이었다. 유리 건물들이 높이 치솟아 있고 새로운 발견이 끊임없이 이어지는 뉴욕에서 지내다 찾아간 고향은 모든 것이 더 작고 어쩐지 더 초라해 보였다. 달러 스토어*, 블록버스터** 지점이었지만 새 주인을 찾지 못한 채 텅 빈 건물, 어찌 된 일인지 늘 새 페인트칠이 필요한 페인트 가게. 사샤는 이 마을이 그녀 세상의 전부였던 때가 기억도 나지 않았다.

아버지의 병실에는 한 번에 세 명의 면회만 허락되는데 어머니와 형제들이 가 있었기 때문에 사샤는 부모님 집으로 차를 몰았다. 차를 세웠더니 사유 차도에 멀린의 트럭이 보였다. 현관문은 잠겨 있고 불이 꺼져 있어서 사샤는 바위 밑에서 예비용 열쇠를 꺼내어 집 안으로 들어갔다. 바닥에 가방을 내려놓고 냉장고로 걸어가 콜라 한 캔을 집었다. 목을 뒤로 젖혀 콜라를 마시다가 뒤뜰에 있는 멀린을 보았다. 그

---

* Dollar Store. 미국 생활용품 전문 유통업체로, 모든 제품을 균일가 1달러에 유통하고 있다.
** Blockbuster. 미국의 대표적인 비디오 대여점 체인이었으나 2010년 파산을 신청했다.

와 대화를 하고픈 생각은 눈곱만큼도 없어 그냥 무시한 채 조리대에 놓인 미개봉 우편물을 훑어보고, 식기세척기를 비우고, 찬장에 있는 걸스카우트 쿠키 한 상자를 먹어 치웠다.

멀린이 미닫이 유리문을 톡톡 두드리자 그녀는 움찔 놀랐다.

"안녕, 겁주려던 건 아닌데."

그는 피곤해 보였다. 턱수염을 길렀고 청바지는 흙투성이였다.

그녀는 부엌 저편에 있는 그를 경계하듯 바라보았다.

"어떻게 된 거야?"

"혈전이 어떻게 됐나 들을 때까지 바쁘게 움직이려고."

멀린은 어깨를 으쓱하고는 냉장고로 가서 내려갠싯 맥주 한 캔을 꺼내 뚜껑을 땄다.

"마음껏 마셔."

사샤는 비꼬듯이 말했다.

"내가 사 온 거야."

"그럼 네 집에 둬야지."

"왜 이래?"

멀린이 인상을 구기며 물었다.

"내가 뭘?"

"왜 이리 꼬였어?"

"네가 여기 있는 게 싫으니까. 그런데……."

사샤는 멈칫했다가 말을 이었다.

"넌 항상 여기 있지."

"그리고 넌 여기 없지. 그런데 무슨 상관이야?"

"지금쯤은 미련을 버릴 때도 된 것 같아서 말이야. 헤어진 지 15년 도 더 넘었는데 아직도 널 봐야 한다는 게 이해가 안 돼."

"뭐, 널 되찾으려는 건 절대 아니야, 넌 여전히 매력적이지만."

그가 씁쓸하게 말했다.

"당연히 그러시겠지."

사샤는 얼굴을 찡그렸다. 그가 집에 있으면서 효자 노릇 하는 것이 신경질 났다. 가족도 아닌 주제에. 그녀를 밀쳐낸 주제에. 사샤는 성큼 성큼 미닫이 유리문 밖으로 나가 베란다 계단을 타고 뒤뜰로 들어갔다. 안쪽 구석에 검붉은색의 반들반들한 이파리들이 달린 150센티미터 정도 크기의 못 보던 단풍나무가 심어져 있었다. 그 주변으로는 정향풀, 샛노란 이파리들, 깃털 같은 노루오줌, 그리고 한 줄로 늘어선 작은 회양목이 보였다.

"와."

사샤는 작게 탄성을 뱉었다. 그녀가 어렸을 적 벌레를 찾아 땅을 헤집고 진흙 파이를 만들곤 했던 콘크리트 블록 화단과는 달라도 너무 달랐다. 마치 원예잡지의 한 페이지를 보는 것 같았다. 그녀는 단풍나무로 다가가 더 자세히 살펴보았다. 동물들이 건드리지 못하도록 누군가가 밑동에 정성스레 묶어놓은 끈이 보였다. 예전에 울퉁불퉁한 맨땅이었던 곳에는 깔끔한 잔디가 깔려 있었다. 사샤는 눈을 감고 잠시 귀를 기울였다. 파인애플 스트리트의 소음과는 너무도 다른 어린 시절의 소리들. 저 멀리서 개가 짖는 소리, 이웃집의 방충망 문이 끼익하고 열리는 소리, 미풍에 잎사귀들이 바스락거리는 소리. 브루클린 하이츠에서 주로 들리는 건 식료품을 배달받을 때 창밖에 주차된 냉동 탑차가 리드미컬하게 붕붕거리는 소리, 헨리 스트리트를 달리는 경찰차와 소방차의 사이렌이었다. 가끔 일요일 아침에는 동네 명물이라 할 수 있는 칼갈이 트럭이 종을 땡땡 울리기도 했다. 코비 힐, 캐럴 가든스, 하이츠를 돌아다니는 그 트럭으로 가면 20달러에 부엌칼을 갈 수 있었다.

사샤는 상념에 빠졌다. 다시 이곳에서 살 날은 영영 오지 않을까?

남은 인생은 부모님으로부터 몇 시간 떨어진 브루클린에서 아기를 키우며 보내게 될까? 그녀는 아버지가 건강하기를, 그래서 손자에게 물고기를 낚고 팬케이크를 뒤집는 방법, 강을 돌아다니다 계류장을 찾는 방법, 풀피리를 부는 방법, 모건스 바에서 파는 플라잉 낚시용 미끼를 꿰며 시간을 보내는 방법을 가르쳐줄 수 있기를 간절히 바랐다.

왜 그렇게 멀린에게 화를 냈을까? 그녀의 집에서 그를 보는 것이 왜 그리도 언짢았을까? 물론 그는 형편없는 남자친구였지만, 오래전의 일이었다. 그녀는 아직도 그를 벌하고 있었다. 그녀도 스톡턴 가 사람들만큼이나 나쁠까? 외부인으로부터 가족을 지키려 안간힘을 쓰는 건가? 이 모순이 그녀를 짓뭉갰다. 그녀는 엄청난 위선자였다. 파인애플 스트리트에서 조지애나가 자신을 무시한다며 노발대발했지만, 정작 그녀 자신도 지난 10년 반 동안 멀린에게 똑같은 짓을 저지르지 않았던가. 젠장.

"멀린?"

그녀가 부르자 멀린이 느릿느릿 문으로 걸어왔다.

"이거 다 네가 심은 거야?"

"그래."

그는 맥주를 쭉 들이켜며 말했다.

"정말 보기 좋다."

"그렇지. 그러니까 사람들이 나한테 돈을 많이 주잖아."

사샤는 미안한 듯 말했다.

"응, 그럴 만하네. 엄마랑 아빠도 좋아하시겠어."

멀린은 어슬렁어슬렁 계단을 내려와 정원을 둘러보았다.

"무슨 생각 하고 있었어?"

"내가 공짜로 알려줄 것 같아?"

사샤가 진지한 표정으로 농담을 던지자 멀린이 씩 웃었다.

"아빠 상태가 그렇게 안 좋은지 모르고 있었다는 게 마음에 걸려."

"다들 그랬을 거야."

"그래. 하지만 난 정말 한심했어. 딸 노릇도 제대로 못하고. 엄마가 날 용서해주셨으면 좋겠는데."

그녀가 조용히 속내를 털어놓자 멀린은 잠시 생각에 빠졌다가 말했다.

"중학교 때 춤췄던 거 기억나? 체육관에서?"

물론 사샤는 기억했다. 그 시간을 좋아했다. 친구들과 함께 몇 주 전부터 의상을 고르고, 미리 모여서 드러그스토어 향수를 뿌리고, 클레어스 부티크*에서 산 대롱거리는 귀걸이를 하고, 고데기와 헤어스프레이로 앞머리에 오랜 시간 공을 들이곤 했다.

"7학년 때 앤드루 보월스키랑 같이 춘 적 있잖아, 기억나?"

멀린이 묻자 사샤는 고개를 저었다. 물론 앤드루 보월스키는 기억났다. 유치원부터 고등학교까지 쭉 동기였으니까. 영재교육 수업도 같이 들었다. 검은 까까머리에 철사테 안경을 쓰고 다니던, 비쩍 마르고 호리호리한 괴짜로 수년 동안 사샤를 지독히 짝사랑했다. 그녀는 조금 창피하긴 했지만, 앤드루는 꽤 좋은 아이였다. 한 번도 데이트를 하지 않았고, 고등학교 시절 언젠가 앤드루의 짝사랑은 끝이 났다. 그는 체스 클럽에 가입하고 럿거스 대학에 진학해서 보스턴 출신의 여자와 사귀었다. 지금은 결혼하지 않았을까.

"앤드루는 널 정말 많이 좋아했어. 그날 밤에 「스테어웨이 투 헤븐Stairway to Heaven」이 나오면 너한테 슬로 댄스 같이 추자고 할 거라고 여기저기 얘기하고 다녔어. 그 곡이 제일 길었거든."

멀린은 그때를 떠올리며 웃었다.

---

* Claire's Boutique. 주로 10대를 대상으로 액세서리, 보석, 장난감을 판매하는 미국 소매업체.

"그리고 넌 그 녀석이랑 춤을 췄어. 네가 앤드루를 별로 좋아하지 않는다는 걸 다들 알고 있었는데, 내 기억에 너는 아주 친절했지. 장장 7분 동안 녀석이 네 허리를 잡고 앞뒤로 흔들어대는데도 가만히 내버 려두더라고. 바로 그때 너한테 반했어."

"멀린⋯⋯."

사샤는 그의 말을 끊으려 했다. 그가 무슨 말을 할 참이든 듣고 싶지 않았다. 그녀는 멀린을 사랑하지 않았고 그 마음은 바뀌지 않을 터였다.

멀린은 멈추지 않았다.

"하지만 중요한 건 말이야, 널 사랑했지만, 내가 정말 알게 된 건 네가 얼마나 사랑받고 있는 아이인가 하는 거였어. 얼마나 멋진 가족이 야. 부모님은 널 위해서라면 뭐든 해주시지. 춤출 때 입을 옷을 사주시는 엄마, 소프트볼팀 코치를 맡아주시는 아빠. 친구들도 있었고. 넌 큰 사랑에 둘러싸여 있어서 그걸 나누기도 쉬웠던 거야. 앤드루 보월스키 랑 춤을 춰서 그 애를 행복하게 만들어줄 수도 있었고. 넌 그렇게 편견 없고 밝은 아이였는데, 난 꽉 막히고 음침하기만 했지. 난 열두 살짜리 애 같았고 그렇게 살기 싫었어. 나도 그런 사랑을 느껴보고 싶었어. 그래서 너한테 빠졌던 거야. 그런데 우린 잘 안 됐고, 그건 내 잘못이야. 내가 한심하게 굴었으니까. 하지만 누가 알아? 내가 바보짓 안 했더라도 어차피 헤어졌을지. 우린 어렸잖아. 하지만 너랑 함께하면서, 네 가족이랑 함께하면서 나는 구원받았어. 그건 분명한 사실이야. 그때도 알고 있었어. 네 엄마는 널 용서해주실 거야, 원래 그런 분이니까."

멀린은 뜰을 가만히 응시하고 있었다. 자신에게 큰 상처를 준 사람 한테 이런 말을 꺼내기가 무척이나 힘들었으리라는 걸 사샤는 알았 다. 그에게 상처를 주는 일은 이제 그만해도 되지 않을까 싶었다. 스톡 턴 가 사람들은 그녀를 냉대해도 그녀는 멀린에게 친절하게 대하리 라. 스톡턴 가족은 자기들밖에 몰라도 그녀는 마음의 문을 열리라.

"파인애플이 환영과 환대의 상징이라는 거 알아?"

"응."

멀린은 재미있다는 듯 얼굴을 찡그리며 말했다.

"옛날에 뱃사람들이 파인애플을 가져와서 집 앞에 뒀다지."

"맞아. 하지만 사실은 다른 이야기랑 조금 섞인 거야. 콜럼버스가 브라질에서 파인애플을 처음 보고 스페인 왕한테 바치려고 유럽에 하나 가져왔대. 그러니까 최고 엘리트층을 위한 특급 과일이었던 거지. 부자들만 가질 수 있는, 신분의 상징. 우리는 파인애플을 별스러운 과일로 생각하지만, 실은 식민주의와 제국주의의 상징이야."

"재미있네."

멀린은 빙긋 웃으며 고개를 끄덕였다.

"재미있게 해줬는데 뭐 없어?"

"이리 와."

멀린이 팔을 뻗었다. 사샤는 그 속으로 걸어 들어가 그에게 안겼다. 열아홉 살 이후 그의 품을 느낀 적이 있었던가. 기분이 묘했다. 그의 체취는 익숙하면서도 낯설었다. 뺨에 까칠하게 닿는 그의 턱수염도, 그의 떡 벌어진 가슴도. 멀린이 몸을 떼자 두 사람은 베란다의 맨 밑 계단에 함께 앉아 단풍나무를 바라보며 동네의 소리에 귀를 기울였다.

한 시간 후 사샤의 어머니와 형제들이 돌아왔다. 치료는 잘되었다고 했다. 아버지의 폐에 혈전이 가득해서 뇌졸중 환자에게 사용하는 약물을 주입했다. 그 덕에 피가 다시 제대로 돌기 시작했고, 몇 시간 후에는 헤파린을 투여했다. 앞으로 여섯 달 동안 항응고제를 복용해야겠지만, 이미 호흡이 편해지고 있었다. 일단 한숨 돌렸다. 하지만 사샤는 이런 일을 걱정할 날이 오리라곤 생각지도 못했다. 안전하게 집에 돌아와 샌드위치를 만든 지 한 시간 후 교차로를 무섭게 질주하는 트럭, 침대에 아늑하게 누워 있는 동안 텅 빈 인도로 쓰러지는 공사장 비계처럼 자신과는 멀게만 느껴지던 일이었다. 세상이 이렇게 마구잡이로 돌아가는데 무엇을 걱정해야 할지 어떻게 알 수 있단 말인가? 그녀가 세 가지 색조의 크림색을 두고 고민하고, 화관을 쓴 채 조그만 샌드위치를 먹고, 방문 밖에서 남편의 통화를 엿듣는 사이 몇 시간 떨어진 거리에서는 그녀의 가족이 슬픔과 상실을 겪기 직전이었을지도 모른다고 생각하니 더욱 불안해졌다. 사샤는 코드에게 좋은 소식을 알리는 문자를 작성했지만 전송 버튼 위에서 손가락이 멈칫했다. 왜 지금 코드는 그녀의 곁에 없을까, 순간 궁금했기 때문이다.

17
조지애나

조지애나는 월요일 아침에 깨어났을 때 클로노핀과 블루 애로, 그리고 후회의 강력한 혼합으로 머리가 욱신거려 전날 밤 일이 하나도 기억나지 않았다. 창피하고 수치스러웠다는 건 알겠는데, 그 이유를 알 수 없었다.

그녀는 샤워를 하고 옷을 입고 출근했다. 하녀 방에 앉아 집중해서 기사를 작성하려 해봤지만 잘되지 않았다. 그녀 자신이 지긋지긋했다. 만취와 숙취가 지긋지긋했다. 일반 와인을 원하느냐, 스파클링 와인을 원하느냐고 묻는 종업원들이 지긋지긋했다. 그녀의 끼니를 챙겨주고 집을 청소해주는 베르타가 지긋지긋했다. 거대한 저택의 가장 작은 방에서 중요한 일을 하는 척하며 컴퓨터만 두드리고 있는 데 신물이 났다. 회사 밖에서는 공정성과 정의와 인류애와 거리가 먼 짓만 저지르고 돌아다니는 주제에. 더 이상은 견딜 수 없었다. 계속 이런 인간으로 살 수는 없었다. 변화가 필요했다. 하지만 방법을 몰랐고, 그러니 서글퍼서 두 손에 눈을 묻고 계속 울 수밖에 없었다.

업무용 계정으로 커티스 맥코이의 이메일이 와 있었다.

안녕, 조지애나, 행사 때 만나서 정말 반가웠어. 이번 주말에 만날래? 휘트니 미술관에서 누드화 전시한다는데, 같이 보면서 어색함을 느껴볼까? 넌 선글라스 끼고 오는 게 어때?

그녀의 복잡한 상황에 다른 사람까지 끌어들일 순 없었다. 그녀는 얼른 답장을 두드렸다.

안녕, 커티스, 지금은 할 일이 너무 많아서 좀 곤란해. 고마워.

그녀는 전송 버튼을 누른 뒤 편지가 획 하는 전자음과 함께 사이버 공간으로 날아가는 소리를 들었다. 그러고는 창밖을 내다보며 전날 밤의 일을 이해해보려 애썼다. 왜 그렇게 기분이 나빴던 걸까? 파티에서 무슨 일이 있었던 거지? 문자 수신음과 함께 리나의 메시지가 날아오자, 이젠 알 것 같았다.

조지애나, 브래디가 죽었다고 왜 말 안 해줬어? 많이 힘들겠다. 사랑해, 난 무조건 네 편이야. 내가 어떻게 도와줄까, 말만 해.

젠장. 리나가 브래디에 관해 알았나? 조지애나는 답장을 보내지 않았다. 한 시간 후 달리가 문자메시지를 보내왔다.

얘, 사샤한테 브래디 얘기 들었어. 왜 아무 말도 안 했어? 얘기 좀 하자.

사샤가 말했다고? 모두한테 말했다고? 조지애나는 속이 울렁거리고 메스꺼웠다. 어머니의 문자메시지가 날아왔다.

수요일 6시에 테니스 예약해놨어. 게임 후에 잭 더 호스 태번에서 저녁
주문해 먹자.

미치도록 수치스러웠다. 그녀는 성별 이분법이라는 한심한 주제에
대해 떠들어대며 한바탕 소란을 피웠다. 친구들과 가족은 브래디에
관해 알았고, 그녀가 무슨 짓을 저질렀는지 알았다. 갑자기 속이 뒤틀
렸다. 토할 것 같았다. 그녀는 책상에서 일어나 비틀비틀 복도를 지나,
큼직한 캄보디아 지도가 붙어 있는 화장실로 들어가서 문을 잠갔다.
머리가 핑핑 돌았고, 사방이 점점 더 어두워지더니 눈앞의 작은 구멍
같은 빛도 잘 보이지 않았다. 공황이 찾아온 것이다. 그녀는 떨어지고
떨어지고 떨어졌지만, 바닥은 계속 저 밑에 있었다.
　그녀는 문에 기대어 화장실 바닥으로 미끄러져 내려갔다. 공황 발
작에 잠식되어가고 있었다. 그녀의 몸이 강한 파도에 휩쓸리고 내던
져져 점점 더 밑으로 가라앉는 기분이었다. 눈을 질끈 감자, 고등학교
시절 헨리 스트리트 스쿨이 브롱크스의 농구팀과 붙었던 시합이 떠올
랐다. 헨리 스트리트 스쿨이 득점했을 때 그녀의 동기들은 "우리 햄버
거나 구워라! 우리 햄버거나 구워라!" 하고 외치며 상대 팀을 조롱했
다. 조지애나가 아홉 살이었을 때, 버스를 놓친 한 동급생을 베르타와
함께 집에 데려다주었다가 페인트칠이 벗겨지고 있는 노란 집을 보고
조지애나가 "페인트칠 언제 할 거야?"라고 물었다. 그러자 그 아이는
어깨를 으쓱하고는 차에서 내렸다. 열두 살에 참가한 여름 캠프에서
는 지도원이 그녀에게 접시를 치우라고 시켰을 때 그녀는 연상이지만
역시 10대인 그 지도원에게 코웃음 치며 그건 다른 사람이 해야 할 일
이라고 말했다. 그동안 그녀는 형편없는 인간이었다. 오랜 세월 너무

나 형편없이 살아왔고 이제는 어떻게든 멈추고 싶은데 그럴 수가 없었다. 그저 브래디로 시작된 일이 아니었기 때문이다. 브래디와의 동침 때문이 아니라 항상 나쁜 인간이었고, 이젠 노력해도 좋은 사람이 될 수 없었다. 그녀는 어두컴컴한 화장실에 앉아 몸을 오들오들 떨었다. 머릿속에서 브래디의 이름이 쿵쿵 울렸다.

그녀를 이렇게 형편없는 인간으로 만든 건 돈이었다. 돈 때문에 버릇없는 응석받이로 망가져버렸는데, 해결 방법을 도무지 찾을 수 없었다. 그때 별안간 전날 밤의 일이 떠올랐다. 신발을 벗고 부모님의 침대로 기어 들어갔다. 너무 화가 났다. 모두에게 화가 났다. 좌절감과 상실감이 너무 컸고, 다른 사람으로 거듭날 수 있는 방법이 전혀 보이질 않았다. 그런데 침대 옆 탁자에 신문 기사 조각이 하나 보였다. 물론, 커티스의 인터뷰 기사였다.

조지애나는 눈을 떴다. 캄보디아 지도가 보였다. 바닥은 움직이지 않았고, 몸이 옆으로 미끄러지는 느낌도 사라졌다. 여전히 조금 어지러웠지만 일어나 거울을 들여다보았다. 12층 계단을 뛰어 올라온 것처럼 얼굴이 벌겋고 열이 났지만, 괜찮았다.

그녀는 종이 타월로 얼굴을 닦은 뒤 누구의 눈에도 띄지 않고 조용히 책상으로 돌아갔다. 지메일 계정에 들어가, 자산관리인이 가장 최근에 보낸 신탁계좌 재무제표를 찾았다. 수년 동안 재무제표를 보기는커녕 이메일을 열어보지도 않았다. 패스워드를 정해놓았는지 기억나지 않았지만, 우선 니만 마커스 쇼핑몰에서부터 아마존까지 모든 사이트에 사용하는 패스워드를 쳐보았다. SerenaWilliams40-0. 맞았다. 페이지는 복잡했다. 하나의 계좌에 하나의 총액이 아니었다. 여러 섹션, 약 20여 개의 블록으로 나뉘어 있었다. 조지애나는 공책에서 종이 한 장을 뜯어내어 총액들을 더했다. 뭔가 놓치고 있는 게 분명했지만, 대략적으로 파악할 필요가 있었다. 총액을 합산해보았다. 그녀에게 3,700만 달러 정도가 있는 듯했다. 그래서 그녀는 결심했다. 유산을 몽땅 없애버리기로. 커티스처럼 전 재산을 기부하기로. 반창고를 떼어내는 것과 비슷하리라. 그녀는 변할 것이다. 예전으로 돌아갈 여지를 남기지 않고 지금 당장 변하리라.

조지애나는 투자관리인인 빌 월리스와 약속을 잡았다. 가족의 친구인 빌과는 어릴 적부터 알고 지냈다. 그는 달리와 코드의 결혼식에 참석했고, 메인 주 오건킷으로 휴가를 갔을 때 어느 해변 식당에서 빌 부부와 함께 점심을 먹은 기억도 있었다. 그는 목소리가 나긋나긋하며, 작고 동그란 안경을 쓰고 있었다. 여가 시간에는 브리지를 하거나 건축을 공부할 것 같은 인상이었다.

만나기로 한 날 아침 조지애나는 옷차림에 신중을 기했다. 저녁으로 땅콩버터를 병째 먹는 사람이 아니라 전문 직업을 가진 어른처럼 보이기 위해 실크 블라우스를 바지 속에 집어넣어 입었다. 그녀는 지하철로 그랜드 센트럴 역까지 간 다음 파크 애비뉴를 걸어 브러더턴 자산운용 사무실로 갔다. 사무실은 빛이 심하게 반사되는 유리 벽 때문에 그 윤곽이 흐릿해 보이는 고층 빌딩 안에 자리 잡고 있었다. 비서가 그녀를 반갑게 맞으며 병에 든 생수를 권했지만 조지애나는 플라스틱 병을 정중히 거절하고 비서를 따라 빌의 사무실로 들어가, 창을 마주 보는 손님용 가죽 의자에 앉았다.

사무실은 파인애플 스트리트 저택의 다이닝 룸만큼 널찍했다. 커다란 마호가니 책상, 황갈색 가죽 소파, 받침대에 얹어진 키 큰 난초, 그리고 흰색 도자기 꽃병 한 벌로 장식된 커피 테이블이 있었다. 벽들은 유리였고, 조지애나가 앉은 자리에서 그랜드 센트럴 역의 아치형 입구와 파크 애비뉴 고가교의 돌기둥이 보였다. 조지애나는 겨드랑이에 땀이 났다. 그때 빌이 들어오자 그녀는 일어나 양쪽 뺨에 그의 키스를 받았다. 그는 따뜻하게 미소 지었다.

"조지애나! 몇 년 만에 이제야 사무실에서 보는구나."

사실이었다. 할아버지가 세상을 떠나고 가족이 모여 신탁 서류에 서명한 후로 조지애나는 여기에 온 적이 없었다.

조지애나는 뻣뻣하게 말했다.

"오늘 시간 내주셔서 고마워요, 빌. 제 계좌를 닫고 싶어요."

"그게 무슨 소리야?"

빌은 어정쩡한 미소를 지으며 물었다.

조지애나는 이 대목을 미리 연습해 오지 않았지만 밀고 나갔다.

"지금 제 신탁 대부분이 투자에 묶여 있는 거 알아요. 최대한 빨리 제 지분을 전부 팔아 치웠으면 좋겠어요. 그리고 그 돈을 받아서 자선단체에 전액 기부하고 싶어요."

"가족과는 상의된 일이야?"

빌은 걱정스러운 듯 이마를 찌푸리며 물었다.

"아니요, 상의는 필요 없어요. 전적으로 제 결정이에요."

"흠, 유감이지만 네 결정으로 될 일이 아니라 꽤 복잡해. 넌 신탁 수령인이지 신탁관리인이 아니야. 신탁관리인이 두 명인데, 네 투자금을 상당액 움직이려면 두 명 모두를 설득해야 돼."

조지애나는 더듬더듬 말했다.

"아버지 말씀으로는 신탁자금이 내 돈이라던데요. 아버지가 감독하지 않는다고 하셨어요."

"그렇지. 네 아버지는 신탁관리인이 아니니까."

"그럼 누구예요?"

조지애나는 목과 두 뺨으로 피가 몰리는 느낌이었다.

"한 명은 나고, 다른 한 명은 네 어머니야."

"엄마요?"

"그래, 네 조부모님이 네 계좌를 만드실 때 네 어머니와 브러더턴의 투자관리인이 신탁 관리를 도와야 한다는 조건을 거셨거든."

"내가 이런 일을 못하도록 막기 위해서요?"

"음, 사람들이 신탁관리인을 두는 데는 수많은 이유가 있어. 가장 큰 이유는 수령인을 보호하기 위해서지."

"내가 마약이나 도박에 중독되는 경우를 대비한 거겠죠."

"그렇지."

빌은 동조하며 고개를 끄덕였다.

"난 마약에 중독되지도 않았고 도박도 안 해요. 그냥 조부모님이 남겨주신 돈을 받고 싶을 뿐이에요."

조지애나는 자신이 울기 시작했다는 걸 깨닫고 겁에 질렸다. 눈을 문질렀지만 눈물이 더 흘러내렸다. 그녀는 좌절감에 빠졌다.

"네 어머니랑 얘기해보는 게 좋겠구나."

"안 돼요!"

조지애나가 갈라진 목소리로 말하자 빌은 살살 달랬다.

"조지애나, 무슨 일인지 말해봐. 내가 도와주마."

조지애나는 그에게 털어놓았다. 유부남과 사랑에 빠졌는데 그가 파키스탄에서 죽었고, 생전에 그가 사람들을 도우려 애썼으니 이제 그녀가 할 수 있는 일은 돈을 없애는 것뿐이라고. 조지애나는 다급하게 말했고, 이야기를 마쳤을 때 빌에게서 화장지를 받아 눈물범벅이 된 얼굴과 콧물을 닦았다. 조지애나는 녹초가 되어 속삭였다.

"죄송해요."

"아니야."

친절한 그가 답했다.

"네가 아주 멋진 일을 하려는 것 같구나. 그래서 나한테 몇 가지 아이디어가 있는데 말이야."

조지애나가 고등학교 졸업반이었을 때 어머니는 테니스 엘보 수술을 받아 여덟 달 동안 테니스를 치지 못했다. 그때 그들 모녀의 관계는 최저점을 찍었다. 조지애나가 열다섯 살에 앞머리를 잘랐을 때도 그랬다. 어머니는 앞머리가 다 자랄 때까지 자기 앞에서는 모자를 쓰라고 했다. 테니스를 치지 않으면 그들은 우연히 귀가 똑같이 생긴 두 타인에 불과했다.

조지애나는 카지노 클럽에서 테니스를 치자는 틸다의 초대를 받아들였고, 어머니에게 져주기로 미리 마음먹었다. 미치광이 모자 장수 파티에서 저지른 실수를 만회하고 싶기도 했고, 신탁에 관한 대화를 매끄럽게 진행하기 위한 물밑 작업이기도 했다. 하지만 일단 코트에 들어가자 뜻대로 되지 않았다. 앤디 로딕 선수라면 라켓을 부러뜨렸을 만한 고약한 드롭샷으로 어머니를 이겨버렸다. 틸다는 너그럽게 받아들였고 박수까지 쳐준 다음 신발을 갈아 신고 조지애나를 오렌지 스트리트로 데려갔다.

다행히도 칩이 사업상 식사로 집을 비운 덕분에 조지애나는 어머니와 단둘이 얘기를 나눌 수 있었다. 그들은 전화로 저녁을 주문했다. 온라인 주문을 신뢰하지 않는 틸다는 자신이 좋아하는 바텐더 마이클에게 직접 주문해야 한다고 고집을 부렸다. 남들과 다른 차원의 서비스를 요구하는 어머니를 보며 조지애나는 민망해졌지만, 적어도 어머니는 팁을 후하게 주었다. 두 사람은 햄버거를 먹기로 합의하고 완전히 다른 두 스타일로 주문했는데, 진정한 햄버거라고 하기 어려웠다. 틸다는 설구운 패티에 빵 대신 샐러드를 덮은 버거를, 조지애나는 고기 대신 아보카도와 치즈를 넣은 버거와 프렌치프라이용 랜치 소스를 주문했다. 틸다가 화이트 와인을 두 잔 따랐고, 그들은 거실에 웅크려 앉아 음식을 기다렸다.

"저기, 엄마."

조지애나가 말을 꺼냈다.

"어, 그래."

틸다는 조금 과하게 열성적으로 답했다.

"엄마는 정말 창피한 일 해본 적 있어요?"

틸다가 진지하게 고개를 끄덕이자 조지애나는 말을 이었다.

"그럼, '내가 정말 좋은 사람인가? 아니면 세상을 더 좋게 만들기는커녕 조금 더 나쁘게 만들면서 살아가고 있나?' 하는 생각을 해본 적은요?"

틸다는 계속 고개를 주억거렸다.

"계속 똑같은 길을 걷는 데 지쳐서 잠시 멈추고, 이 지구의 일부로 살아가는 의미가 뭔지, 좋은 사람이란 어떤 사람인지 제대로 헤아려 보고 싶었던 적 있어요?"

"당연히 있지, 얘."

틸다가 동감했다.

"그럴 땐 어떻게 했어요?"

틸다는 곰곰이 생각하며 말했다.

"뭐, 이런저런 일을 하지. 정말 우울할 땐 꽃다발을 산단다. 클라크 스트리트의 델리카트슨에서 파는 거 말고. 거기 꽃도 기대 이상으로 괜찮긴 하지만, 난 몬터규 스트리트의 꽃집에 가. 가끔 다육식물을 앞에 내놓는 가게 말이야. 거기 주인인 작은 여자한테 냉장 진열장에 들어 있는 신선한 꽃을 써서-미리 만들어놓은 건 녹색 이파리가 너무 많이 들어가 있거든 – 아주 밝고 싱싱한 꽃다발을 만들어달라고 하지. 그런 꽃다발 냄새를 맡고 꽃을 보기만 해도 기분이 확 좋아져.”

“그런 얘기가 아니에요, 엄마.”

“오, 바다 보는 걸 좋아하는 사람도 있지.”

틸다는 신중하게 고개를 끄덕이며 말했다.

“엄마, 다른 얘기 해볼게요. 아빠 만나기 전에 사랑해본 적 있어요? 아빠 만나기 전에 정말 사랑한 사람 없어요?”

“뭐, 너도 알다시피 약혼한 적이 있었으니까.”

“음, 아니요, 엄마, 난 몰랐어요.”

조지애나는 충격을 받았다.

“오, 그래, 맞아, 약혼자가 있었어. 트립이라는 남자였지.”

“왜 얘기 안 해줬어요?”

“안 물어봤잖아!”

틸다는 발끈하며 답했다.

“뭐라고요? 그럼 ‘저기, 엄마, 트립이라는 남자랑 먼저 약혼했다면서요?’라고 물어요?”

“그래! 그렇게 안 물었잖아.”

“참 나, 엄마 과거를 알려면 그렇게 구체적으로 물어야 하는지 몰랐네요!”

조지애나가 비꼬자 틸다는 너그럽게 받아쳤다.

“너희는 나를 다 안다고 생각하지. 나에 관해 물을 생각도 안 하잖니!”

“오, 좋아요. 알았어요. 내 질문이 별로였네요.”

“그럴지도 모르지.”

틸다는 콧방귀를 뀌었다.

“그럼, 내가 모르는 숨겨진 형제나 아버지가 다른 형제는 없어요?”

“없어! 무슨 말도 안 되는 소리야.”

"음, 불법 약물 소지죄로 체포된 적은요?"

"없어! 세상에, 당연히 없지!"

"칼라일 호텔에서 마사 스튜어트랑 같이 엘리베이터 탔을 때 몰래 방귀 뀐 사람, 혹시 엄마였어요?"

"조지애나!"

조지애나는 자기도 모르게 웃음이 터지기 시작했다. 음식이 도착하자 그들은 다이닝 룸에 식사를 차렸다. 햄버거를 먹으며 조지애나는 유리 빌딩의 사무실에서 잘 알지도 못하는 남자 빌 윌리스에게 털어놓았던 이야기를 처음부터 다시 시작했다. 이번에는 그녀가 평생 알고 지낸 여자, 그녀를 가장 화나게 만드는 여자, 가끔은 이해할 수 없는 여자, 그녀를 배 속에 품고 키워주었지만 종종 아주 멀게 느껴지는 여자에게. 틸다는 그녀의 이야기에 귀를 기울였다.

18
달리

달리는 자신이 오렌지라는 걸 알았다. 어렸을 적 그녀의 친구들은 누가 '샬럿'이고, 누가 '서맨서'이고, 누가 '캐리'인지 정하며 놀곤 했다('미란다'는 없었다).* '블랑슈', '도로시', '로즈'**도 정했다. 하지만 달리는 동생들과 은밀히 다른 놀이를 했는데, 각자를 동네 이름인 과일로 정했다. 코드는 당연히 파인애플이었다. 바보스러워 보일 정도로 항상 유쾌하고, 주목받는 걸 좋아하고, 어떤 모임이든 축제 분위기로 만들어버리니까. 반면 조지애나는 크랜베리였다. 밝고 아름다운 막내였지만, 마냥 귀엽지만은 않았다. 이로써 달리는 오렌지가 되었다. 지루하고, 믿음직하고, 늘 주변에 있고, 칭찬은 좀처럼 받지 못하는. 또, 두툼한 껍질에 싸여 있으니, 시간을 들여 그 껍질을 벗길 용의가 있는 사람들의 수중에만 들어간다.

---

* 미국 드라마 「섹스 앤 더 시티Sex and the City」의 주인공들.
** 미국 시트콤 「골든 걸스 The Golden Girls」의 주인공들.

달리는 중년이 된 지금 자신이 무력하기 그지없다는 사실을 깨달았다. 명문 출신의 멍청이 척 밴더비어 때문이었다. 척 밴더비어가 CNBC에 기밀을 누설해 맬컴이 해고당하지만 않았어도 맬컴은 여전히 직장에 다니고 있을 테고, 주택 관리비를 걱정할 필요도 없을 터였다. 또한 그녀가 재산과 경력을 포기했으며 그녀 자신의 삶을 일구어나갈 동력이 전혀 없다는 깨달음에 직면할 필요도 없었을 것이다. 그런데 그 같잖은 멍청이 탓에 강제로 현실을 직시하게 되었고, 달리는 그의 집에 불을 질러버릴까 말까 고민 중이었다. 맬컴이 사모펀드 회사에 취직하지 못했다고 알렸을 때 달리는 아무렇지도 않은 척하려 애썼다. 어차피 텍사스로 이사할 수도 없었을 거라고 말했다. 아이들이 헨리 스트리트 스쿨에 계속 다니는 편이 더 낫다고 말했다. 아무 걱정 말라고 말했다. 결혼한 후 처음으로 그에게 거짓말을 했다.

사정이 이렇게 되고 보니, 부모님이 코드에게 파인애플 스트리트의 라임스톤 저택을 준 것에 새삼 화가 났다. 물론 코드와 사샤에게 아기가 생길 테지만, 한 명으로 그친다면? 달리에게는 두 아이가 있었다. (셋은 아니다. 셋이 될 일은 절대 없었다.) 그녀가 어린 시절을 보냈던 집에서 아이들을 키우고 싶은 마음이 간절했다. 왜 아무도 그녀에게 거기서 살고 싶으냐고 묻지 않았을까? 부엌 한 귀퉁이의 작은 식사 공간에서 아이들에게 스크램블드에그를 먹이고, 네 개의 기둥이 있는 마호가니 침대에서 옛날이야기를 읽어주고, 카포디몬테 도자기 샹들리에가 달린 응접실로 다른 학부모들을 초대해 각자 준비해온 음식을 나눠 먹는 파티를 열고, 파피가 사교계 데뷔 무도회의 파트너를 만나러 계단을 내려오는 모습을 보고 싶었다. 달리는 그 집을 사랑했지만, 끔찍했던 아기 성별 발표 파티 덕분에 사샤는 그렇지 않다는 사실을 알았다. 왜 사샤는 좋아하지도 않는 집을 받아들였을까? 조지애나가 힘들어하고 있다는 사실을 왜 숨겼을까? 달리로서는 도무지 이해되지 않았다. 조지애나는 아직 어렸다. 세상 물정 모르고, 테니스와 학업과 부모님 뒤에 숨는 내성적인 아이였다. 유혹당해서 사랑에 빠진 뒤 끔찍한 상실을 겪었는데, 도움을 청했을 때, 오빠의 아내에게 고백했을 때 조지애나에게 돌아온 건 침묵이었다. 추락 사고에 관해 물었을 때 조지애나가 그녀에게 솔직하게 털어놓지 않았다는 사실이 괴로웠다. 사샤가 그녀의 친구인 척하면서 비밀을 숨기고 있었다는 사실이 괴로웠다.

시간을 되돌릴 수 있다면 바꾸고 싶은 일이 참 많았다. 맬컴에게 혼전합의서 서명을 받아낼걸 그랬다. 부모님에게 파인애플 스트리트의 집을 갖고 싶다고 말할걸. 여동생을 좀 더 주의 깊게 지켜볼걸. 해처를 임신했을 때 일을 그만두지 않고 커넬 스트리트 지하철역의 쓰레기통에 매일 아침 토해버릴걸. 동료들이 암소 울음소리를 흉내 내든 말든 모유 보냉 가방을 들고 사무실로 들어갈걸. 경력을 쌓고 그녀만의 소득을 올려, 어느 멍청한 애송이의 실수로 남편의 앞길을 막아버린 인종차별적이고 족벌주의적인 시스템에 휘둘리지 않을 만큼 성공할걸.

달리가 자정이 넘도록 자지 않고 거실 소파에 누워서 전화기 화면을 끝없이 올리고 있을 때 사이 하비브가 보낸 이메일이 갑자기 떴다. 달리는 냉큼 일어나 앉아 이메일을 열어보았다.

달리,
헨리 스트리트 스쿨 주소록에서 이메일 주소를 찾았어요. 이렇게 뜬금없이 연락드려도 괜찮을지 모르겠네요. 경매 행사 때 얘기 나눌 수 있어서 반가웠습니다. 나만큼 SR22기에 푹 빠진 사람을 만나기가 쉽지 않거든요. 다음 주에 시간 되시면 남편분이랑 다 같이 한잔하시겠습니까?

경매 행사가 끝난 후 달리는 당연히 인터넷에 '사이'를 검색해보았다. 그의 링크드인* 프로필, 그가 언급된 〈월스트리트 저널〉 기사들, 링컨 센터의 어느 자선 행사에서 미소 짓고 있는 그의 사진들을 꼼꼼히 살폈다. 아침까지 기다릴까 하다가 부랴부랴 충동적으로 답장을 보냈다.

> 사이,
> 연락 주셔서 정말 고마워요. 다음 주에 만나고 싶어요. 장소와 시간만 알려주세요.
>
> 달리

다음 날 아침 달리는 파피와 해처를 오렌지 스트리트의 부모님 집에 데려다주었다. 맬컴은 자기 부모님과 함께 교회에 가기 위해 프린스턴으로 차를 몰았고, 달리는 바보처럼 헨리 스트리트 스쿨 연말 도서·장난감 박람회의 진행을 맡기로 한 탓에 700여 건의 회의 중 첫 회의에 참석해야 했다.

12시 반에 아이들을 데리러 부모님 집으로 달려갔더니, 어머니는 아이들을 문밖으로 떠밀다시피 한 뒤 달리에게 잘 가라고 손을 흔들었다. 부모님은 평소보다 훨씬 더 심드렁하게 아이들을 받아주었고, 그래서 달리는 맬컴의 부모님이 같은 동네에 살면 얼마나 좋을까 하

---

* LinkedIn. 세계 최대 비즈니스 전문 소셜 네트워크 서비스.

는 생각이 다시금 들었다.

파피와 해처는 커다란 백팩을 메고 있었다. 바깥의 그물주머니에는 물병이 끼워져 있고, 지퍼들에는 동물 인형이 달린 열쇠고리와 구슬 끈이 대롱대롱 매달려 있었다. 아이들은 등에 집을 짊어지고 폴짝폴짝 뛰는 작은 거북이들처럼 거리를 따라 움직였고, 발을 질질 끄는 해처를 보아하니 지금 신고 있는 신발도 앞부리가 닳을 모양이었다.

"재밌게 놀았어?"

세 블록을 쿵쿵거리며 걸었을 때 달리가 파피에게 물었다.

"내 인생 최악의 날이었어."

"왜?"

달리는 웃었다.

"할머니는 텔레비전을 켤 줄도 모르고, 간식은 올리브랑 머신 체리밖에 없잖아."

"마라스키노 체리*야."

달리가 바로잡아주었다. 그녀의 부모님은 아이들에게 칵테일 재료를 먹였다.

"뭐 하고 놀았어?"

"할머니가 우리한테 전화기로 유튜브 보여주고, 할아버지랑 싸웠어."

"왜 싸웠는데?"

"조지애나 이모 때문에."

"아."

달리는 한숨을 내쉬었다. 파피와 해처 앞에서는 말조심 좀 하시지. 아이들은 남의 말을 엿듣는 데 전문가가 다 돼서, 마치 중학생들처럼 열심히 소문을 떠들고 다녔다.

---

* 채색한 시럽에 절여서 모조 마라스키노주로 맛을 곁들인 체리.

"조지애나 이모가 돈을 전부 다 기부한다니까 할아버지가 할아버지 눈에 흙이 들어가기 전까지는 안 된대. 할아버지가 백 살 다 됐어?"

"아니, 할아버지는 예순아홉 살이셔."

달리는 중얼거렸다. 부모님은 무슨 얘기를 하고 있었던 걸까? 집에 도착하자 그녀는 아버지의 휴대전화 번호를 눌렀다.

"아빠, 파피가 그러는데, 조지애나가 돈을 기부하겠다고 했다면서요?"

"잠깐 기다려."

아버지가 복도를 걸어가다 문을 닫는 소리가 들렸다.

"조지애나 말이, 금전적 특권은 혐오스럽다면서, 밀레니얼 세대 공산주의자 성인처럼 전 재산을 기부하고 앞으로 나아가고 싶다는구나. 내가 이래서 그 아이를 브라운 대학에 보내기 싫었다니까."

"신탁재산 전액을 기부하겠대요? 언제요? 누구한테요?"

"최대한 빨리 하겠단다. 우리 모르게 빌 윌리스랑 약속을 잡았더구나. 재단을 설립할 계획이라는데."

"아빠, 걔가 지금 정신적으로 힘들다는 거 아시죠? 이게 다 그 유부남 때문이에요. 이대로 내버려두면 안 돼요."

달리는 복도를 왔다 갔다 하며 소리를 지르다시피 하고 있었다.

"문제는, 나도 어쩔 수 없다는 거야. 조지애나는 스물다섯 살이 넘었고 나는 신탁관리인이 아니잖아. 네 엄마가 신탁관리인이니까 엄마한테 말해봐."

"엄마는 말이 안 통해요! 조지애나한테 심리치료가 필요하다고 했더니, 엄마가 '조지애나 친구한테 무슨 일이 있었건, 그건 걔가 알아서 할 일이야'라고 하더라니까요. 내가 완전히 남인 것처럼요!"

달리는 전화를 끊고 나서 온몸에 아드레날린이 솟구치는 느낌이었다. 조지애나는 아직 어른이라고 할 수 없었다. 돈의 의미를 전혀 몰랐다. 돈 걱정을 한 적도 없고, 돈이 부족했던 적도 없었다. 하지만 앞으로 무슨 일이 벌어질지 누가 알겠는가? 예술가와 사랑에 빠진다면? 장애아를 갖게 된다면? 치료를 받을 일이 생긴다면? 핵전쟁이 터져서 외국으로 탈출해야 한다면? 남편이 해고당한다면? 그러면 어쩌려고? 틀어질 수 있는 일이 무수히 많을 것이고, 돈은 비극을 막아줄 최선의 수단이었다. 달리는 어린 동생이 모든 걸 내던지는 꼴을 구경만 하고 있을 수는 없었다.

조지애나에게 전화를 걸었지만 음성메시지로 넘어가서 문자를 보냈다. '제발 전화 좀 해줘. 네가 걱정돼서 그래. 힘든 건 알지만, 정말 큰 실수 하는 거야.'

그런 다음 코드에게도 메시지를 보냈다. '조지애나가 빌 월리스를 찾아가서 신탁재산을 전부 빼달라고 했대. 알고 있었어?'

코드에게서 답장이 왔다. '뭐? 몰랐어. 어쩐지 어제 일할 때 아빠가 이상하더라니. 비니거 힐 매입 건을 재고해보자는 거야. 우리가 가난해질 거라면서. 그 이유를 이제 알겠네.'

달리가 '내가 그쪽으로 갈게'라는 메시지를 보내자 코드는 '나 지금 바빠'라고 답했지만 달리는 보지 못했다. 이미 가는 중이었다.

달리가 아이들을 데리고 도착했을 때 파인애플 스트리트의 집은 사람들로 북적거렸다. 그녀는 파피와 해처를 뒤뜰로 보낸 뒤 응접실에서 동생을 발견했다. 그는 철사테 안경을 쓰고 태블릿을 들고 있는 여자와 얘기를 나누고 있었다. 달리는 머뭇거리며 동생을 불렀다.

"코드, 무슨 일이야?"

"오, 누나, 안녕."

코드는 그답지 않게 겸연쩍은 표정을 지었다.

"그냥 견적을 뽑아보는 중이야. 30분 정도면 끝나."

"무슨 견적?"

"가구랑 미술품 같은 것들 전부 다 끄집어내서 창고에 넣어두려고. 아기가 있을 공간을 만들어줘야지."

"아기?"

달리는 미심쩍은 듯 물었다.

"빵 한 덩어리만 한 아기 때문에 마호가니 오르간 시계를 밖으로 뺀다고? 아기 때문에 외할아버지의 나폴레옹 3세 홀 체어*를 창고에 처박아두겠다고?"

"저는 위층에 있는 제 팀한테 가볼게요."

안경 쓴 여자는 주뼛주뼛 양해를 구한 뒤 종종걸음으로 자리를 떴다.

코드는 달리에게 얼굴을 찌푸리며 말했다.

"그래, 누나. 사샤가 스톡턴 가 박물관에서 살 필요는 없잖아."

"박물관이 아니야, 코드. 집이지."

달리는 소파에 앉았다가 발진이 떠올라 바로 일어나서 기다란 벨벳 의자로 자리를 옮겼다.

"다른 방법을 모르겠어."

코드는 그렇게 말하며 달리 옆에 앉았다.

"사샤가 이 집에서 지내는 걸 너무 안 좋아해. 우리가 자기를 가족으로 안 받아주는 것 같고, 우리랑 같이 있으면 편하지가 않대. 그래서 물건을 다 없애버리면 사샤가 여기를 자기 집으로 생각할 수 있지 않을까 싶었지."

"하지만 이 집이 싫다고 우리한테 그렇게 대놓고 말하다니, 너무했어."

"그리고 누나랑 조지애나는 사샤를 꽃뱀이라고 불렀지. 너무한 거

─────────────

* 집 입구나 홀에서 손님이 대기할 때 앉는 의자.

303

아니야?"

달리는 움찔했다.

"잘못했어. 정말 미안해."

"사샤한테 사과해."

코드는 지친 표정으로 눈을 문질렀다.

"올케가 조지애나에 관해서 입 다물고 있었던 건 화 안 나? 철저히 숨겼잖아."

"그래, 나도 정말 화나."

코드는 의자의 벨벳 등을 앞뒤로 쓸었다.

달리는 한숨을 쉬었다.

"그나저나 올케는 어디 있어? 일하고 있어?"

"아니, 며칠 전부터 부모님 댁에 가 있어. 아버님이 입원하셨거든."

"아버님이 입원하셨다고?"

달리는 깜짝 놀라 물었다.

"응, 폐에 혈전이 생겼대. 하지만 괜찮으실 거야."

"세상에, 코드, 그런 일은 나한테도 알려줘야지!"

달리는 당장이라도 도우러 달려갈 기세로 벌떡 일어났다.

"둘이 서로한테 화가 많이 났잖아. 그래서……."

"그래서 뭐? 어쨌든 우린 한 가족이야!"

달리는 코드의 말을 잘랐고, 진심이었다. 그녀도 실수를 했고 사샤도 실수를 했지만, 그녀는 사샤를 사랑했고, 사샤는 그녀의 동생을 사랑했다. 일을 바로잡으려면 그녀가 나서야 했다. 달리는 전화기를 집어 들어 로드아일랜드 주의 한 꽃집에 주문을 넣었다. 액수가 너무 커서 신용카드 회사가 그녀에게 전화해 카드 도용 여부를 확인했다.

19
사샤

사샤는 잠을 이루지 못했다. 병원에서 퇴원한 아버지는 호흡이 한결 좋아졌고 기운도 팔팔했지만, 그래도 사샤는 어린 시절에 쓰던 침대에서 몸을 뒤척였다. 어수선한 마음을 가라앉혀줄 시원한 면을 찾아 베개를 뒤집고 또 뒤집었다. 그녀는 늘 그녀 가족의 조지애나였다. 한 가족이 아니라는 이유로 멀린을 함부로 대했으니까. 하지만 큰 차이점이 하나 있었다. 사샤의 형제들은 그녀의 잘못을 알려주었다. 누군가의 편을 들어야 한다면 멀린을 택할 거라는 점을 분명히 했다. 코드도 그렇게 했을까? 아니었다. 그는 양다리를 걸쳤다. 여형제들의 잘못을 지적하지도 않았고, 사샤 편에 서서 자기 아내를 최우선으로 생각하겠다는 약속도 하지 않았다. 그것이 마음 아팠다. 사샤는 코드와 사랑에 빠졌을 때, 그녀를 사랑하지만 그녀를 필요로 하지 않는 사람을 원한다고 말했다. 하지만 그녀가 틀렸을지도 모른다. 결혼 생활이라면, 코드에게 필요한 사람도 되고 싶었다.

새벽 언젠가 그녀는 잠들었고 깨어났을 땐 살짝 열어두었던 창 너머로 동네 소리가 들렸다. 나무에 앉은 새들, 부두로 달려가는 자동차들, 거리에서 으르렁거리며 낙엽을 날리는 청소기. 하지만 부엌에서도 목소리가 들리자 사샤는 스웨트팬츠를 입고 머리카락을 뒤로 빗어 넘긴 다음 비틀비틀 계단을 내려가서는 우뚝 멈춰 섰다. 그녀의 얼굴이 미소를 띠며 밝아졌다. 달리가 보낸 페루 백합과 자홍색 금어초의 커다란 꽃다발 뒤로 코드가 식탁에 앉아 그녀의 부모님과 함께 커피를 마시고 있었다. 그의 앞에 놓인 도마에는 베이글과 크림치즈가 차려져 있었다.

"안녕, 잠꾸러기 씨."

코드는 벌떡 일어나 그녀에게 키스로 인사한 뒤 허리를 굽혀 그녀의 볼록한 배에도 입을 맞추었다.

"몬터규 스트리트의 핫 베이글에서 아침 사 왔어."

"레인보우 베이글?"

사샤는 봉투를 살피는 척했다.

"당연하지."

코드가 요란스러운 몸짓으로 베이글 하나를 꺼냈다. 빨간색과 녹색이 기묘하게 소용돌이치고 있는 그것은 빵이 아니라 플라스틱처럼 보였다.

"착색제 때문에 더 맛있다니까."

사샤는 행복하게 단언하고는, 베이글을 절반으로 잘라 양쪽에 완벽한 양의 크림치즈를 펴 바르기 시작했다. 이미 세 개나 먹은 코드가 네 번째 베이글에 눈독을 들여 모두를 기함시켰다.

"두 사람 다 먹고 나면 배에서 물 좀 빼줄래?"

사샤의 어머니가 물었다.

"어젯밤에 비가 내렸는데, 네 아빠가 직접 하겠다지 뭐야. 그랬다간 응급차에 실려 갈 거야."

"아빠, 말도 안 되는 소리 하지 말아요."

입에 음식을 가득 문 채 사샤가 투덜거렸다.

"이제 막 다시 제대로 숨 쉬기 시작했으면서 배에서 물을 빼겠다니요."

"넌 임신했잖아. 안 돼. 상한 타코 먹었을 때가 지금보다 더 힘들었어. 난 괜찮아."

그녀의 아버지가 호기롭게 말했지만, 코드는 자기가 하겠다고 우겼다. 그래서 코드와 사샤는 아침 식사를 마친 후 재킷을 껴입고, 텅 빈 우유병 두 개와 노를 챙겨서 강으로 걸어갔다. 사샤는 작은 부속선의 자물쇠 번호를 아직 기억하고 있었고, 그녀가 배에 오르는 사이 코드가 배를 부두에서 밀어낸 뒤 그녀를 뒤따라 펄쩍 올라탔다. 두 사람은 함께 노를 저어 선박으로 갔다. 과연 배 바닥에 물이 8센티미터 정도 들어차 있었다.

코드는 우유병으로 물을 빼냈고, 일을 마친 뒤 기대어 앉아 두 팔을 쭉 뻗고 어깨를 돌렸다. 가을의 평일이었고, 선창은 고요했다. 낚시광들은 몇 시간 전에 나갔고, 피서객들은 오래전에 떠났으며, 화려한 주말용 보트들은 계류장에서 빈둥거리고 있었다.

"보고 싶었어."

사샤는 몸을 기울여 코드의 뺨에 키스했다.

"왜 왔어?"

"당신이 걱정돼서. 장인어른도. 지난 한 주 동안 내가 너무 바보처럼 느껴지더라고. 소식 듣자마자 당신이랑 같이 왔어야 했는데."

"뭐, 내가 기회도 안 줬으니까."

사샤가 인정했다.

"그래……."

코드가 입을 열기 시작하자 사샤는 그의 말을 끊어버렸다.

"하지만 나도 모두한테 좀 화가 났어."

"나도 알아. 조지애나 일은 미안해. 누나 일도."

"당신한테도 화났어, 코드."

"그래, 알아. 하지만 당신이 가족들한테 그렇게 소리 지른 건 별로였어. 도를 넘었다고."

"3 대 1이었잖아! 당신 가족 전체가 나를 공격했어! 그런데 당신은 그들 편을 들었지, 항상 그래."

사샤가 소리 지르자 코드는 얼굴을 찡그렸다.

"그건 아니지."

"당신 누나랑 여동생이 왜 날 싫어하는지는 알지?"

사샤는 물러서지 않았다.

"내가 당신 가족이랑 계층이 달라서 날 싫어하는 거야. 난 금수저가 아니니까."

"아니, 그건 아니야. 전혀 아니야."

코드는 이마를 찌푸리며 고개를 저었지만 사샤는 고집스럽게 말했다.

"코드, 맞아. 계급에 대해 얘기하는 게 불편하긴 하지. 그 문제가 거론될 때마다 당신은 거북해하면서 와스프처럼 굴잖아. 정말 부유하고 정말 가난한 사람들한텐 그것만큼 불편한 얘기도 없어. 하지만 당신이랑 난 계층이 달라. 그건 이상한 일이야. 다른 계층의 사람이랑 결혼하면 그런 얘기를 꺼내기도 힘들어져. 우린 그냥 무시하고 넘어가버렸지."

"우리 둘 다 신경 안 쓰니까 무시하고 넘어간 거지."

"세상에, 정말 싫은 게 뭔지 알아?"

사샤는 말을 이어나갈 수 있을지 확신이 서지 않아 멈칫하고는 입을 앙다물었다.

"뭔데?"

"어쩌면 난 당신이 부자라는 게 좋았는지도 몰라. 이런 말을 하는 내가 끔찍한 인간으로 느껴져. 물론 그게 당신을 사랑하는 이유는 아니야. 내가 당신을 사랑하는 건, 당신이 재미있고 친절하고 섹시하고 뭐든 신나게 만들어주는 사람이라서야. 처음 만났을 땐 당신에 대해 아무것도 몰랐어. 하지만 당신이 부자라는 게 어느 정도는 매력으로 느껴졌을 거야. 이런 말 하기 정말 싫지만. 난 꽃뱀이 아니야. 그냥 정직한 거지."

코드는 사샤를 세심하게 지켜보고 있었고, 사샤는 말을 이었다.

"하지만 그게 우리 인생에 이렇게 큰 영향을 미칠지는 몰랐어. 내가 항상 침입자처럼 느껴질 줄은 몰랐어."

"당신은 침입자가 아니야. 내 아내지."

"침입자처럼 느껴진단 말이야. 그리고 당신은 내가 한 가족이라고 느낄 수 있게 도와주지도 않고 있잖아."

"내가 어떻게 해야 되겠어?"

사샤는 몸을 구부려 코드의 이마에 자신의 이마를 대며 속삭였다.

"날 선택해줘."

"그러고 있잖아."

"내 편을 들어줘. 이제 나도 당신 가족이 되고 싶어. 날 제일 먼저 생각해줘."

그녀는 자신이 이런 부탁을 하게 될 줄 몰랐다. 이런 부탁을 해야 할 줄은 몰랐다. 하지만 코드의 입으로 그 말을 들어야 했다.

"알았어. 당신을 제일 먼저 생각할게."

사샤는 코드를 바라보았다. 그는 눈썹을 찌푸리고 눈을 빛내며, 평소에 보기 힘든 아주 진지한 표정을 짓고 있었다. 사샤는 코드의 말이 진심이라는 걸 알았다. 임신을 계기로 두 사람의 관계가 변화하고 있었다. 사샤의 분노와 좌절감이 점점 사그라졌다.

"형님이 보내준 꽃이 우리 결혼식에 썼던 꽃들보다 더 비싼 것 같아."

"오늘 아침에 장모님이 클라리틴*을 한 알 드시던데."

"형님이 사과 편지도 보냈어. '꽃뱀' 건에 관해서."

"보여줄래?"

"응, 여기."

사샤는 주머니에서 전화기를 꺼내 문자메시지를 열었다.

올케, 올케 아버님이 쾌유하시길 빌면서 올케 생각을 많이 했어. 그리고 내가 했던 말도 생각했지. 나 자신이 얼마나 바보처럼 느껴졌는지 몰라. 해처가 추 추 커츠 미용실 바닥에 떨어진 남의 머리카락을 내 핸드백에 넣어놓는 바람에 몇 주 동안 계속 내 지갑에서 머리카락이 나왔던 일 기억해? 부두의 포니노 식당에서 내가 맥주병을 잘못 집어 마시는 바람에 담배꽁초가 내 입에 들어왔던 일 기억해? 세탁소 주인이 옆집 사람의 푸치 원피스를 우리 집에 놔두고 갔는데 엄마 옷인 줄 알고 그 원피스를 입었다가 로비에서 옆집 사람한테 호되게 혼났던 일 기억해? 그런데 내가 훨씬 더 바보 같은 짓을 올케한테 저질렀어. 부디 날 용서해줘.

코드는 무심코 웃음을 터뜨렸다.

"아직도 누나한테 화가 안 풀렸어?"

그는 사샤에게 전화기를 건네며 물었다.

"아니, 이젠 괜찮아."

사샤가 미소 지으며 말했다.

---

* 비염·알레르기 치료제.

"정말 다행이다. 아니, 난 물론 당신 편이지! 하지만 둘이 다시 좋아 졌다니 다행이야."

사샤가 고개를 앞으로 숙여 코드에게 키스하자 코드도 화답하며 사샤의 재킷 밑으로 손을 슬며시 집어넣었다. 사샤가 몸을 떼자 코드는 씩 웃었다.

"배가 뒤집힐까? 혹시 우리가…….."

"배가 뒤집히면 우리 아빠가 다시 입원할걸."

사샤는 웃으며, 코드가 끌어올렸던 재킷을 똑바로 폈다. 두 사람은 함께 부속선을 타고 노를 저어, 커다란 유리섬유 유람선들과 조그만 알루미늄 카누들을 지나 물가로 돌아갔다.

사샤와 코드는 사샤의 부모님과 함께 부엌에서 종이 타월 냅킨을 옆에 두고 이른 저녁으로 파스타와 미트볼을 먹었다. 화려한 테이블 장식 따위는 없었다. 그런 다음 두 사람은 보트 정박지로 가서 사샤의 형제들을 만났다. 네이트는 보트를 가진 새 여자친구가 생겼고, 몇 달 전 어느 술집에서 만난 후로 쭉 그녀와 함께 배에서 지내고 있는 모양 이었다. 사샤는 주차장에 차를 세운 뒤, 인디아 페일 에일 여섯 개들 이 한 팩을 든 코드와 함께 판자 산책로를 걸었다. 사샤의 아버지는 작 은 알루미늄 보트를 강에 정박해두고 있었지만, 정박지에는 썰물 때 부두를 지나갈 수 없을 만큼 커다란 배들 – 대형 유람선, 요트, 보라 이더*, 데크 보트** – 이 주로 세워져 있었다. 전기와 와이파이도 연결

---

* bowrider, 뱃머리를 개방하여 바람막이 창 앞에 더 많이 앉을 수 있도록 만든 배.
** deck boat, 뱃머리를 확장하여 좌석과 갑판을 최대화한 다목적 보트.

되어 있어서, 똑같은 집에서 지내는 데 싫증이 난 주민들이 정박지에서 지내는 건 드문 일이 아니었다. 대부분의 배를 알고 있는 사샤는 걸어가며 코드에게 그 이름을 알려주었다. 그중에는 사샤의 중학교 시절 축구 코치의 대형 선박인 10미터 길이의 크리스 크래프트도 있었다. 잠자는 공간, 식탁, 아래층 욕실까지 갖춰져 있어서 떠다니는 레저용 자동차나 마찬가지였다. 배 이름은 딸의 이름을 딴 '스위트 서맨서Sweet Samantha'였고, 사샤도 알고 지냈던 서맨서는 양팔에 문신을 잔뜩 새긴 크로아티아 킥복서와 결혼했다. '와이피Wifey'라는 1985년형 톨리크래프트 선데크 모터 요트는 마시 로드에 사는 동성 커플의 배였다. 빨간색과 파란색 줄무늬의 앙증맞은 베이라이너인 '피싱 임파서블Fishin' Impossible', 액소파 37 선톱인 '리퀴드 애세츠Liquid Assets'도 있었다. 사샤의 동생 올리는 요트를 사서 '웨트 드림Wet Dream'*이라고 이름 붙이는 상상을 자주 했지만, 다행히도 빈털터리라서 카약도 사지 못할 형편이었다. 사샤는 지나가면서 모든 보트에 손을 흔들어 인사했다. 배 주인들은 빨간 플라스틱 술잔을 들고 후갑판에서 쉬거나, 선교船橋에서 저녁 식사를 차리고 있었다. 사샤는 거실을 연이어 지나가는 듯한 느낌이 잠깐 들었다.

"처남들은 어디 있는 거야?"

코드가 묻자 사샤는 심드렁하게 답했다.

"어디에 배를 대놨는지는 못 들었지만, 보나마나 그 인간들 소리가 들릴 거야."

그들이 선창의 굽은 곳을 돌아가자 강물 위로 올리의 목소리가 우렁차게 울렸다.

"사시미! 탯줄!"

---

* '몽정'이라는 뜻이다.

"그래, 저기 있네."

사샤는 눈알을 굴렸다. 그녀의 형제들이 2미터짜리 카버 모터 요트의 후갑판에 큰대자로 드러누워 있었다. 선미판에 배 이름인 '서처The Searcher'와 모항母港인 뉴포트, RI(로드아일랜드)가 위아래로 찍혀 있었다. 서처는 낡았지만 하얗게 빛나는 대형 선박으로, 계단을 타고 올라가면 유리로 둘러싸인 갑판, 선교, 조종석이 나왔다. 사샤는 미닫이 유리문으로 방을 들여다보았다.

"와, 방 멋진데."

코드가 휘파람을 불었다.

"셸비가 10년 전쯤 캘리포니아에서 살 때 이 배를 샀지."

네이트가 일어나서 둘을 한꺼번에 껴안으며 인사하고, 올리는 냉장고에서 맥주 한 캔을 꺼냈다.

맨발에 청바지와 담청색 후디를 입은 여자가 계단에 나타났다.

"어머나! 왔군요!"

40대 초반으로 보이는 그녀는 큰 키에 비쩍 말랐고, 짧은 머리를 뒤로 묶고 있었다.

"만나서 반가워요!"

그녀는 사샤와 코드를 꼭 껴안고는, 쿠션 있는 벤치에서 네이트를 옆으로 밀어내어 두 사람이 앉을 공간을 만들었다.

"아버지는 오늘 좀 어떠세요? 걱정했는데."

"오, 좋아 보이세요. 가만히 앉아 있질 않아서 엄마가 미치려고 하죠. 아빠가 낚시하려고 지렁이를 네 상자나 샀는데, 엄마가 안 보내주는 바람에 지금 냉장고 절반이 벌레로 차 있다니까요."

사샤는 집에 찾아온 손님들이 반짝이는 흰색 페이스트리 상자를 열었다가 쿠키나 초콜릿이 아니라 꿈틀거리는 미끼를 보고 소름 끼쳐 뒷걸음질하는 모습을 보았다.

셸비가 씩 웃으며 말했다.

"우리가 가서 걔네 좀 데려올까, 네이트? 우린 거의 매일 아침 출근하기 전에 낚시를 하거든요."

"어떤 일 하세요?"

코드가 묻자 셸비는 손을 살짝 흔들며 답했다.

"아, 앱 개발자예요. 참, 사샤, 임신 축하해요! 정말 신나겠어요! 그러고 보니 먹을 걸 하나도 안 줬네! 셸처가 좀 있는데."

셸비는 냉장고에서 화이트 클로 하드셸처를 두 캔 꺼냈다. 하나는 레몬 향, 다른 하나는 블랙베리 향이었다.

사샤는 정중하게 미소 지었다.

"아, 임신한 동안에는 술 안 마시려고요. 몇 모금은 괜찮겠지만, 그냥 술이 싫어지더라고요."

"이건 그냥 셸천데."

셸비가 얼굴을 찡그리자 사샤는 해명했다.

"하드셸처잖아요. 맥주랑 비슷해요."

셸비는 웃었다.

"아차, 난 오후 내내 마셨는데! 왜 그렇게 기분이 좋나 했더니! 네 캔은 마신 것 같아."

사샤는 네이트와 눈을 마주치려 애썼지만 – 그의 여자친구가 좀 이상했다 – 그는 빙긋 웃으며 고개를 저을 뿐이었다.

"두 사람 얼마나 만났어요?"

코드가 네이트에게 물었다.

"두 달 정도."

"캡 클럽에서 내가 이이를 낚았죠."

"아니, 내가 이 사람을 낚았지."

네이트가 셸비의 목에다 코를 비벼댔다.

"못 봐주겠네."

올리가 얼굴을 찌푸렸다.

"내일 우리랑 같이 낚시해요. 네이트랑 난 줄무늬농어를 많이 잡았어요."

"해금된 물고기도 있나요?"

코드가 물었다.

"조금 있어요."

셸비가 주머니에서 전화기를 꺼내더니 작은 아이콘 하나를 눌렀다.

"내 프로젝트 중 하난데, 잡은 물고기를 찍으면 그 이름을 알려주는 앱이에요. 그런 다음 물고기를 쭉 스캔하면 길이를 재서 풀어줘야 하는지 아닌지 알려주죠."

"오, 나도 다운받을래요."

코드는 주머니에서 전화기를 꺼내고는, 앱 스토어에서 그 앱을 찾기 위해 셸비 쪽으로 고개를 숙였다.

올리가 물었다.

"매형, 브루클린 하이츠에 살면서 낚시는 언제 하려고요?"

"뭐, 어차피 매일 쓸 앱도 아니고."

코드가 중얼거리자 셸비는 웃으며 말했다.

"괜찮아요, 코드. 난 항상 수만 가지 아이디어를 짜고 있으니까. 내 다음 프로젝트는 뭐가 돼야 할까요?"

코드가 눈을 반짝이며 답했다.

"사실 나한테 좋은 아이디어가 하나 있긴 한데. 툭하면 경적을 울려대는 인간들 때문에 미치겠거든요. 사람들이 얼마나 많이 경적을 울리는지 기록한 다음, 밤에 사람들이 잠들려고 애쓸 때 그날 경적을 울린 양만큼 빵빵거리는 소리를 내는 앱이 있으면 좋겠네요."

"코드, 내가 자넬 좋아하긴 하지만 말이야, 어떤 인간이 그런 앱을 자기 전화기에 다운받겠어?"

네이트가 물었다.

"좋아, 나도 아이디어 하나 있어."

올리가 끼어들었다.

"만나는 여자 연락처를 입력하면 목요일 밤마다 자동으로 문자를 보내주는 거야. '어이, 예쁜이, 네 생각 하고 있었어!'"

셸비가 올리의 어깨를 쿡 찌르며 말했다.

"아니, 그런 앱은 됐어."

사샤가 말했다.

"이건 어때요? 전화기로 아보카도를 가리키면 속이 갈색이거나 심이 많은지 알려주는 앱이요."

네이트가 말했다.

"난 리치업Richup이라는 앱이 있으면 좋겠어. 내 사진을 쫙 훑은 다음 거기다 롤렉스랑 말을 끼워 넣어주는 거야."

그들은 다 함께 웃고는 다음 한 시간 동안 끔찍한 아이디어를 계속 냈고, 셸비는 고민하는 척 열심히 연기했다. 얼마 후 사샤가 화장실에 가고 싶다고 하자 셸비는 그녀를 안으로 데려가 개인 전용실 두 칸, 조리실, 다이닝 룸, 응접실을 거쳐 이물에 있는 화장실까지 안내해주었다. 15년이 넘은 보트지만 깔끔하고 잘 관리되어 있어, 크롬과 벚나무로 만들어진 세부 장식들이 반짝거렸다. 그야말로 떠다니는 아파트였다.

셸비가 조리실에서 간식거리를 준비하여, 버몬트 체더치즈 조각을 곁들인 리츠 크래커, 포도, 플라스틱 쟁반에 담은 오레오 쿠키를 갑판으로 내왔다. 보트 이름인 '서처'를 화려한 금박으로 찍어놓은 종이 냅킨 한 무더기도 함께 가져왔다. 자정 즈음 사샤가 하품을 했고 그녀와 코드, 올리는 작별 인사를 한 뒤 열애 중인 커플을 물 위의 둥지에 남겨둔 채 나왔다.

올리가 쓰레기를 가져가 주차장 옆의 재활용수거함에 버리겠다고 호기롭게 제안했고, 그들은 부두를 따라 함께 걸으며 근처의 보트에서 자고 있을 사람들을 깨우지 않으려고 나지막이 대화를 했다.

사샤가 중얼거렸다.

"괜찮은 여자네. 오빠랑 똑같은 것 같아."

올리가 답했다.

"충격적이지?"

"프로젝트 중에 하나는 잘됐으면 좋겠어."

사샤가 진지하게 말했다.

"괜찮을 거야."

"아니, 해마다 엄청 많은 앱이 나오잖아. 잘되기가 힘들어."

"그냥 재미로 하는 건데 뭘. 서른 살에 은퇴했거든."

올리가 쓰레기를 버리며 말하자 사샤는 혼란스러워 물었다.

"은퇴라니, 무슨 말이야?"

"셸비는 구글의 73호 직원이었어. 주식이 수백만 달러라고."

사샤는 입이 떡 벌어졌다. 셸비는 그냥 부자가 아니라 엄청난 갑부였다. 사샤는 웃음을 터뜨리다가 고개를 저으며 말했다.

"참 나, 오빠, 롤렉스랑 말은 그냥 오빠가 사."

20
조지애나

조지애나가 10대였을 때 트루먼 커포티의 저택이 록스타 게임스Rockstar Games의 창립자에게 1,250만 달러라는 전대미문의 액수에 팔렸다. 파인애플 스트리트와 오렌지 스트리트 사이의 윌로 스트리트에 있는 4베이*, 5층 구조의 그 저택은 동네의 성지나 마찬가지였다. 그곳에 사는 동안 『티파니에서 아침을』과 『인 콜드 블러드』를 써서 유명 작가가 된 커포티는 그곳의 현관 밖에 앉아 쉬었고, 동네에 관한 자전적 에세이를 발표했으며, 친구들에게 저택을 구경시켜주었다. 커포티는 과일 이름 거리의 주민이었다. '그랜드 세프트 오토Grand Theft Auto'** 제작자가 수표책을 털썩 내려놓고 윌로 스트리트 70번지의 열쇠를 받았을 때, 프로미네이드부터 몬터규 스트리트까지 주민들의 탄식이 울려 퍼졌다. 새 주인은 몇 건의 개보수 허가를 신청했다. 풀장을

---

* bay. 건축에서 기둥과 기둥 사이의 한 구획을 뜻하는 용어.
** 액션 어드벤처 게임 시리즈.

만들게 해달라, 노란 페인트를 벗겨내게 해달라, 포치를 없애게 해달라. 악몽이었다. 하고많은 곳 중에 하필이면 브루클린 하이츠에서 감히 오드리 헵번을 지우려 들다니?

끔찍했던 아기 성별 발표 파티 후 몇 주 동안 조지애나는 계속 커포티의 저택이 생각났다. 기념건축물보존위원회와 새 주인이 만나 한 가지 안을 구상했는데, 풀장을 만들되 저택을 고대 그리스풍의 건물로 되돌려놓자는 것이었다. 원래의 정면을 복원하고, 전통적인 벽돌을 사용하여, '그랜드 세프트 오토'로 벌어들인 거금으로 19세기의 화려함을 재현하기로 했다. 그러면 주인은 안락하게 생활하는 동시에 자신이 물려받은 역사와 문화를 지킬 수 있을 터였다. 저택에는 오히려 잘된 일이었다. 어쩌면 사샤가 파인애플 스트리트에서 바로 그런 일을 하려는 것인지도 몰랐다. 어쩌면 조지애나는 그저 속물 같은 동네 주민들처럼 심통을 부리고 있는 건지도 몰랐다.

크리스틴이 렘슨 스트리트에서 심리치료를 받고 있었고, 조지애나는 1주일에 한 번씩 그 치료사를 만나기 시작했다. 첫날은 브래디에 관해 이야기하면서 화장지를 반 상자나 썼지만, 그 후로는 가족에 관해, 돈에 관해, 사샤와 혼전합의서에 관해 더 많은 대화를 했다. 조지애나는 자신과 돈의 관계가 우정과 결혼에 관한 생각에 영향을 끼치고 있음을 깨닫기 시작했다. 그녀 자신도 모르게, 그녀의 부를 지키도록 평생 훈련받아왔다. 그들은 세무사와 투자고문을 두고 연말마다 손실을 상쇄하기 위해 면밀한 조치를 취했고, 노동의 결실(혹은 조상들이 일구어낸 노동의 결실)을 즐길 수는 있지만 기본 재산은 절대 건드려서는 안 된다는 철칙을 지키며 살아왔다. 그런 원칙에는 다른 계층과의 결혼이 부를 감소시킬 거라는 사실이 얽혀 있었다. 부자는 부자와 결혼하는 것이 최선이었다. 조지애나는 자신의 심리에 그런 믿음이 얼마나 깊이 뿌리박혀 있는지 미처 깨닫지 못했다. 사샤를 '꽃뱀'이라 불렀던 일이 부끄러워 견딜 수 없었다. 사샤가 혼전합의서에 서명하지 않았다고 착각했지만, 중요한 사실은 따로 있었다. 그녀의 행동이 계급 차별적이고 속물적이었으며, 그런 태도를 버려야 한다는 것. 가족 안의 불평등을 지키면서 세상의 불평등과 싸우겠다는 건 말이 되지 않았다.

"트루먼 커포티 저택 같은 거예요."

조지애나는 심리치료사의 작은 사무실에서 트위드 소파에 앉아 두 손으로 화장지를 비틀며 설명했다. 심리치료사는 늘씬한 60대 여성으로, 세심하게 무채색 옷을 골라 입었고, 브루클린 하이츠 주민이었으며, 아동심리학자와 사무실을 같이 썼다. 그래서 책장에는 프로이트와 클라인*의 저서뿐만 아니라 조그만 플라스틱 인형이나 가족 미니어처들도 놓여 있었다. 조지애나는 이야기를 하는 동안 그 인형들을 갖고 놀고 싶은 유혹에 빠져들기도 했다.

"트루먼의 저택이 자수성가한 사람한테 팔렸을 때 모든 주민이 분노했죠."

조지애나가 의기소침하게 설명하자 심리치료사는 두 눈을 즐겁게 반짝이며 물었다.

"웃긴 게 뭔지 알아요? 커포티는 집주인도 아니었어요. 그 지하 아파트를 친구한테 빌렸죠. 커포티는 친구가 휴가 중일 때 사람들한테 집을 구경시켜줬을 뿐이에요."

조지애나는 그저 웃을 수밖에 없었다.

그날 밤 집에 돌아온 그녀는 사샤에게 전화를 걸었고, 전화벨이 울리는 동안 입술을 깨물었다. 통화는 정말 싫었지만 - 그녀 또래는 문

---

* 아동 정신치료에 놀이치료를 처음으로 도입한, 영국의 정신분석학자 멜라니 클라인Melanie Klein.

자메시지를 주고받았다 – 사샤가 전화를 받자 조지애나는 목청을 가다듬으며 어색함을 억눌렀다.

"언니? 조지애나예요. 언제 한번 테니스 같이 칠래요?"

얼마 전부터 자신에 관한 여러 불편한 진실과 마주해온 조지애나는 어느 일요일 아침 리나의 접이식 소파에 누워, 한 가지 진실을 더 인정할 각오가 되었다는 결론을 내렸다. 사실은 그녀가 어니언 링을 정말 좋아한다는 것. 그 일요일 아침에 그녀가 어니언 링을 주문할 핑곗거리는 전혀 없었다. 숙취도 아니고, 곧 죽을 처지도 아니고, 그날 아침 조깅을 하지도 않았지만 어니언 링은 경이로울 정도로 바삭바삭하고 달콤했다. 그래서 그녀는 리나, 크리스틴과 함께 10달러를 지불하고 웨스트빌 덤보에 대량 주문을 했다.

그들은 텔레비전에서 부유한 여자들이 다투는 모습을 느긋하게 구경하면서, 음식을 기다리며 전날 밤을 분석했다. 코블 힐에 놀러 갔는데, 크리스틴이 클로버 클럽의 바텐더와 키스하고 말았다. 칵테일이 정말 맛있는 그곳에 다시 갈 수 없게 되어 유감이었다.

리나가 툴툴거렸다.

"그 바텐더가 쉬는 날도 있겠지."

"그 사람이 매니저인 것 같던데. 망했어."

크리스틴은 게토레이를 두 병째 마시고 있었고, 운동복을 한 벌로 입고 있어 헤일리 비버* 아니면 아주 세련된 텔레토비처럼 보였다.

"그나저나 커티스는 어떻게 할 거야, 조지애나?"

---

* 미국의 패션모델.

"모르겠어. 내가 걔라면 내 번호를 차단해버릴 거야. 내가 심하게 변덕을 부렸으니까."

조지애나는 그렇게 시인하며 리나의 개를 끌어당겨 무릎에 앉혔다.

"마지막엔 어땠는데?"

리나가 물었다.

"너무 바빠서 만날 시간이 없다고 했지."

"그럼, 이제 시간이 생겼다고 말하면 안 돼?"

"아니, 그럼 속이는 거잖아. 브래디에 관해서도 거짓말했는데, 커티스랑 잘되고 싶은 마음이 있다면 지금부터는 솔직해야지."

"으, 정직한 건 최악이야."

크리스틴은 끙 하고 앓는 소리를 냈다.

"최악이지."

조지애나는 맞장구를 치고 나서 어니언 링을 받으러 가기 위해 일어났다.

며칠 후 야근을 하게 된 조지애나는 여러 방과 응접실과 식기실에서 동료들이 컴퓨터를 닫는 모습을 지켜보았다. 그녀는 숨을 크게 한 번 쉰 뒤, 뉴스레터를 만드는 데 사용하는 스크라이버스 레이아웃 디자이너를 열어 그녀 나름의 사과문을 작성하기 시작했다. 교외 저택의 창문 밖으로 대형 카세트 플레이어를 높이 들고서 트는 기분으로, 커티스가 이해할 수 있게끔 그녀의 본심을 털어놓는 급보.

11월, 조지애나 스톡턴의 지인들 대부분은 브루클린의 저 먼 외곽에서 스팽글 달린 드레스를 차려입고 90년대 음악에 맞춰 춤을 추며, 보드카를 벌컥벌컥 마시고 피클을 먹고 있다. 조지애나는 25년 넘게 이런 코스튬 파티에 행복하게 참석했고, 그녀의 최대 관심사는 테마 파티에 알맞은 의상 찾기와 테니스 랭킹 5.5등급 유지였다. 하지만 스물여섯 살인 지금 조지애나 스톡턴은 성장할 준비가 되어 있다.

조지애나는 상위 1퍼센트로 자랐지만 자신이 멍청이라는 사실을 깨닫기 시작한 밀레니얼 세대 사이에 점점 확산되고 있는 운동에 참여 중이다. 그녀는 자신의 브루클린 아파트에서 이렇게 말한다. "나 같은 사람이 존재해서는 안 됩니다. 나는 스물여섯 살이에요. 내가 샤넬 선글라스를 갖고 있을 논리적 이유가 전혀 없죠." 그뿐 아니라 조지애나는 더 가까워지고 싶은 누군가에게 솔직하지 못했다. 그녀가 다니는 회사가 파키스탄에서 벌이고 있는 활동에 관한 발표에 그가 참석했을 때 그녀는 자신의 유일한 친구인 메그가 비행기 추락 사고로 사망했다고 말했다. 하지만 사실 조지애나는 그날 사망한 한 유부남과 동침했다. 그녀의 슬픔과 죄책감은 진짜였지만, 큰 친절을 베풀어준 사람에게 제대로 된 진실을 알려주지 않은 것을 뼈저리게 후회하고 있다. 조지애나는 그녀가 개과천선했다는 사실을 사람들에게 납득시키기 쉽지 않으리라는 걸 알고 있지만, 이 기사를 통해 그녀의 실수를 인정함으로써 최고의 키스 실력을 지닌 브루클린 하이츠의 매력남 커티스 맥코이에게 또 한 번의 기회를 얻을 수 있기를 기대하고 있다.

조지애나는 그녀가 이글거리는 눈으로 카메라를 쳐다보고 있는 사진을 끌어오고, 이 글을 PDF로 저장했다. 그런 다음 커티스에게 보내는 이메일에 파일을 첨부하고, 간단히 이렇게만 썼다. '혹시 이번 주 스타일 섹션을 놓쳤다면 한번 봐.' 조지애나는 '보내기' 버튼을 누른 뒤 편지가 쉭 하고 허공을 가르는 소리에 귀를 기울였다. 편지는 작은 데이터 패킷으로 나뉘고, 허브들 사이로 깡충깡충 뜀박질하다, 사이버 공간의 비행기들에 실려 가 커티스의 눈앞에서 재조립될 터였다.

조지애나는 커티스가 이 편지를 읽어주길 바랐다. 좋은 사람도 아주 멍청한 짓을 저지를 수 있다는 걸 이해해주길 바랐다. 그의 도움을 받아 더 좋은 사람이 되고 싶었다.

조지애나는 더 좋은 사람이 되고 싶은 마음이 간절했지만, 아직 할 일이 너무 많았다. 그녀가 재단을 설립하여 그녀 계좌의 100만 달러로 기금을 댈 수 있도록 빌 윌리스가 계획을 세워놓았다. 빌은 재단 이사를 맡아주겠노라 승낙했고, 틸다도 마찬가지였다. 그들 셋은 비영리 단체를 지원하기로 합의했고, 조지애나는 신탁금이 완전히 없어질 때까지 자신의 계좌에서 점점 더 많은 돈을 재단으로 옮기고 싶었다.

브래디와 아미나가 생각나는 건 여전했다. 브래디에 대한 감정이 앞으로도 변함없을까 하는 의문이 가끔 들었다. 아니, 시간이 흐르면 그녀보다 더 나이 많고 더 유력했던 그가 그녀를 공정하게 대하지 않았을지도 모른다고 생각하게 될까? 알 수 없었다. 지금으로서는 그저 아미나가 잘 지내기를, 안식을 찾았기를 바랄 뿐이었다. 공동선을 위해 열심히 일하다 보면 언젠가는 두 사람이 만나게 될 날이 있을 테고, 브래디가 그 일을 행복해할 거라고 생각하면 기분이 좋았다. 복잡하게 꼬이긴 했지만, 그가 이 세상에 남긴 유산이 그의 부재에도 배가되었고, 그가 마음을 나누어준 두 사람이 같은 목표를 추구하고 있으며, 그가 조지애나에게 보여준 사랑이 빛을 발해 정말로 좋은 일을 이루리라 생각하면 조지애나는 기분이 좋아졌다.

21
달리

사이 하비브와 한잔하러 나갈 준비를 하면서 달리는 속눈썹에 마스카라를 바르고, 머리카락에 윤기가 흐를 때까지 빗질을 하고, 성 크리스토퍼 목걸이를 걸었다.

달리가 처음 만났을 때부터 맬컴의 어머니는 성 크리스토퍼 금목걸이를 하고 있었다. 펜던트 중앙에는 지팡이를 들고 어깨에 한 아이를 태운 남자가 새겨져 있었다. 순자가 들려준 이야기에 따르면 성 크리스토퍼는 사람들을 강 건너로 안전하게 건네준 거인으로, 여행객들의 수호성인이었다.

맬컴이 열두 살이었을 때 세 시간 떨어진 곳에서 열리는 축구 시합에 나가야 했고, 그래서 순자와 영호는 암녹색 포드 익스플로러에 아들을 태워 떠났다. 뉴저지 턴파이크 도로를 시속 96킬로미터로 한 시간 정도 달렸을 즈음, 브레이크가 고장 난 화물차가 그들의 차 옆쪽을 박았다. 포드 익스플로러는 한 바퀴 뒹군 뒤 똑바로 서서 쭉 미끄러지다 가드레일에 막혀 끼익 하는 무시무시한 소리와 함께 멈추었다. 순자는 눈을 떴을 때 그 모든 일이 상상인 것처럼 느껴졌다고 했다. 뒷자리에 앉은 맬컴을 돌아보니, 그는 여전히 안전벨트를 맨 채 두 손으로 게임기를 쥐고 있었다. 영호는 아무 탈 없이 운전석에서 핸들을 잡고 있었다. 세 사람은 바들바들 떨리는 몸으로 문을 열고 도로변으로 나가, 서로를 꼭 붙든 채 옹송그려 있었다. 셋 다 상처 하나 입지 않았다. 멍들거나, 긁히거나, 발목이나 손목이 삐지도 않았다. 응급구조원들이 와서 그들의 몸을 살피고, 경찰이 보고서를 작성하기 위해 오고, 예방조치로 소방차 한 대가 도착했다. 차를 점검하던 응급구조원이 한 가지 사실을 발견했는데, 순자가 목에 걸고 있던 성 크리스토퍼 펜던트가 룸미러에 걸려 있었다.

달리의 결혼식 날, 순자가 그녀에게 목걸이를 선물했고, 달리는 비행기를 탈 때마다, 장거리 운전을 할 때마다, 특별한 행운이 필요할 때마다 그 목걸이를 걸었다. 사이를 만나기 위해 윌로 스트리트의 녹음 우거진 인도를 맬컴과 함께 걷는 동안, 목걸이가 가슴에 따스하게 닿는 감촉이 기분 좋았다. 숨을 쉴 때마다 차가운 대기에 하얀 입김이 뿜어져 나가고, 그녀의 긴 코트가 예쁘게 펄렁거리고, 동네에서는 장작 연기 냄새가 살짝 풍겼다. 달리는 자신이 행운아라고 느끼며, 손을 뻗어 맬컴의 손을 잡았다.

달리와 맬컴은 지난 1주일 동안 벼락치기 공부를 하듯 사이 하비브에 관한 모든 것을 외웠다. 사이는 에미리트 항공사 항공 정책 및 산업 그룹의 상무였다. 영국항공의 대졸 공채 직원으로 시작해 캐세이퍼시픽에 채용되었는데 재능이 뛰어나고 평판도 아주 좋아서, 에미리트 항공이 자리를 하나 만들어 그를 데려갔다. 사이는 항공산업의 매력을 증명해주는 완벽한 본보기였다. 그의 성공은 집안 때문도, 금융계 인맥 때문도 아니었다. 순수한 지성과 열정에 보상해주는 능력주의 덕분이었다.

그들이 애틀랜틱 애비뉴의 콜로니Colonie에 도착했을 때 사이는 이미 앞쪽의 작은 테이블에 앉아 있었다. 달리가 맬컴과 사이를 서로에게 소개한 뒤 사이는 와인 한 병을 주문했다. 그리고 나서 세 사람은 비행에 관해 대화를 했다. 세스나와 시러스로 비행한 경험을 비교하고, 좋아하는 착륙지를 이야기했다. 맬컴은 버지니아 주의 핫 스프링스에 있는 잉걸스 필드 공항의 활주로를 선호했다. 미시시피 강 동쪽에 있는 잉걸스 필드는 고도가 가장 높은 공항 중 하나로, 활주로가 산꼭대기에 지어져 있었다. 감상적인 사이는 라이트 형제가 활공을 연습했던 노스캐롤라이나 주의 퍼스트 플라이트 공항을 좋아했다. 두 사람은 활주로가 짧긴 하지만 블록 아일랜드 공항을 좋아했고, 그랜드캐니언으로 비행하고 싶어 안달이 나 있었으며, 사이는 바다에서 겨우 2센티미터 정도 떨어진 앨라배마 주 도핀 섬의 활주로에 착륙하는 영상을 전화기로 보여주었다.

달리는 맬컴 자랑을 늘어놓았다. 어렸을 때 블로그를 만들었고, 애널리스트에서 상무로 가파르게 진급했으며, 근면하고, 어느 해에는 출장을 어찌나 많이 다녔는지 미국의 주요 항공사 세 곳에서 특급 회원 등급을 획득했다고. 뒤를 이어 맬컴은 에미리트 항공에 대해, 자신만의 시장 전망에 대해, 오래 기다려온 에미리트 항공의 상장과 향후 예상에 대해 이야기했다.

분위기가 달아오르자 그들은 저녁 식사에 와인을 추가로 주문하고 디저트까지 먹은 뒤 식당 직원들이 뒤쪽에서 조용히 의자를 테이블에 올려놓기 시작하자, 그제야 자리에서 일어났다.

달리는 항공산업의 금융적인 측면 때문에 비행기에 매혹된 반면, 맬컴은 어렸을 때부터 조종사를 꿈꾸었다. 경영대학원에 진학했지만,

돈이 조금 생기자마자 비행을 배우기 시작했다. 동이 트기 무섭게 일어나 뉴저지 트랜짓 기차를 타고, 뉴어크 공항에서 남쪽으로 8킬로미터 떨어진 린던의 범용 항공기 공항까지 갔다. 그러고는 한두 시간을 비행한 뒤 정장으로 갈아입고 다른 통근자들과 함께 도심으로 향해, 8시 45분까지 월스트리트의 직장에 도착했다.

달리는 한때 맬컴을 원망했다. 가족을 위해 그녀의 경력을 포기하고, 출산 때문에 화려하고 흥미진진한 인생을 포기한 것처럼 느껴지기도 했다. 하지만 맬컴 역시 많은 것을 희생했음을 깨달았다. 공부한 비행기를 조종했던 날들, 뉴저지의 활주로에서 보낸 이른 아침들, 땅에서는 평생 거의 느끼지 못했던 흥분을 선사해준 탄소와 제트 연료 냄새.

"괜찮았지, 여보?"

달리는 맬컴과 손깍지를 끼고 프로미네이드를 걸으며 물었다.

"아주 괜찮았지. 몇 달 동안 눈치 보면서 조심조심 살다가 대화다운 대화를 하니까 어찌나 시원하던지."

"눈치를 보다니?"

달리는 자기에게 하는 말인가 싶어 물었다.

"해고당한 걸 당신 가족한테 비밀로 하면서 아무 문제도 없는 척 연기하기가 너무 힘들었거든."

"그건 그렇지."

달리가 고개를 끄덕이며 눈알을 굴리자 맬컴은 힘주어 말했다.

"조만간 털어놔야겠어. 오래됐잖아."

"그래, 나도 알아. 다만, 조지애나 일도 있었는데 돈 얘기를 꺼내기가 뭣해서."

"솔직히 말할게, 달리. 당신이 내 해고를 감추면 감출수록 내 자존

심만 상해.”

맬컴이 조용히 말했다. 달리는 걸음을 멈추고 그를 바라보았다.

“아니야. 당신 자존심 상하라고 이러는 게 아니야! 당신을 지켜주고 싶어서 그래! 내 부모님이 어떤지 당신도 알잖아.”

“물론 나도 알지.”

맬컴은 달리의 손을 놓았다.

“우리가 경영대학원에서 만났고, 내가 금융업에 몸담고 있다고 좋아하시지. 하지만 달리, 우리도 아이가 둘이고 10년 동안 크리스마스, 부활절, 생일 때마다 그분들과 함께 보냈잖아. 이젠 그분들도 날 아실 거고, 내가 잠깐 실직 중이라도 날 품어주실 거야.”

“그럼, 당연히 그러시겠지.”

달리의 얼굴이 일그러졌다. 맬컴이 큰 상처를 받았다는 걸, 매일같이 가족을 속이는 것이 실은 남편에게 그가 돈을 벌어야지만 스톡턴가 사람으로 환영받을 수 있다고 계속 말하는 거나 마찬가지라는 사실을 미처 깨닫지 못하고 있었다.

맬컴이 달리를 끌어당겨 껴안자 달리는 맬컴의 빳빳한 파란 셔츠에 뺨을 기대었다.

“당신 가족들한테 기회를 줘봐, 달리. 아마 당신이 깜짝 놀랄 결과가 나올 거야.”

그날 밤, 달리는 맬컴 옆에 누워서 그의 고른 숨소리에 귀를 기울였다. 빗소리나 고양이의 가르랑거림만큼이나 위안이 되는 그 소리를 들으며, 자신이 맬컴의 해고 사실을 그토록 비밀에 부치려 했던 이유를 알아내려 애썼다. 맬컴이 그녀의 세계에서 쫓겨날지도 모른다고,

왜 그리도 노심초사했을까? 달리는 돈을 가진 사람들의 한 가지 성향을 알아챘다. 그들은 대단한 결속력으로 똘똘 뭉친다. 타고나기를 천박하거나 물질주의자거나 속물이라서가 아니었다. 물론 그런 면도 있기는 했지만, 그들이 하나로 뭉칠 수 있는 진짜 이유는 돈이 그들의 인생에 끼치는 영향을 걱정할 필요가 없기 때문이었다. 그들은 아무 걱정 없이 주말에 친구를 버뮤다 제도에 초대하고, 아무 걱정 없이 몬트리올 항공편을 구하고, 아무 걱정 없이 차를 대여하고 비싼 식당에서 식사를 하고 재킷에 넥타이 차림으로 클럽에 갔다. 그들의 친구들도 같은 수준으로 빚 없이 살아가고 있을 터였고 그들끼리는 돈을 대신 내주거나 턱시도를 빌려주겠다고 제안하는 것도, 금요일에 급료가 들어올 때까지 기다려주는 것도 전혀 거북한 일이 아니었다. 재미있어 보이는 여행, 파티, 행사에 친구들이 따라나설 것이고, 도착하면 어떻게 행동해야 할지 알 거라는 가정이 이미 깔려 있었다.

부자들끼리 결속이 잘되는 또 다른 이유는, 입에 올리기 싫은 사실이지만, 다른 사람들에게 이용당할지 모른다는 은밀한 걱정 때문이었다. 그들의 주말 별장, 좋은 술, 큰 아파트, 파티, 인턴직, 벽장, 그리고 돈을 이용해먹으려는 인간들이 두려운 것이다. 달리는 이런 행태를 다양하게 목격했다. 여자친구에게 보석과 노트북을 사주고 거액의 휴가비를 대주는 남자들이 있었다. 하지만 여자들은 이 남자들이 연애를 하려고 뇌물을 먹이고 있다는 사실을 눈치챌 뿐이다. 또 어떤 남자들은 보틀 서비스 비용을 대주거나 햄튼스에 있는 저택을 사주면서 식객을 그러모았다. 큰 재산을 나눠 쓰는 것과 이용당하는 것은 다르고, 그 차이를 알아차리는 것이 가끔은 고통스러울 수도 있다. 나를 좋아하지만 내 신용카드로 재미를 볼 마음은 없는 사람들과 가까이 지내는 편이 어떤 면에서는 더 편했다.

고등학교 시절, 달리는 친구들이 아파서 결석하거나 여행을 떠나면 쌀밥 소녀들이라 불리는 패거리와 점심을 같이 먹었다. 그런 이름이 붙은 이유는, 다들 비웃으며 말했듯이, '그들 모두 흰데다 서로 찰싹 들러붙어 있어서'였다. 달리와 친구들은 엘리너가 중국인이라는 이유로 그런 조롱을 피하긴 했지만, 결국 똑같다는 걸 달리는 내심 알고 있었다. 달리는 거의 똑같은 환경에서 자란 부잣집 딸들과 어울려 다녔다. 그들 모두 부자 부모와 조부모, 하녀와 유모가 있었고, 열대지방에서 방학을 보냈고, 식당에서 생일 파티를 열었으며, 벽장 가득 스키와 테니스 라켓이 채워져 있었고, 엘리너의 경우엔 3,000달러짜리 골프채 세트도 있었다.

스톡턴 가는 부를 상속받은 상류층이기에, 부정한 이득에 어느 정도 신중한 편이었다. 장거리 비행이 아니면 이코노미석을 이용했고, 철커덕거리는 소리를 참을 수 없을 때까지 직접 차를 몰았으며, 절대 집을 개조하지 않았다. 하지만 자세히 들여다보면, 매일 엄청난 생활비를 쓰고 있었다. 파인애플 스트리트의 라임스톤 저택, 오렌지 스트리트의 복층 주택, 스파이글래스 레인의 별장에 드는 관리비와 세금, 카지노 클럽, 니커보커 클럽, 주피터 클럽의 회원비, 아이들의 헨리 스트리트 스쿨 학비(유치원과 1학년은 각각 5만 달러였다), 베르타의 급료. 아버지는 수도 요금이 얼마인지 알기나 할까? 아버지의 비서는 청사진에서 눈을 떼지도 않은 채 수표를 쓰고 서명하는 건 아닐까?

달리가 어떤 고지서나 비용 때문에 깜짝 놀랄 때마다 – 아파트를 샀을 때 치른 수수료, 주피터 클럽의 테라스가 허리케인에 날아갔을 때 부과된 금액 – 아버지는 어깨를 으쓱하며 말하곤 했다.

"반올림하다 보면 액수가 그렇게 커지기도 하지."

틀린 말이 아니었다. 단 한 건의 거래로 5년간(부동산을 매입한 해를 포함해서) 현실적으로 쓸 수 있는 돈보다 더 많은 액수를 벌거나 잃기도 했다. 큰 특권을 누리는 안락한 삶이었고, 달리는 이를 고맙게 여겼다.

하지만 바로 그 때문에 친구를 사귀기가 더 힘들다는 것도 알고 있었다. 그녀가 사는 세계를 이해해줄 사람은 그리 많지 않았다.

한번은 달리가 이 이야기를 코드에게 꺼냈더니 그는 눈을 가늘게 뜨고 당혹스러운 표정을 지었다. 그런 생각을 해본 적이 아예 없는 모양이었다.

"좀 편하게 살아, 누나. 재미있는 사람이 넘쳐나는 도시잖아."

이것이 둘 사이의 핵심적인 차이이자, 달리가 결국 맬컴이나 사샤와 가까워진 이유였다. 코드는 술집에서 만난 여자와 사랑에 빠질 수 있는 사람이었지만, 달리는 상대를 오랜 시간 알고 지내며 신뢰를 쌓아야 했다. 깊은 관계란, 우리가 덮고 있던 두툼한 껍데기가 수년간의 우정을 통해 서서히 벗겨지면서 만들어지는 거라고 달리는 생각했다. 소위 친구라는 사람들한테 뒤통수를 맞은 적이 한두 번이 아니었다. 대학 룸메이트는 중퇴하더니 엄마가 아프다며 2,000달러를 빌려달라고 했다. 몇 달 후 달리는 아픈 엄마가 아니라 코카인 중독이 문제라는 걸, 그 돈이 몽땅 사라져버렸다는 걸 알았다. 방학 캠프 친구들은 그녀의 전화카드를 훔쳐 식당 옆 공중전화로 남자친구에게 전화를 걸어, 6주 만에 100달러를 썼다. 예일대 신입생 때 사귄 여자애들은 그녀의 프로젝터로 영화를 보고 그녀의 차를 빌려 피자를 사러 갔지만, 뒤에서는 버릇없는 부잣집 딸이라며 그녀를 욕했다. 그들 중 한 명은 그녀의 차에 흠집을 내놓고도 수리비를 보태겠다는 제안조차 하지 않았다. 달리는 가족의 재산 때문에 이런 거머리들에게 당하기 쉽다는 걸 알아챈 오래전부터 자신을 지키기 위한 벽을 쌓기 시작했다. 그런 벽을 쌓지 않고, 안개 속을 비행하는 조종사처럼 여자들과 친구들을 달고 다니는 코드가 걱정스러웠다. 그래서 사샤에게 큰 반감을 느꼈고, 올케로 받아들이는 데 그토록 오랜 시간이 걸린 것이다.

달리는 혼전합의서에 대해 수백 번은 더 생각했다. 신탁금을 포기한 건 확실히 멍청한 실수였는지도 몰랐다. 하지만 그녀가 저지른 최대의 실수는 돈에 막강한 힘을 쥐어주어 그녀의 인생을 휘두르도록 내버려둔 것이었다. 맬컴의 해고를 비밀에 부친 건 그녀의 세계가 몇백만 달러를 버는 사람들만 들어올 수 있는 클럽이라고 믿었기 때문이다. 이젠 그런 식으로 살고 싶지 않았다. 쌉쌀한 껍데기를 벗겨내고 그 속의 달콤함을 내보이고 싶은 마음이 태어나 처음으로 들었다.

이런 말이 있다. 임신하려는 노력을 멈추는 순간 아기를 갖게 된다. 연애하려는 노력을 멈추는 순간 애인을 찾게 된다. 중간 길이의 라 더 블제이La DoubleJ 실크 원피스를 정가에 산 다음 날 할인이 시작된다. (경우가 다르다고 할지 몰라도, 어쨌든 달리는 짜증이 났다.) 같은 법칙에 따라, 도이체방크에서 해고된 사실을 스톡턴 가족에게 실토하고 난 바로 그다음 주에 맬컴은 새로운 일자리를 얻었다.

틸다와 칩은 아줄 사건에 대해 듣더니 맬컴의 편을 들며 역정을 냈다. CNBC로 기밀이 새어 나간 것이 맬컴 탓이 아니라는 걸 곧장 이해하고, 맬컴이 겪었을 시련에 확실한 동정을 표했다. 더 나아가 틸다는 직접 복수를 떠맡아, 최대한 도도한 앙갚음을 해주었다. 척 밴더비어와 브라이스 맥두걸이 뉴욕 시에 있는 모든 회원제 클럽의 블랙리스트에 오르고, 주니어 리그 윈터 볼*에서부터 뉴욕 현대미술관의 아머리 파티**에 이르기까지 모든 사교 행사에 초대되지 못하도록 손을 썼

---

* winter ball. 미국 프로야구에서 부상으로 인해 제대로 활약하지 못했거나 실력을 높이고자 하는 선수들이 오프시즌 동안 경기를 하는 야구 연맹.
** Armory Party. 아머리 쇼(1913년 뉴욕에서 열린 미국 최초의 국제 근대 미술전)의 개막과 아머리 아트 워크를 축하하는 파티.

다. 그들은 이 도시의 스쿼시 코트에 다시는 들어가지 못할 터였다. 달리는 틸다가 그들의 급소를 제대로 찔렀다는 걸 알고 웃음이 나왔다.

콜로니에서의 거한 저녁 식사 후 사이 하비브는 맬컴을 에미리트 항공의 회장인 샤이크 아메드 빈 사이드 알 마크툼에게 소개해주었고, 회장은 맬컴의 자리를 하나 만들어주었다. 대표이사이자 최고전략책임자. 맬컴은 뉴욕에서 일하게 될 터였고, 그의 많은 책무 중 하나는 에미리트 항공의 뉴욕 증권거래소 상장을 감독하는 일이었다. 맬컴의 꿈이 이루어졌다. 금융업에서 벗어나, 이제는 세계적인 항공사에서 훨훨 날아오를 일만 남았다. 미국의 대형 항공사 세 곳에서 특급 회원 등급을 획득할 가능성은 거의 사라졌지만, 집에서 더 많은 시간을 보내며 아이들이 자라고 비둘기의 죽음에 집착하는 모습을 지켜볼 수 있게 되었다. 그가 엄청난 이문이 남는 주식 상장을 감독하면서 얻은 뜻밖의 보너스는 어떤 투자은행을 경쟁에 끼워줄지 결정하는 권리를 얻게 되었다는 것이다. 맬컴은 도이체방크를 제외한 모든 은행을 초대했다. 틸다의 명언이 있었다. 손님을 잘못 초대하면 최고의 파티도 망칠 수 있다.

22
사샤

칩이 일흔 살을 맞았지만, 가족 모두가 너무 바빠서 제대로 된 축하
연을 계획하지 못했다. 하지만 사샤는 아버지의 존재를 당연한 일로
여겨서는 안 된다는 깨달음을 얻은데다 라임스톤 저택을 '괴상한' 집
이라 욕한 일도 만회해야 했다. 그녀는 파인애플 스트리트에서 칩을
위한 디너파티를 열 것이고, 칩이 어린 시절 품었던 항해에 대한 애정
을 기리는 의미로 '뱃사람의 기쁨'을 테마로 정했다고 틸다에게 알렸
다. 그녀 나름의 속죄였다. 사샤는 대형 영화 촬영 세트에서 소품을 담
당하고 있는 바라의 여자친구 태미를 불러 파인애플 스트리트 저택의
다이닝 룸을 몽환적인 분위기의 바다로 변신시켰다. 샹들리에에 어망
을 걸어 식탁 위로 드리우고, 꼬마전구와 조그맣게 반짝이는 미끼와
깃털 달린 날벌레를 갈고리로 달았다. 붉은 양초를 와인 병 모양으로
녹이고, 식탁 위에 묵직한 밧줄을 돌돌 감아놓고, 손님들의 이름표를
속에 숨겨둔 조개껍데기를 각각의 자리에 두었다. 사샤는 칩과 틸다
의 자리를 상석으로 정했다. 엄밀히 따지면 파티의 주최자는 그녀였

지만, 파인애플 스트리트 저택에서 그녀가 상석에 앉는 건 상상조차
할 수 없었다.

금빛 단추가 달린 세일러팬츠에 흰 블라우스를 입고 멋스러운 붉은
스카프를 맨 틸다가 도착해서 다이닝 룸을 보더니 눈물을 글썽였다.

"오, 정말 아름답구나, 얘야."

틸다는 그렇게 말한 뒤 며느리를 꼭 껴안았고, 사샤는 틸다가 그들의
임신 발표 때보다 이 테이블 장식에 더 감격했다고 확신했다. 스톡턴
가족은 조금씩 서로 다른 시간에, 조금씩 서로 다른 옷차림으로 도착해
사샤의 작품을 감상했다. 버튼다운 셔츠에 해적 모자를 쓴 코드는 초조
하게 사샤를 졸졸 따라다니며 그녀의 엉덩이를 톡톡 치고 속삭였다.

"잘했어."

사샤가 만든 다크 앤 스토미*를 조지애나는 마시지 않았다. 사샤가
차가운 새우와 칵테일소스를 은 쟁반에 담아 와 쭉 돌렸지만, 파티 기
분을 내려는 그녀의 노력이 무색하게도 식탁에는 긴장감이 감돌았다.
유산을 포기하겠다는 조지애나의 결정을 다들 불안해하고 있었다. 칩
과 틸다는 이제 갓 길들인 반려동물 보듯 조지애나를 바라보며 조심
스럽게 행동하고 있었다. 달리는 딴 데 정신이 팔린 듯 보였고, 사샤
는 파피와 해처가 함께 따라온 것이 그 어느 때보다 고맙게 느껴졌다.
아이들은 불편한 분위기를 풀어주는 재주가 있었다. 아이에게는 어
떤 질문을 던져도 재미있는 대답이 돌아왔다. 아이에게 필요한 걸 챙
겨준다는 명목으로 자리를 비울 수도 있었다. 최악의 상황이라도 아
이들 앞에서 심한 욕을 지껄일 사람은 아무도 없었다. 식사 – 미소**에
절인 은대구와 해초 샐러드 – 를 위해 모두 자리에 앉자, 사샤는 파티

---

* Dark 'n' Stormy. 다크 럼과 진저 비어를 섞고 라임 조각으로 장식한 칵테일.

** 곡물을 발효시켜 만든 일본식 된장.

주최자답게 흥겨운 대화를 이끌어내려 애쓰며 밝게 말했다.

"자! 한 사람씩 돌아가면서 이번 주에 있었던 좋은 일을 이야기해볼까요?"

코드가 약간 당황한 표정으로 그녀에게 미소를 보내자, 사샤는 그 말이 얼마나 이상하게 들릴지 깨달았다.

"내가 먼저 시작할게."

틸다가 호기롭게 말했다.

"주피터 클럽 테니스 매장에서 토리 스포츠 트렁크 쇼*가 열린대! 나 거기 러닝 스커트 정말 좋아하거든!"

"잘됐네요!"

사샤는 열성적으로 말했다.

"아버님은요?"

그는 신중하게 답했다.

"니커보커 클럽의 점심 뷔페가 바뀌어서 이제 흰 아스파라거스가 나오더구나. 그런데 맛은 녹색 아스파라거스랑 다를 게 없더라고."

"좋아요, 아가씨는요?"

사샤는 항해 문화의 불쾌한 역사에 관한 비판이 쏟아져 나오지 않기를 빌며 물었다. 조지애나는 빙긋 웃으며 답했다.

"사실 오늘 아침에 정말 좋은 일이 있었어요. 파키스탄 북서부의 학교들에 여성 위생용품을 제공하는 여자를 만났거든요. 파키스탄에서 생리대를 구할 수 있는 여자가 20퍼센트도 안 된대요. 못 구하는 사람은 그냥 천 조각을 쓰는 거예요. 그리고 월경 중인 여자는 못 씻게 한대요, 그러면 불임이 된다고. 나는 1만 달러를 기부했고, 그 돈이면 여학생 500명 정도는 1년 동안 생리대를 사서 쓸 수 있어요."

---

* trunk show. 의상이나 보석 등 신제품이 출시되었을 때 소수의 VVIP를 위해 개최하는 소규모 패션쇼.

"대단하네요."

사샤가 말했다. 정말 대단했다. 얼마나 멋진 일인가.

"저녁 식사 자리에 어울리는 대화는 아닌 것 같구나, 조지애나."

틸다가 불쑥 끼어들었다. 칩은 접시에 고여 있는 칵테일소스를 약간 창백해진 얼굴로 빤히 쳐다보고 있었다.

"엄마, 가난이야말로 저녁 식사 자리에 어울리는 대화 주제예요."

조지애나가 맞받아쳤다.

"우리 가족이 저질러온 큰 실수가 바로 그거예요. 불편한 대화는 무조건 피하는 거. 대부분의 사람이 어떻게 살고 있는지 얘기해야 해요."

"그렇다고 월경에 대해 얘기할 필요는 없잖아!"

틸다의 반박에 조지애나는 차분하게 동의했다.

"좋아요. 하지만 난 흰 아스파라거스나 트렁크 쇼에 대해 듣고 싶지는 않아요. 현실적인 이야기를 하면 좋겠어요."

틸다는 집중하느라 이맛살을 찌푸렸다.

"알겠어. 사샤, 가난한 집에서 자라는 게 어떤지 우리한테 얘기해주겠니?"

모두가 틸다 쪽으로 고개를 휙 돌렸다. 코드와 달리와 맬컴은 공포에 질린 표정을 지었고, 조지애나는 입술을 깨물었다. 해처는 버터 바른 롤빵을 갉아 먹었다.

"그럴게요."

사샤는 웃었다.

"우선 확실히 해두자면, 난 가난하게 크지 않았어요. 우리 집은 중산층이니까요."

"오, 물론 그렇겠지."

칩이 끼어들었다.

"미국인의 70퍼센트가 스스로를 중산층으로 생각하니까. 하지만 현실은 50퍼센트만…….”

칩이 말끝을 흐리자 사샤는 그의 암시가 재미있어 빙긋 웃었다.

“좋아요. 제 부모님은 두 분 다 일을 하셨어요. 엄마는 두 마을 건너
에 있는 중학교의 상담교사였고, 아빠는 스포츠 팀의 유니폼을 만드
는 회사에서 일하셨죠.”

사샤는 그녀의 삶에서 스톡턴 가족에게 낯설게 느껴질 부분이 뭘까
생각해보았다. 아마도 전부 다가 아닐까? 사샤가 만나는 대부분의 사
람에게는 지금 그녀가 묘사하는 삶이 지극히 평범해 보이겠지만, 스
톡턴 가족은 마치 솔트 플랫*에서 유르트**를 짓고 사는 사람의 이야
기를 듣듯이 그녀의 말에 귀를 기울이고 있었다. 사샤는 상대적으로
소박한 집안 때문에 자신이 남편 식구들에게 수치심을 느끼고 있는
건 아닐까, 남몰래 의구심을 품고 있었는지도 몰랐다. 칩과 틸다는 그
녀의 고향 집을 본 적이 없고, 그녀의 부모님과 시간을 보낸 적도 거의
없었지만, 사샤는 스스로가 놀랄 정도로 편안하게 자신의 이야기를
들려주었다.

“저는 조금 더 커서 주말과 여름방학에 아르바이트를 했어요. 열
네 살 때 아빠가 정리해고를 당해서 여섯 달 정도 힘들었거든요. 돈을
아껴야 했죠. 그러다가 아빠가 훨씬 더 좋은 일자리를 구했어요. 유명
상표 옷에 고객 맞춤용 로고를 찍어주는 회사에. 그러고 나서는 모든
게 정상으로 돌아갔죠. 새 차가 생겼고, 몇 년 후에는 아빠가 보트를
샀어요.”

“방학 때는 뭘 했어?”

사샤의 이야기를 가만히 귀 기울여 듣던 달리가 물었다.

---

* 바닷물이 증발하여 침전된 염분으로 뒤덮인 평지.
** 몽골과 시베리아 지역 유목민들의 전통 텐트.

"재밌게 놀았어요. 평범하게요. 나이아가라 폭포에도 가고, 아홉 살 때는 올랜도에 갔어요. 퀘벡에 가서 고등학교 때 배운 프랑스어를 연습하고, 구시가지에서 케이블카를 타고 언덕으로 올라갔죠."

"오, 나도 그 케이블카 탄 적 있어요."

조지애나가 말했다.

"그러니까, 전 교육을 잘 받았고, 요즘 보기 드물게도 빚 없이 대학을 졸업했어요. 그리고 지금은 제 사업을 하고 있고, 코드와 사귀기 전에도 꽤 잘 벌어서 괜찮은 아파트에 차도 있었고, 길거리에서 아이폰을 깨뜨릴 때마다 더 좋은 버전으로 갈아탔어요. 운이 좋았죠. 오늘 아가씨가 한 것처럼 언젠가 나도 그 운을 남들에게 나눠줄 수 있으면 좋겠어요."

사샤는 조지애나에게 의미심장한 미소를 보냈다.

"하지만 조지애나는 아직 너무 어려."

달리가 끼어들었다.

"나중에 어떤 돈이 필요하게 될지 아직 몰라. 올케한테는 남편도 있고 집도 있잖아. 설사 모든 게 틀어진다 해도 올케는 괜찮을 거야."

"설사 모든 게 틀어진다 해도 나 역시 괜찮을 거야."

조지애나가 딱 잘라 말했다.

"나한테 3,700만 달러가 있어. 부동산에 묶여 있거나 엄마랑 아빠한테 물려받을 돈을 빼고도 그래. 내가 돈이 궁할 일은 없을 거야."

"그건 아직 모르는 일이야, 조지애나."

코드가 말했다.

"넌 아직 어리잖아. 앞으로 많은 게 변할 수 있어."

"난 그렇게 어린 나이도 아니야. 다들 날 너무 오냐오냐했어. 그리고 난 많은 게 변했으면 좋겠어, 오빠. 돈이 있어서 얼마나 고마운지 몰라. 엄마랑 아빠한테 정말 고마워요. 조부모님들한테도. 돈은 선물

같은 거야. 의미 있는 인생을 살고, 사람들을 구할 수 있는 기회를 놓치고 싶지 않아."

"뭘 할 건데요?"

사샤는 조지애나를 바라보며 물었다. 갑자기 그녀가 달라 보였다. 지난 몇 달 동안 분노에 가득 차 있더니, 지금은 차분해 보였고, 요가를 많이 하거나 몸에 대마 크림을 바른 사람 같은 기운을 발산하고 있었다.

조지애나가 설명했다.

"음, 빌 윌리스랑 같이 계획을 하나 세웠어요. 지금 내 신탁에서 나오는 1년 배당금이 100만 달러가 넘어요. 지금까지는 그 돈이 계속 쌓이도록 그냥 방치해두고 있었어요. 하지만 찬찬히 재단을 하나 만들어서 1년에 100만 달러씩 기부하려고 해요. 방향이 잡히기 전까지는 투자 원금을 지킬 거예요. 하지만 점차적으로 내 전 주식을 비영리 단체로 넘기는 게 목표예요."

"어떤 비영리 단체?"

달리가 물었다.

"그건 아직 알아보고 있는 중이야. 더 조사해봐야겠지만, 파키스탄의 여성 건강에 집중하고 싶어. 브래디가 죽었을 때 그 일을 하고 있었거든. 그 일이라면 내 돈이 큰 영향력을 발휘할 수 있어. 그동안 여성의 건강과 성생활에 대해 부정적인 믿음이나 잘못된 정보가 많았어. 월경은 절대 부끄러운 일이 아니잖아. 여자들은 피임약을 구할 수 있어야 해. 성교육을 받아야 해."

"네 직장에서 하는 일이 바로 그런 거 아니야?"

코드가 물었다.

"멀리서 하고 있지. 하지만 난 더 많은 걸 하고 싶어. 홍보 대신 기부를 하고, 몇몇 프로젝트에 직접 참여할까 생각 중이야. 조만간 서아프리카 베냉으로 떠나는 출장 건이 있는데, 단체 설립자한테 내가 그 프로젝트에 돈을 기부한 다음 직접 가서 생식 건강 프로그램을 볼 수 있는지 물어보려고. 언젠가는 파키스탄에도 같이 갈 수 있겠지. 하지만 다른 비영리 단체들과도 일해보고 싶어. 더 많은 곳에 대해 배워야 하니까. 내 친구 커티스는 좋은 단체를 알아보려고 사람들을 고용하기까지 했어. 최선의 방법을 파악하려면 2년 이상 걸릴 거야."

"정신 나간 소리처럼 들리지는 않네."

코드가 인정했다.

"고마워."

조지애나는 건조하게 답했다.

"하지만 꼭 재단이 해답이라고는 할 수 없어. 진짜 문제는 세법, 반노동정책, 느려 터지게 확장되는 사회복지제도라고."

칩이 말하자 모두가 고개를 돌려, 네덜란드어를 말하기 시작한 개를 보듯 그를 쳐다보았다.

"맞아요."

조지애나는 고개를 한쪽으로 기울였다.

"하지만 그건 지금 당장 내가 어떻게 할 수 있는 문제가 아니잖아요. 인생을 어떻게 살 것이냐, 이것만은 내 뜻대로 할 수 있어요."

"자, 인생의 큰 변화에 관해 이야기를 나누는 중인데, 사샤와 나도 여러분께 발표할 일이 있어요."

코드가 사샤를 힐끔 쳐다보자 그녀는 고개를 끄덕였다.

"우리는 파인애플 스트리트를 떠날 테니까 누나랑 매형이 이 집에 들어오면 어떨까 싶어요."

달리는 깜짝 놀라며 술잔을 내려놓았다. 모두가 고개를 돌려, 두 손을 뺨에 갖다 대는 그녀를 지켜보았다.

"정말이야?"

달리는 농담을 듣기라도 한 것처럼 주위를 두리번거렸다.

"네."

사샤는 빙긋 웃으며 답했다.

"아니, 아버님이랑 어머님이 결정하실 일이지만, 형님네는 넷이고 우린 셋밖에 안 되잖아요."

"어머, 고마워! 정말이야? 맬컴, 여기 들어오면 당신 부모님한테 같이 살자고 얘기해보자, 원하시면 말이야."

"그거 좋겠네."

맬컴이 고개를 끄덕이며 말했다. 틸다는 동의하며 진지하게 말했다.

"물론 우리야 괜찮지. 너희 집이니까 너희 마음대로 해도 돼. 하지만 사샤한테도 말했듯이, 응접실 커튼은 그대로 두는 게 좋아. 창문이 엄청 크잖아."

"어디로 이사하려고요?"

조지애나가 묻자 사샤가 답했다.

"아직은 몰라요. 알아보고 있는 중이에요."

코드는 생각에 잠겨 말했다.

"여호와의 증인이 쓰던 건물 밑에 오래된 굴이 있잖아. 그 굴에 살면 어때, 사샤? 두더지 인간처럼? 생일 같은 특별한 날에만 아기한테 해를 보여주는 거야."

"그만해."

사샤는 키득거리며 식탁 밑으로 그를 쿡 찔렀다.

식사가 끝난 후 그들은 응접실로 자리를 옮겼다. 칩이 톡 쏘는 맛의 코냑을 따랐고, 가족이 칩의 생일을 축하하며 건배했다. 태어날 아기를 위해 건배했다. 맬컴의 취직을 축하하며 건배했다. 그리고 사샤가 처음으로 연 '뱃사람의 기쁨' 테마 파티의 대성공을 축하하며 건배했다. 가족이 라임스톤 저택의 계단을 내려가 저녁 거리로 나갈 때, 다이닝 룸의 식탁에 켜져 있던 촛불이 어망에 옮겨붙어 그물 같은 불길이 방을 가로질렀다.

에필로그

　커티스 맥코이가 우편함을 열어보니 반들반들한 크리스마스 시즌 카탈로그가 넘쳐흐르고 있었다. 밀레니얼 세대는 인스타그램 광고로만 물건을 구매한다는 사실을 모르는 건가? 커티스는 우편물을 아파트로 가져가 하나씩 꼼꼼히 살피며 재활용수거함에 버렸다. 중간 즈음 두툼한 크림색 봉투가 묻혀 있었다. 발신인 주소는 오렌지 스트리트. 스톡턴 가족이었다. 커티스는 봉투 뚜껑 밑으로 손가락을 집어넣어 크리스마스카드를 조심스레 꺼냈다. 앞면은 전문 사진가가 여름에 찍은 가족사진이었다. 정원에 만발한 꽃들은 이파리와 어우러져 붉은색과 초록색의 체크무늬를 이루고 있었다. 모직 블레이저를 입은 칩과, 진주 액세서리를 걸치고 무릎 위로 새침하게 두 손을 모은 틸다가 중앙에 앉아 있었다. 그들 주위로 모인 자녀들은 벨벳과 트위드 옷을 입은 채 땀을 뻘뻘 흘리고 있고, 손주들은 그들의 발밑에 총애받는 반려동물들처럼 앉아 있었다. 양쪽 끝에는 맬컴과 사샤가 서 있었다. 블라우스를 입은 사샤는 아직 임신한 티가 나지 않았다. 커티스는 조지애나를 잠시 보다가 카드를 열어 편지를 읽었다.

친구 여러분,
우리 가족이 크리스마스 인사를 전합니다! 부디 건강하게 지내고 계시
길 바랍니다. 이번 크리스마스엔 축하할 일이 참 많답니다. 제 테니스
파트너인 프래니 포드와 제가 브루클린 하이츠 카지노 클럽 60세 이상
여성 챔피언십에서 3년 연속 우승을 달성했어요! 새해 첫날 주피터 섬
클럽에서도 그 훌륭한 경쟁자들을 다시 만날 수 있기를 고대하고 있습
니다. 칩은 크로케* 대회에 나갈 예정이에요. 감히 도전자로 나설 사람
이 있다면 말이죠!
맬컴과 달리도 일이 잘 풀리고 있답니다. 맬컴은 에미리트 항공에 들어
갔고, 달리는 헤지펀드에 새 일자리를 구해 다시 일터로 뛰어들었어요.
아이를 키우면서 맞벌이를 하기란 결코 쉬운 일이 아니지만, 칩과 내가
우리 소중한 손주들을 위해 우리 시간을 아낌없이 쏟아붓고 있죠.
또, 코드와 사랑스러운 신부 사샤(첫 아기가 이번 봄에 태어난답니다!)는 브
루클린 하이츠에서 차로 10분 거리인 레드 후크에서 독특한 집을 구했
어요. 그 특별한 동네의 주민들을 만나본 적은 없지만, 예술가가 많이
산다고 하니 그들의 자유분방한 생활에 대해 흥미로운 이야기를 들을
수 있지 않을까 싶어요! 그리고 마지막으로, 조지애나는 자선가로 활
동하기로 결정했어요. 베냉으로 떠날 예정인데, 나는 송별 파티를 준비
하느라 눈코 뜰 새 없이 바쁘답니다. 「아웃 오브 아프리카」 테마의 만
찬이 될 거예요. 로버트 레드퍼드가 메릴 스트립의 집에 갔을 때 스트
립이 분홍색 칼라로 식탁을 장식하는 장면에 영감을 받았죠. 칵테일을

---

* croquet. 잔디 구장 위에서 나무망치로 나무 공을 치는 구기 종목.

마실 때 쓸 피스 헬멧*도 구해놓았어요!

지난달 파인애플 스트리트의 저택에 불이 났을 때 걱정해준 모든 분들께 감사드립니다. 다행히도 이제 수리가 끝나서 달리 가족이 들어가 살고 있답니다. 다이닝 룸의 투알** 벽지가 불에 그을렸지만, 달리가 거기에다 앙증맞은 오렌지들이 그려진 아름다운 액자를 걸어놓았어요. 루이 16세풍 식탁을 잃어버려 안타깝긴 한데, 스컬리 앤드 스컬리***에서 알맞은 대체물을 찾았어요. 더 큰 비극은, 내가 소녀 시절을 보낸 주지사의 대저택을 아름답게 빛내주던, 치펀데일**** 양식의 낙타 등 모양 소파를 잃어버린 거예요. 그래도 꿋꿋이 나아가야죠!

행복한 크리스마스 되세요,
과일 거리에서 찰스 에드워드 콜트 스톡턴 부부 드림.

커티스는 혼자 키득거렸다. 이제 조지애나와 공식적으로 사귀는지라 스톡턴 가족과 꽤 많은 시간을 보냈는데, 오렌지 스트리트에서 브런치를 먹을 때 낙타 등 소파가 여러 번 화제에 올랐다. 카드를 뒤집어 보니 조지애나가 커티스에게 남긴 메모가 휘갈겨져 있었다.

안녕, 자기, 송별회에 빠질 생각은 하지도 마, 엄마가 벌써 자기 모자를 주문해놨거든. Xx*****

---

* pith helmet. 더운 나라에서 머리 보호용으로 쓰는, 가볍고 단단한 소재로 된 흰색 모자.
** toile. 얇은 리넨 천.
*** Scully & Scully. 가구류와 실내장식 물품 등을 판매하는 뉴욕의 상점.
**** Chippendale. 곡선이 많고 장식적인 디자인.
***** 'X'는 편지나 문자메시지 등에서 키스를 뜻하는 부호로 쓰인다.

감사의 말

이 소설의 절반은 파인애플 스트리트의 내 아파트에서 동네 사람들이 모두 잠든 새벽 5시에, 혹은 브루클린 하이츠에서 가장 깨끗한 꼬마 녀석들인 내 아이들이 욕조에서 몇 시간이고 노는 동안 변기 뚜껑에 앉아서 썼다. 나머지 절반은 코네티컷에 있는 시댁의 식탁에 앉아 쓰면서, 남편이 진행하는 화상 수업을 들으며 유치원 산수를 처음부터 다시 배웠다.

우리를 초대해주고, 짭짤한 귀리 과자를 먹여주고, 소라게를 잡아주고, 옛날이야기를 들려준 우리 가족들, 캐럴 윌리엄스Carol Williams와 켄 잭슨Ken Jackson, 댄 잭슨Dan Jackson, 로저Roger와 파 리들Fa Liddell에게 고마운 마음을 전한다.

이 소설은 〈뉴욕 타임스〉에 실린 조이 비어리Zoë Beery의 멋진 기사「자본주의를 무너뜨리려는 부잣집 아이들The Rich Kids Who Want to Tear Down Capitalism」에 부분적으로 영감을 받았다. 〈타임스 리터러리 서플먼트〉에 실린, 『성 멜라니아 2세Melania the Younger』와 『멜라니아Melania』에 관한 케이트 쿠퍼Kate Cooper의 서평들, 〈컷The Cut〉에 실린 에밀리아 피트라카Emilia Petrarca의 유쾌한 기사 「섹스하기 전에 자본주의나 해체해 볼까?Before We Make Out, Wanna Dismantle Capitalism?」, 〈애틀랜틱〉에 실린 애비게일 디즈니Abigail Disney의 「나는 세습 재산을 지키도록 어린 나이부터 배웠다I Was Taught From a Young Age to Protect My Dynastic Wealth」도 참고했다. 내 원고를 일찍 읽어준 진정한 친구 토드 도티Todd Doughty, 렉시 블룸Lexy Bloom, 로런 폭스Lauren Fox, 시에라 스미스Sierra Smith, 앤슬 패런하이트Ansell Fahrenheit에게 감사드린다. 앨리 무니Alli Mooney에게도 감사드리고 싶다. 크노프Knopf의 동료들인 매리스 다이어Maris Dyer, 티아라 샤머Tiara Sharma, 조던 패블린Jordan Pavlin, 레이건 아서Reagan Arthur, 마야 마브지Maya Mavjee, 대니얼 크레이그Daniel Craig를 빼닮은 댄 노백Dan Novak, 여러분이 있어서 정말 다행이에요.

세심함과 유머로 이 책을 편집해준 파멜라 도먼Pamela Dorman, 베니셔 버터필드Venetia Butterfield, 니콜 윈스탠리Nicole Winstanley와 함께 일할 수 있어서 즐거웠다. 파멜라 도먼 북스 앤드 바이킹Pamela Dorman Books and Viking의 마리 미셸스Marie Michels, 제러미 오턴Jeramie Orton, 린지 프리벳Lindsay Prevette, 케이트 스타크Kate Stark, 메리 스톤Mary Stone, 크리스티나 파잘라로Kristina Fazzalaro, 리베카 마시Rebecca Marsh, 아이린 유Irene Yoo, 제인 캐벌리나Jane Cavolina, 브라이언 타트Brian Tart, 앤드리아 슐츠Andrea Schulz에게 감사드린다. 매들린 매킨토시Madeline McIntosh에게도 감사드린다. 톰 웰던Tom Weldon, 클레어 부시Claire Bush, 로라 브룩Laura Brooke, 로라 오코널Laura O'Connell, 에일라 아메드Ailah Ahmed를 비롯한 허친슨 하이네만Hutchinson Heinemann의 직원분들에게 고마움을 전한다. 크리스틴 코크런Kristin Cochrane, 보니 메이틀랜드Bonnie Maitland, 댄 프렌치Dan French, 에마 잉그럼Emma Ingram, 메러디스 팰Meredith Pal을 비롯한 펭귄 캐나다의 편집팀에 감사드린다. 이네스 베르가라Inés Vergara, 헤다 샌더스Hedda

Sanders, 앨릭스 르뷔글Alix Leveugle, 퀘지아 클레토Quezia Cleto, 크리스티나 마리노Cristina Marino, 애나 팔라베나Anna Falavena에게 감사드린다. 제니 마이어Jenny Meyer, 하이디 갤Heidi Gall, 브룩 얼릭Brooke Erlich, 에릭 페이그Erik Feig, 에밀리 위싱크Emily Wissink에게도 감사드린다. DJ 김DJ Kim을 비롯한 북 그룹의 천재적인 팀원들에게 감사드린다. 20년간 점점 더 진한 우정을 보여준 브리튼 블룸Brettne Bloom은 기적 같은 사람이다.

마지막으로 웨이비Wavy와 소이어Sawyer, 그리고 새 배터리를 한 상자 가득 준비해두고, 마법처럼 프린터를 연결해주고, 나를 즐겁게 해주고, 그의 농담을 전부 훔치도록 허락해준 토리 리들Torrey Liddell에게 감사드린다.

옮긴이의 말

『파인애플 스트리트』는 우리에게도 친숙한 『크레이지 리치 아시안』의 케빈 콴, 『로드』의 코맥 매카시 같은 유명 작가들을 담당했던 베테랑 편집자 제니 잭슨의 데뷔작이다. 팬데믹이 절정이던 시기에 재택근무의 따분함을 이기기 위해 동네를 산책하다가 발견한, 창 너머로 샹들리에와 그랜드 피아노가 들여다보이는 화려한 저택, 그리고 어마어마한 상속 재산을 거부하는 사회주의자 밀레니얼 세대에 관한 기사 한 편이 이 소설의 출발점이 되었다. 제니 잭슨은 뉴욕 상위 1퍼센트 금수저 가족의 남다르면서도 또 다르지만은 않은 일상으로 우리를 초대한다.

소설은 세 여성의 시점으로 진행된다. 부동산 투자로 막대한 부를 축적한 스톡턴 가의 자매 달리와 조지애나, 그리고 결혼을 통해 그 집안으로 들어간 사샤가 그들이다.

사샤가 소설의 포문을 연다. 현명한 선택이다. 아마도 대부분의 독자가 가장 공감할 만한 인물인 사샤는 외부인인 우리를 스톡턴 가로 안내하는 역할을 맡는다. 제일 먼저 우리가 안내받는 곳은, 사샤와 그녀의 남편 코드가 들어가 살고 있는 브루클린 하이츠 파인애플 스트리트의 대저택이다. 원래 코드의 부모가 살았던 그 으리으리한 집은 모두의 부러움을 살 만하지만, 사샤는 가끔 타임캡슐에 갇힌 듯 답답함과 불편함을 느낀다. 그도 그럴 것이, 그 안에는 가구들은 물론이고 오래된 교과서들이며 앨범이며 테니스 대회 트로피며 학창 시절 과제까지, 스톡턴 가족이 남기고 간 온갖 잡동사니가 여전히 많이 남아 있기 때문이다. 그 집에 지나치게 집착하는 스톡턴 가족 때문에 커튼 하나 마음대로 바꾸기 어렵다. 겉으로는 친절하게 대해주는 이 가족과 사샤 사이에는 결코 뚫을 수 없는 벽이 세워져 있는 것처럼 보인다. 혼전합의서에 서명하지 않았다는 이유로(오해였음이 밝혀지긴 하지만) 사샤는 남편의 여형제들에게 '꽃뱀'이라 불리기까지 한다. 하지만 이는 부당하다. 그녀는 중산층 가정에서 자라, 보기 드물게도 빚 없이 아트 스쿨을 졸업하고, 자기 사업을 성공적으로 꾸리고 있는, 일반적인 기준으로 봤을 때 절대 빠지는 구석이 없는 여성이다. 다만 스톡턴 가족에 비하면 이런 그녀의 삶이 소박해 보일 뿐이다. 남편 가족의 일원이 되려는 나름의 노력이 보답받지 못하자 좌절한 그녀는 배타적인 그들을 비난한다. 그러다 결국엔 깨닫게 된다. 그런 그녀 자신은 모두를 포용하며 살아왔던가. 그녀도 다른 누군가에게 또 다른 스톡턴이지 않았을까.

조지애나는 스톡턴 가의 막내인 20대 여성이다. 잔액을 확인하지도 않는 통장에 꼬박꼬박 들어오는 돈으로 호의호식하며, 별난 테마의 온갖 파티에 입고 갈 의상을 고르는 것이 큰 고민이라면 고민이다. 하지만 조상 덕분에 누리는 사치스러운 생활, 우월주의, 인종차별로 공격받을 때마다 그녀는 항변한다. 우리는 기부도 많이 하고, 고용인들에게 친절을 베풀고, 이런저런 위원회에 가입하여 좋은 일도 많이 하는 선한 사람들이라고. 게다가 그녀는 제3세계의 보건을 지원하는 비영리 단체에서 일하고 있지 않으냐 말이다. 하지만 실상은, 그녀 역시 '의식이 깨어 있는 척'하고 있는 속물일 뿐이다. 비영리 단체에서 일하면서 아랍에미리트연합국이 국가라는 사실조차 모르고, 직장에서 그녀의 최대 관심사는 짝사랑 상대와 어떻게 하면 더 가까워질 수 있을까 하는 것이다. 이런 그녀의 태평한 삶에도 위기가 닥친다. 자신의 윤리 의식에 어긋난 짓을 저지른 죄책감은 삶에 대해 근본적인 의구심을 품게 만든다. 나는 과연 좋은 사람인가? 좋은 사람이 되고 싶은데 어떻게 해야 하지? 조지애나는 세습 재산에 대한 의식이 변화하기 시작한 밀레니얼 세대를 대변하는 인물이다.

달리 역시 스톡턴 가의 딸이지만 조지애나와는 처지가 다르다. 그녀는 남편에게 혼전합의서 서명을 받지 않고 신탁재산을 포기했다. 돈보다는 사랑을, 경력보다는 육아를 택했다. 하지만 승승장구하던 남편이 해고당하면서 그 결정은 뼈아픈 후회로 돌아온다. 돈의 위력이 새삼 무서워지고, 한국계 이민자 2세인 남편을 차별하는 사회가 원망스럽다. 하지만 남편의 해고 사실을 가족에게 알리지 못하는 그녀 역시 실은 남편이 스톡턴 가에 받아들여진 이유가 경제적 능력 때문이었음을 인정하고 있었던 건 아닐까?

세 여성 외에 압도적인 존재감을 자랑하는 인물이 또 한 명 있으니, 스톡턴 가의 실세라 할 수 있는 틸다이다. 그녀는 텔레비전 드라마에서 흔히 볼 수 있는 극단적인 성격의 부잣집 마님이다. 그야말로 온실 속 화초 같은 그녀는 뻔뻔스럽게 느껴질 정도로 순진하고, 순진함이 지나쳐 가끔은 천박해 보이기까지 한다. 갈등을 일으킬 만한 문제는 고의로 피하고, 그저 그녀의 세상이 영원한 꽃밭이기를 고집한다. 그녀가 자녀를 대하는 태도는 돈을 대하는 태도와 닮았다. 깊이 파고들어 분석하는 법이 없다. 하지만 이런 그녀를 마냥 미워할 수만은 없다.

그 뻔뻔스러운 속물근성과 별난 성격은 소설에서 웃음을 유발하는 가장 큰 요소이기도 하다. 제니 잭슨은 얄밉게 비칠 수 있는 상류층 인물들의 인간적 허점이나 약점을 드러내어 매력적인 캐릭터를 구축한다.

『파인애플 스트리트』는 돈, 계급, 사랑, 가족 등 많은 이야기를 담고 있지만, 무엇보다도 유쾌하고 가볍게 즐길 수 있는 소설이다. 팬데믹 때문에 강제된 갑갑한 생활에서 벗어나 작품 속에서라도 신나게 이곳 저곳 다니고 싶었다는 작가의 바람 때문인지, 소설 속 인물들은 다양한 테마의 파티에 참석하고, 테니스를 치고, 클럽에서 술을 마시며 활기찬 나날을 보낸다. 팬데믹이 한창이던 때에 읽었다면 제대로 대리 만족을 할 수 있지 않았을까 싶다. 우리 대부분과는 동떨어진 그들의 삶에 코웃음을 치기도 하고 부러워하기도 하면서 잠깐 현실을 도피해 보는 것도 나쁘지 않다.

새로운 작가의 재기 넘치는 데뷔작을 만나는 것은 번역가로서 항상 가슴 설레는 일이다. 제니 잭슨의 다음 작품은 또 어떤 세계를 그려낼지, 너무 늦지 않게 만날 수 있기를 기대한다.

파인애플 스트리트

초판 1쇄 인쇄 | 2024년 7월 23일
초판 1쇄 발행 | 2024년 7월 30일

지은이 | 제니 잭슨
옮긴이 | 이영아
펴낸이 | 박남숙

펴낸곳 | 소소의책
출판등록 | 2017년 5월 10일 제2017-000117호
주소 | 03961 서울특별시 마포구 방울내로9길 24 301호(망원동)
전화 | 02-324-7488
팩스 | 02-324-7489
이메일 | sosopub@sosokorea.com

ISBN 979-11-7165-014-9 03840
책값은 뒤표지에 있습니다.